달콤한 신혼의 모든 순간

구름 껴도 맑음

글·그림
그림비(grim_b)_배성태

중앙books

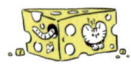 **기억하고 싶은 일상의 조각을 모아서**

안녕하세요. 일러스트레이터 배성태입니다.

《구름 껴도 맑음》은 아내 그리고 고양이 망고, 젤리와 함께 하는 신혼 생활을 담은
작품입니다. 아무 일 없이 흘러가는 신혼의 어느 날, 문득 소중한 우리의 일상을
붙잡아 두고 싶다는 생각을 했습니다. 기억은 애써 노력하지 않으면 사라진다는 걸
잘 알고 있기에, 사진으로 남길 수 없었던 일상을 그림으로 그리기로 결심했습니다.
특별한 이벤트에 가려진 빛나는 일상의 기억들. 우리의 이야기이기도 하지만,
모두의 이야기이기도 한 그런 순간들을 그리고 싶었습니다.

20대의 끝에 저는 공식적으로 유부남이 되었습니다. 아내는 회사를 다니고, 저는
프리랜서 일러스트레이터로 주로 집 안에서 일을 하고 있습니다. 그러다 보니
자연스럽게 아내는 '바깥사람', 저는 '안사람'이 된 것이지요. 저는 안사람답게
집안의 대소사뿐만 아니라, 아내가 출근하고 나서의 집 관리도 저만의 공식에 따라
하게 되었습니다.

① 먼저 창문들을 열고, 집 안 곳곳을 스캔한다.
② 침구 정리를 하고 어질러진 물건을 정리한다.
③ 곳곳에 놓인 그릇들을 싱크대에 갖다 놓는다.

④ 줄이 짧아 두 번 코드를 바꿔 꽂아야 하는 청소기로 바닥 청소를 하고, 걸레질을 한다(살아 보니 걸레질이 청소의 완성도를 결정하는 것이더군요).

여기까지 다 했다면 저는 뿌듯하게 하루를 시작할 수 있습니다. 이제 저만의 자유 시간이 시작되는 것이죠. 이 시간 동안 노래도 듣고, 미뤄왔던 영화도 보고, 미술관을 다녀오기도 합니다.

어떻게 보면 결혼 전에도 청소를 하고, 일을 하고, 자유 시간을 즐기는 등 똑같은 시간을 보냈던 것 같습니다. 그런데 총각 때와 다른 것이 있다면 아침마다 집이 북적인다는 것, 수저가 두 개씩 놓이고 앞으로의 인생을 이야기하며 같이 잠들 수 있는 사람이 옆에 생겼다는 것입니다.

그럼, 특별하게 멋진 이야기는 없지만,

들려주고 싶은 저희의 일상을 조금 훔쳐보실래요?

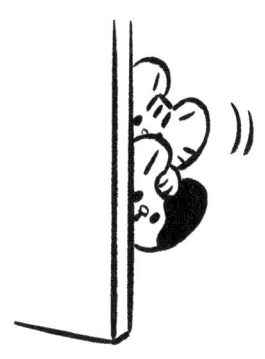

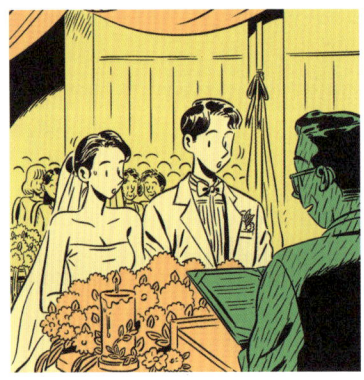
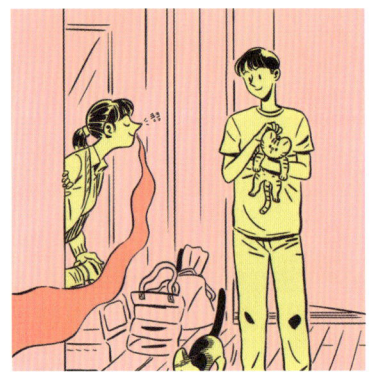

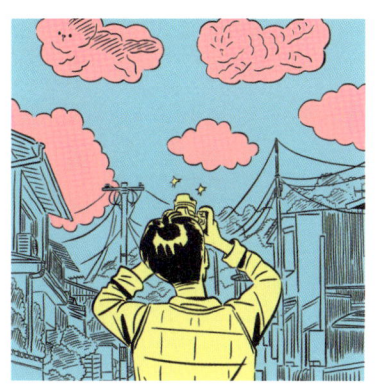
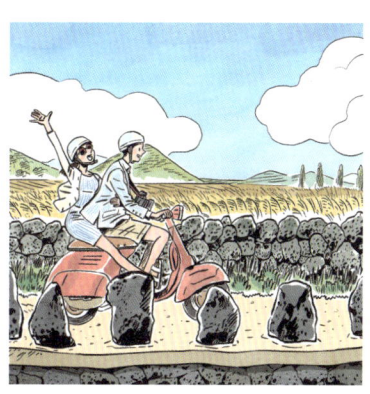

Part 1

어,
우리 결혼한 거야?

한 번의 결혼과
두 번의 신혼여행

유럽과 태국, 두 대륙을 오가는 신혼여행.

처음엔 언제 한국에 가나 싶었는데

어느새 태국 코사무이에서 신혼여행의 마지막 날을 즐기고 있었다.

이렇게 긴 시간 동안 누군가와 같이 여행해 본 것은 처음이었다.

발이 닿은 곳 하나하나에 아내와 같이 추억을 새기고, 같이 먹고 같이 잤다.

기억력이 안 좋은 내가 "그때 거기서 우리 뭐했지?" 하면

"벌써 잊었어? 그때 뭐했냐면" 하며 같이 추억을 더듬어줄 사람이 생겼다.

앞으로의 우리가 같이 보낼 삶도 그럴 것이다.

"그때 거기서 우리 뭐했지?"

우리 결혼하는 거야? /
응, 그런가 봐

#큰산하나를넘었다 #두번은못해

당사자들만 실감 나지 않았던 우리의 결혼식.

거대한 흐름에 둥둥 떠서는 어느새 결혼식장까지 흘러오게 됐다.

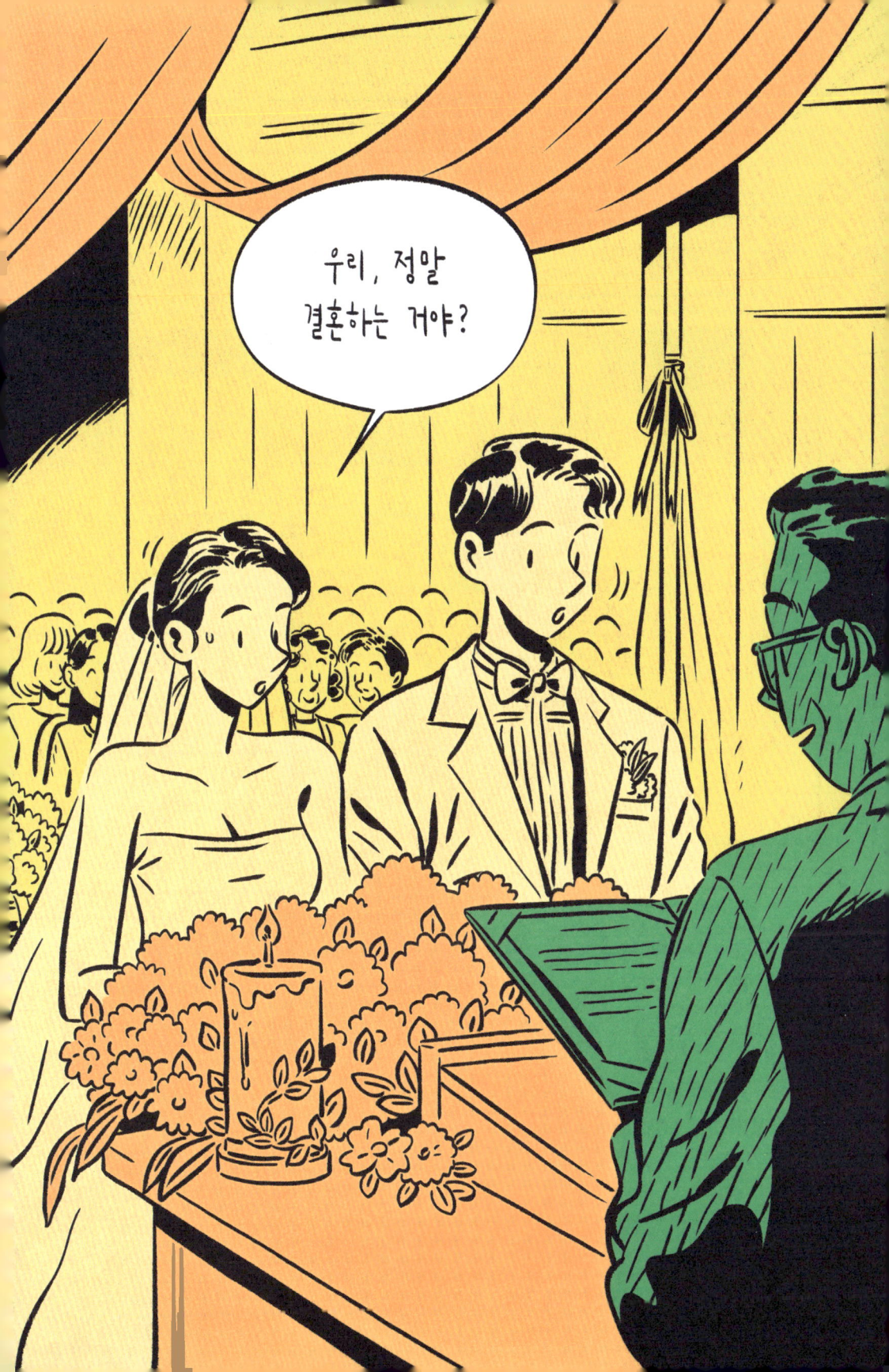

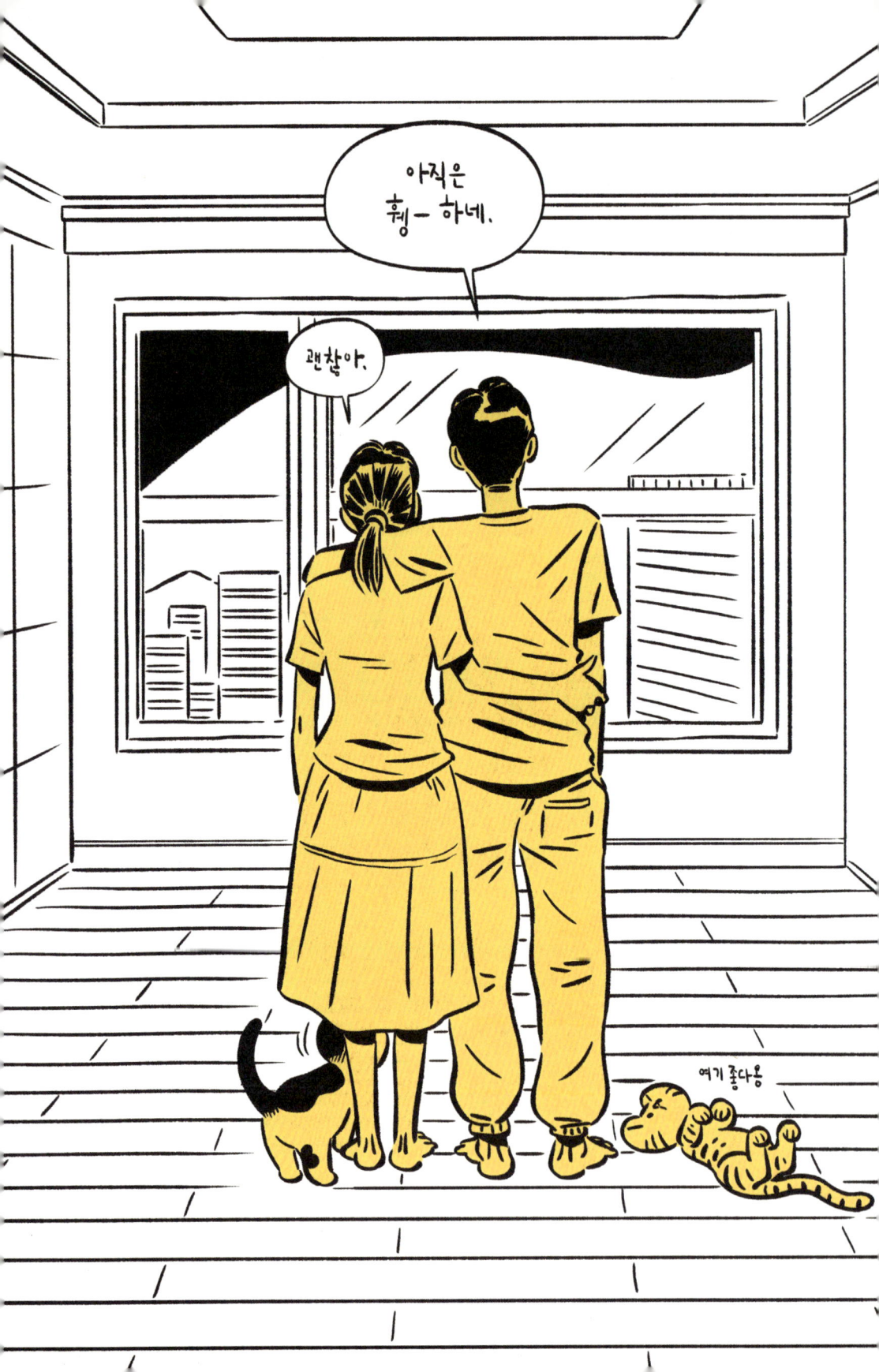

살면서 채우자

텅 비었지만 마음은 가득 찼던 이때.

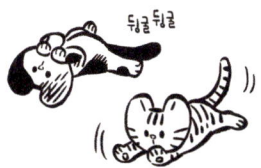

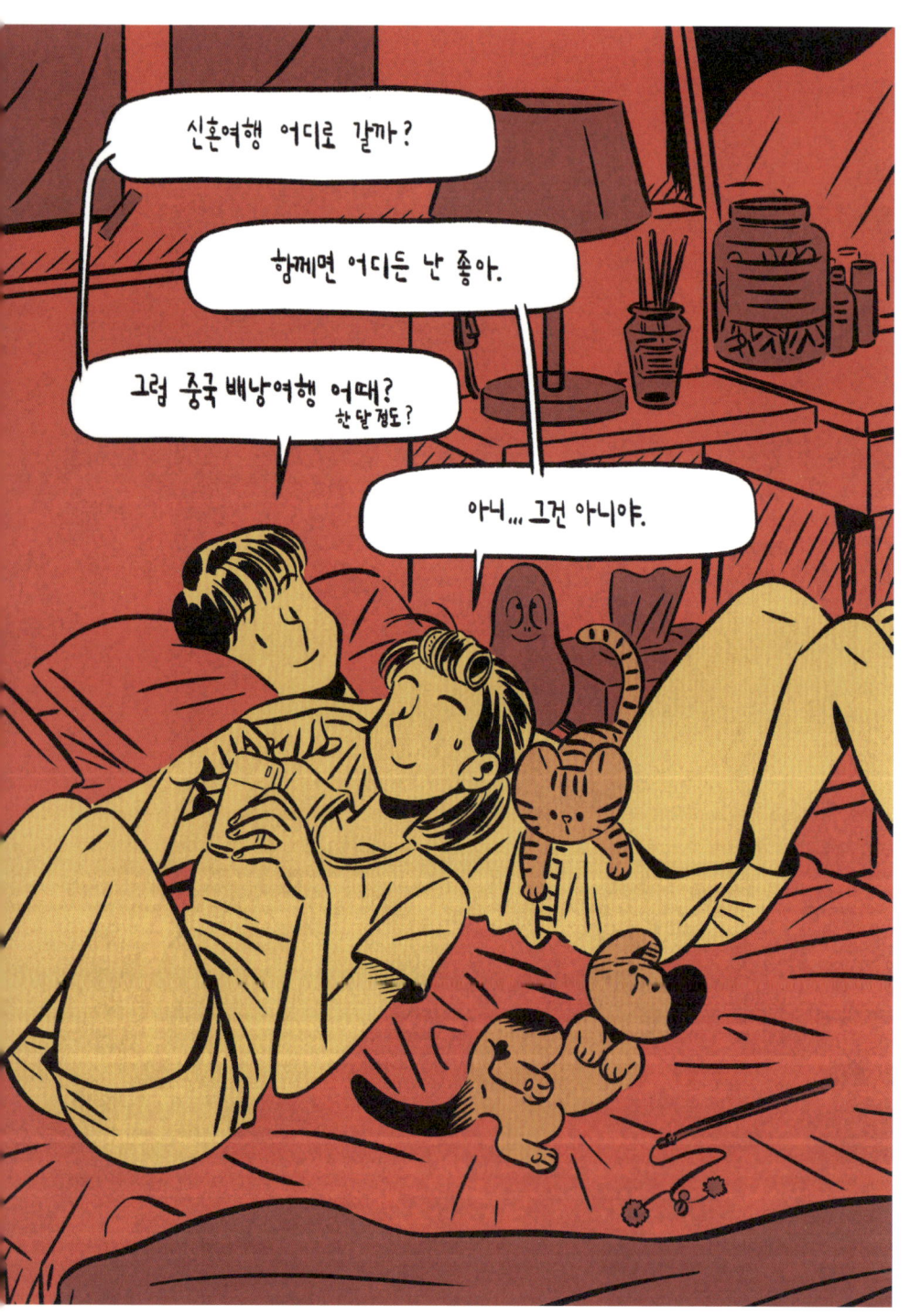

아닌 건 아닌 거다

#답정너 #정답은유럽

오랫동안 함께 여행하고 싶어

중국 배낭여행을 가자고 했지만

이미 너의 마음은 파리행 비행기 안.

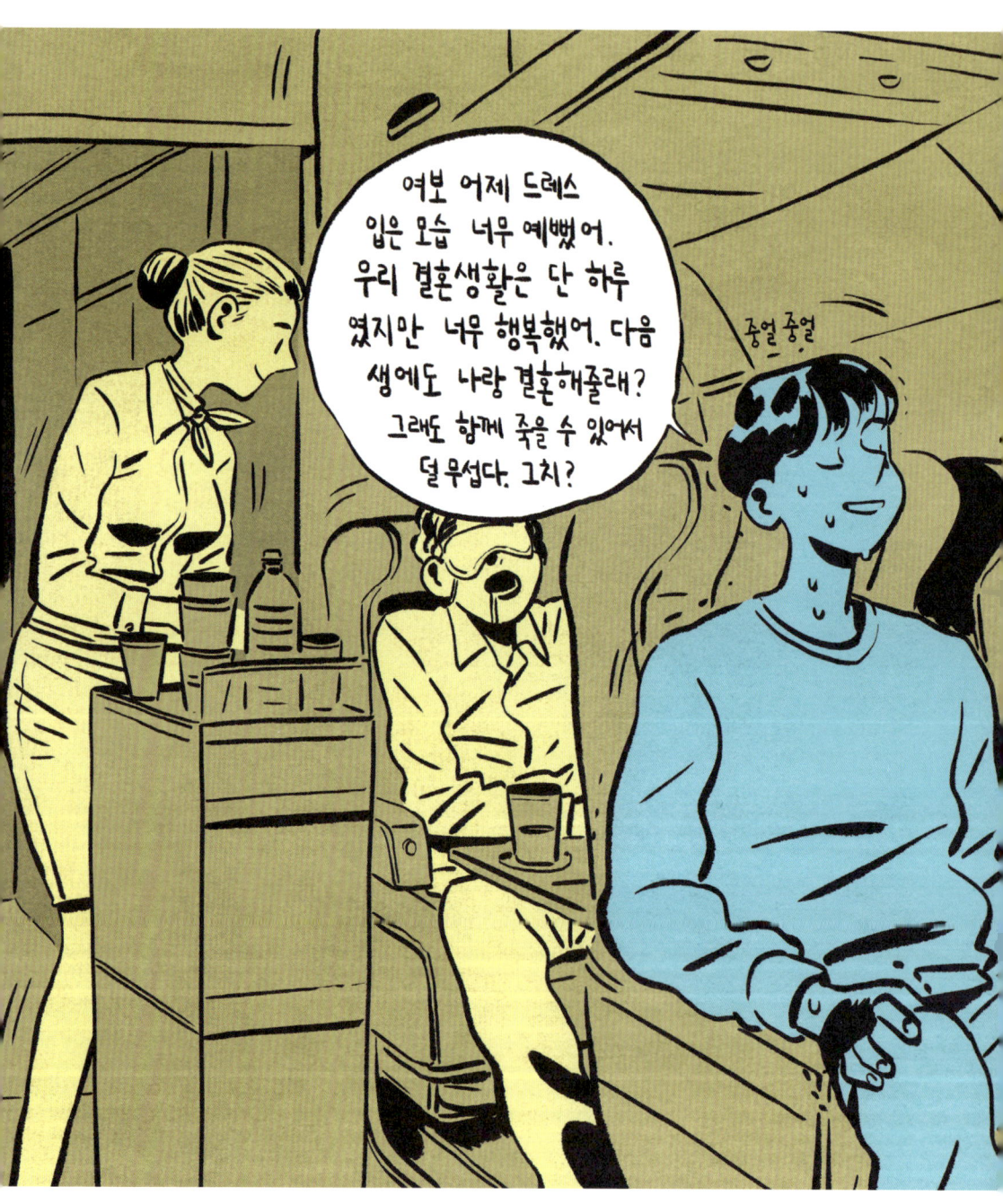

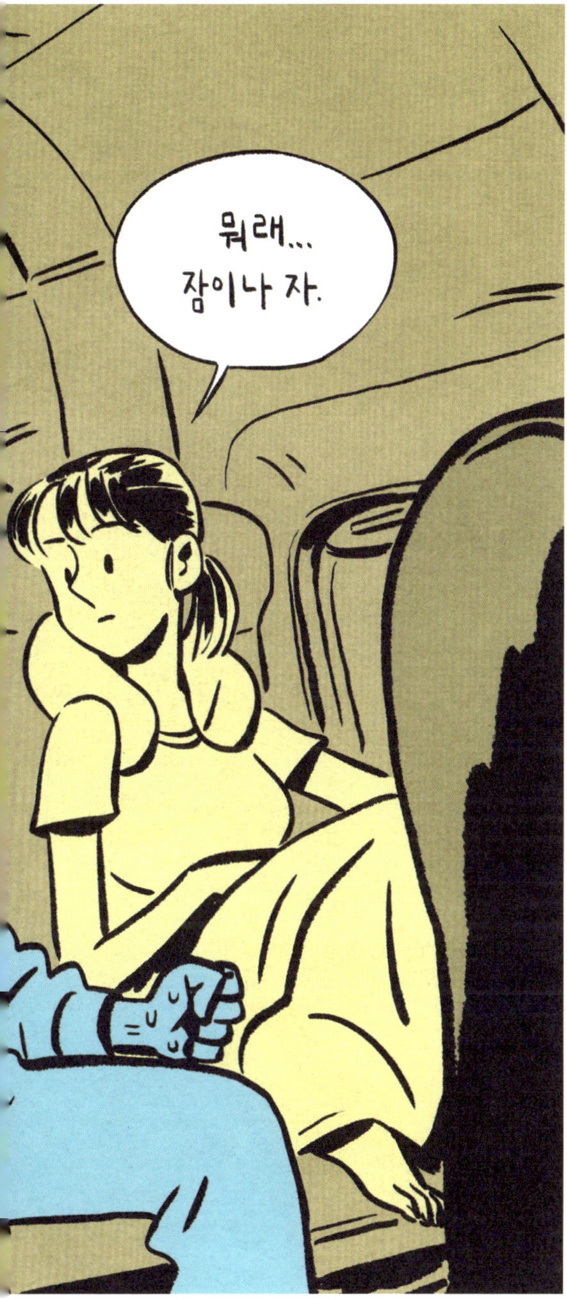

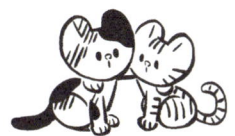

다음 생이 있을까

#고해성사 #신혼여행첫비행

수없이 많은 기도와 뉘우침 끝에

깨달음을 얻지만

땅을 밟는 순간 싹 잊게 되는 마법.

우리 스타일은 아냐

#아저씨설명들어도몰라요우린 #그래도열심히끄덕끄덕

첫 번째 신혼여행지 프랑스.

큰맘 먹고 미슐랭 레스토랑을 갔다가

부담스러움만 잔뜩.

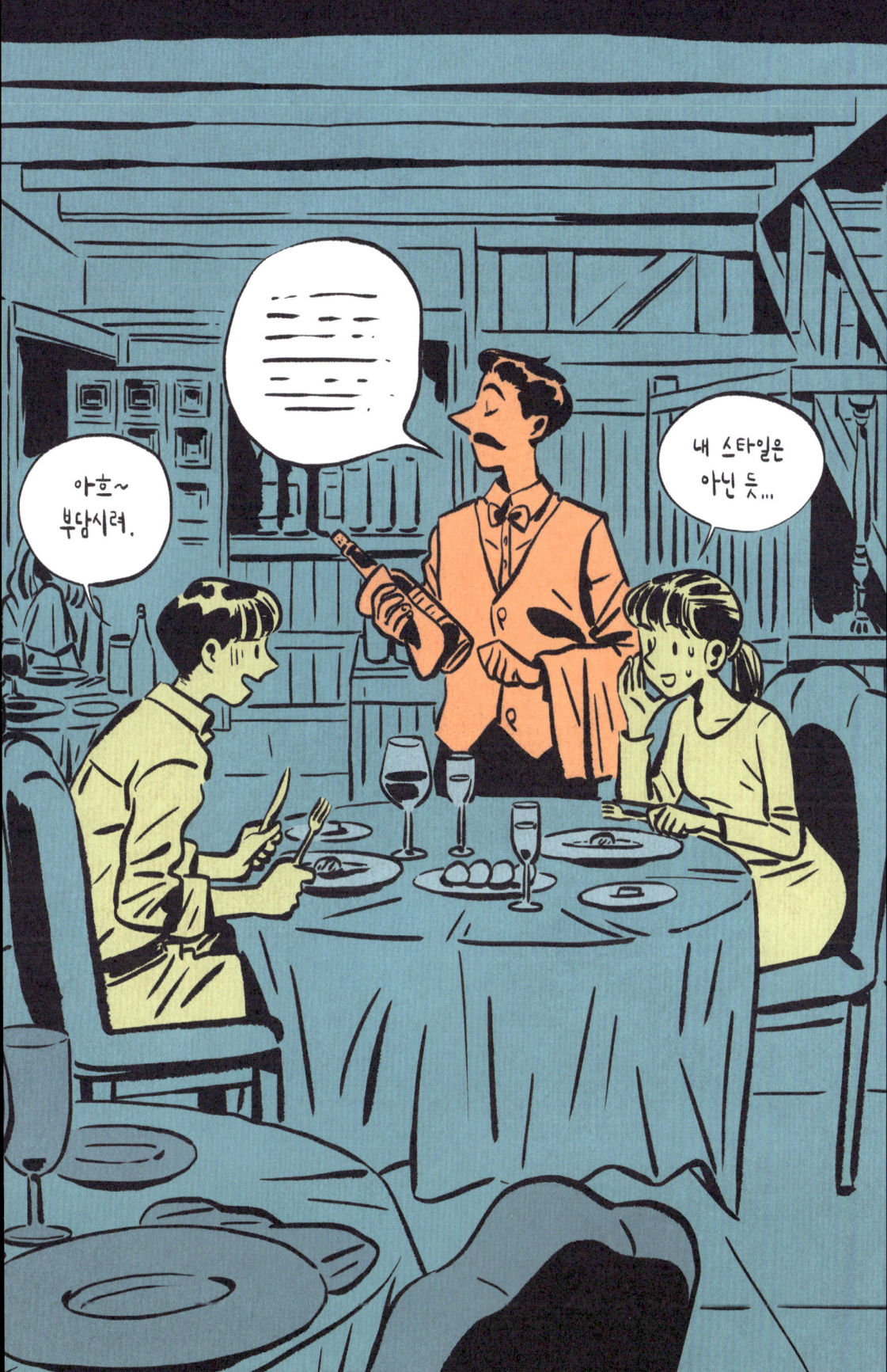

불타는 신혼

#지지않아 #벨기에

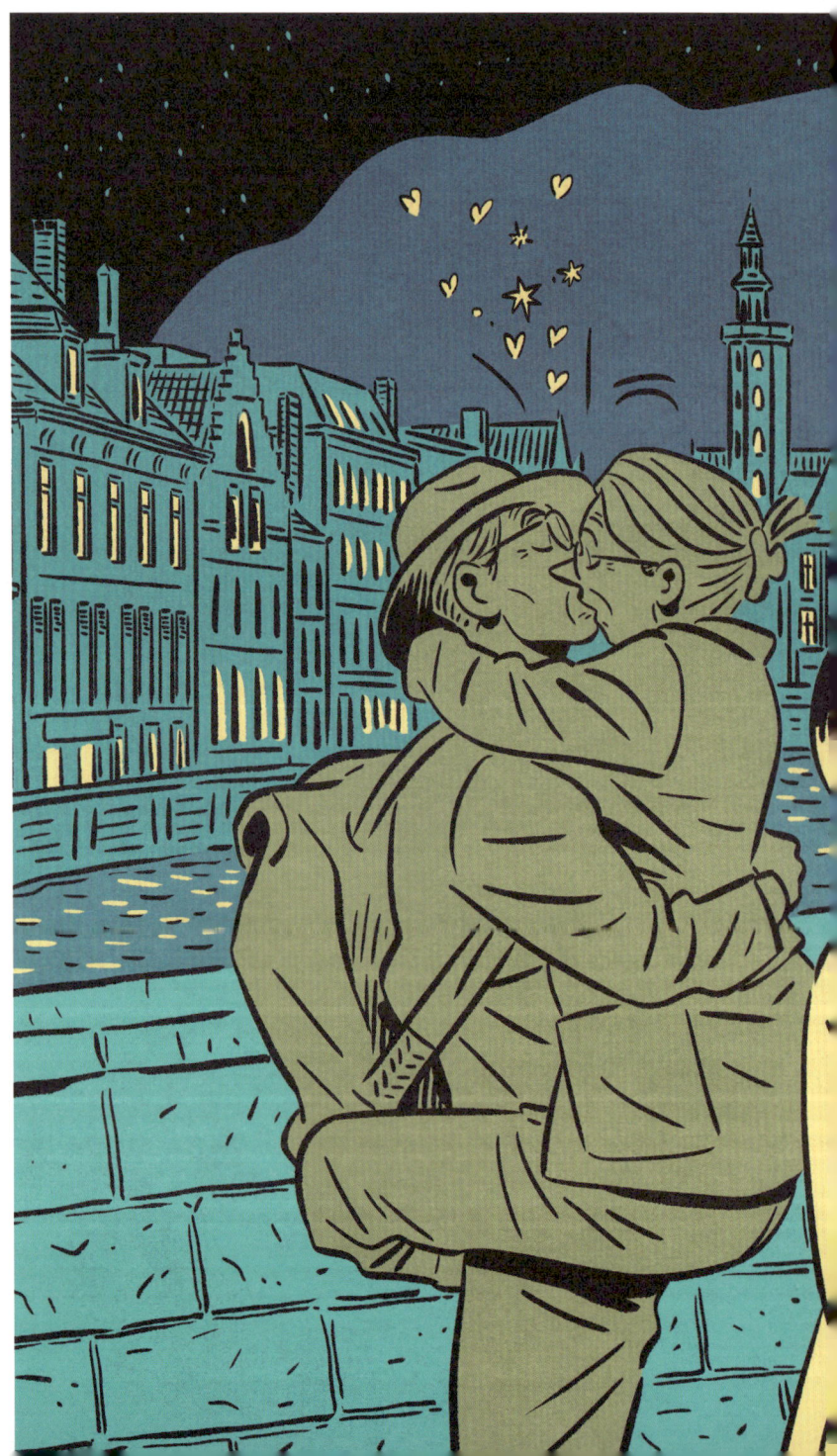

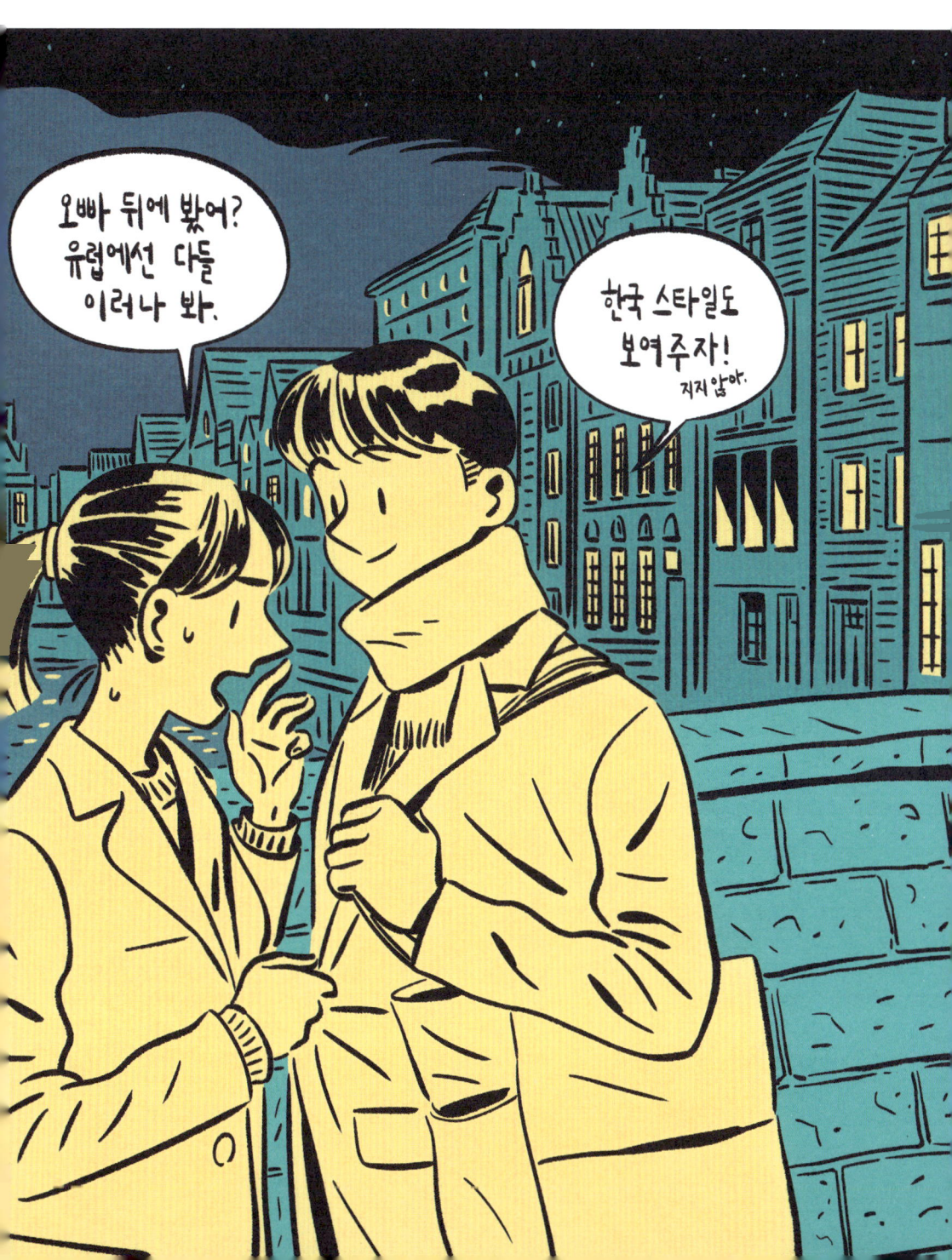

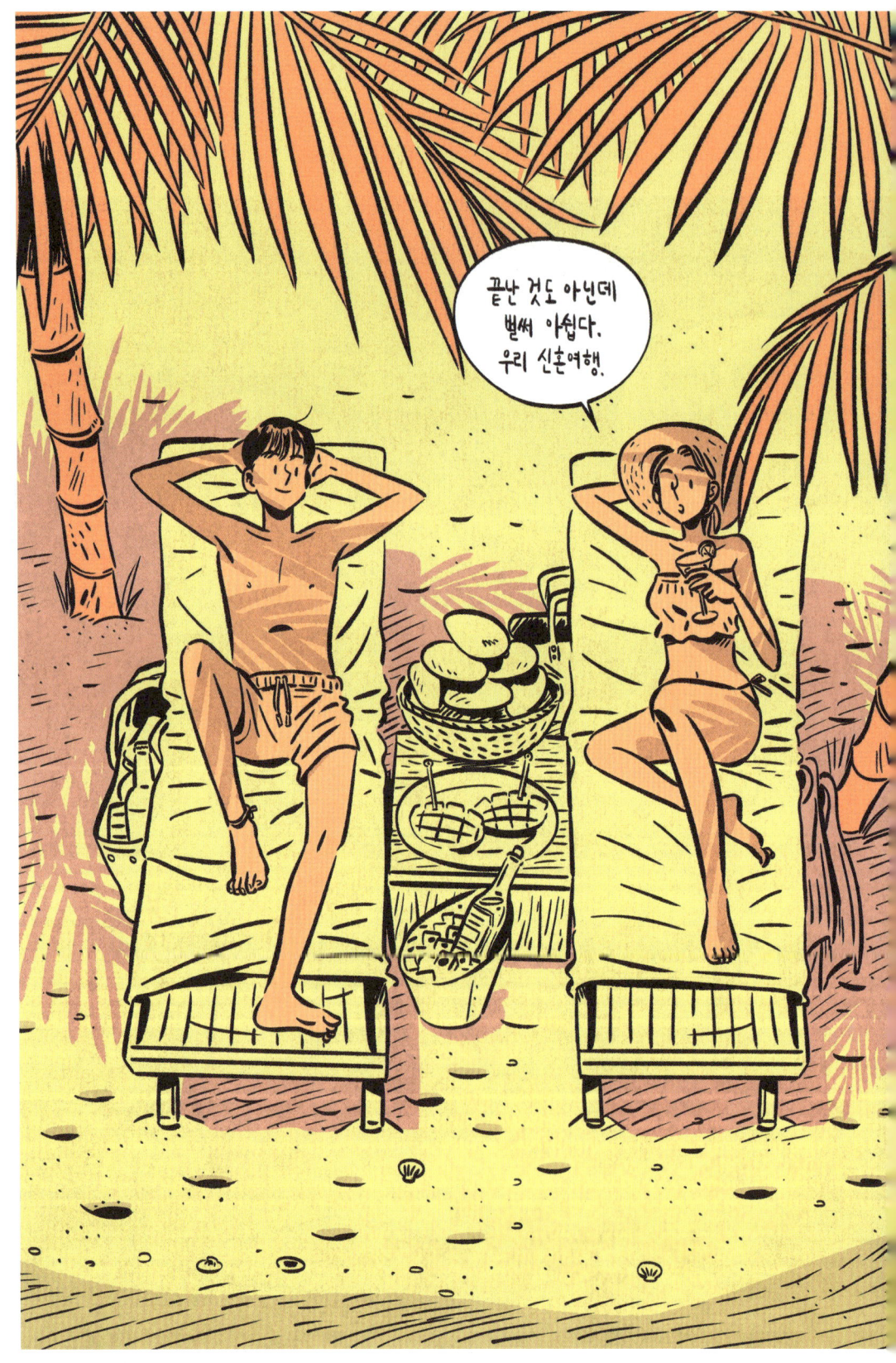

결혼 또 할까?

#망고파티 #오늘도망고내일도망고

두 번째 신혼여행지 태국.

평생 먹을 망고는 다 먹고 왔다고 생각했는데 아닌가 보다.

벌써 그리워지는 우리의 신혼여행.

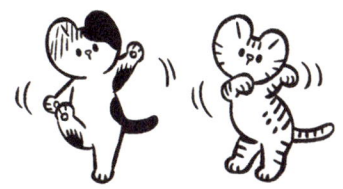

결혼하면
뭐가 좋아?

두 사람이 함께 산다는 건 많은 인내를 필요로 한다.
결혼해서 안 좋은 점은 이렇다.

첫째, 새벽에 라면을 한 개 끓이면 아내가 어느새 깨서는 젓가락을 들고 온다.
"한 젓가락만 먹어. 약속해."
둘째, 드라마를 보는데 자꾸 몹쓸 연기로 따라 한다.
"예를 들면 키스 신."
셋째, 김치찌개에 들어간 고기가 너무 빨리 없어진다.
"김치도 좀 먹어."
넷째, 일이 바쁜데 자꾸 놀자고 뒤에서 매달린다.
"조금 더 하면 위험할 거야. 경고했어."
다섯째, 어디서 이상한 걸 보고 와서는 나에게 해주겠다고 깨끗한 주방을 다 어지른다.
"백종원이 모든 문제의 원인이다."
여섯째, 팬티를 빨래통에 넣어놓으면 자꾸 자기가 손빨래를 한다.
"내 팬티는 좀 내버려 둬."

사실, 결혼하면 좋다.

밤, 침대 그리고 너

#여보 #근데 #있잖아 #나노트북사도될까 #사랑해

왜 이렇게 예쁘지?

밖에서는 예쁘지 마.

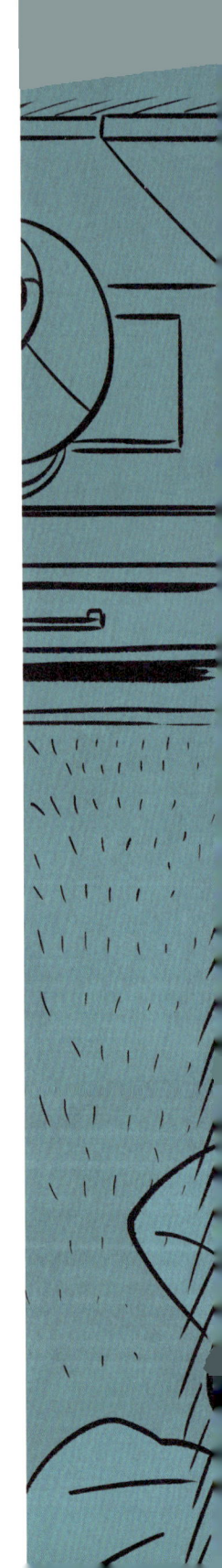

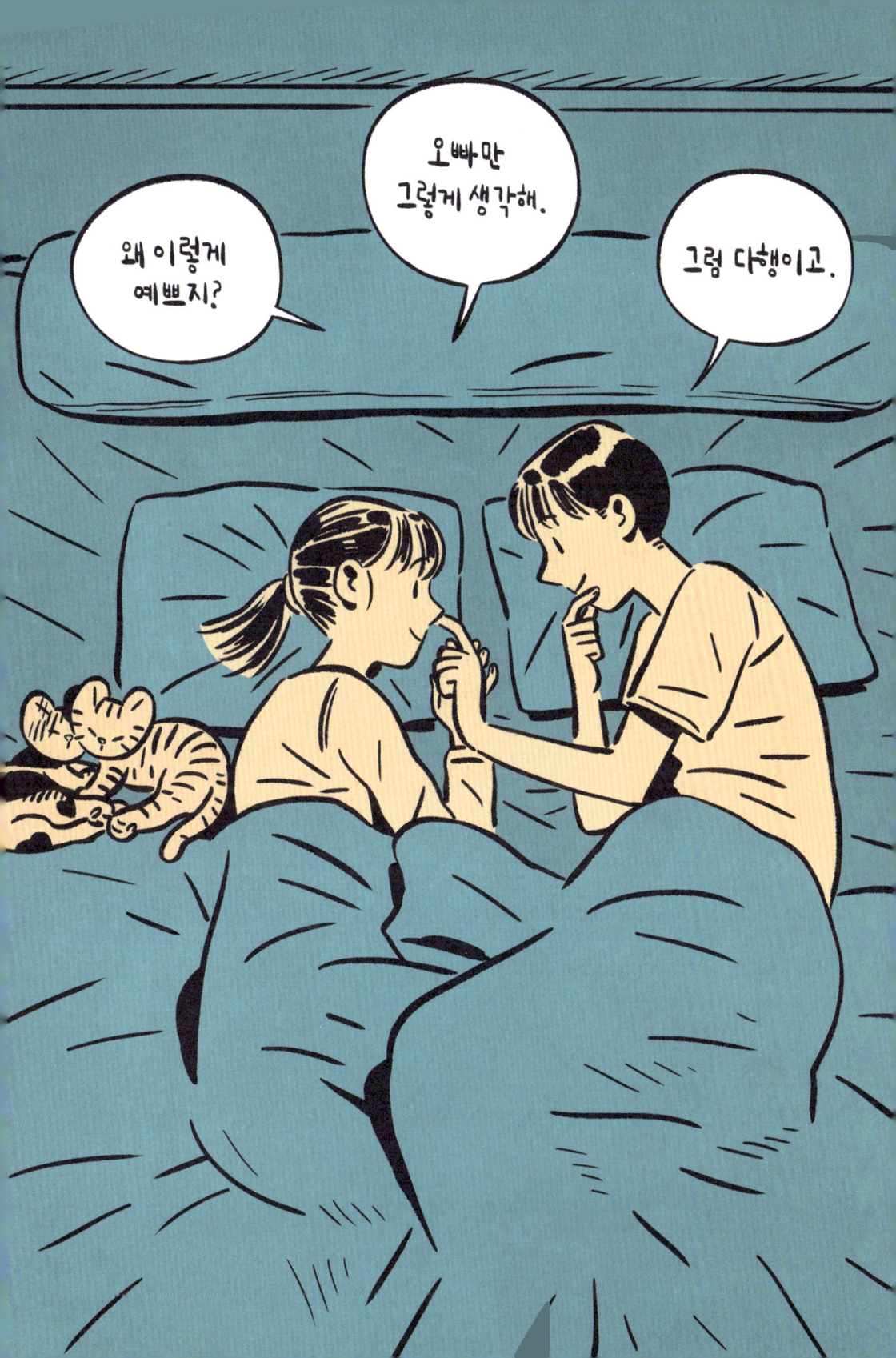

5분만

#너의레파토리 #또당할걸알지만 #나도그러고싶은걸

5분이 5시간이 되는 마법.

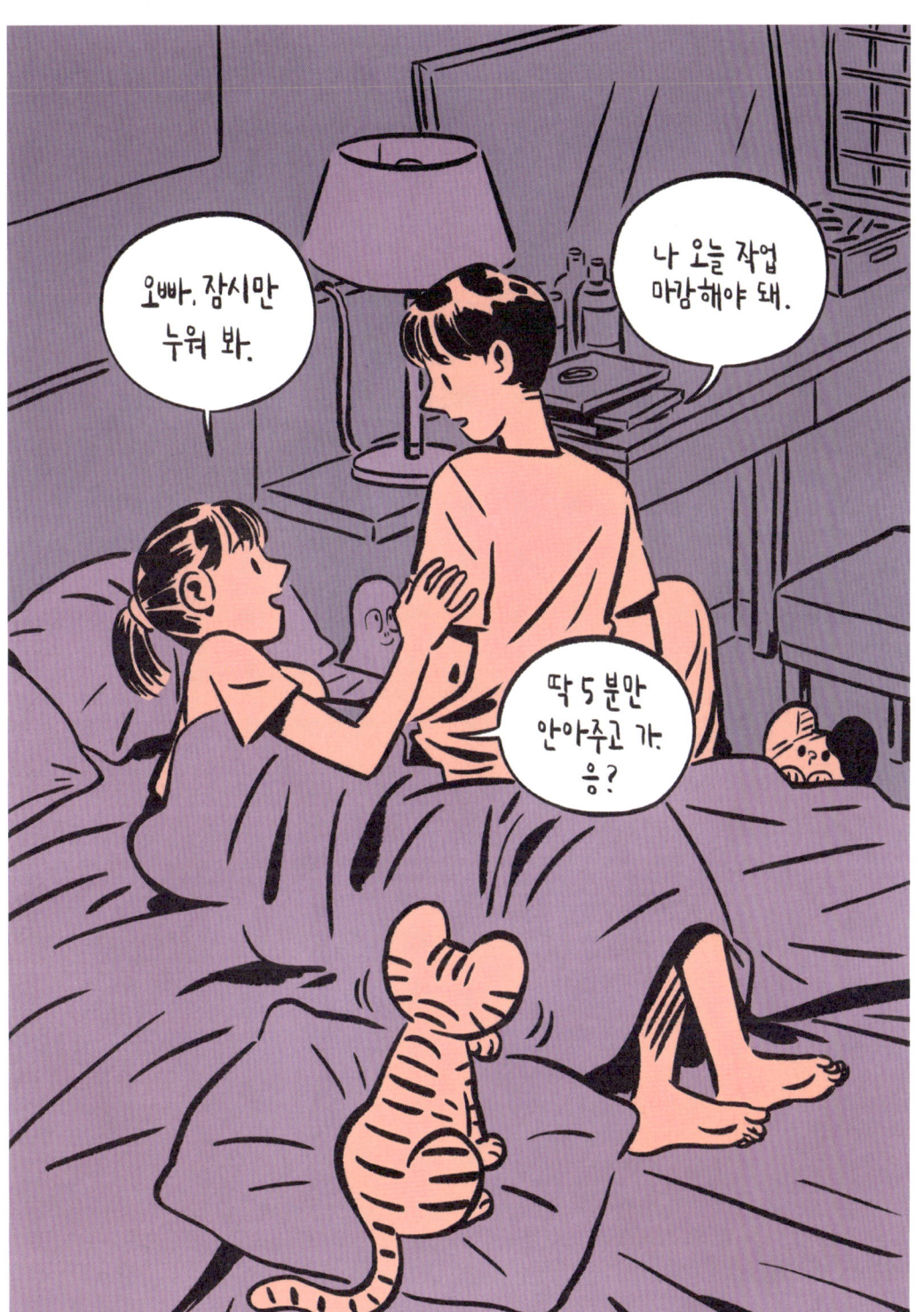

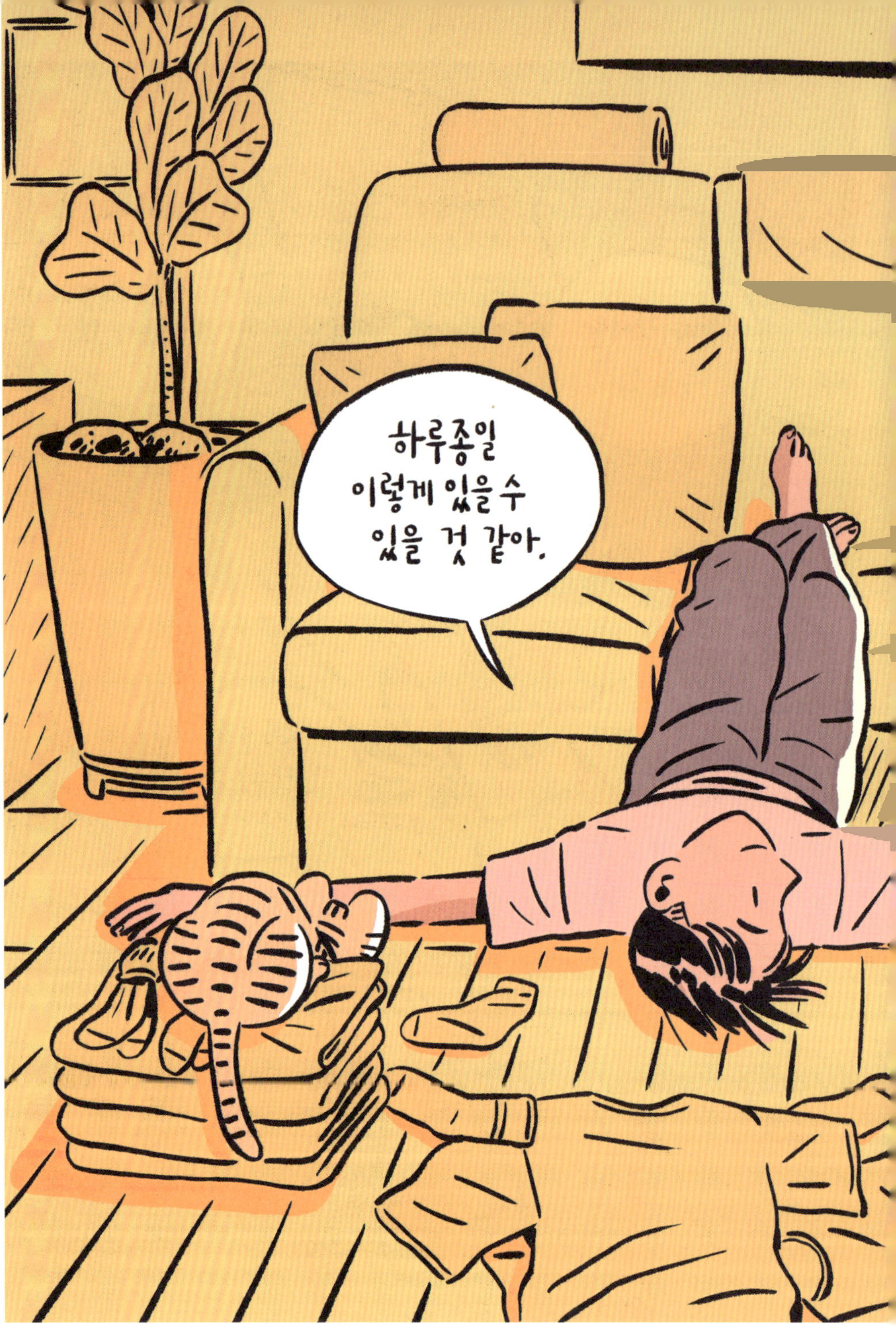

오늘 나가지 말자 #결혼의특권 #함께뒹굴뒹굴

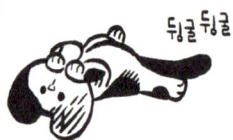

뒹굴뒹굴

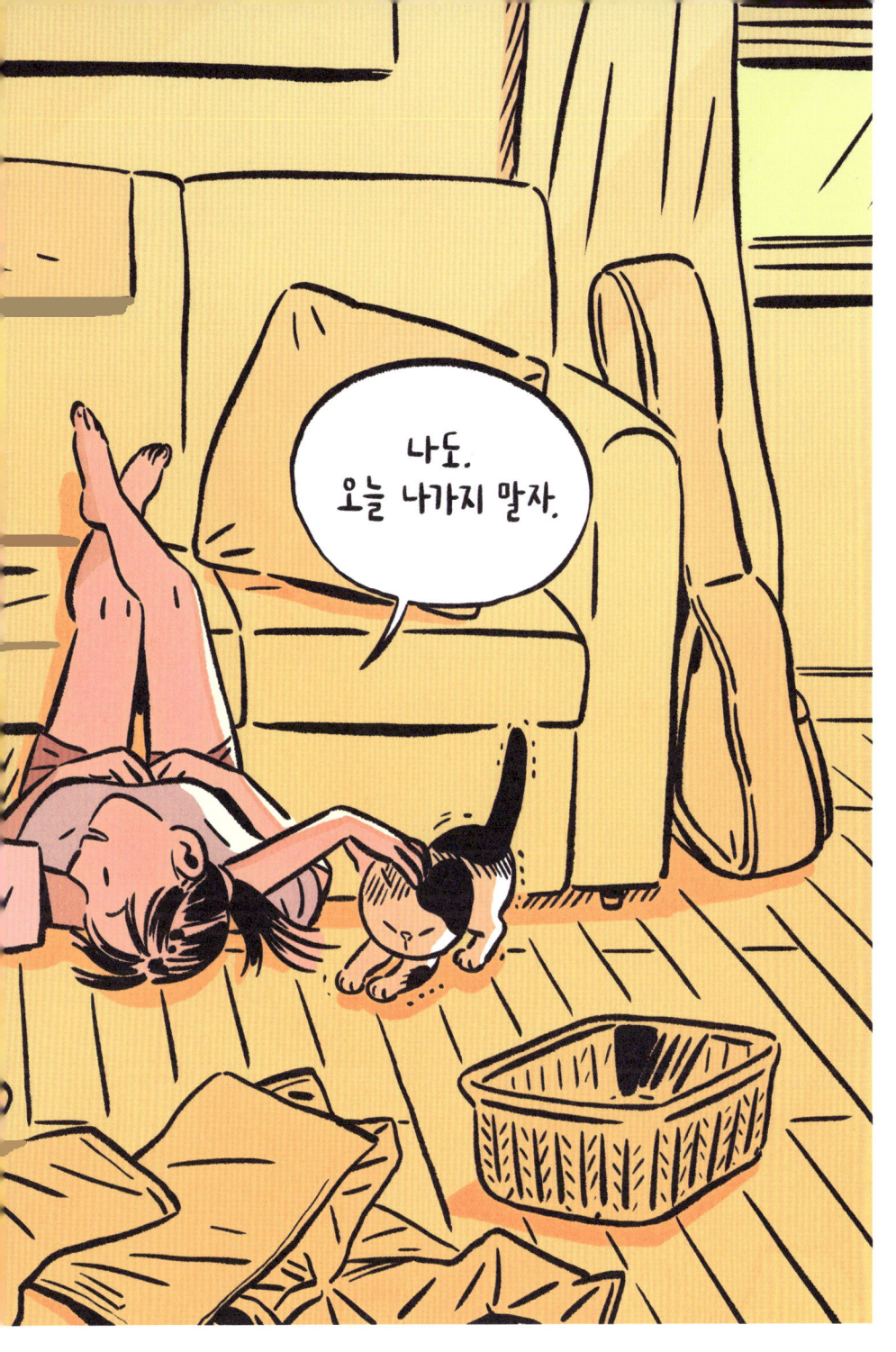

결혼해서 제일 좋은 건

너와 함께 아무것도 안 할 수 있다는 것.

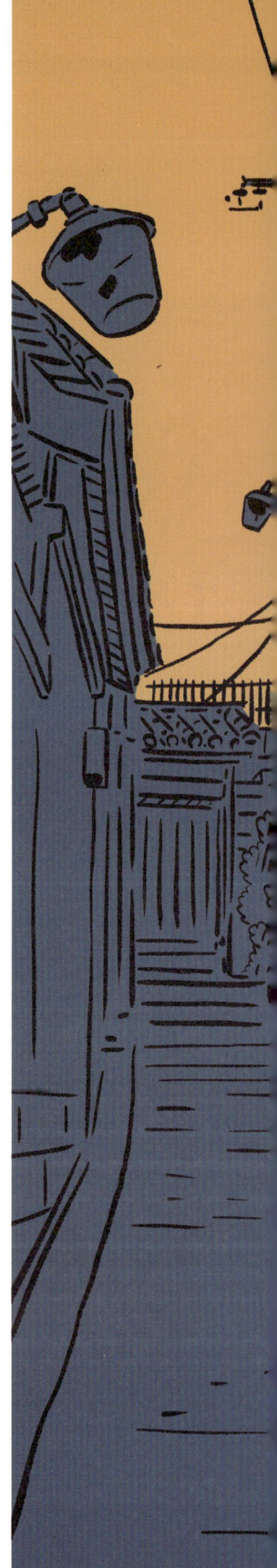

달콤한 밤 산책

#우리는 #북촌에서 #그랬지그랬어

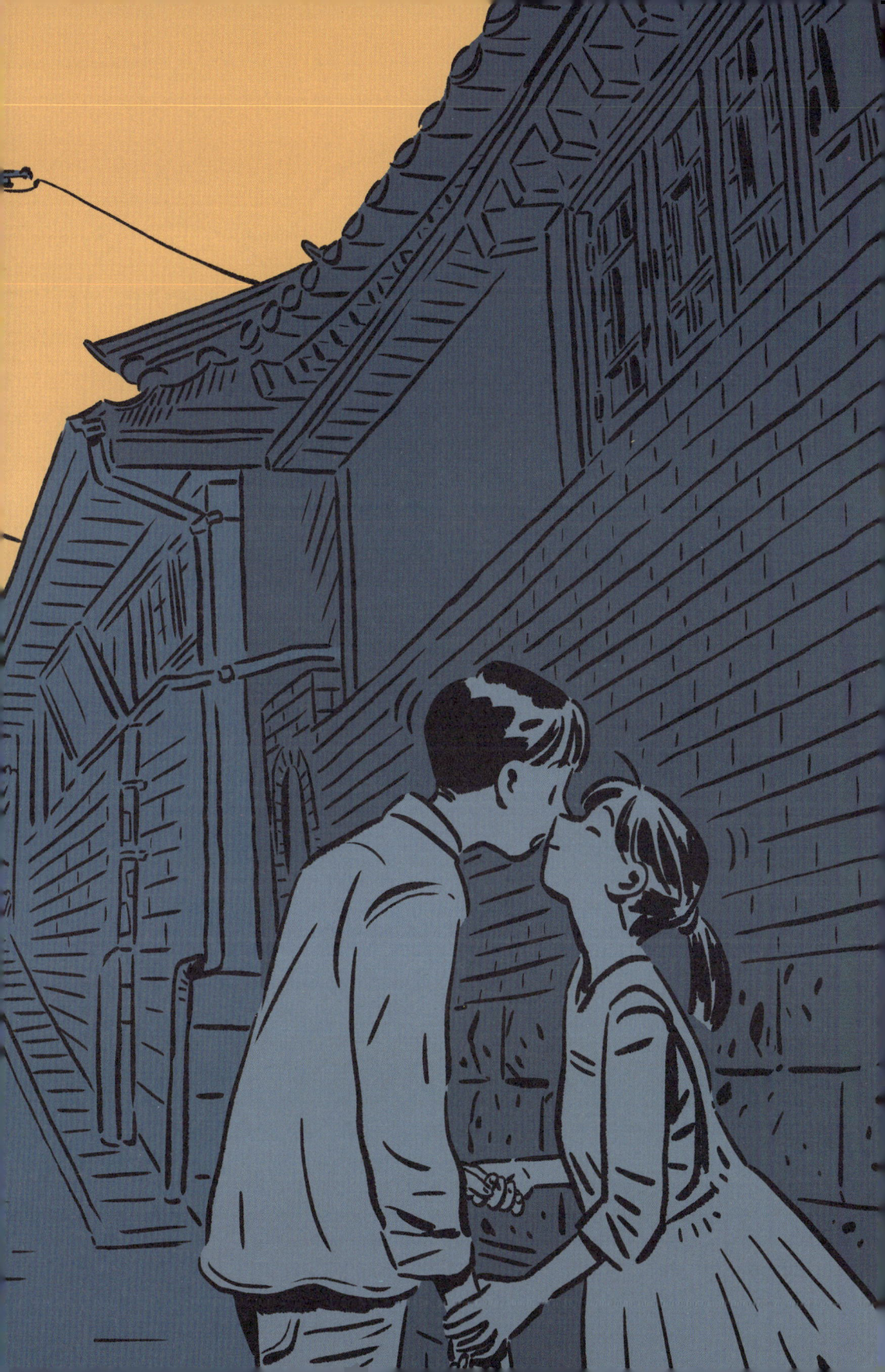

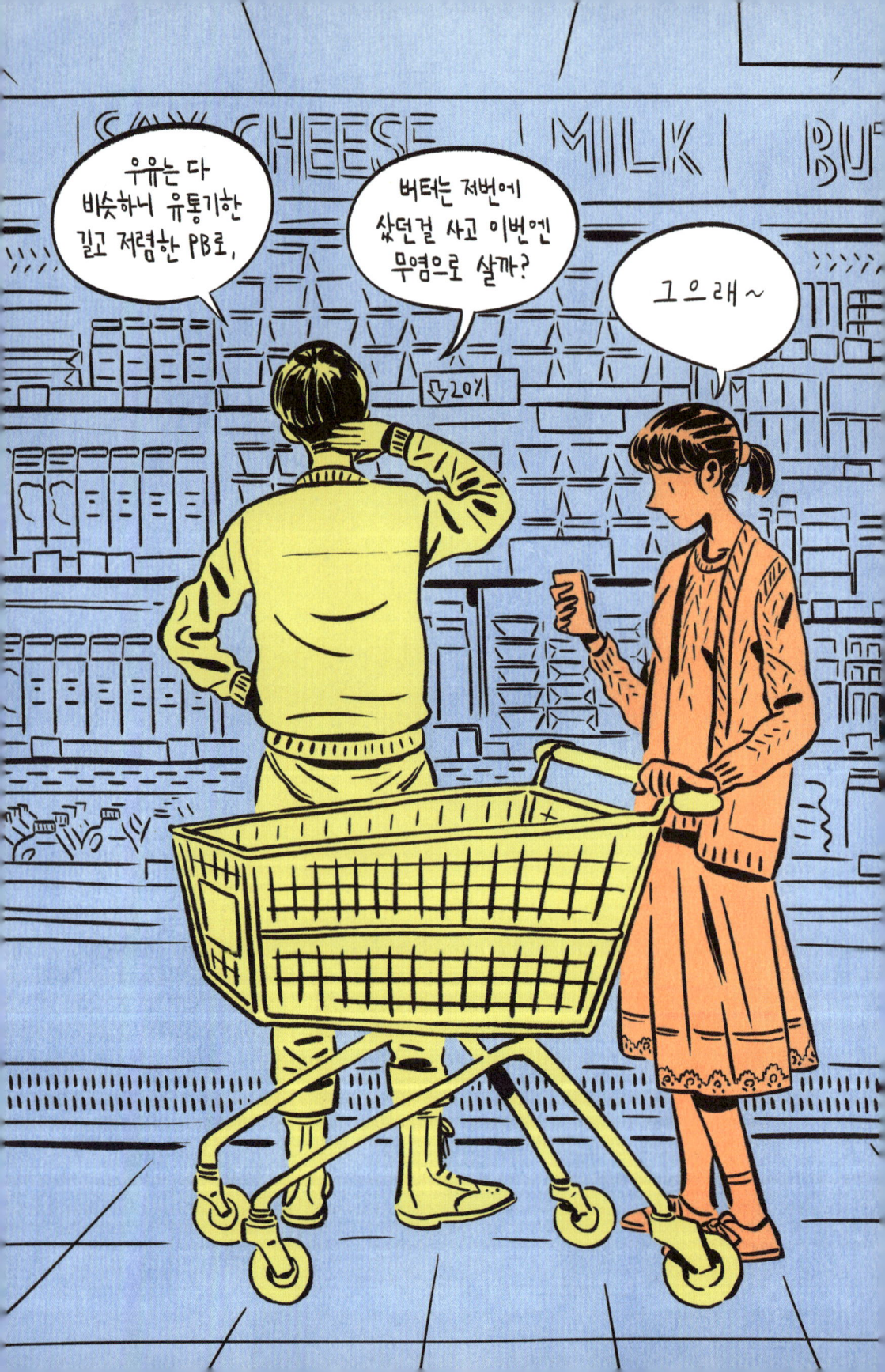

두근두근 신나는 장보기

#나는주부다 #카드는내게맡겨

주말엔 같이 장보는 재미.

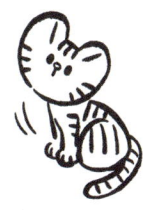

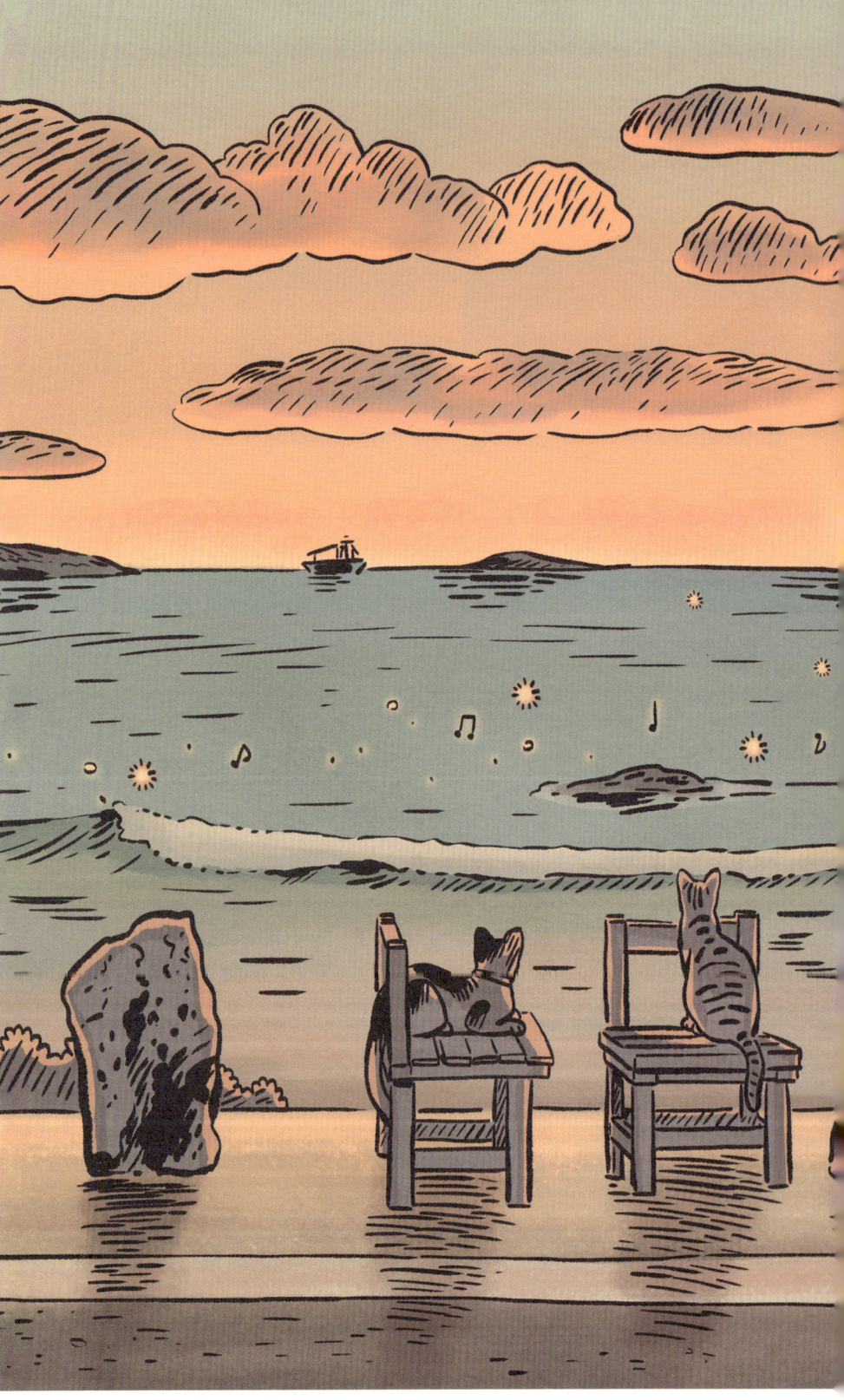

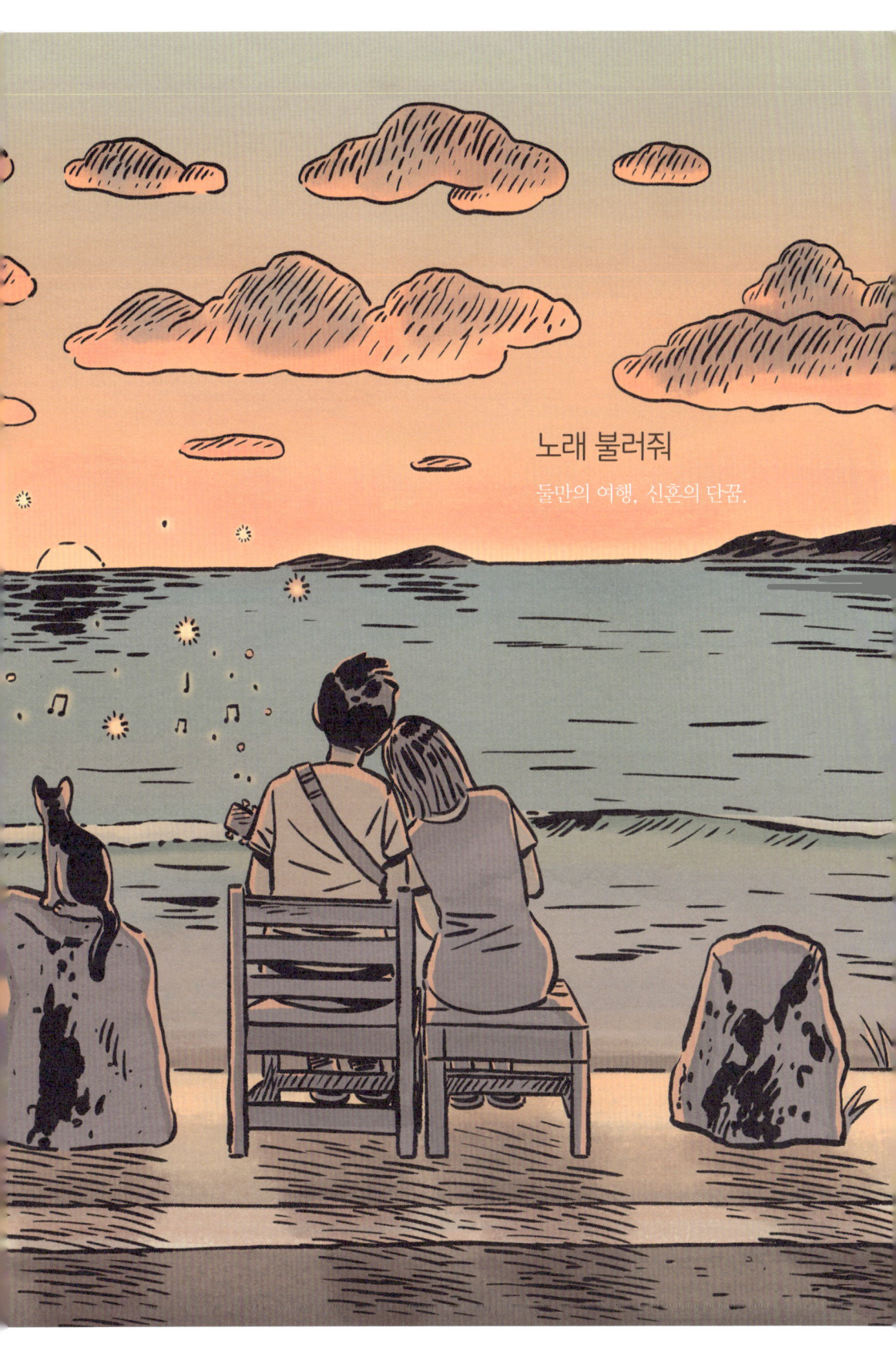

（3）

서로의 차이

다르다는 것은 처음엔 조금 불편하지만, '나와 너'에서 '우리'로 맞춰가는 재밌는 과정이다.

한번은 샤워를 마치고 물기를 닦는데

문득 화장실에 새 수건이 걸려 있었다는 걸 알아차렸다.

'어? 언제부터 새 수건이 걸려 있었지?'

"네가 걸어뒀어?" 물기를 닦다 말고 아내에게 물었다.

"응."

"항상 쓰고 나면 새걸 걸어둬?"

"당연하지!"

나는 수건을 쓰고 한 번도 새것을 걸어뒀던 적이 없었는데,

아내는 꼭 다음에 쓸 나를 위해서 새 수건을 걸어두고 있었다.

손만 뻗으면 되는 일이지만, 그게 떠오르려면

상대방에 대한 배려를 항상 염두에 둬야 한다.

이제는 나도 샤워하고 나올 때, 아내를 위해 새 수건을 하나 걸어둔다.

쉽지만 기분 좋은, 사소한 습관을 그녀에게서 배웠다.

빨래의 기술

#맨날허리가아프다더니 #신기한머리감기

엄청난 샴푸 펌프질에 놀라고

현란한 빨래의 기술에 두 번 놀랐다.

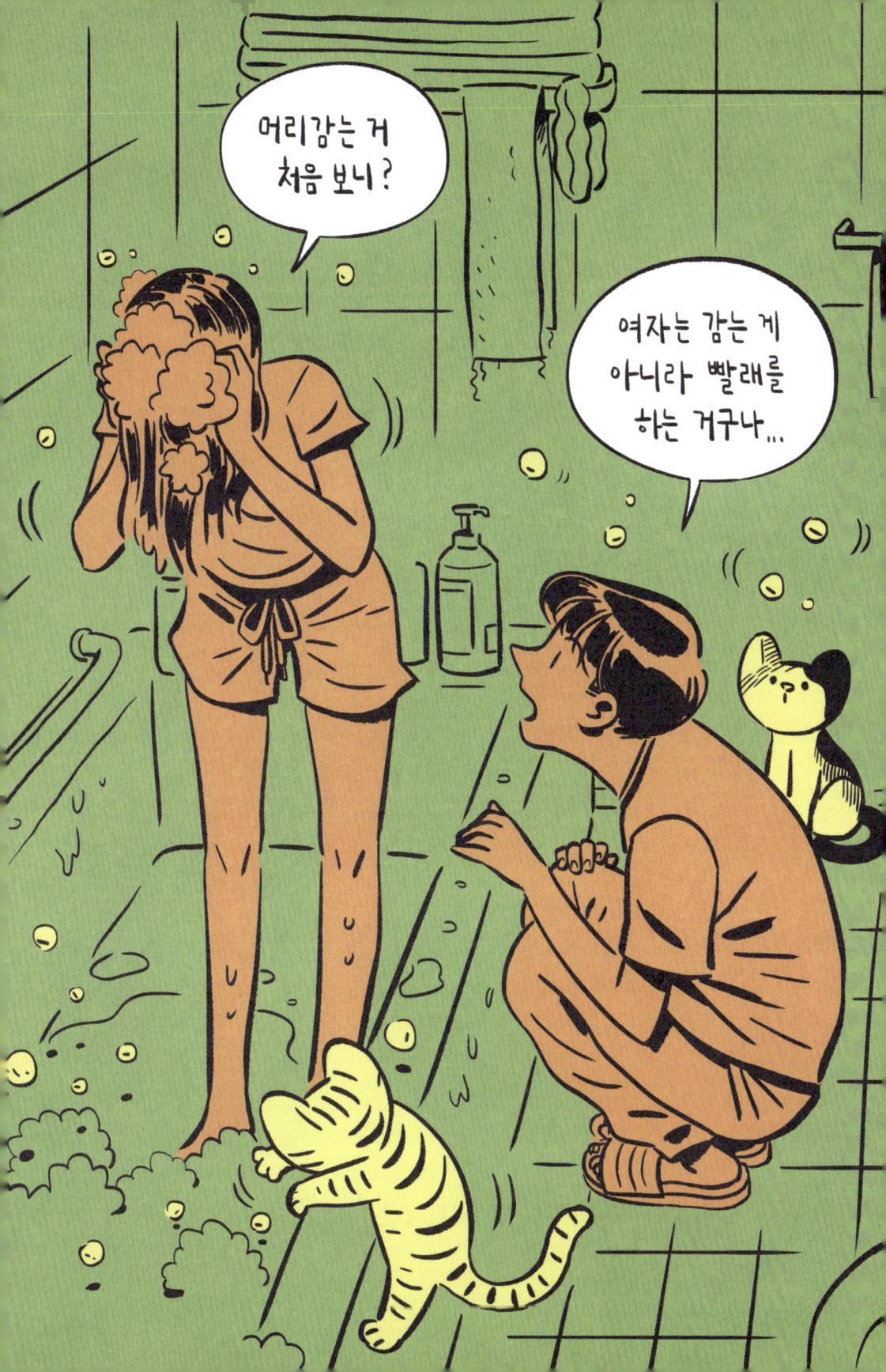

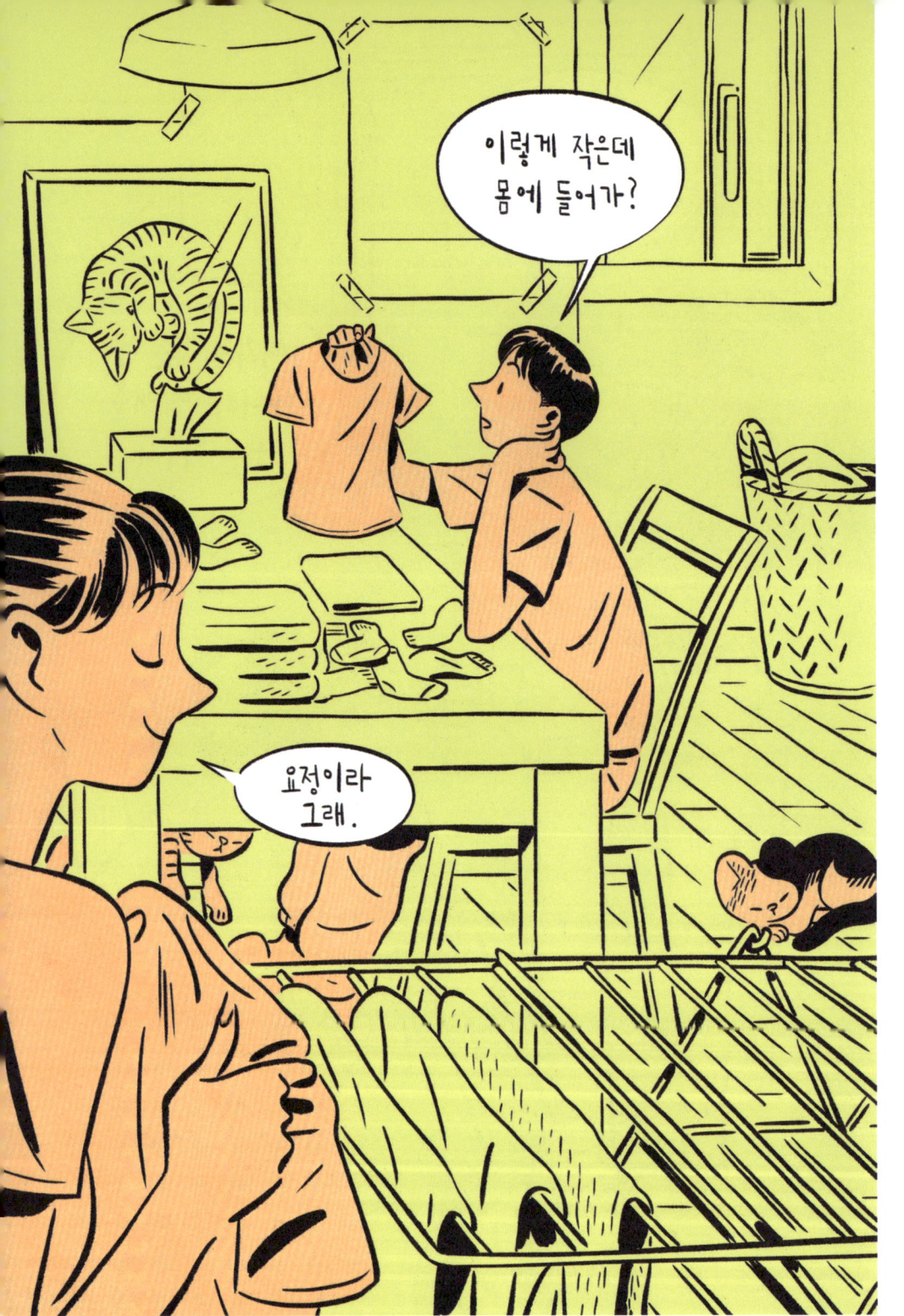

우리 집의 요정

#네가요정이었다니 #그것봐 #내가그럴줄알았어

생각보다 작은 여자 옷. 좀 귀엽다.

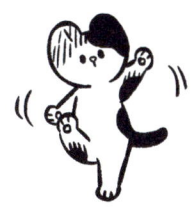

왼손잡이와 오른손잡이

#여름엔마주보고먹자 #너무덥잖아

난 오른손잡이, 넌 왼손잡이

그래서 우린 같이 붙어 밥을 먹을 수 있다.

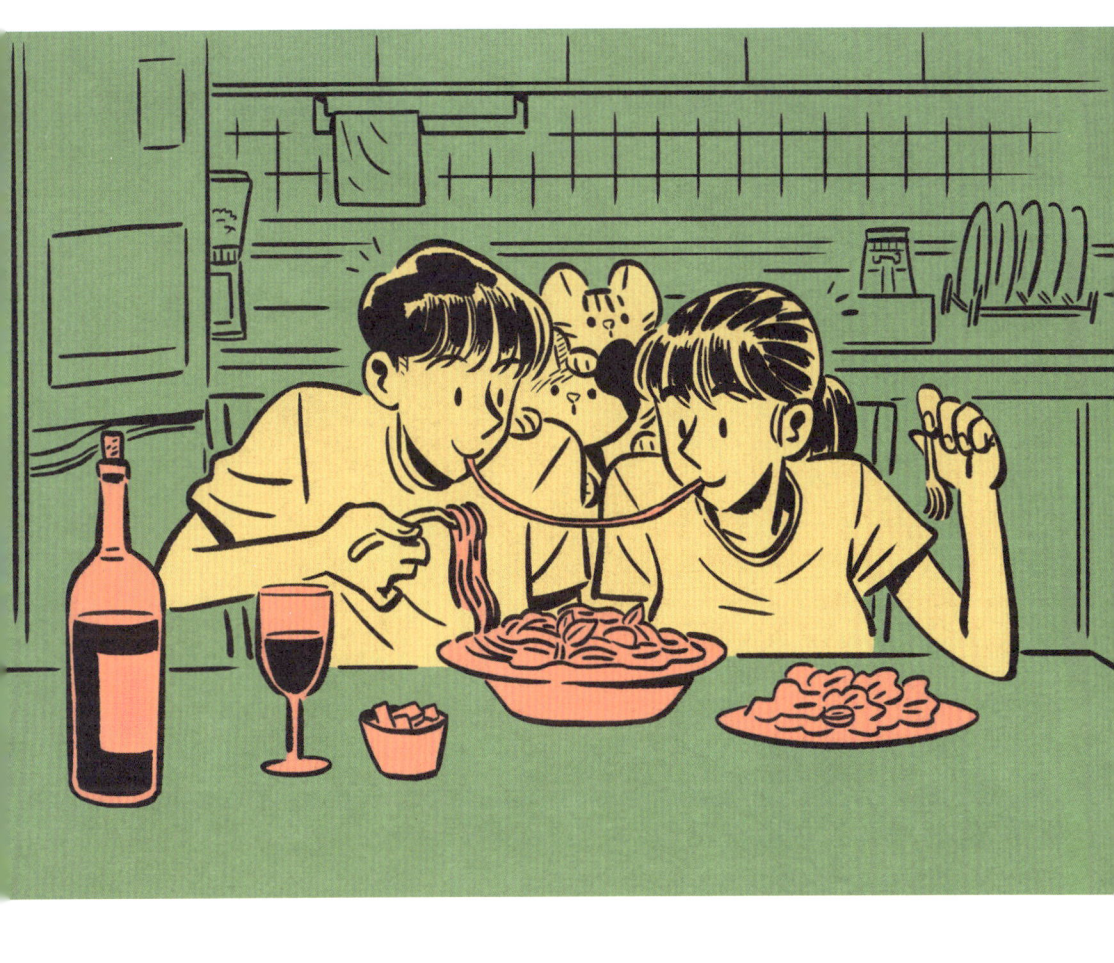

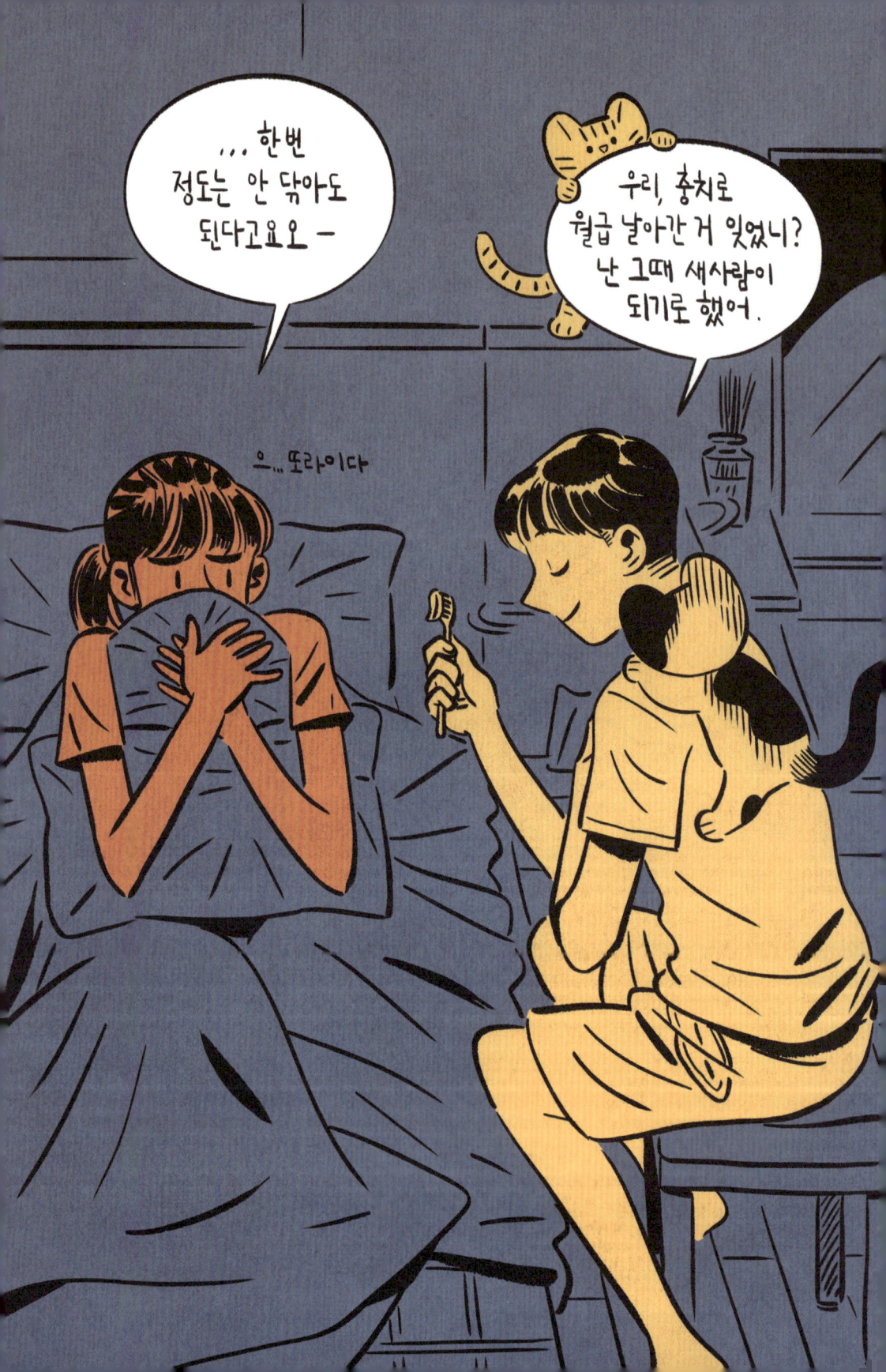

정말 무서운 것

#가정을지킨다 #네가얼마짜린줄아니

어릴 땐 아파서 무서웠던 치과가

이젠 다른 의미로 무섭다.

닮아간다

#뒤집어개나포개나 #요래요래

우리는 서로 달랐던 삶의 방식을 공유하며

점점 섞여간다. 닮아간다.

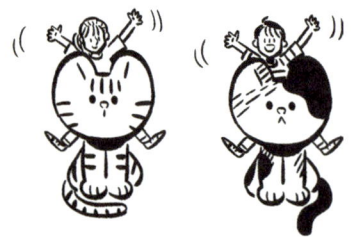

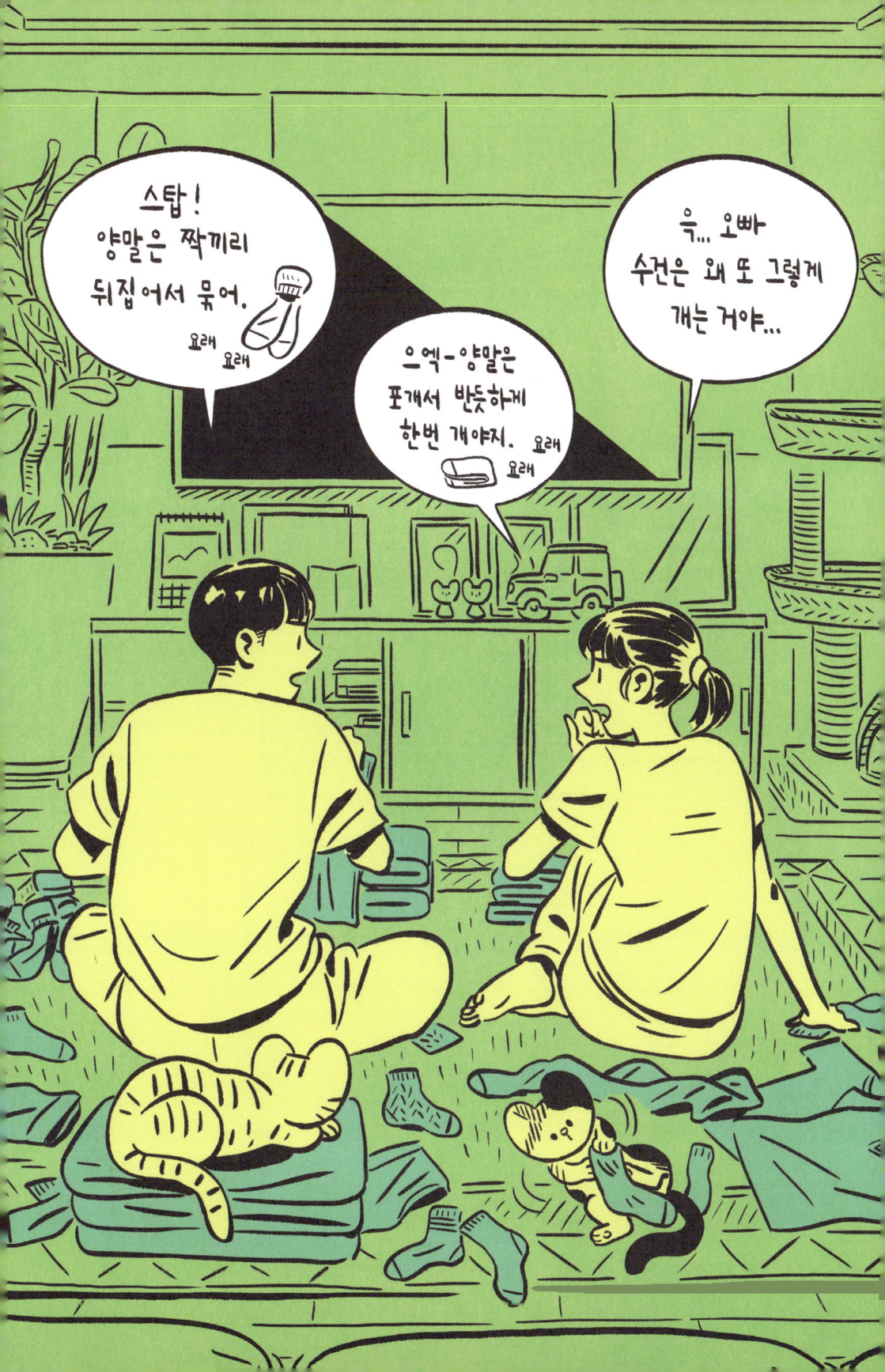

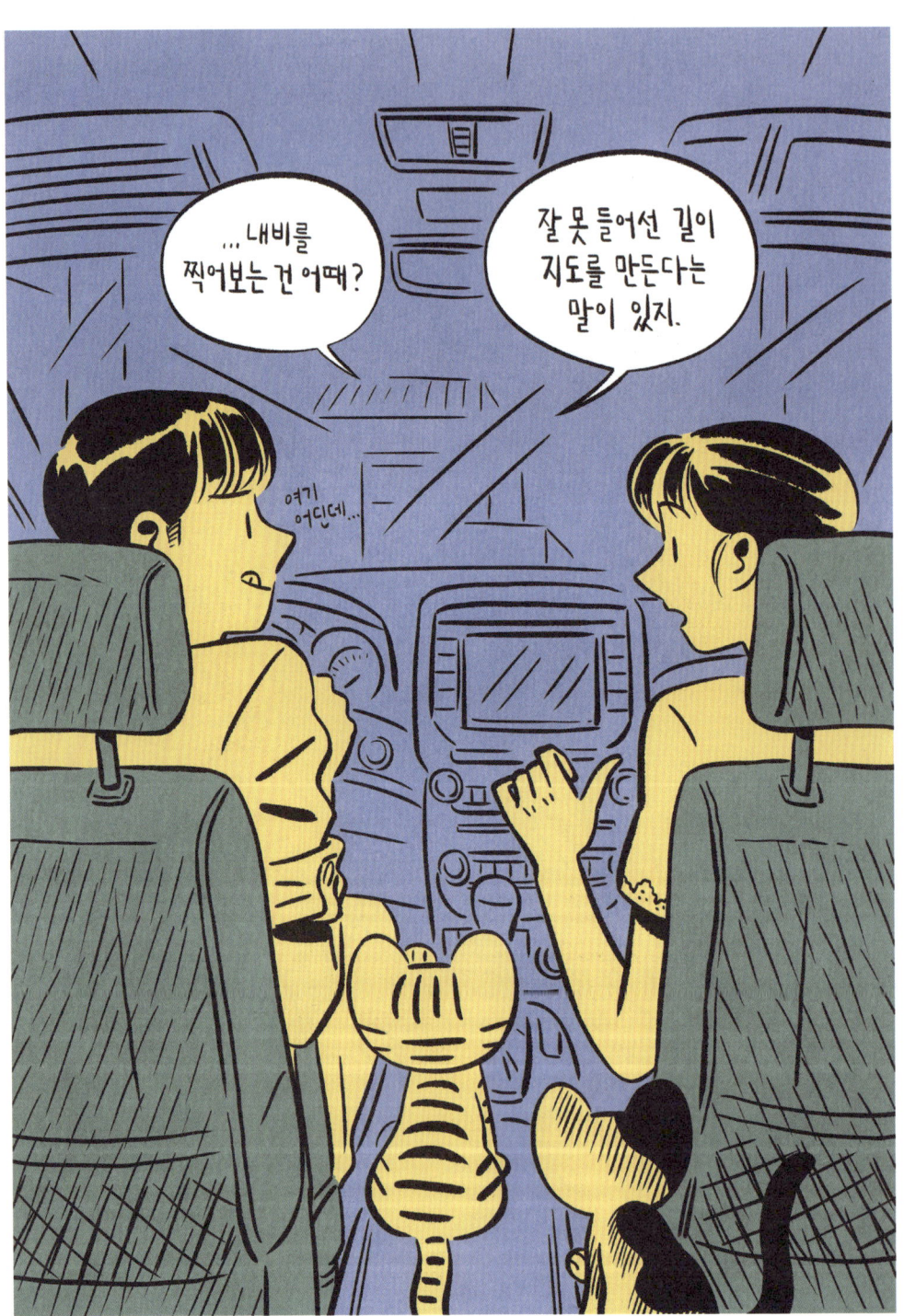

남자의 길

#내비는거들뿐 #근데 #여기가어디지

나는 나의 길을 가리다.

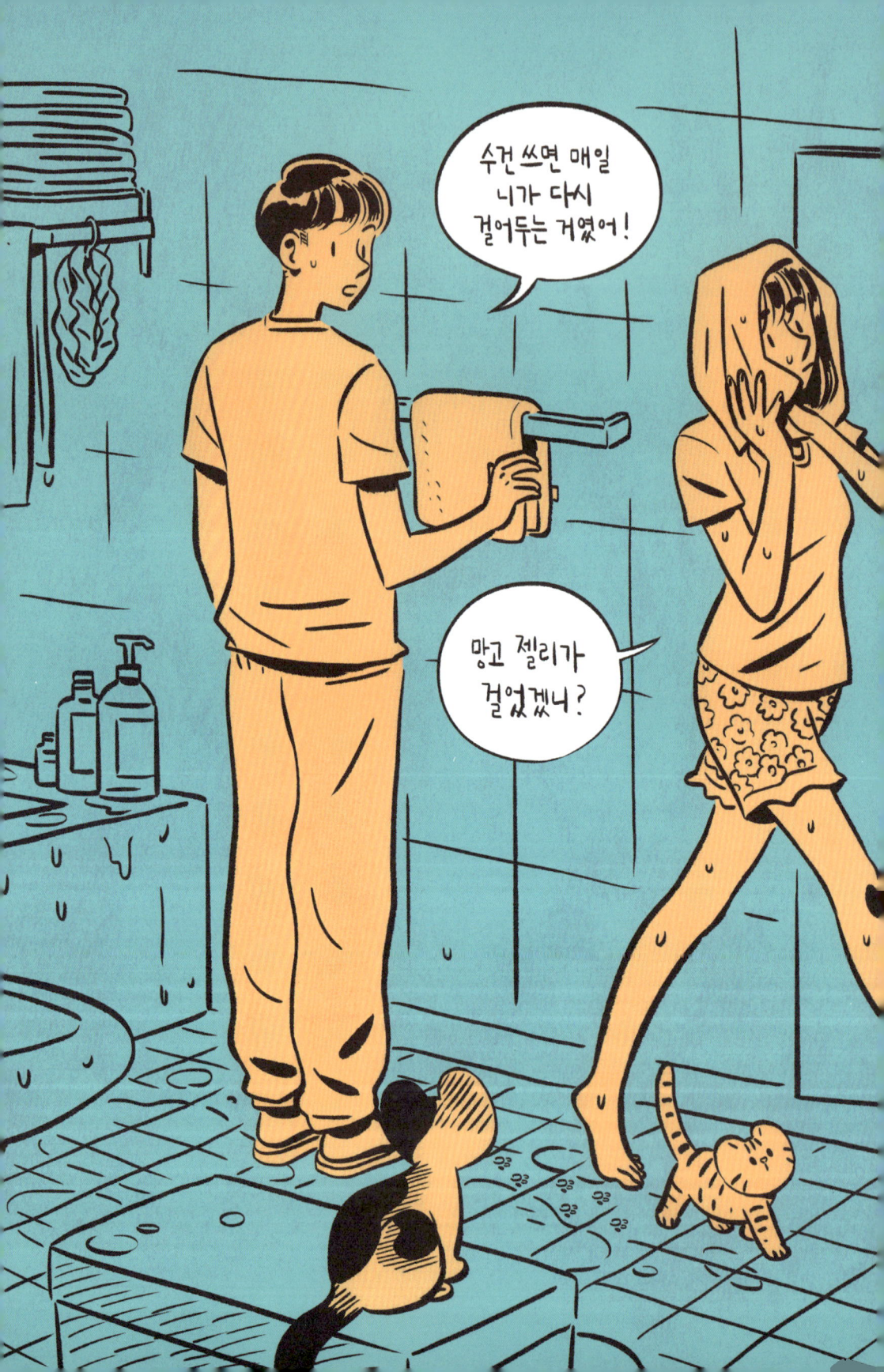

너였어

#같이산다는것 #배려

아무 생각 없이

걸린 수건만 써 왔는데…

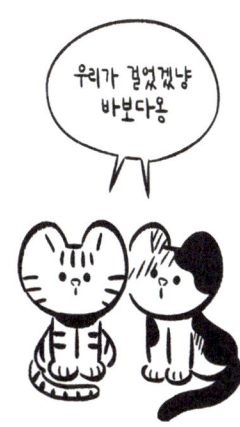

4

둘이 하나가
되었음을 신고합니다

2016년 5월 21일 부부의 날, 우린 기발한 생각이라며 그날 휴가를 내어 혼인신고를

하기로 했다. 점심이 다 되어 도착했는데 우리에게 주어진 대기번호는 6번.

숫자가 줄어드는 속도를 보건대 이건 다시 오란 소리인 것 같았다.

요즘 결혼하는 사람들이 점점 줄어서 사회적 문제라더니

주민센터에는 그 말이 무색할 만큼 사랑을 찾은 젊은 커플들로 가득 차 있었다.

결국 시험지처럼 빼곡히 채운 혼인신고서만 달랑달랑 들고 아쉽게 돌아섰고

일 때문에, 집안 사정 때문에 차일피일 미루게 됐다.

며칠이 지났을까. 책상 위에 있는 혼인신고서가 자꾸 눈에 걸려서 다시 날을 잡고

아침 일찍 도전했다. 그날의 6번이 자꾸 생각 나서 일찍 움직였는데 그때의 열기는

신기루였던 것처럼 한가해 보이는 직원이 반겨줬다.

물어보니 그날은 토요일에 부부의 날까지 겹쳐 많이 몰렸었고

평소엔 지금처럼 바쁠 일이 없다고 한다.

우리는 결혼한 지 반년이 넘어서야 겨우 정식 부부가 됐다.

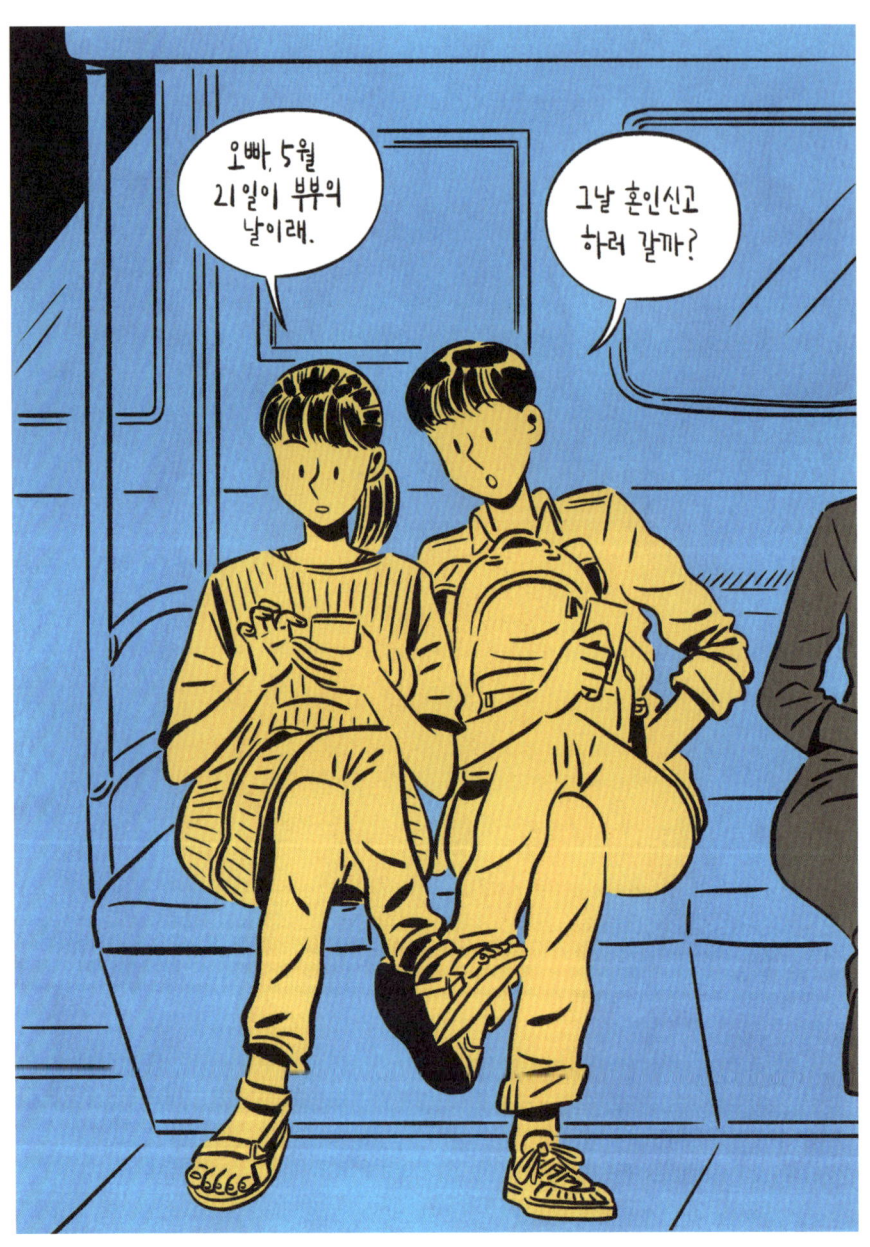

혼인신고라니!
뭔가 우리끼리 엄청 멋진 느낌

#둘이하나가되는날이라나 #어른이된느낌

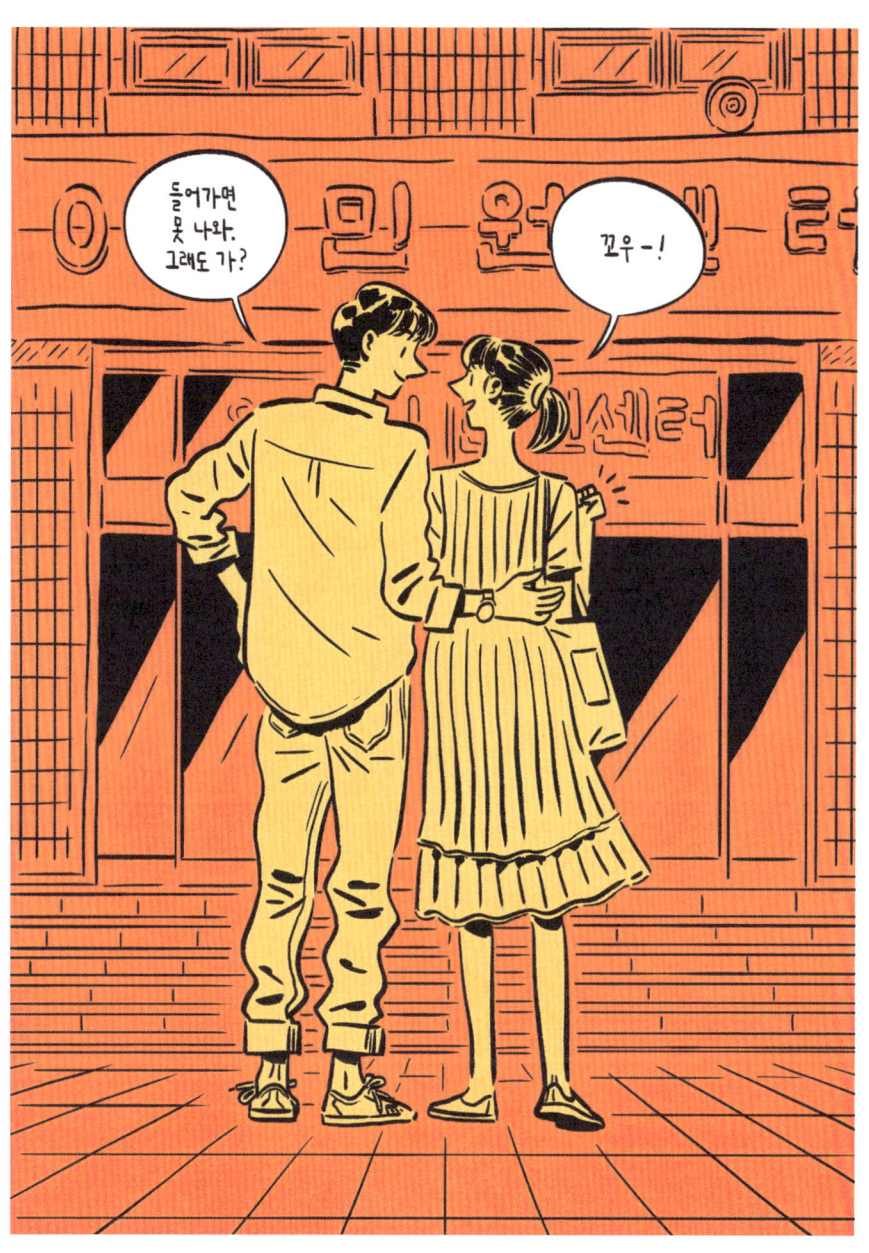

도망치려면 기회는 지금뿐이야

#누가할소리

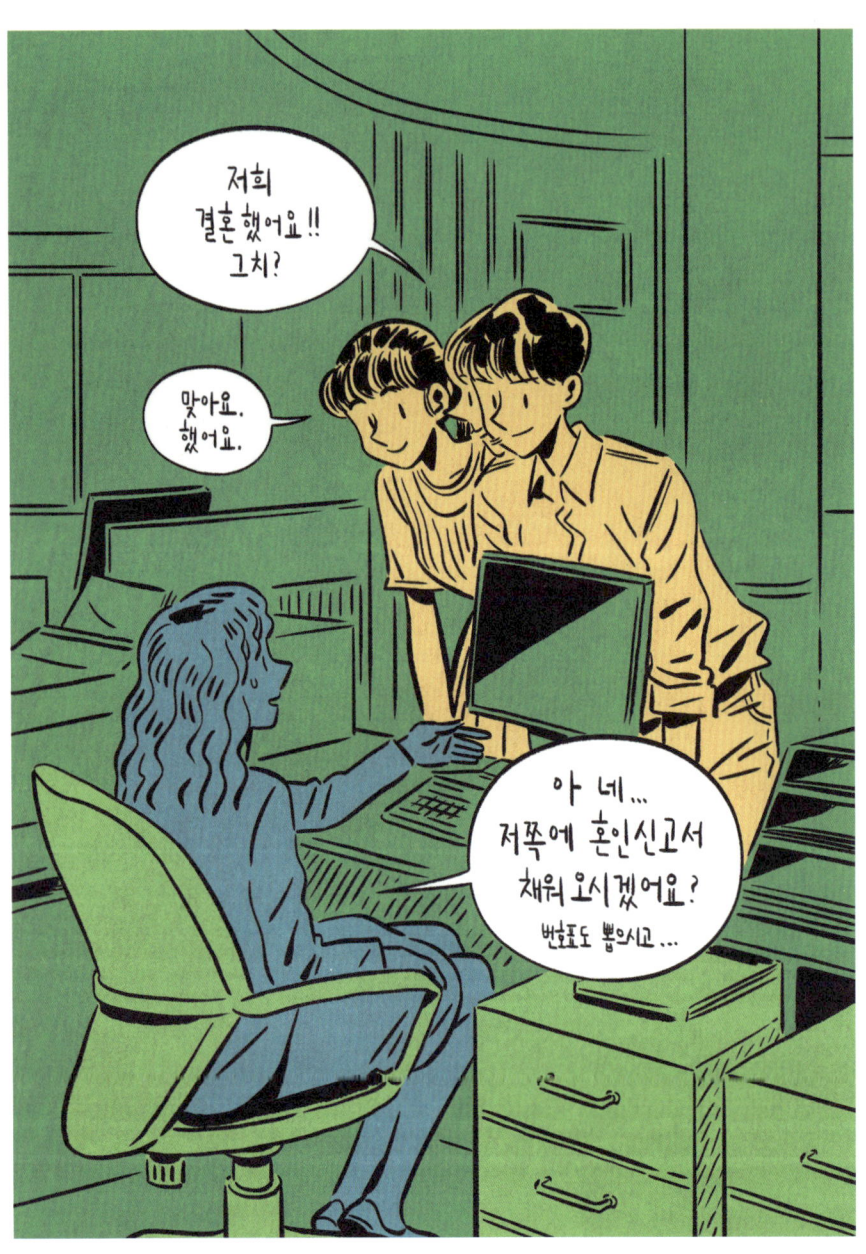

우리만 신나

#우리가주인공이기때문이지

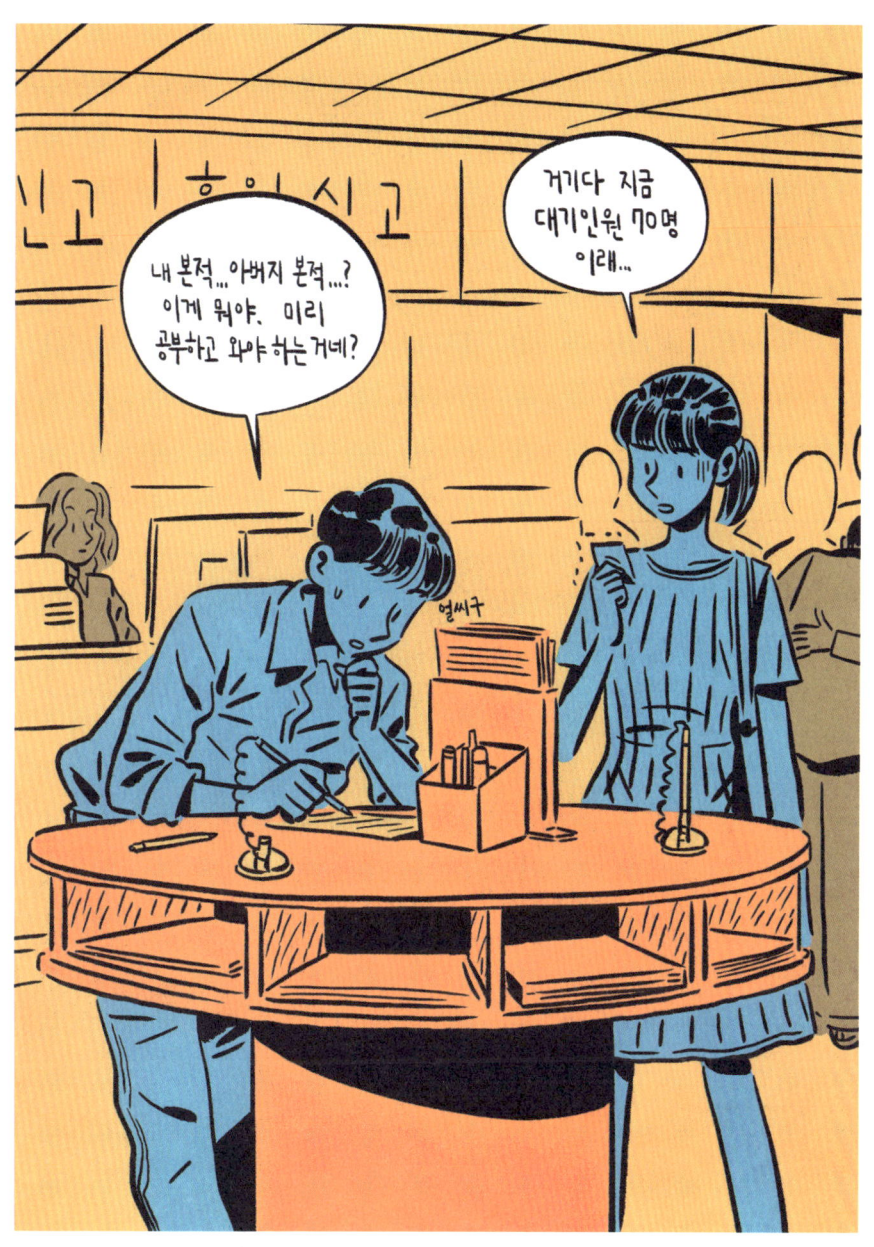

수능만큼 어려운 혼인신고

#수능보다어려워 #부부로살게해주세요

결혼을 허락해주세요

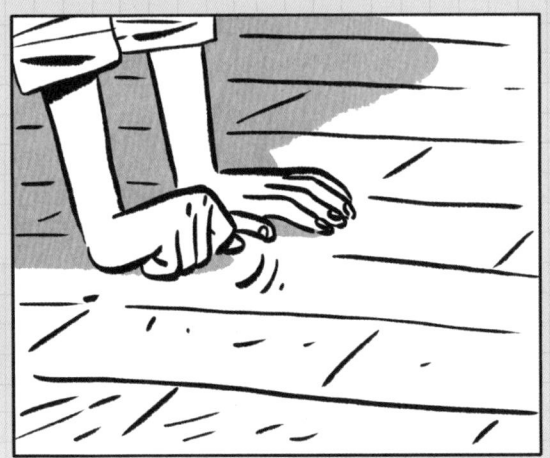

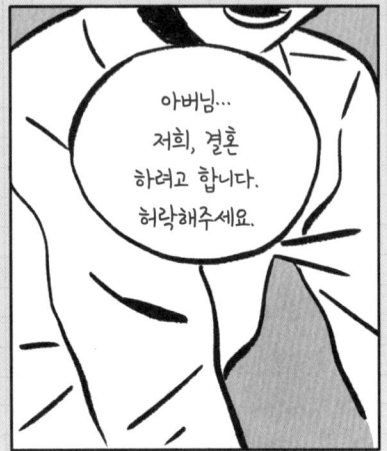

아버님...
저희, 결혼
하려고 합니다.
허락해주세요.

흠. 엄밀하게
아직 아버님은
아니지.

여보.

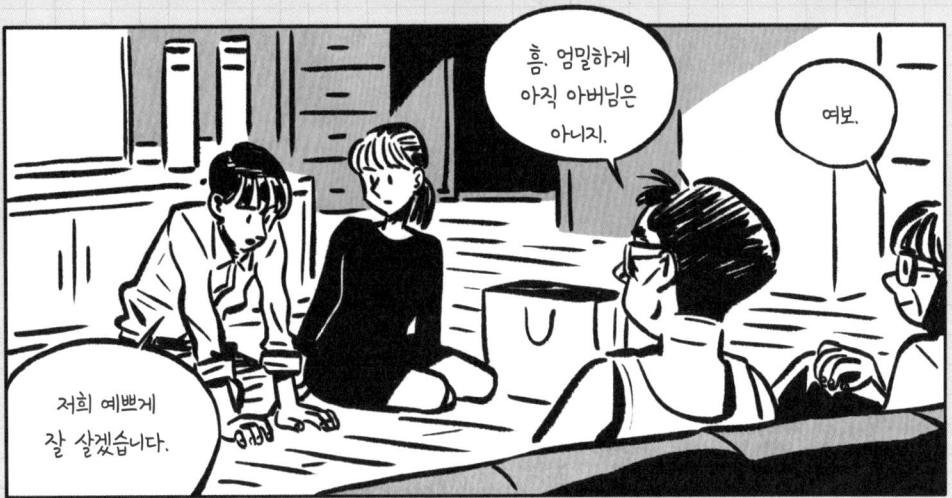

저희 예쁘게
잘 살겠습니다.

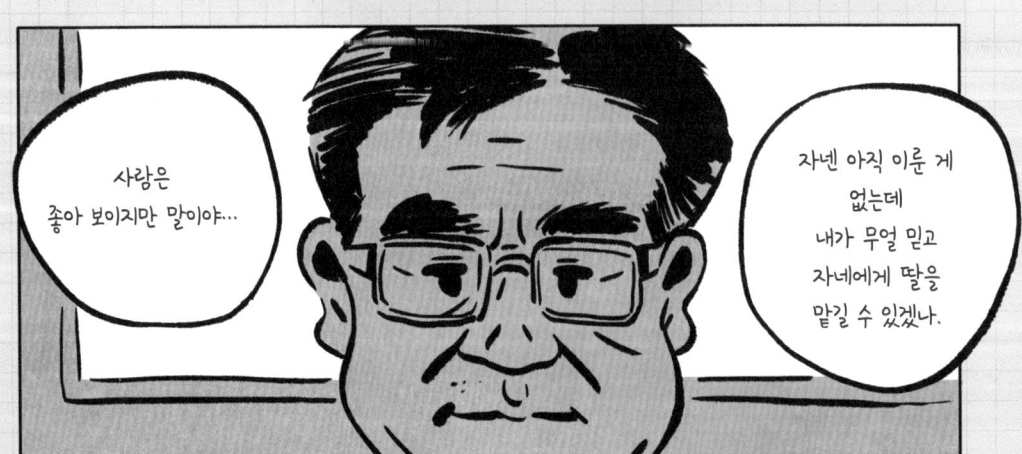

사람은
좋아 보이지만 말이야...

자넨 아직 이룬 게
없는데
내가 무얼 믿고
자네에게 딸을
맡길 수 있겠나.

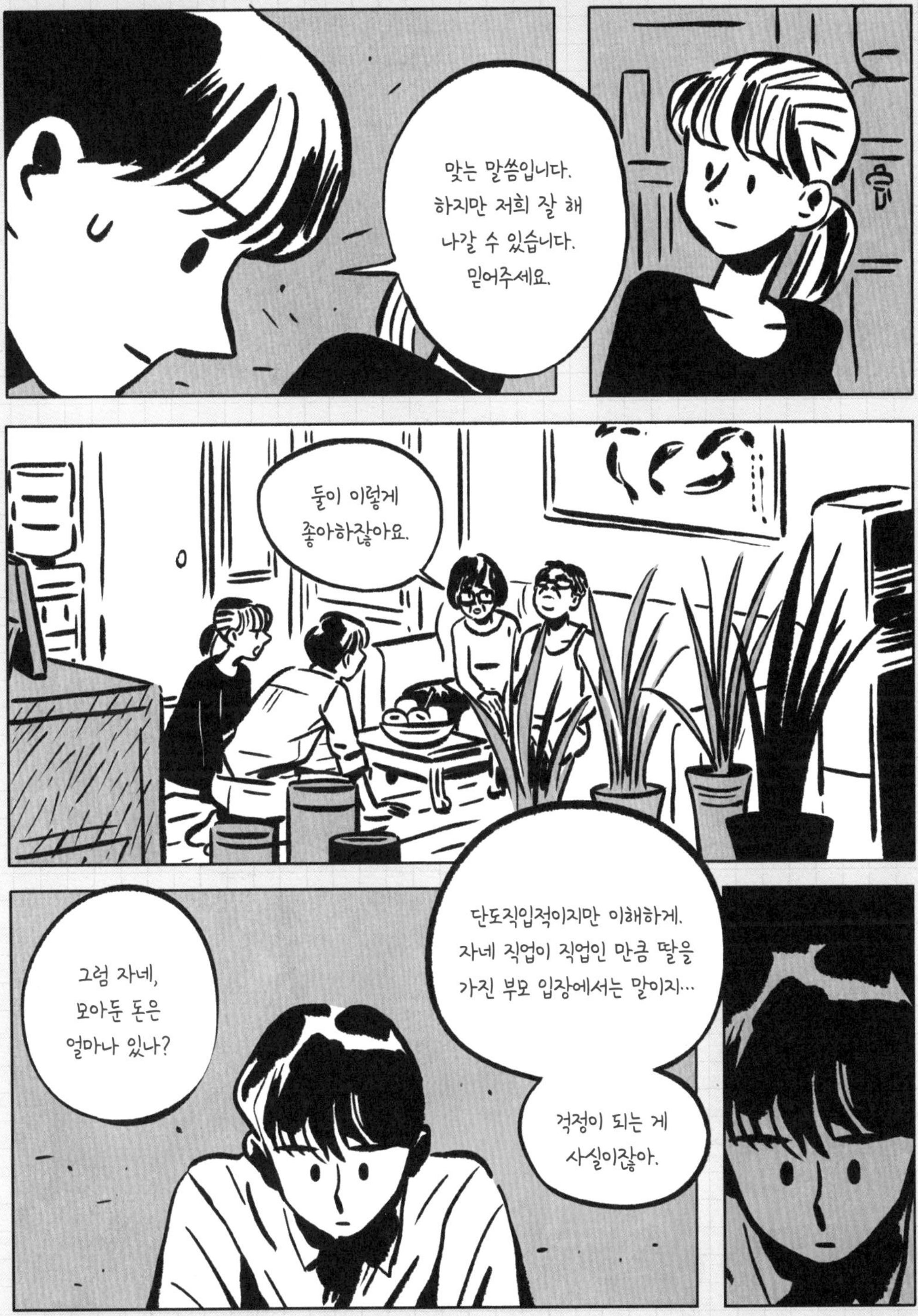

맞는 말씀입니다.
하지만 저희 잘 해
나갈 수 있습니다.
믿어주세요.

둘이 이렇게
좋아하잖아요.

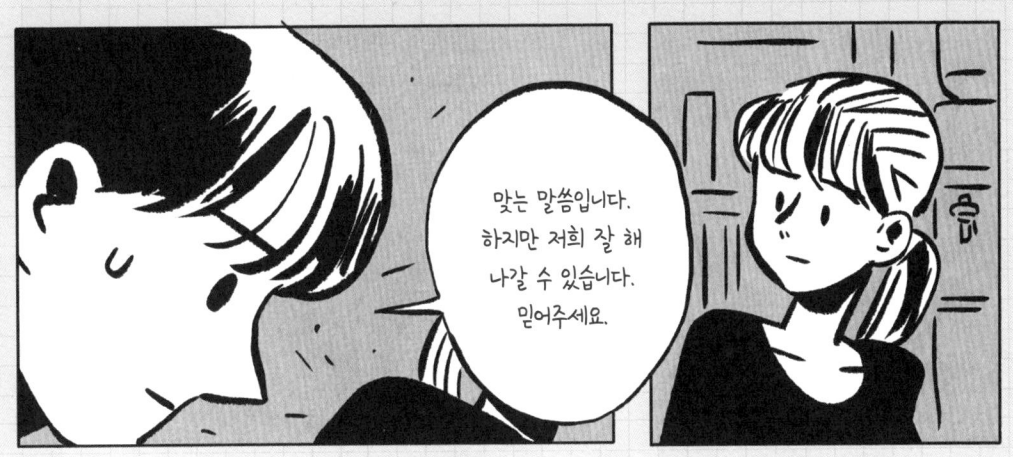

단도직입적이지만 이해하게.
자네 직업이 직업인 만큼 딸을
가진 부모 입장에서는 말이지...

그럼 자네,
모아둔 돈은
얼마나 있나?

걱정이 되는 게
사실이잖아.

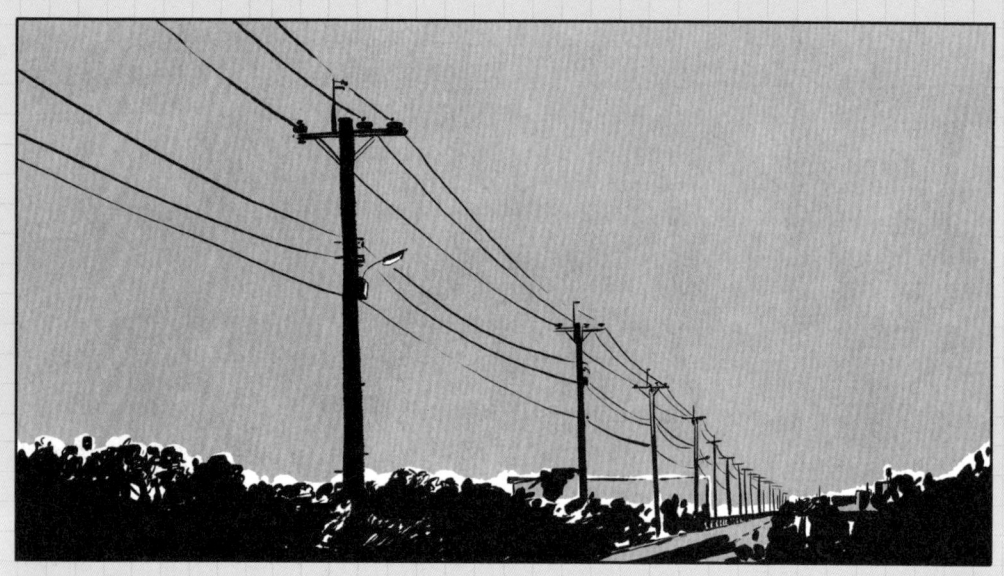

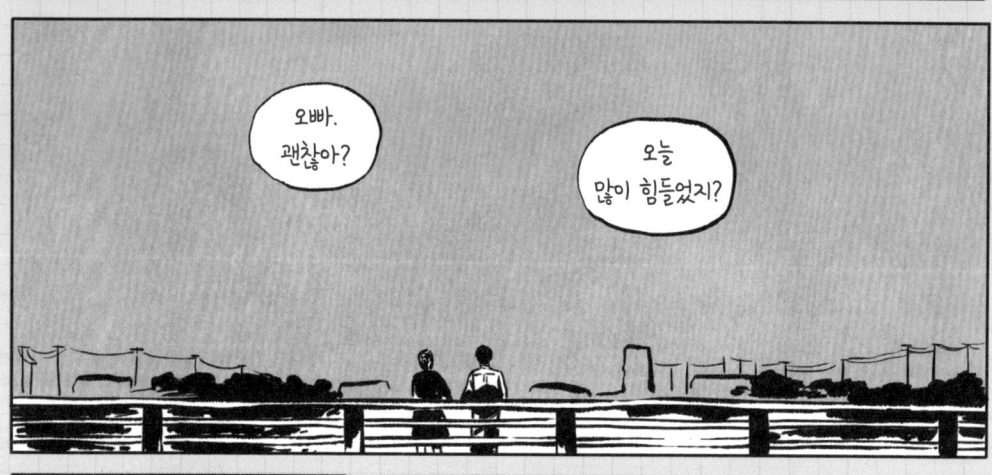

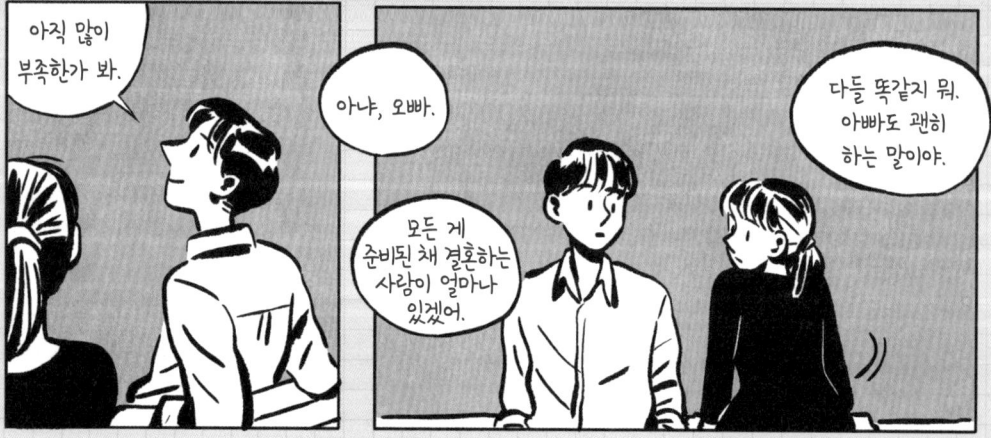

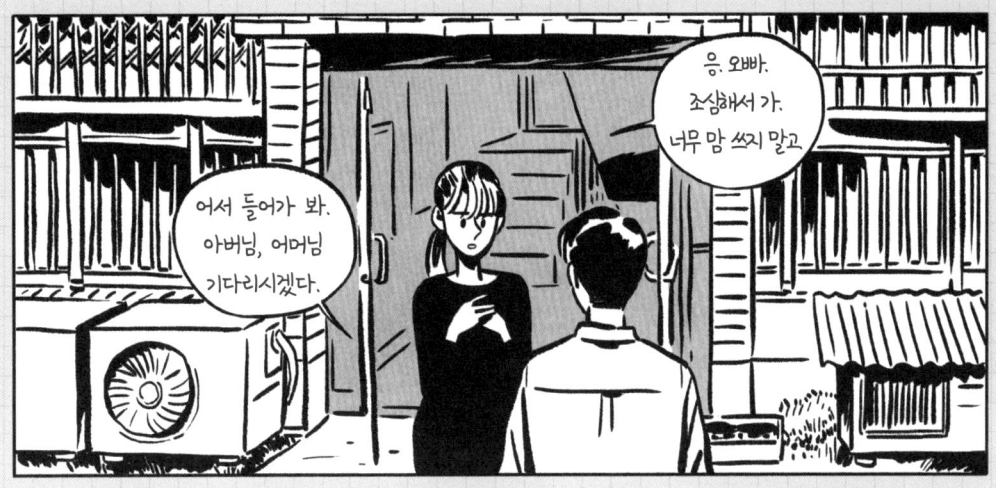

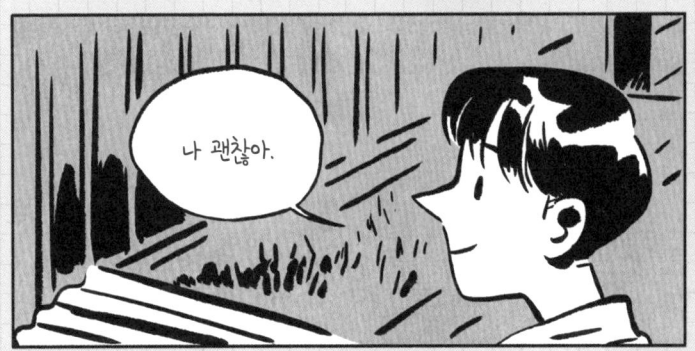

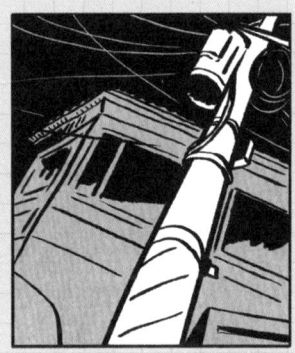

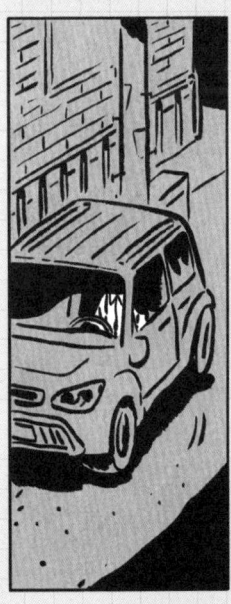

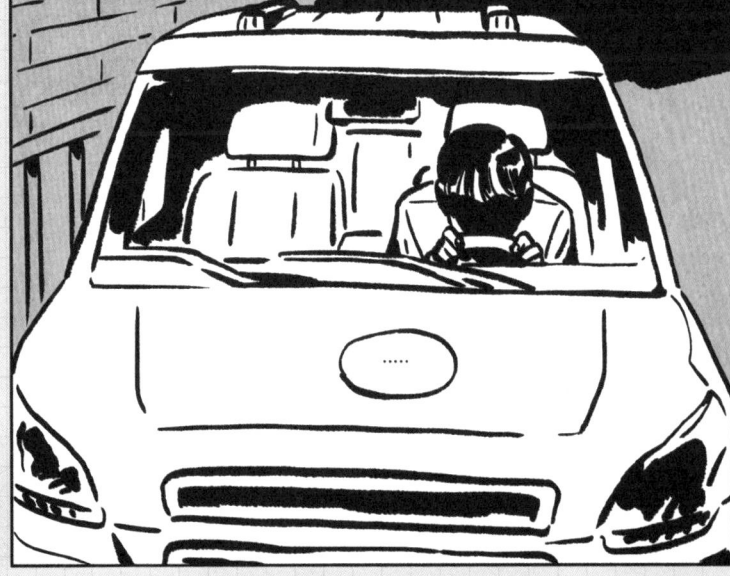

흑…

흑

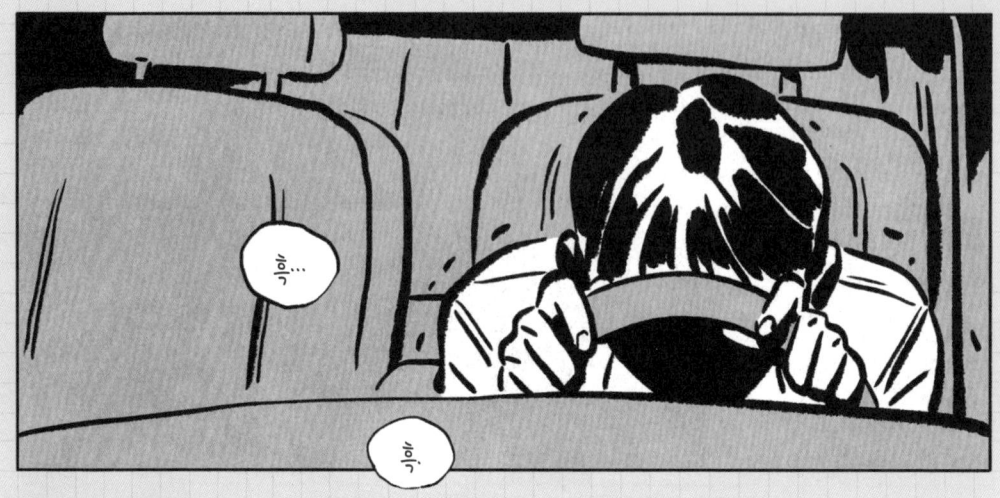

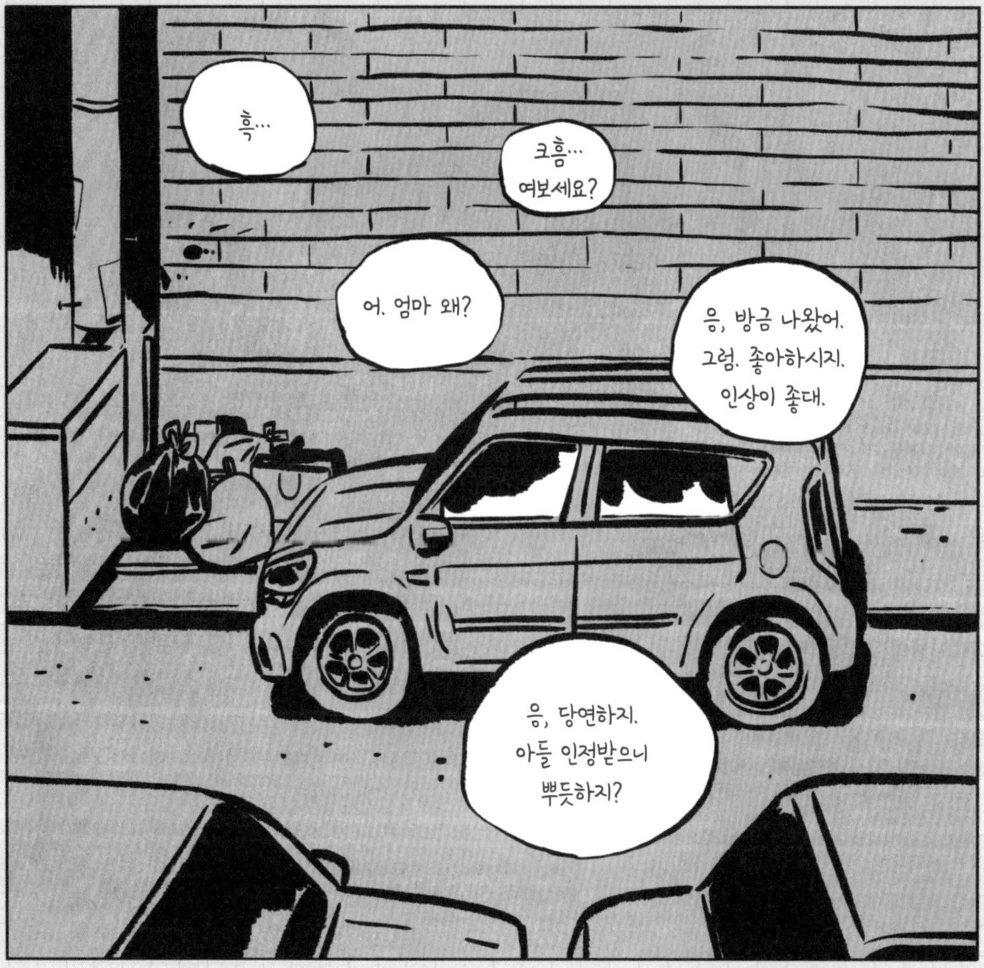

흑…

크흠…
여보세요?

어. 엄마 왜?

응, 방금 나왔어.
그럼. 좋아하시지.
인상이 좋대.

응, 당연하지.
아들 인정받으니
뿌듯하지?

결혼의 허락을 구하는 것은 내겐 생각보다 힘든 일이었다.

"저희 결혼하려 합니다"가 아닌 "결혼을 허락해주세요"는 많은 것이 달랐다.

어떻게 살 거냐는 물음에 거침없이 답하면 좋겠지만, 사회 초년생인 나에겐

불가능한 것이 많았다. 결국, '부모님의 지원 아래, 은행의 힘을 빌려 이렇게 살

곳을 마련하겠습니다'라고 말씀드릴 수밖에 없었다. 복잡한 결혼 절차 속에서

우리가 주체가 아니라 서로의 부모님의 뜻을 이어주는 전달자밖에 되지 못하는

것 같아 큰 무기력함을 느꼈다. 나는 그녀의 부모님 앞에서 가능성만을 역설할

수밖에 없었다. 그러고는 무너지는 자신감을 꼭 잡고 버티면서

"잘 살겠습니다"라고 말했다.

그 순간 내 목소리가 이토록 공허하게 들릴 수가 없었다.

Part 2

알콩달콩
신혼의 일상

5

회사 다녀오겠습니다

아내는 매일 출근한다. 6시에 일어나 6시 40분쯤에 집을 나선다.

내가 알기로는 아직 지각 한 번 한 적이 없다.

집에서 일하는 나는 아내의 출근을 도와주곤 한다. 40분 만에 모든 준비를 해야 하는

아내는 식사조차 제대로 챙길 시간이 없다. 더 챙겨주고 싶은 마음이 굴뚝같지만,

미숫가루 같은 음료와 과일로 간단히 간식을 차려주는 것이 내가 할 수 있는 전부다.

침대에 누워 아내가 화장하는 모습을 보고 있으면 어느새 40분이 훌쩍 지난다.

매일 아침 아쉬운 안녕을 하는 것을 마지막으로 그날 아내를 위한 내 역할은 끝난다.

그렇지만 아내의 하루는 이제 시작임을 잘 알고 있다.

"오늘도, 잘 다녀와."

많이 벌어 오세요

#힘내고 #빨리들어와

출근시키기 어렵지 않아요.

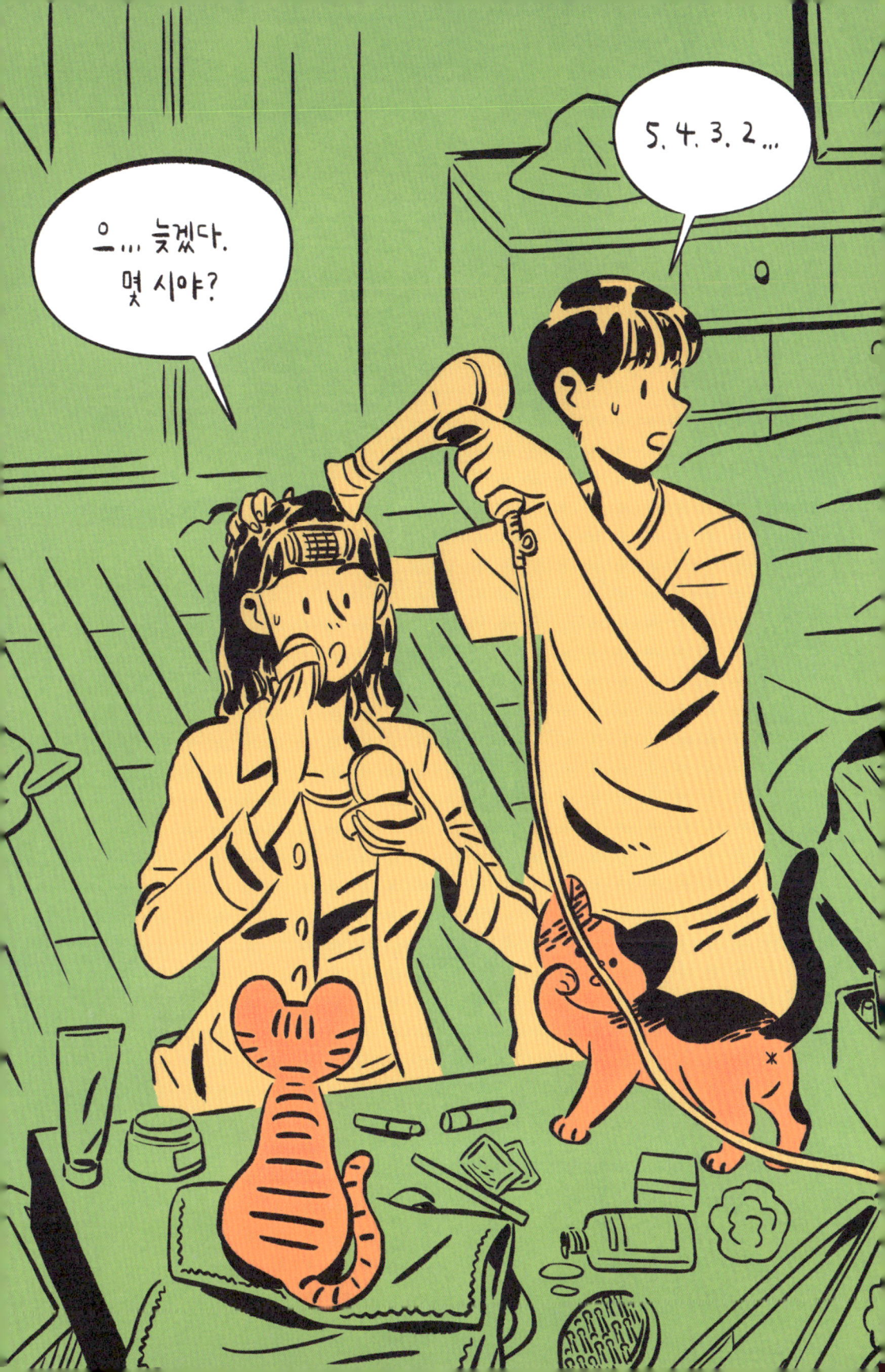

각자의 점심시간

#하루종일기다려서 #저녁은같이먹지요 #오늘은뭐먹을까

너는 오늘 뭘 먹을까,

꼭꼭 씹으며 네 생각하기.

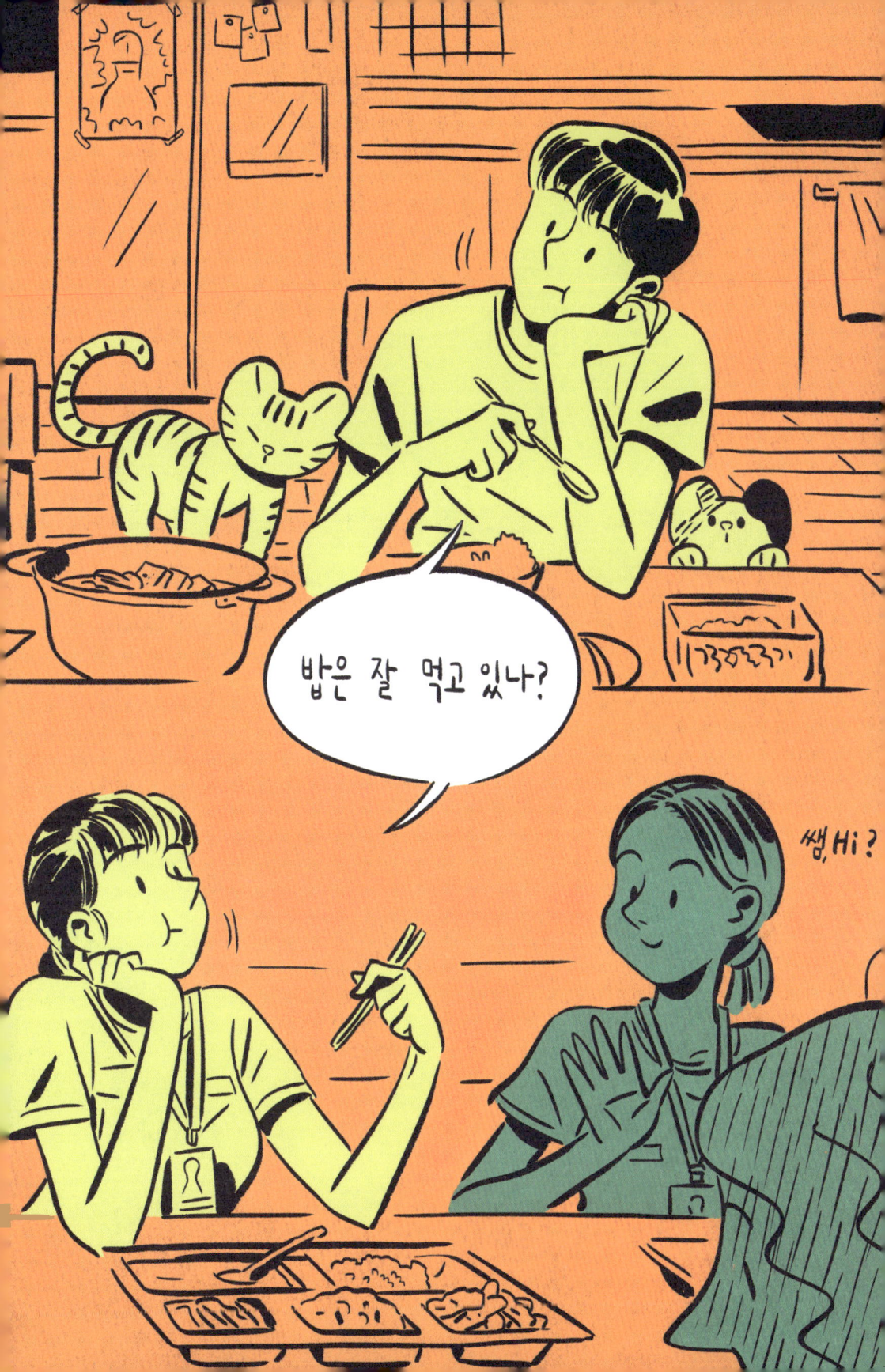

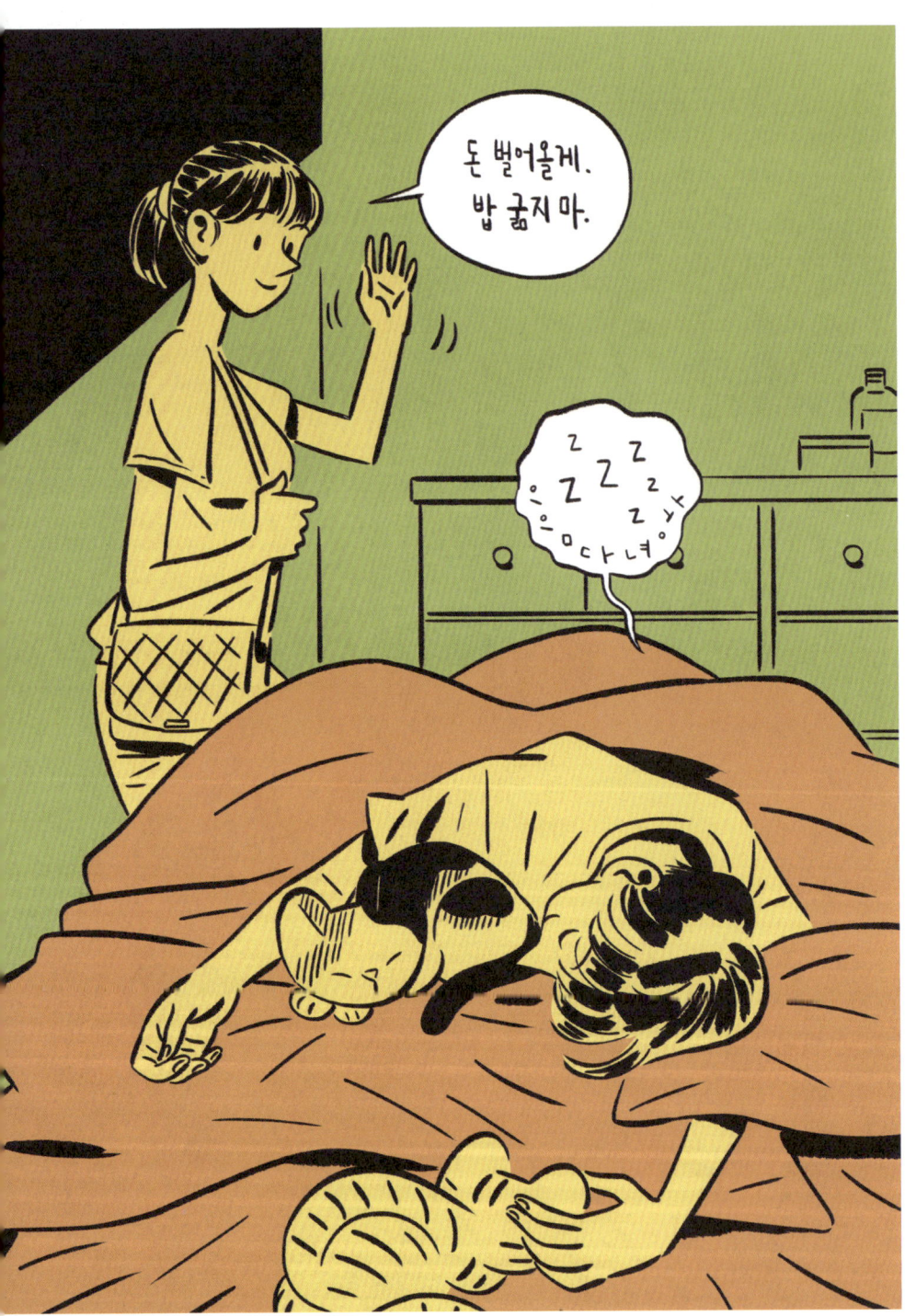

마음으로 배웅했어

#불가항력

자면서 말하기.

깨면 몰라요.

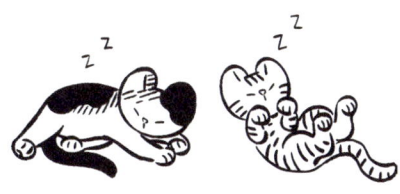

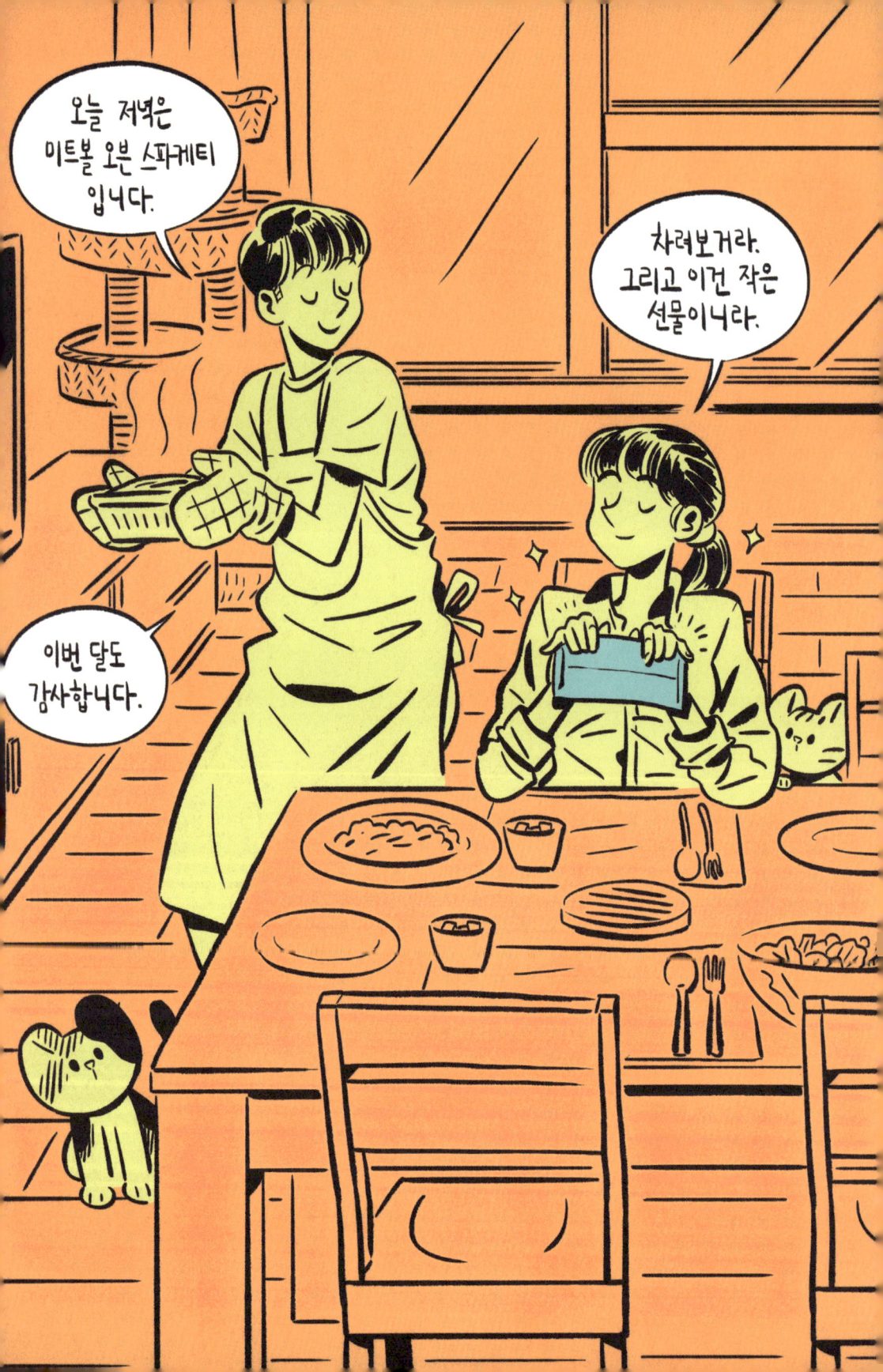

한 달에 한 번 왕 대접

#사는동안많이버시오 #고생했어

월급봉투를 들고 오기까지 얼마나 고생이 많았을까.

그날은 더 대견하고 예쁘다.

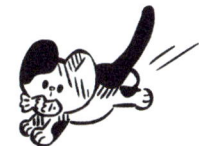

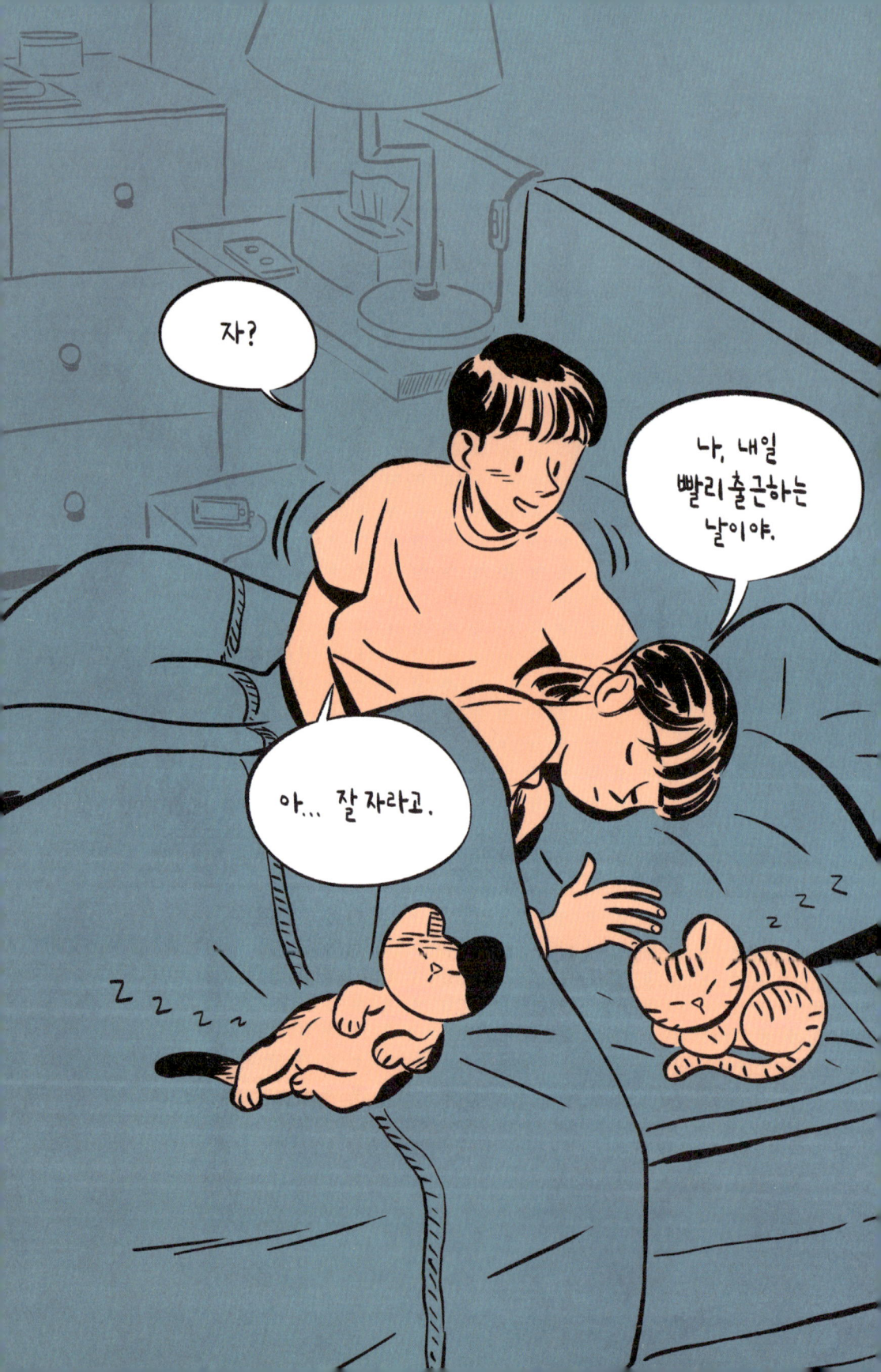

자니?

근데 있잖아,

다들 빨리 아기 가지기를 원하시더라고.

그냥 그렇다고.

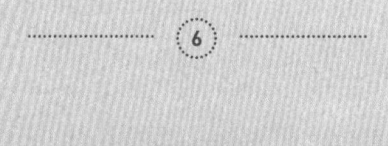

6

나 왔어

언젠가 저녁을 같이 먹으려고 퇴근 시간에 맞춰 아내의 직장에 간 적이 있다.

아내는 내가 온 줄도 모르고 땀을 줄줄 흘리면서 정신없이 일하고 있었다.

그날 저녁에 내가 이 이야기를 꺼내자,

아내는 "오늘 정도면 바쁜 날은 아니야"라고 했다.

이후 나는 적은 돈을 쓸 때에도 그날 아내가 땀 흘리던 모습이 생각나서 함부로 쓰지 않는다.

한 달에 한 번. 아내는 미소를 지으며 가볍게 퇴근한다.

바로 월급봉투를 받은 날이다. 아내가 작은 손에 꽉 쥐고 가져온 월급봉투에는

단지 급여명세서가 들어 있지만 이상하게 가볍지가 않다.

나는 소중한 이 봉투를 아내에게 건네받아 곱게 열어 보고 그대로 서랍 속에 차곡차곡 보관한다.

명탐정의 추리력

#쉬운여자 #딩동댕 #빨래바구니왜샀니

사람도 허물을 벗는 건가.

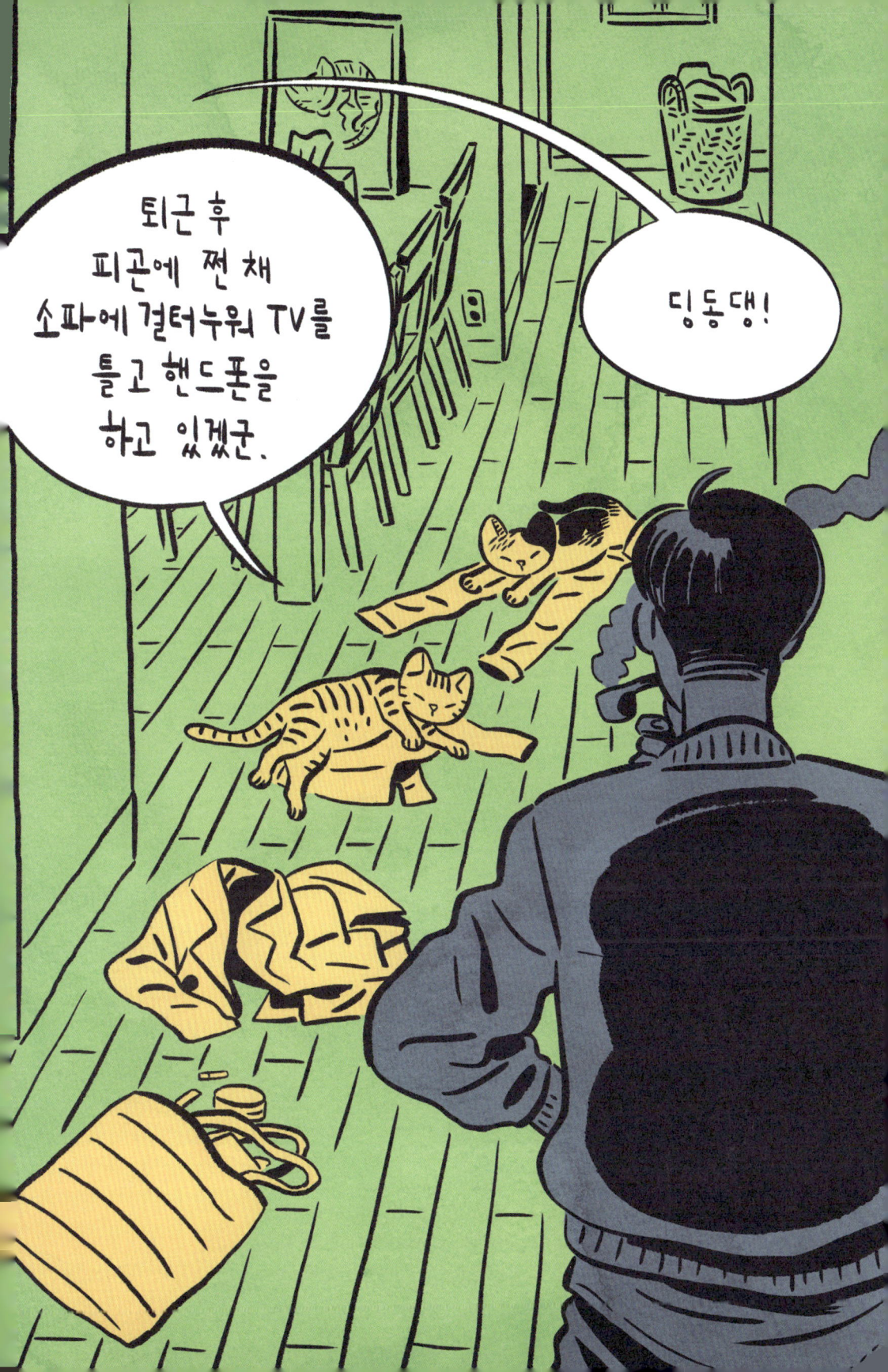

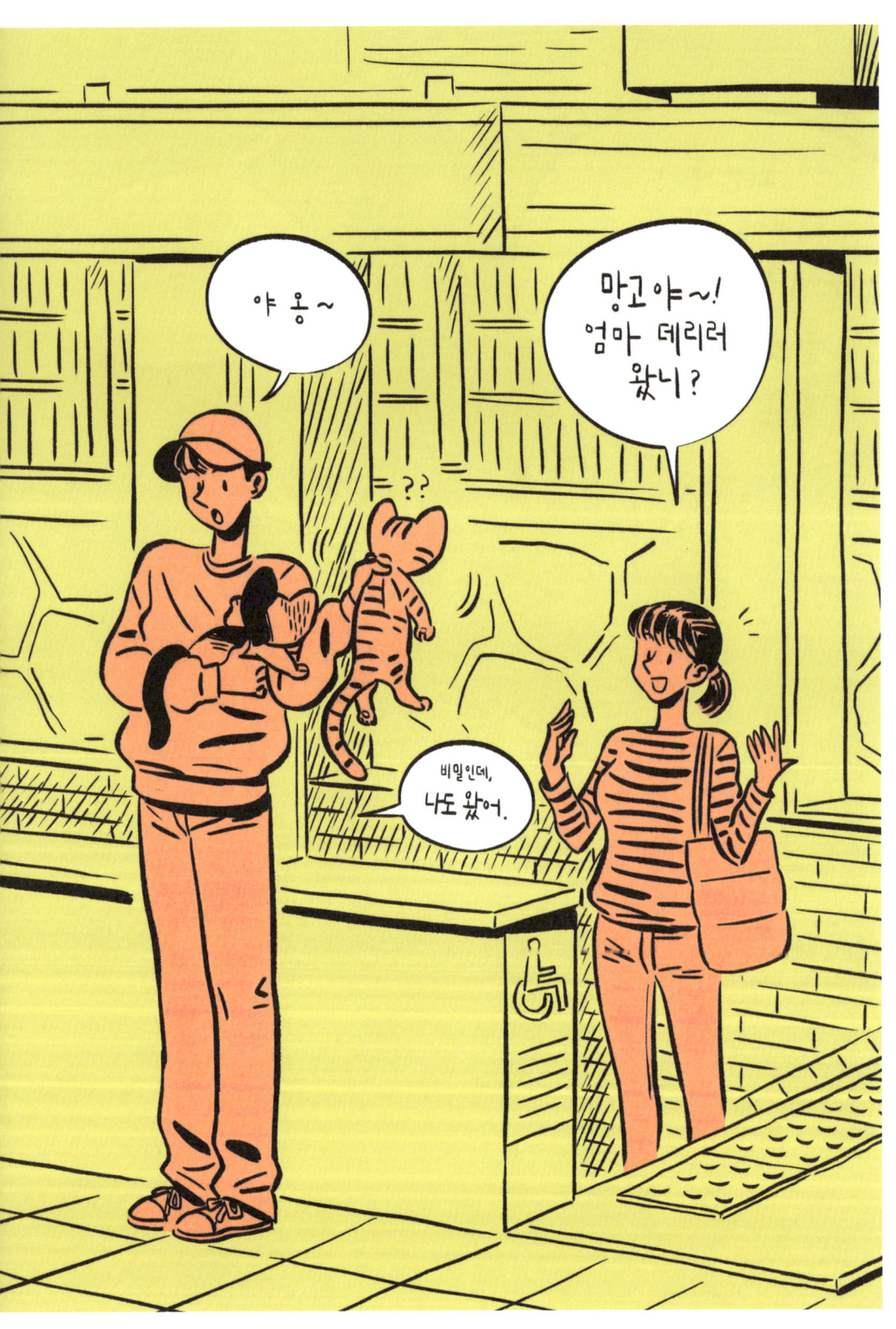

좋아해줘

#라이벌 #나야고양이야 #고양이를질투하지요

날 좋아해줘. 엄마 아니 고양이보다 더.

보너스

#선물 #우리집산타클로스

퇴근길에 도너츠를 사오면 보너스를 받는 기분!

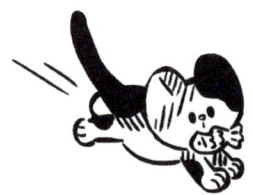

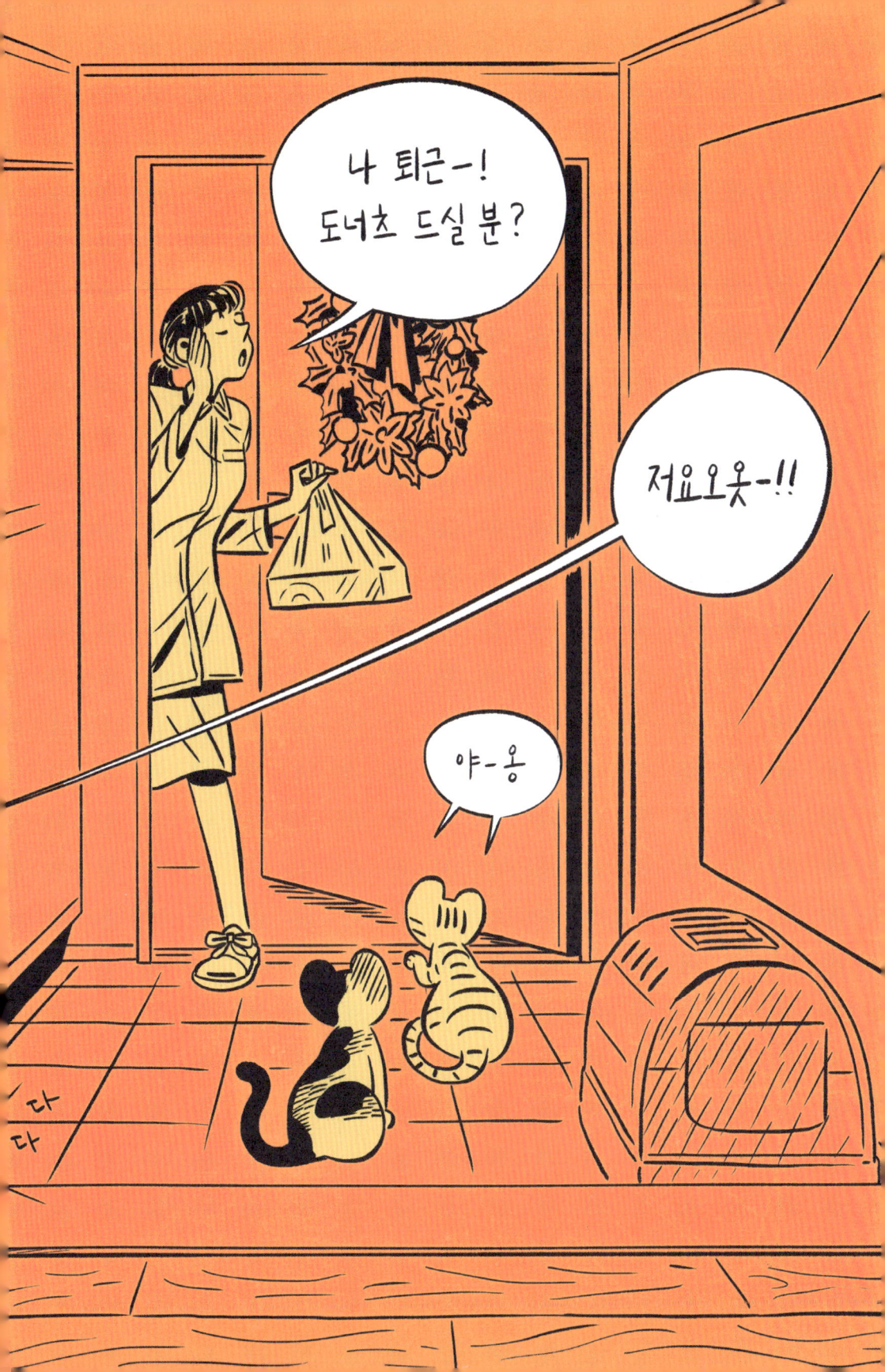

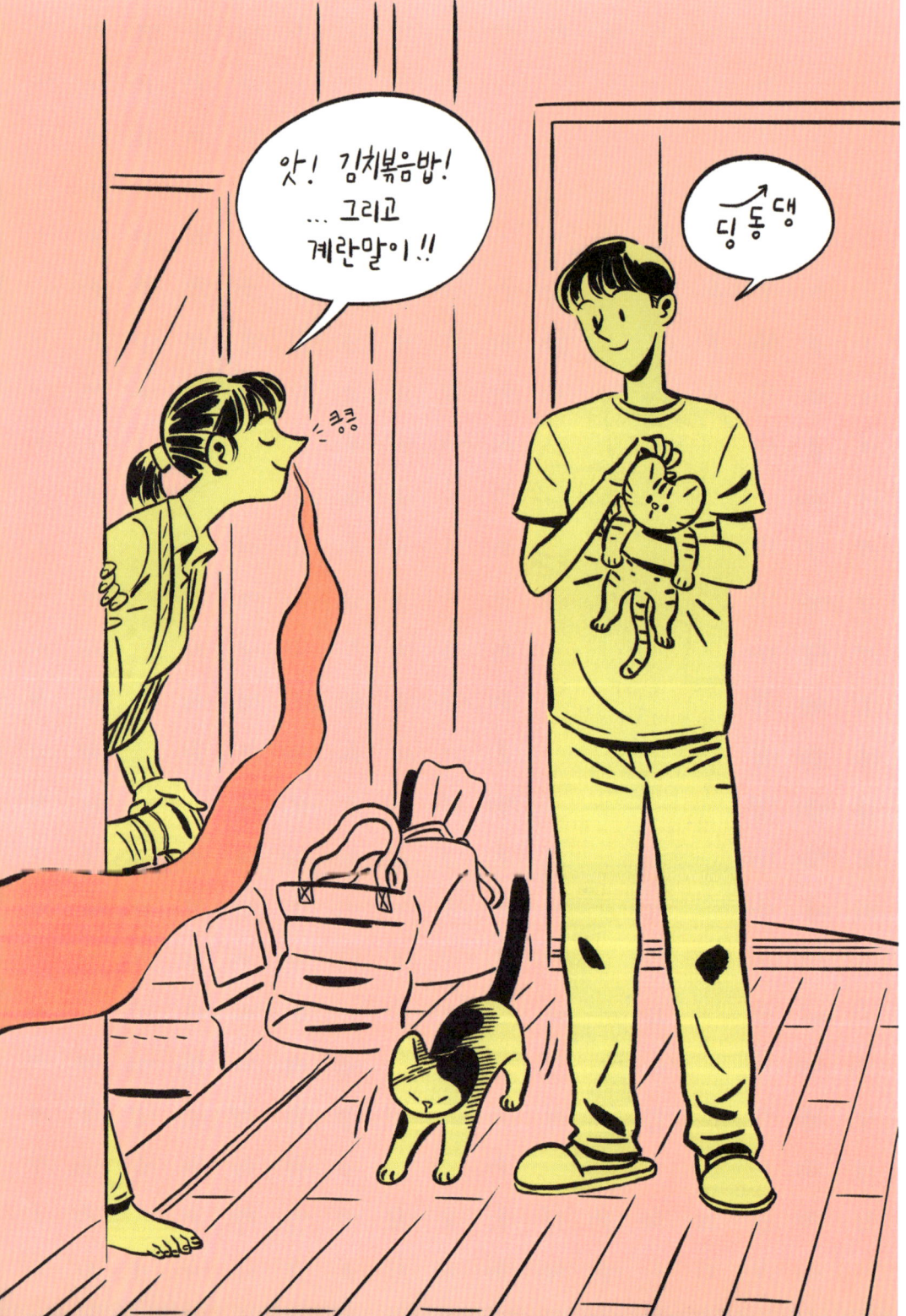

오늘 저녁은?

맛있게 먹어줄 사람을 생각하며

음식을 준비하는 일은 정말 행복하다.

우리 집 퇴근 시간

#역시내라이벌 #남편보다고양이라니

발자국 소리에 우다다 뛰쳐나와서 안기는 망고,

현관 앞까지만 나와 인사하는 쫄보 젤리.

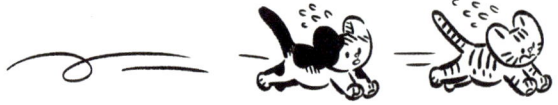

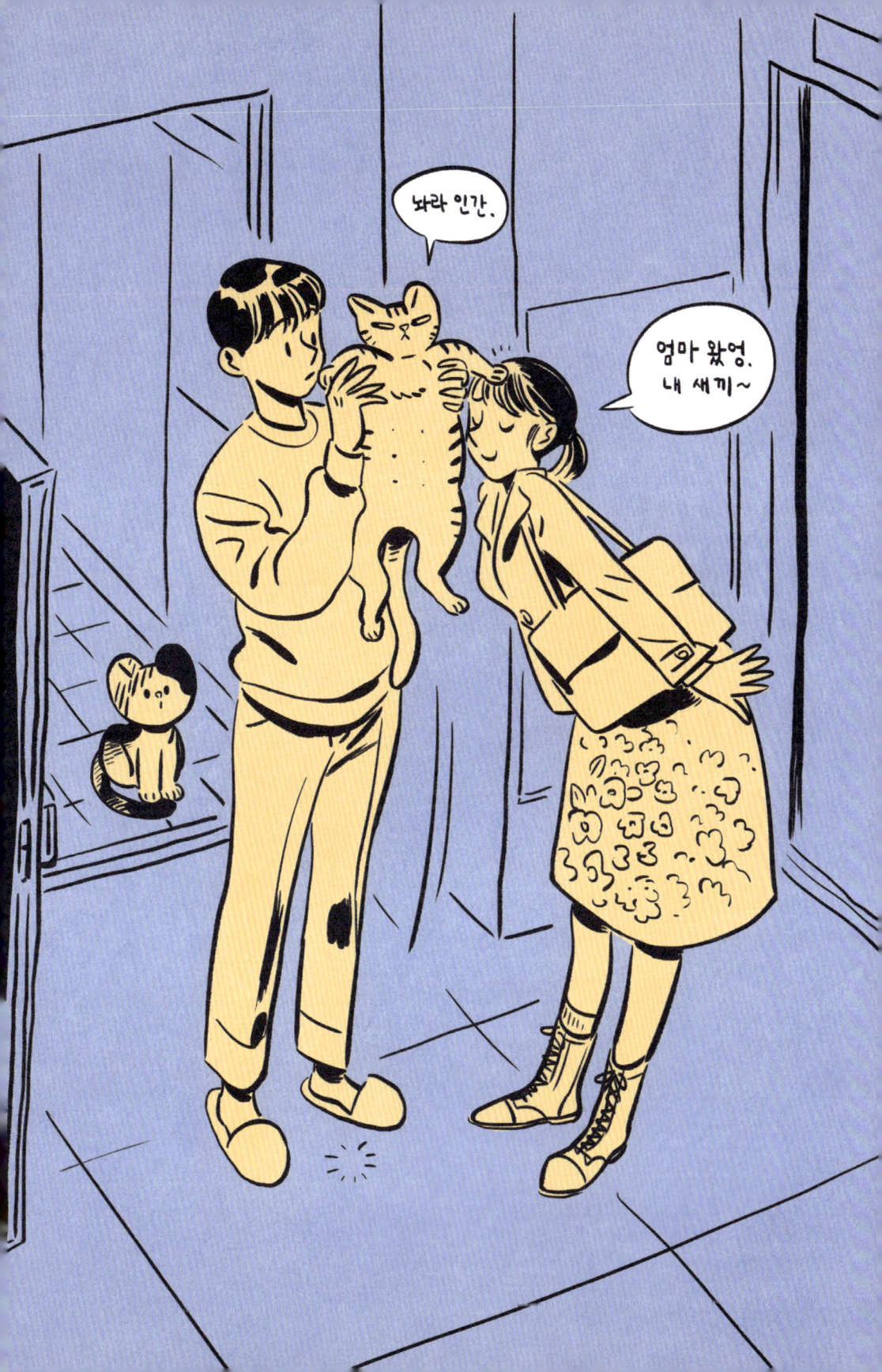

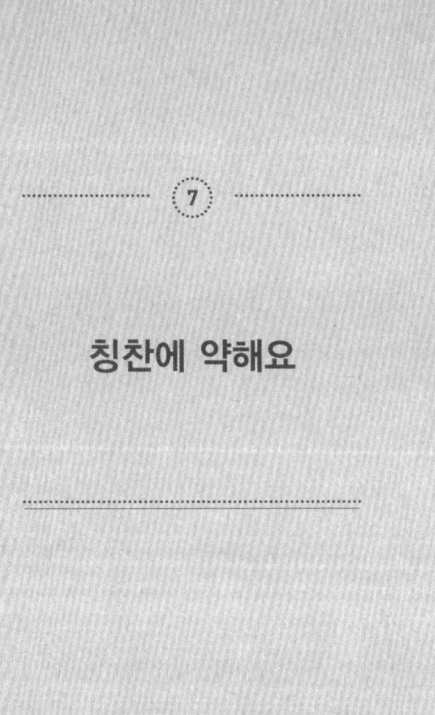

7

칭찬에 약해요

아내는 바깥일을 하니 바깥사람, 나는 주로 집안일을 맡아서 하기 때문에 안사람이다.

나는 오랜 자취 생활로 청소나 요리 등 맡기만 놓으면 척척 처리를 하지만,

칭찬이 없으면 도무지 하루 종일 힘이 나지 않는다.

집안일이라는 게 그렇다. 하루라도 하지 않으면 티가 확 나고,

신경 써서 한다고 해서 눈에 띄게 반짝반짝해지는 것도 아니다.

그래서 청소하는 당사자가 아니면 공을 얼마나 들였는지 확인하기가 어렵다.

나는 이를 아주 잘 알고 있기에 아내의 퇴근 시간이 되면 오늘 청소했다는

티를 팍팍 낸다. 퇴근 후 아내가 해줄 칭찬을 기다리면서.

"여보, 우리 집 뭔가 좀 바뀐 것 같지 않아?"

칭찬을 먹고 살아요

#뿌듯 #척하면척 #게다가더뻔을수도있어

나는 종종 자주 쓰는 물건을

일부러 높이 둔다.

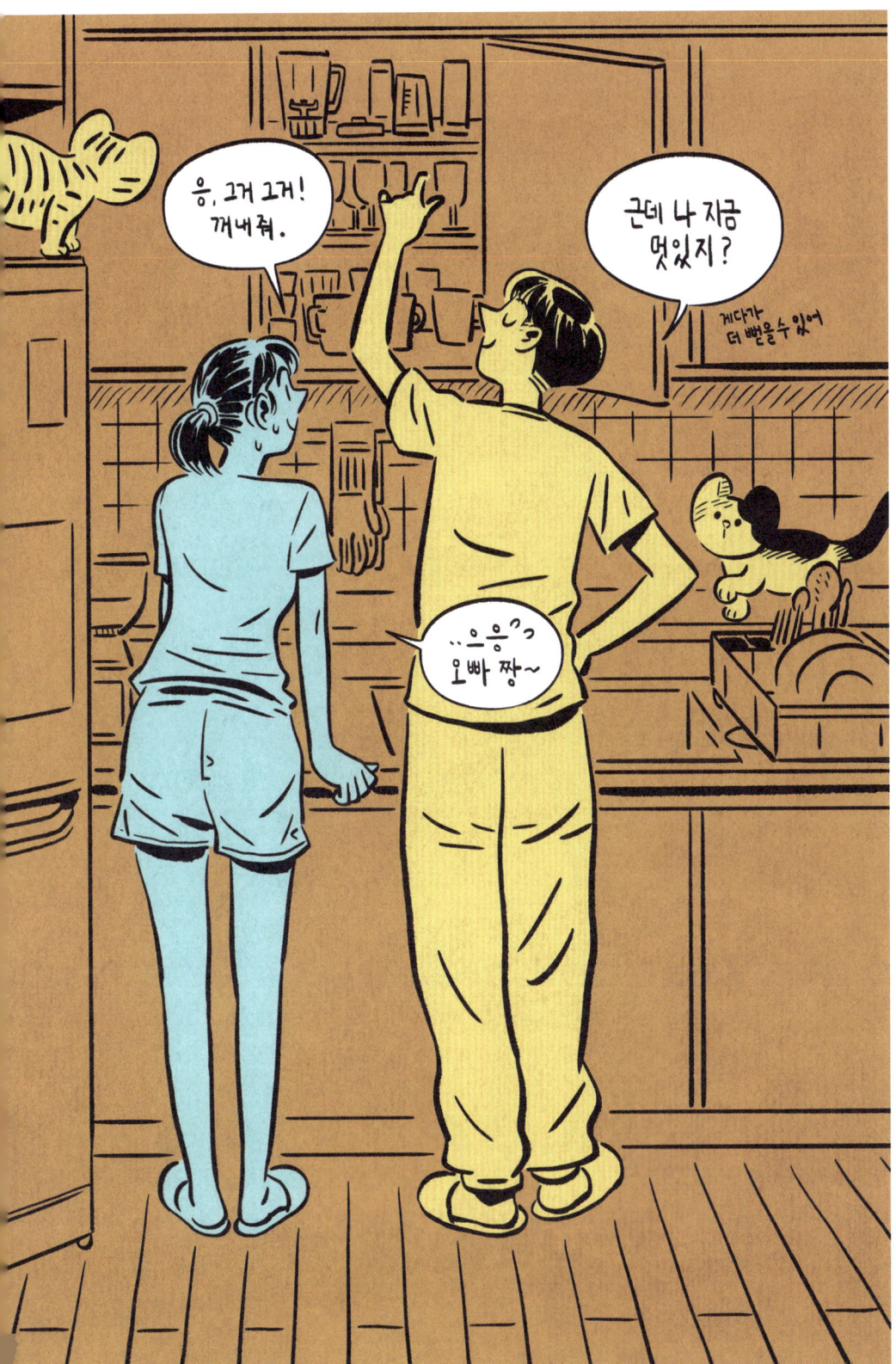

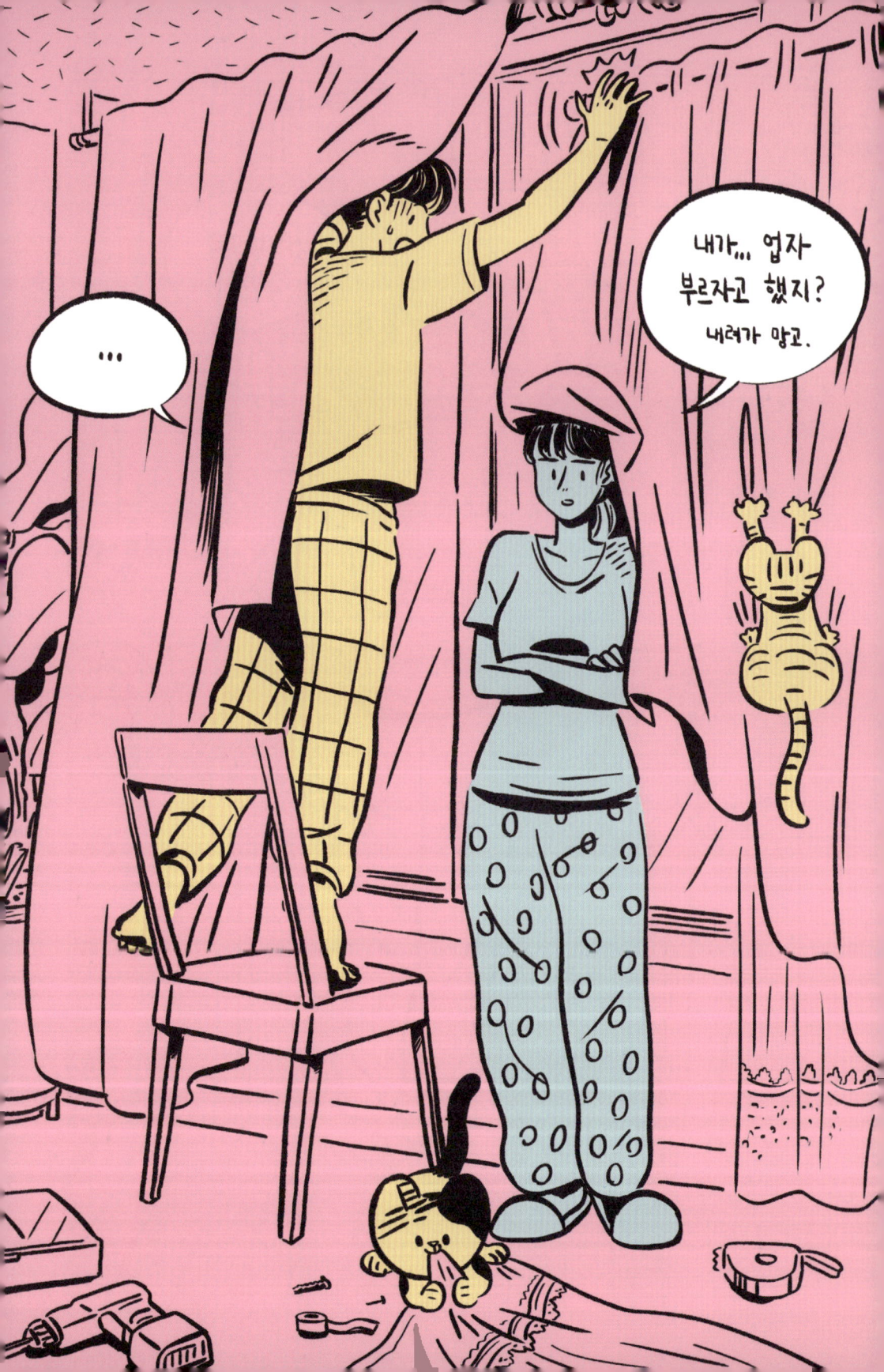

뚝딱, 끝날 줄 알았지

#그것은전쟁 #난장판 #고양이가있다면어려움두배

약은 약사에게

커튼 설치는 업자에게.

 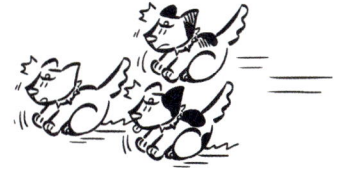

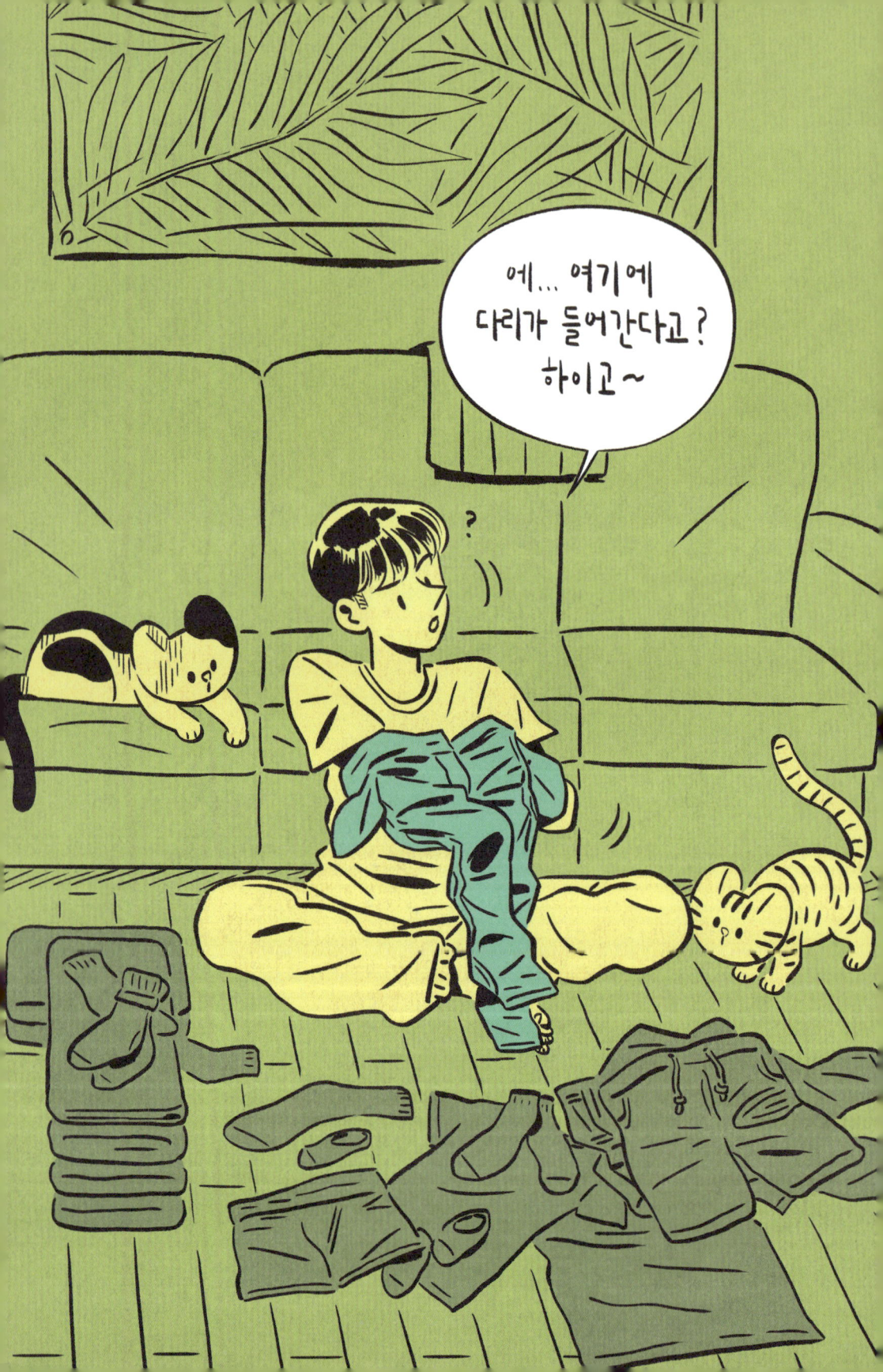

다시 불거지는 요정설

#팔이들어가지않아 #사람이이걸입는다고?

아내의 바지를 뒤집다가 깜짝 놀랐다.

저녁에 고기 좀 구워줘야지.

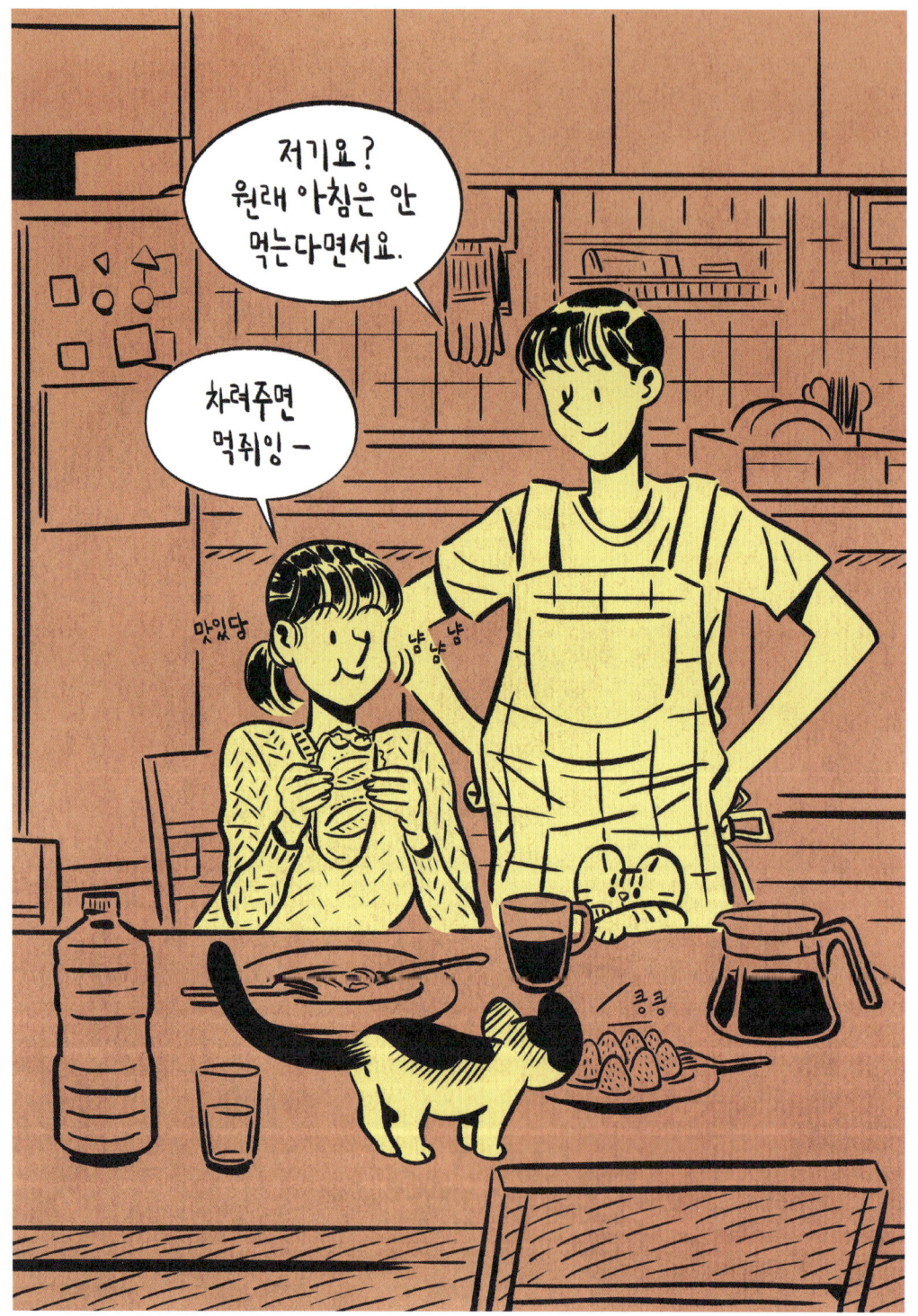

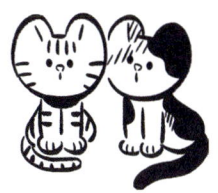

즐거운 고민

아침은 안 먹는다더니 매일 챙겨주게 생겼다.

뭐 바뀐 거 없니?

대청소했는데 눈치 못 채는

바깥사람 때문에 꿈까지 꿨다.

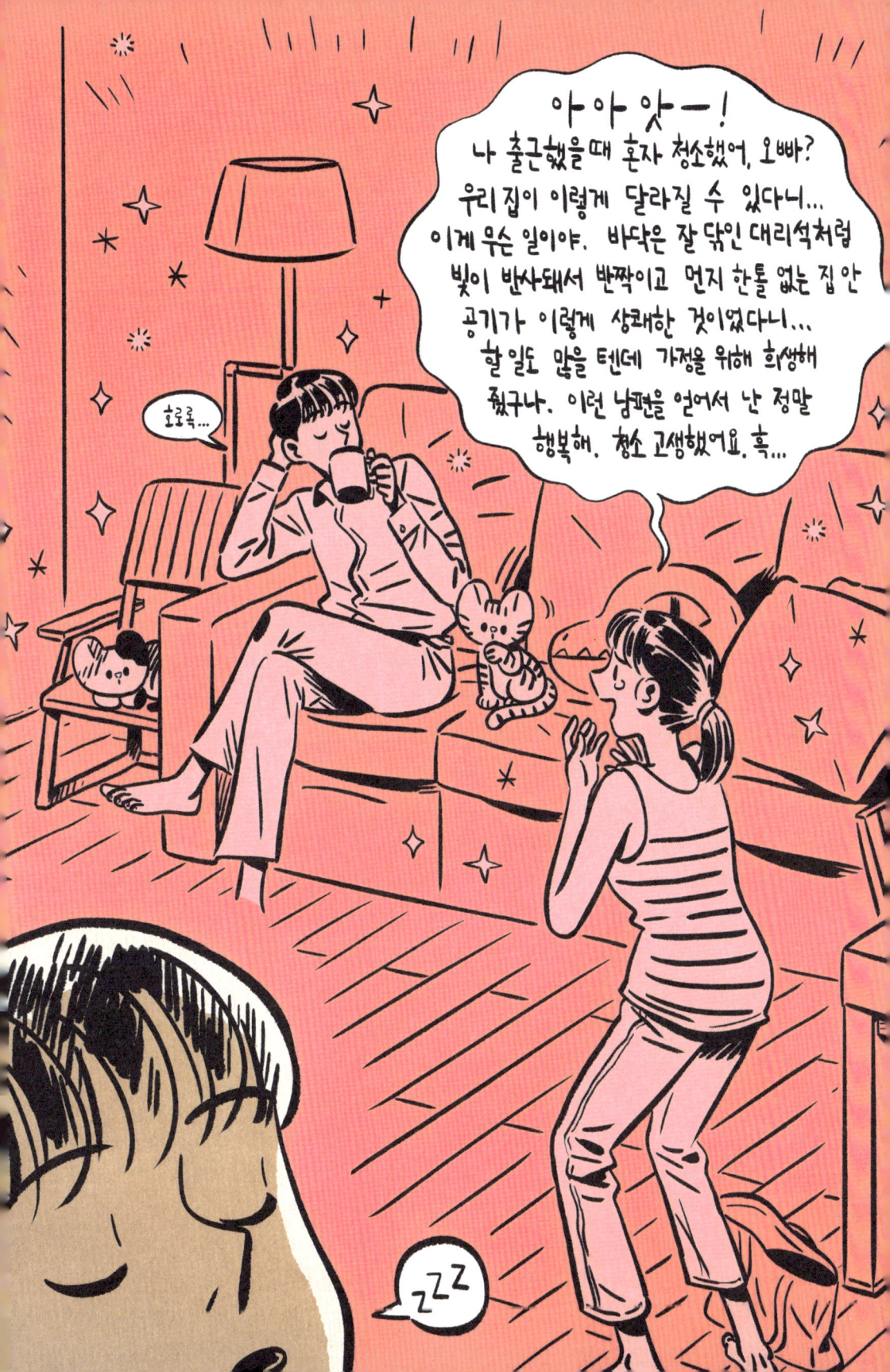

8

털과의 전쟁

아내는 머리숱이 많다.

미용실에 갈 때마다 이렇게 숱 많은 사람은 처음 봤다며 다들 놀랄 정도다.

머리를 '감는다'라는 말보다 '빨래를 한다'가 어울리는

아내의 머리 감기를 보고 있으면 참 신기하다.

머리를 묶어주려고 머리카락을 한 움큼 잡아 보면 엄지와 검지를 한가득 채운다.

그래서 아내는 다른 사람들보다 머리를 감는 시간도 두 배,

말리는 시간도 두 배가 걸리고, 빠지는 머리카락도 두 배다.

집에서 청소를 담당하는 내가 가장 많이 마주치는 건 '털'이다.

이곳저곳 어디에나 털이 있다. 혼자 살 땐 잘 몰랐는데 같이 살아 보니 떨어져 있는

털의 양이 혼자 살 때의 두 배 이상이다.

여기에다가 고양이 두 마리가 더 있어서 온통 털에 파묻혀서 살고 있다.

이 글은 결코 털을 청소하기 싫어서 하는 푸념이 아니다.

그것만은 안 돼

#멈춰 #현장검거 #면식범

공유할 수 없는 것 한 가지.

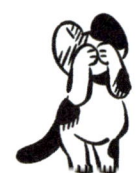

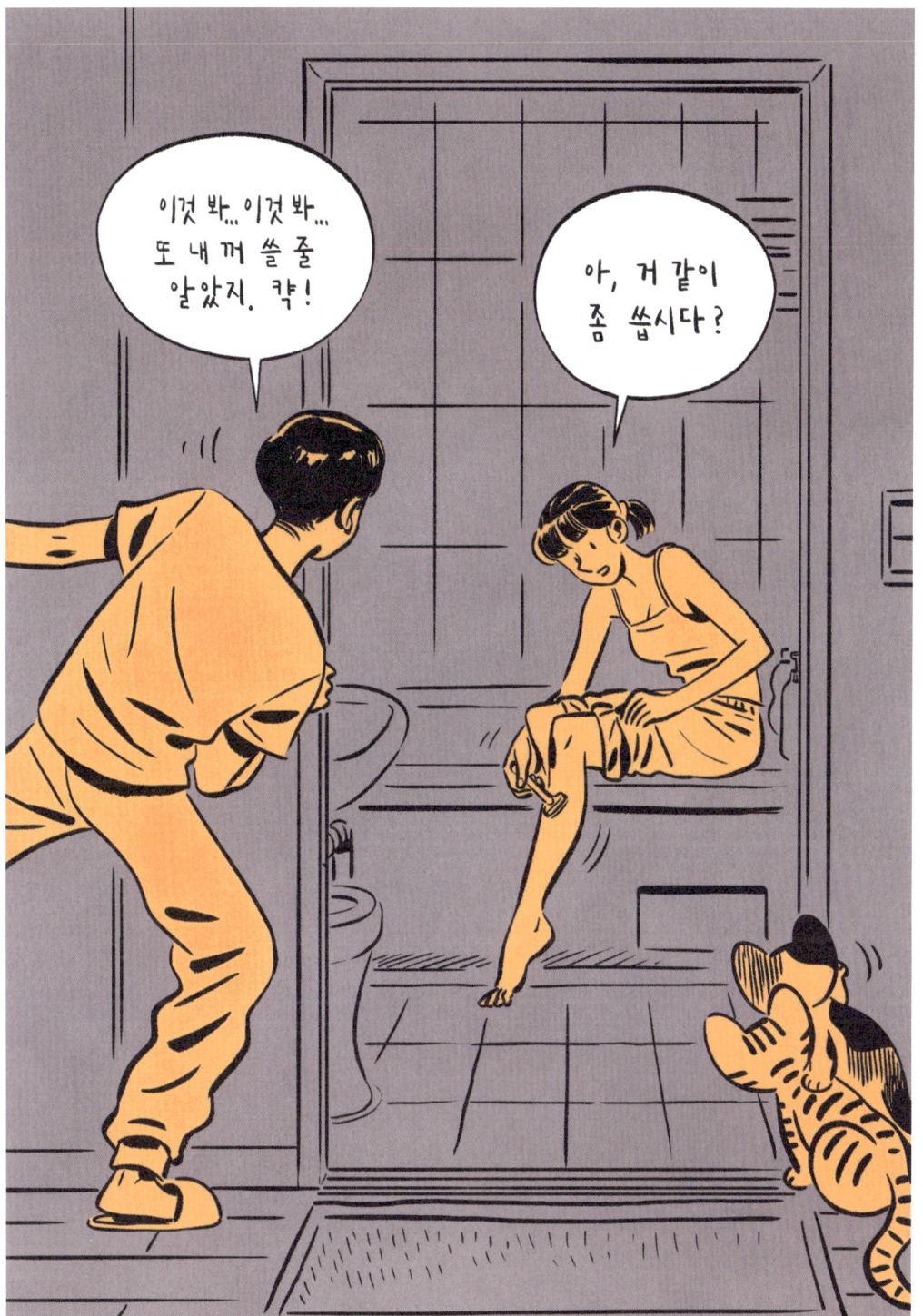

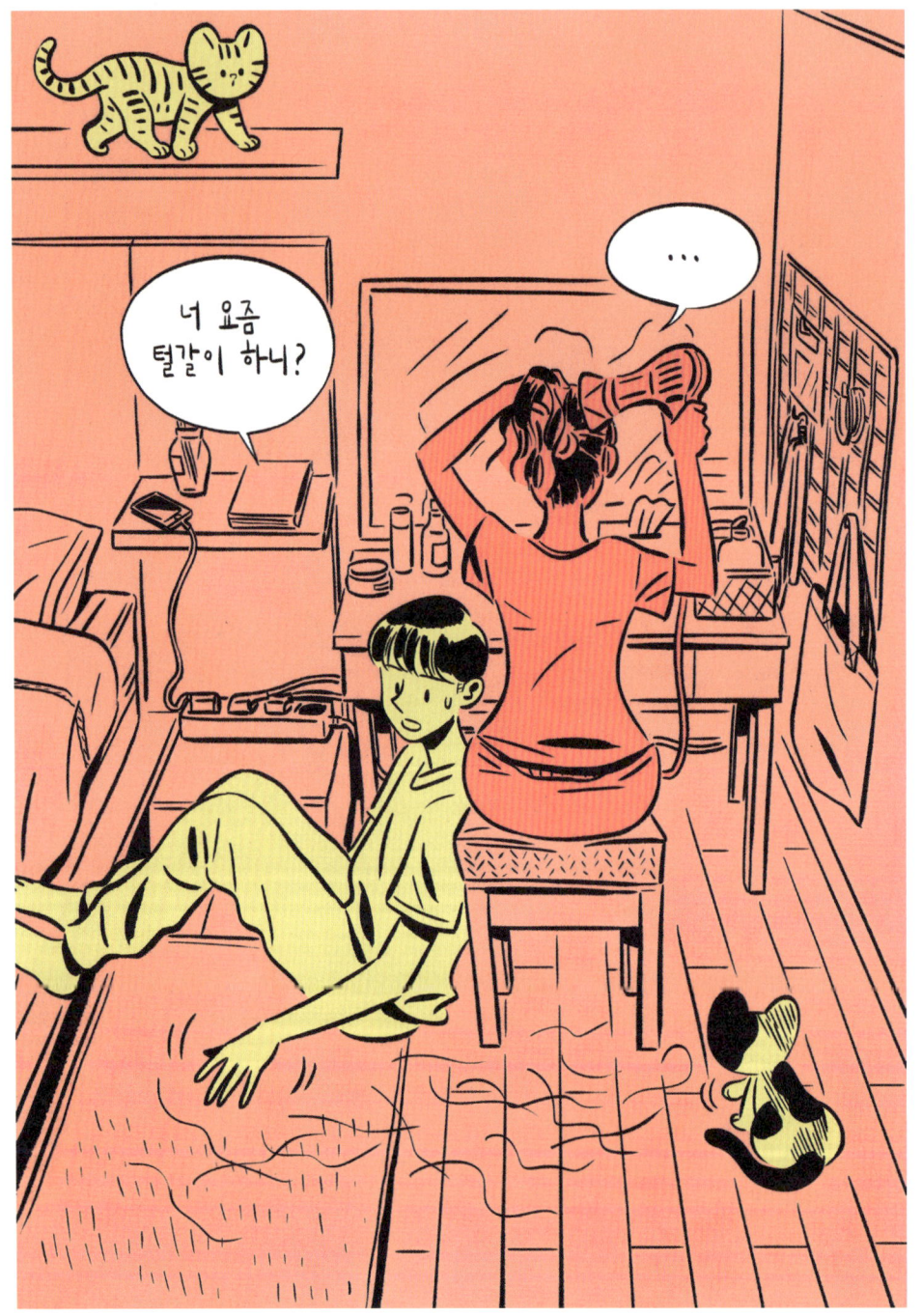

털과의 전쟁

#털과의전쟁 #털갈이시즌은1년365일

사람도 고양이도 함께 털갈이.

미역 채취

#이게정말 #네몸에서 #나온거라고? #괜찮은거야?

이따금 흠칫 놀라게 하는 덩어리.

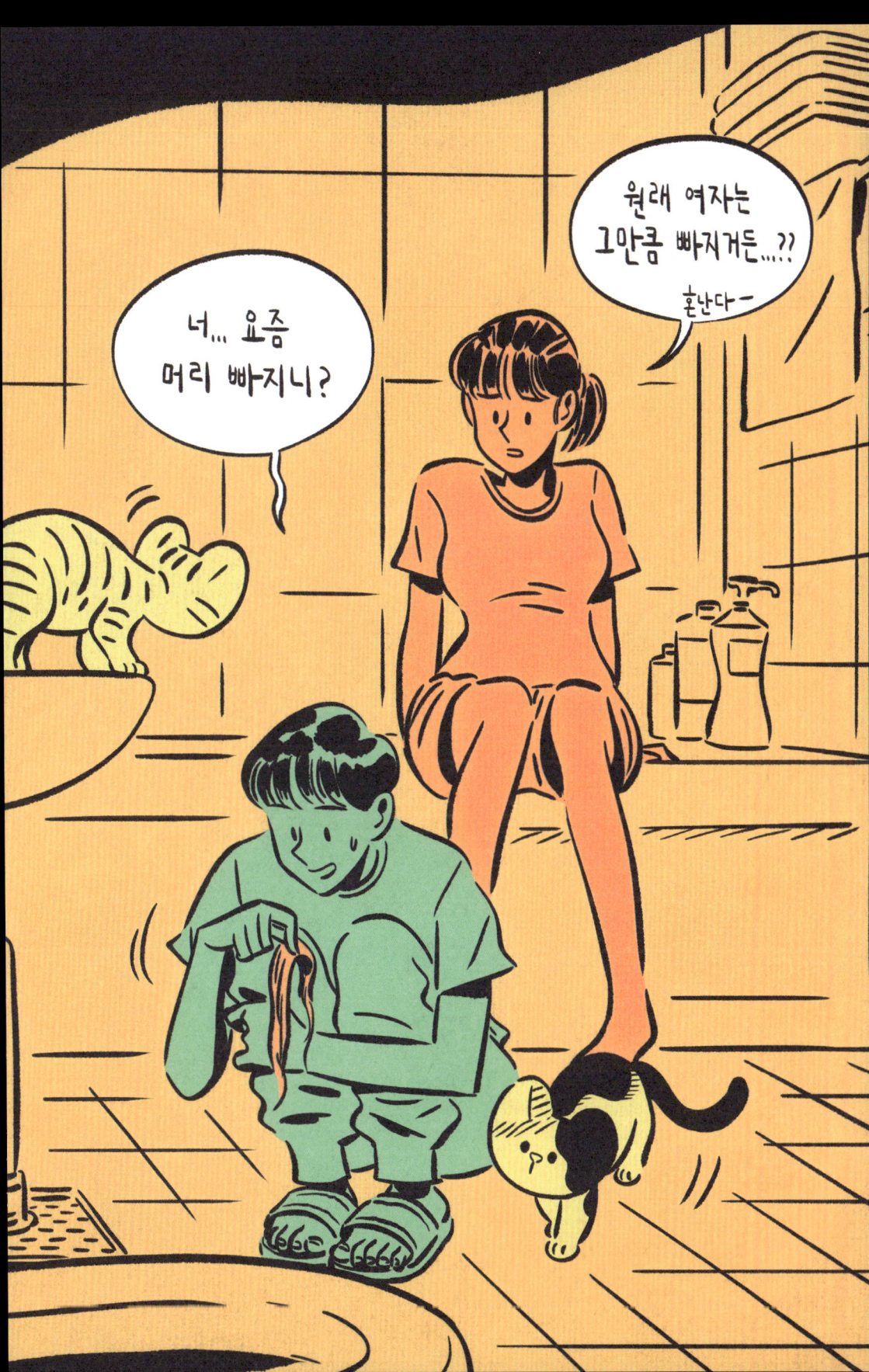

레이저

#매끈매끈 #깔끔하게잘됐네

오늘도

비밀 하나를 알아갑니다.

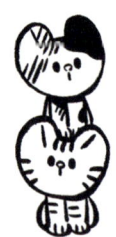

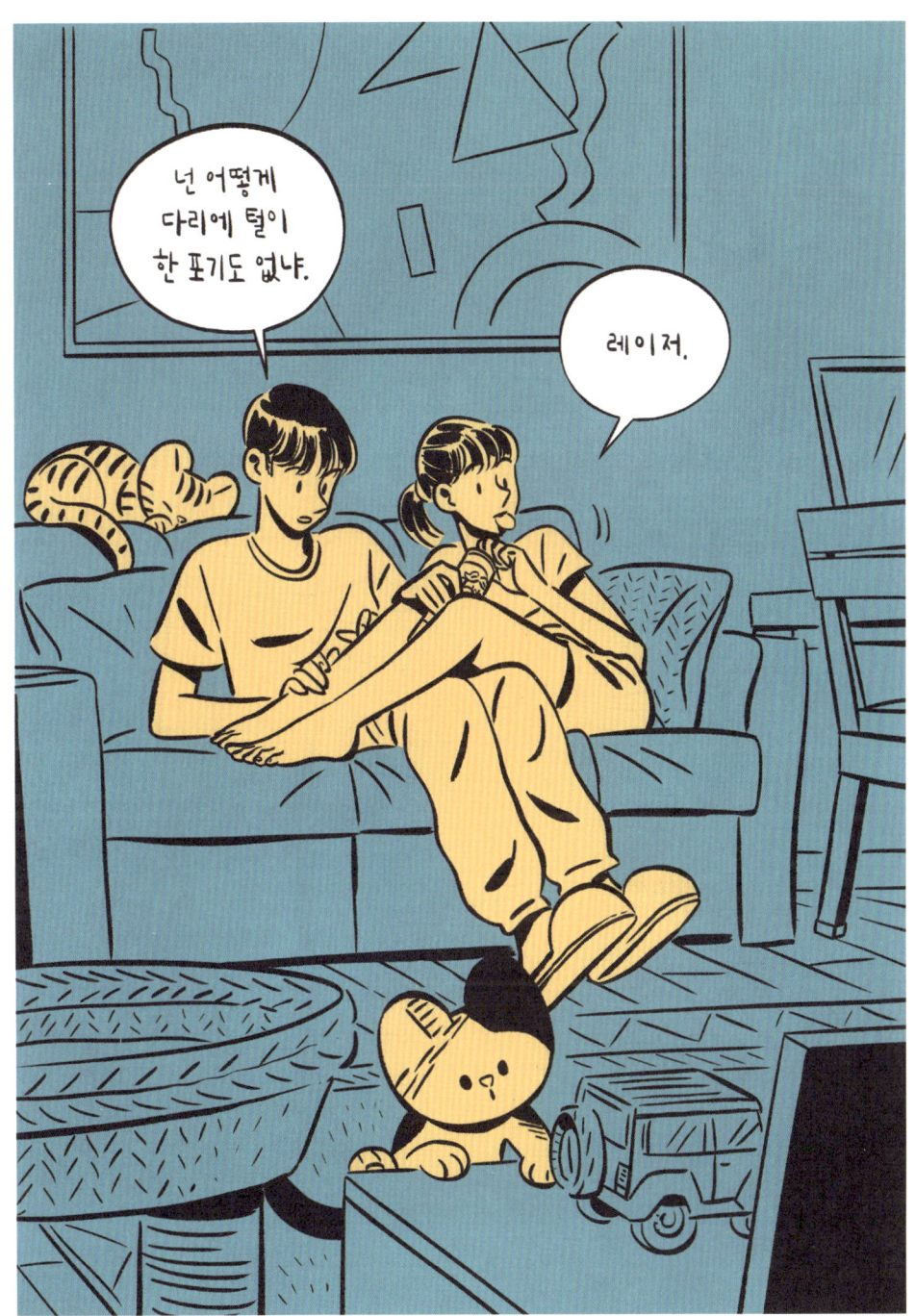

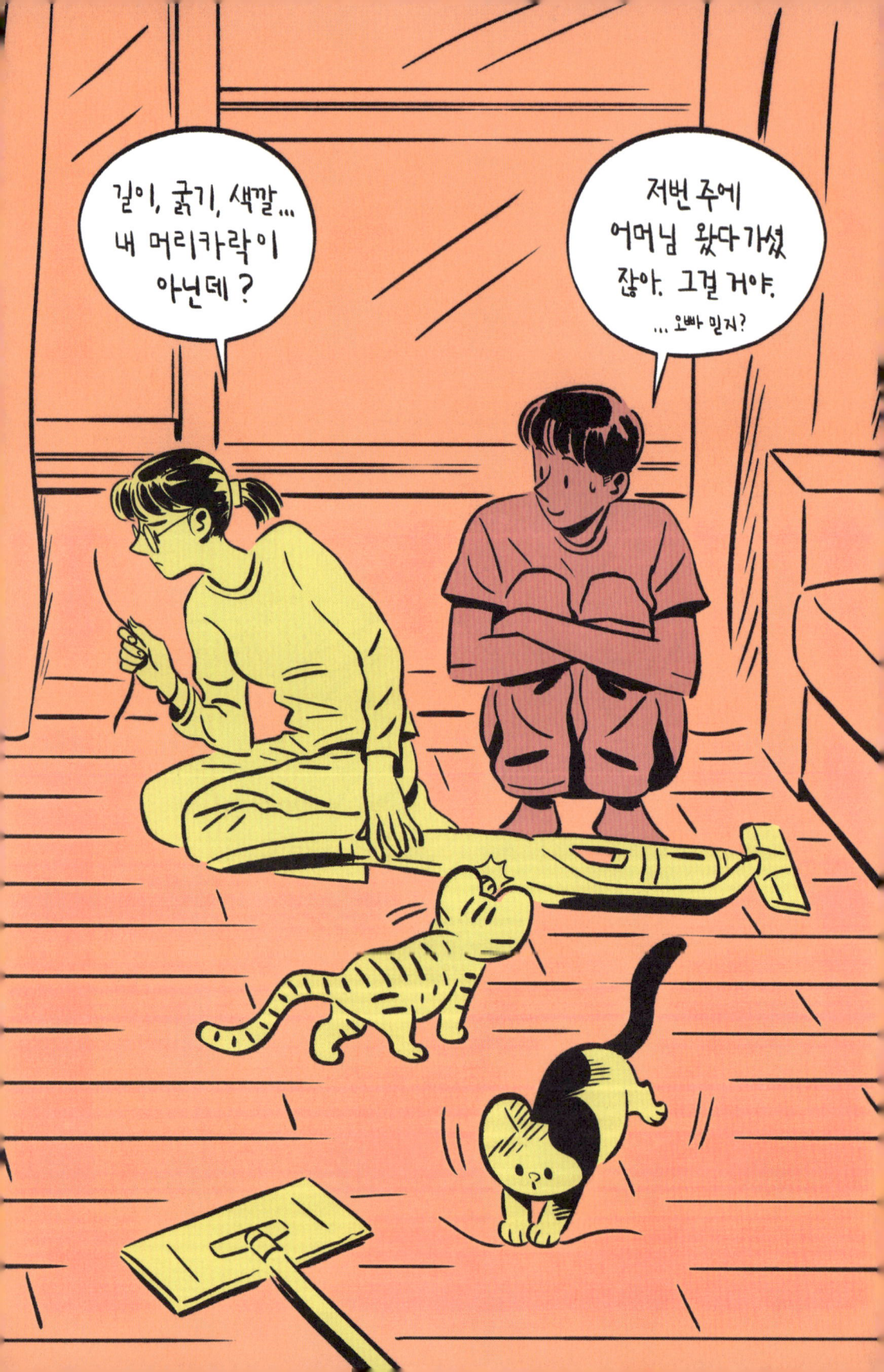

명탐정의 추리력 2

#우리집명탐정2 #오빠믿지 #난결백해

결국 무혐의로 풀려났다고 한다.

사랑의 마법

#콩깍지 #신혼이니까 #다좋아

복숭아 솜털처럼 귀엽구만 뭐.

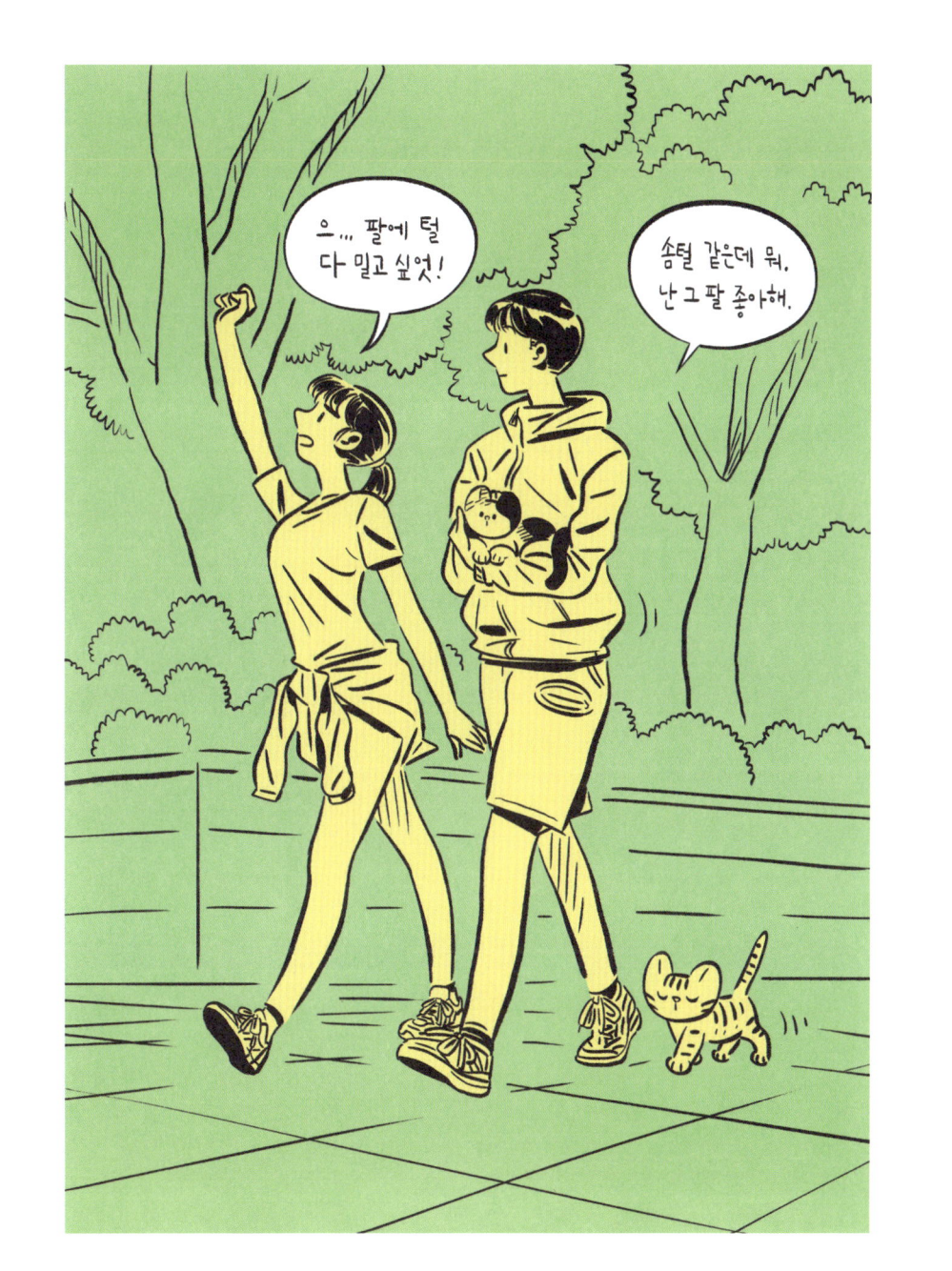

9

신혼이란

밤늦게 작업을 마치고 시계를 보면 어느새 다음 날일 때가 많다.
기다리다 지쳐 먼저 자는 것이 일상이 되어버린 아내.
나는 슬쩍 이불을 들고 조용히 내 자리를 찾아간다.
아내는 어찌나 깊이 자는지 도중에 깬 적이 없다.
베개를 베고 왼쪽을 돌아보면 아내의 얼굴이 보인다.
하루의 피곤이 풀리는 얼굴이다.

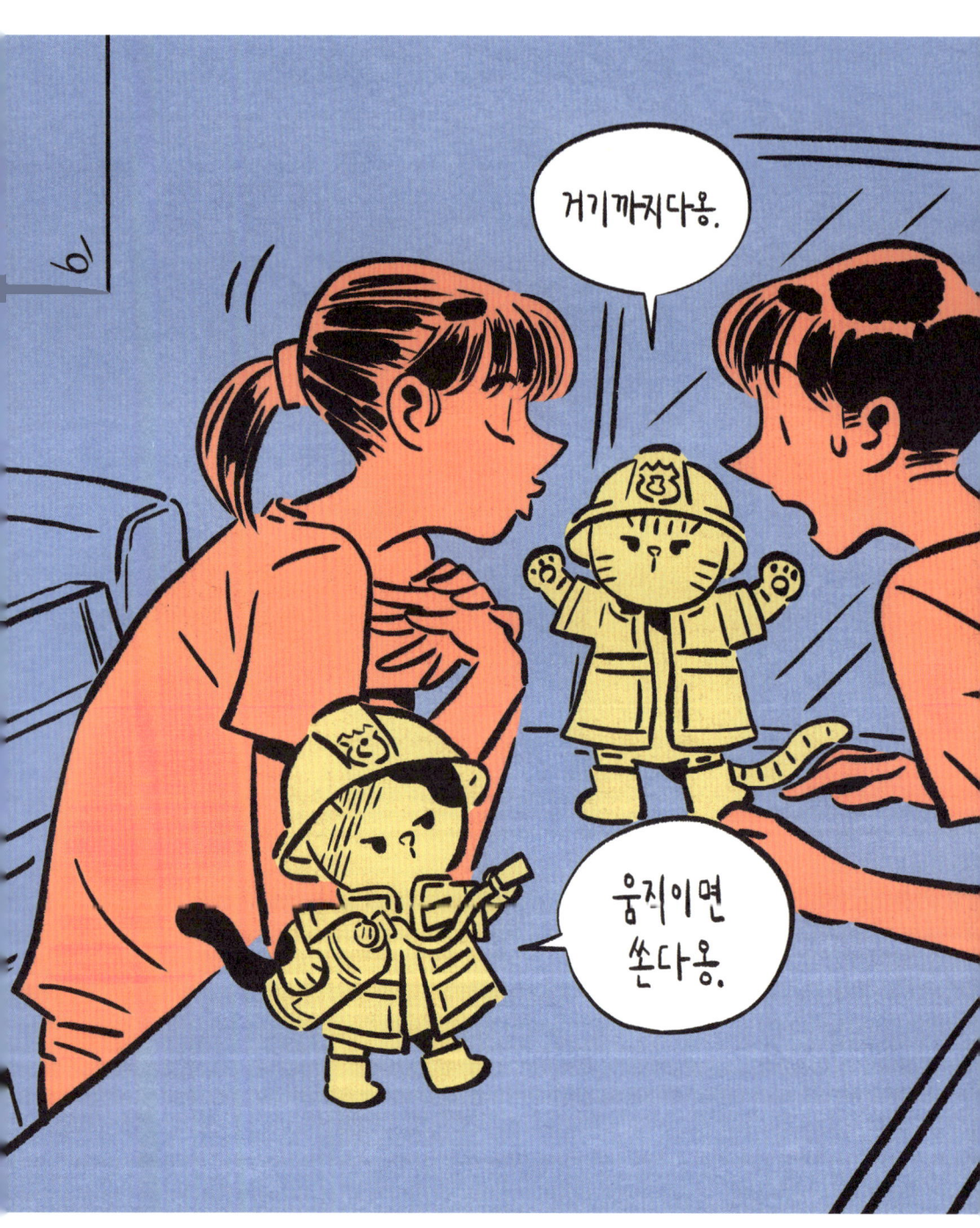

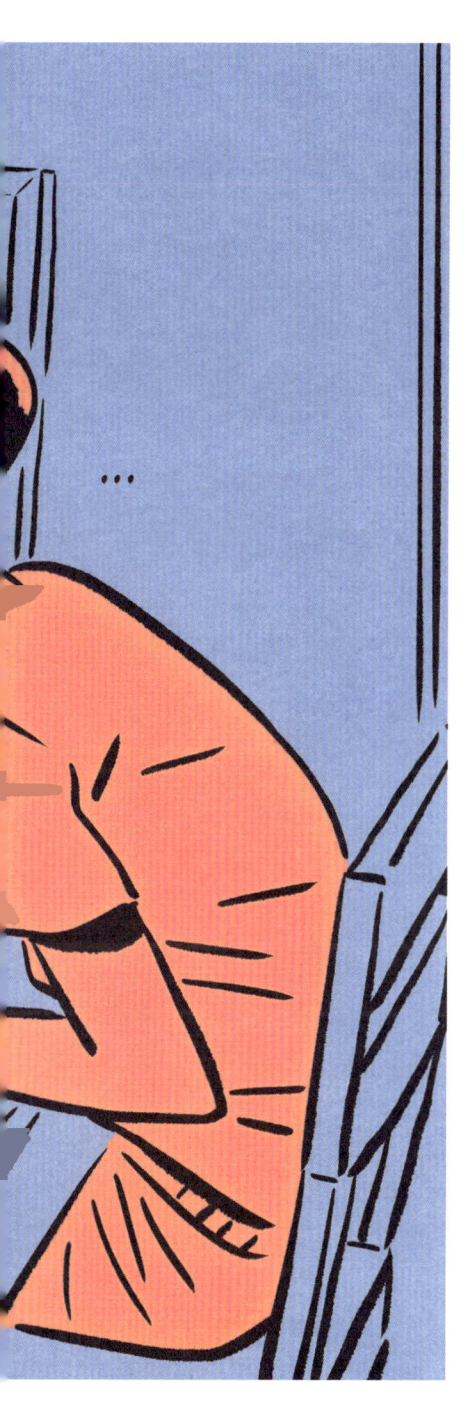

시키지도 않은
화재 진압

#화재진압반 #불은 #초기진압이중요합니다

신혼엔 불을 끌 존재가 필요하다.

따뜻한 밤의 신호

#이것은 #불을끄라는신호

망고 젤리, 나가 있어.

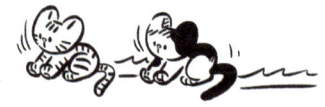

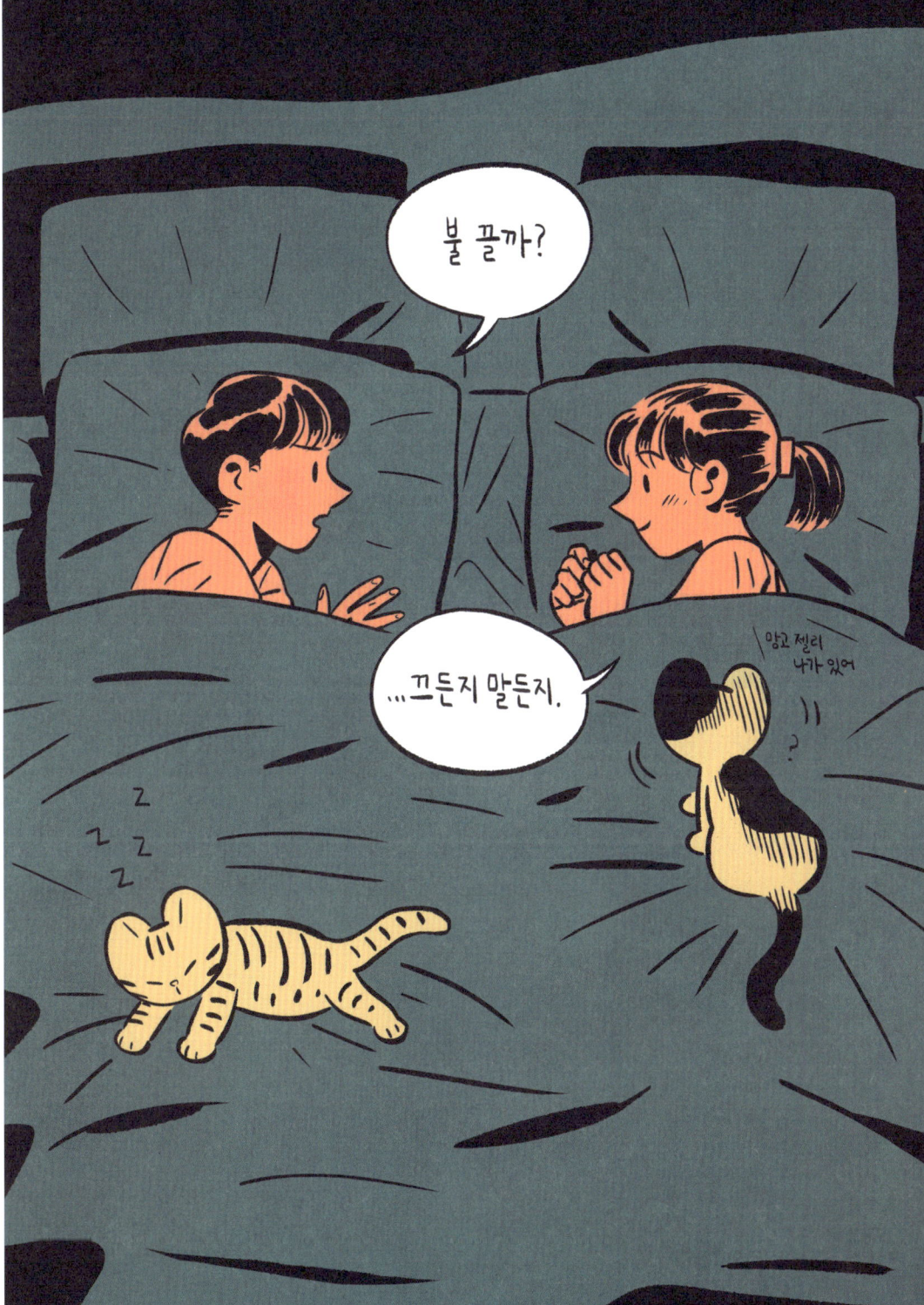

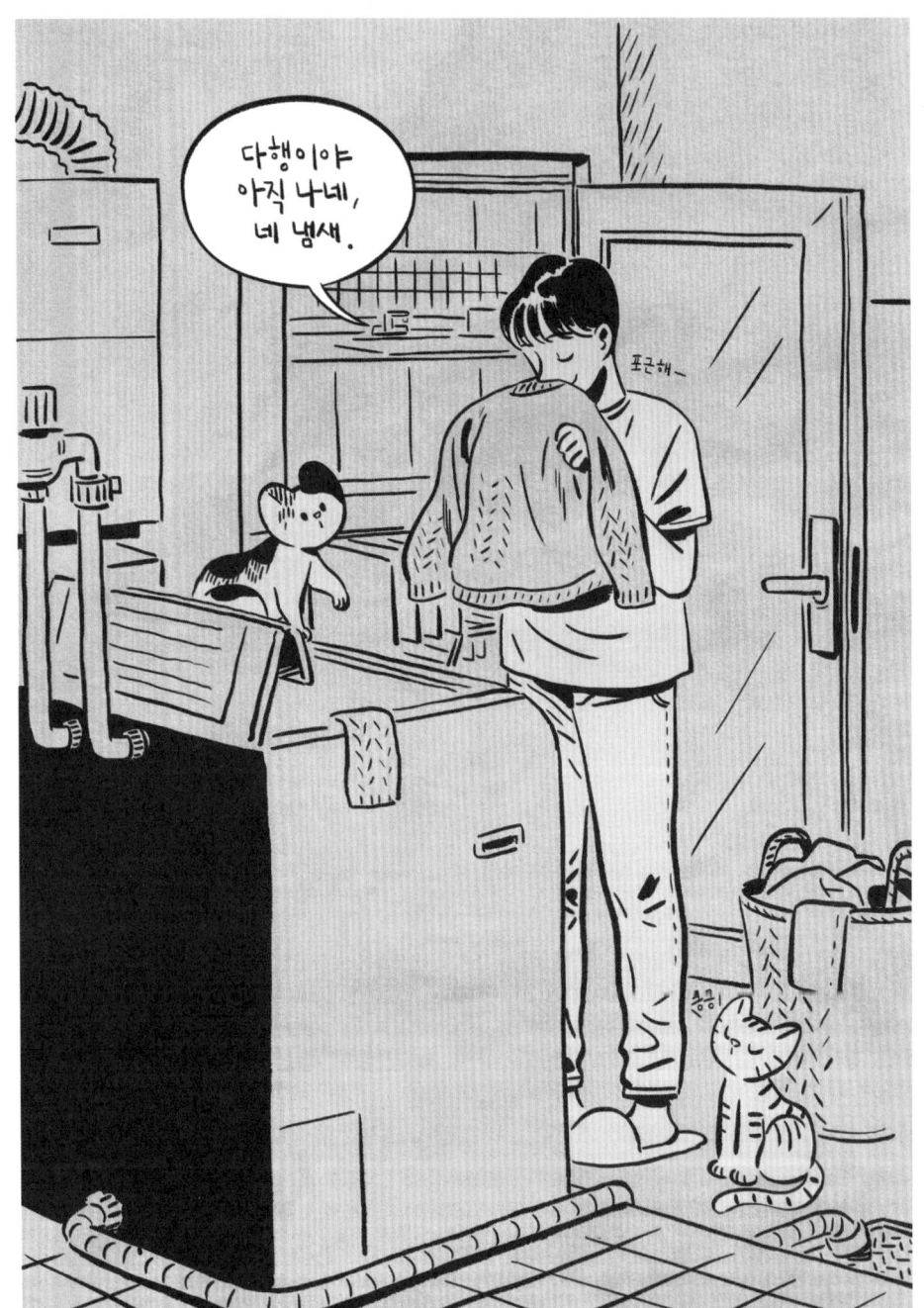

포근한 네 냄새

#알고보니섬유유연제 #그래도좋아

아내에겐 좋은 냄새가 납니다.

화재 진압반 2

#망고젤리 #시도때도없는화재진압

우리도 사고 한번 쳐 봐?

투다 투다

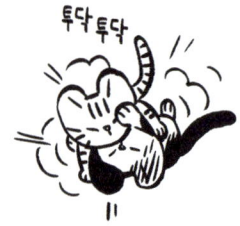

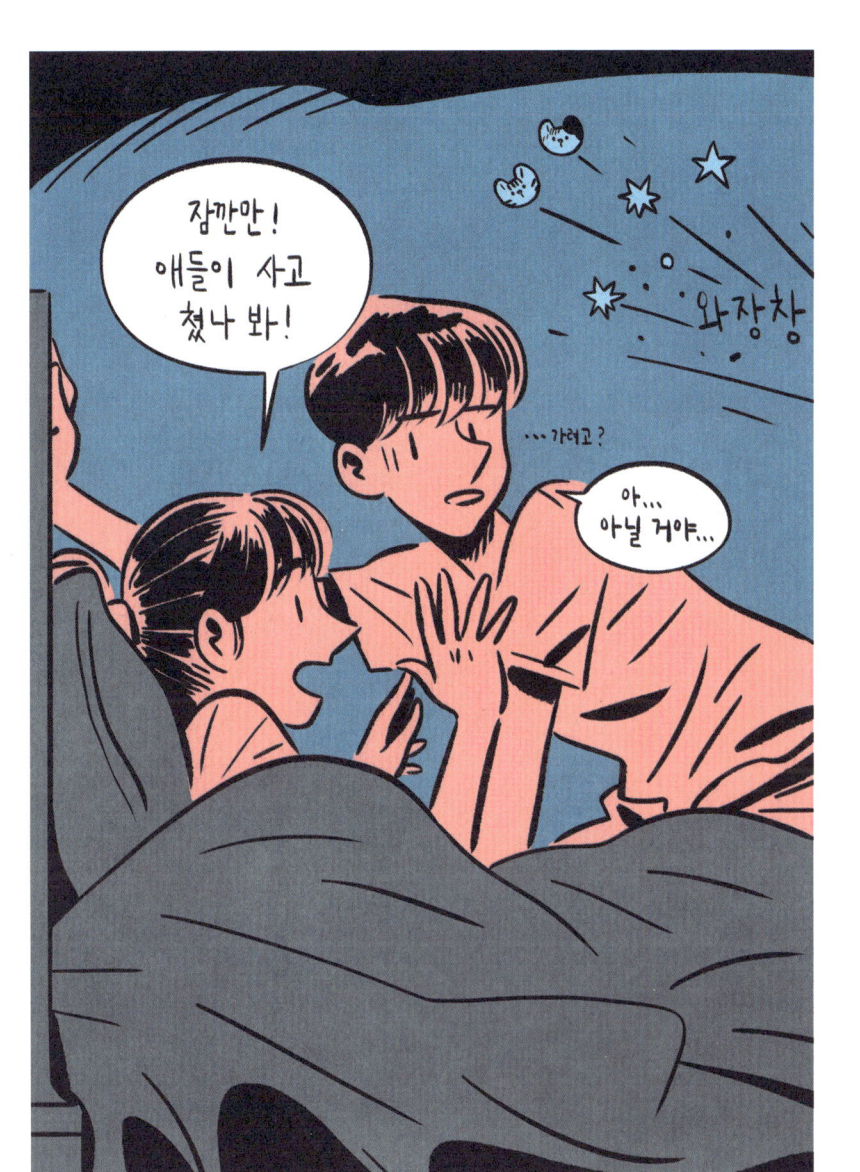

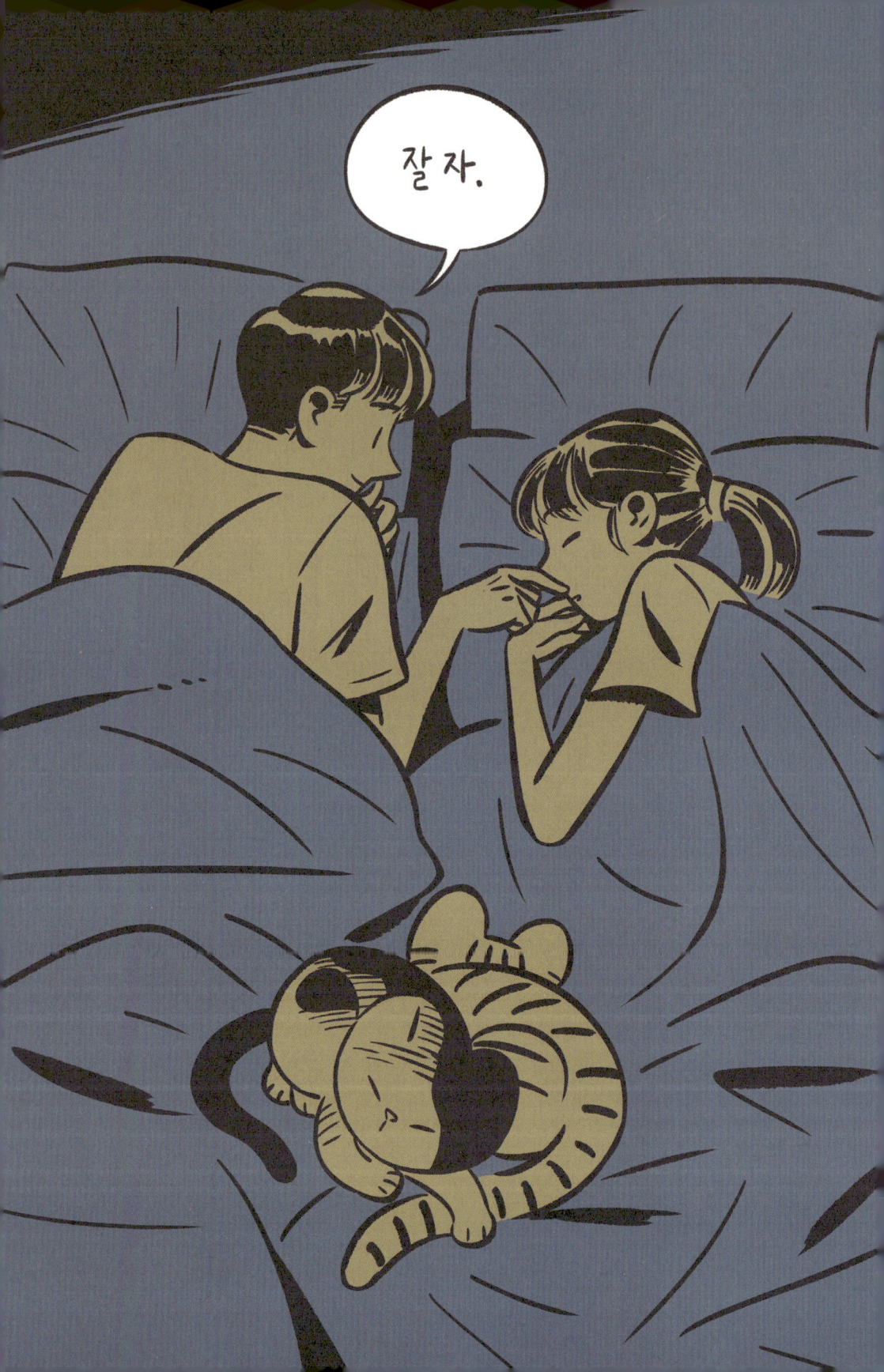

잘 자

#한번자면 #망고젤리가깨물어도 #꿈속을헤매는 #잠귀신

곤히 자고 있는 너를 보면 포근해져.

10

일상의 행복

특별한 이야기도 좋지만 항상 일어나는 소소한 일상이 좋다.
'나와 너'를 있게 한 것은 특별한 순간들이 아니라
작은 일상들이 모여서 만든 기억들이다.
자세히 기억나지는 않지만, 우리가 지나가며 나눴던 이런저런 시시콜콜한 얘기들,
망고 젤리와 함께 소파에 누워 따뜻한 빛을 받으며 책을 읽던 지난 주말.
그냥 기억에서 사라지기엔 너무나도 소중하다.

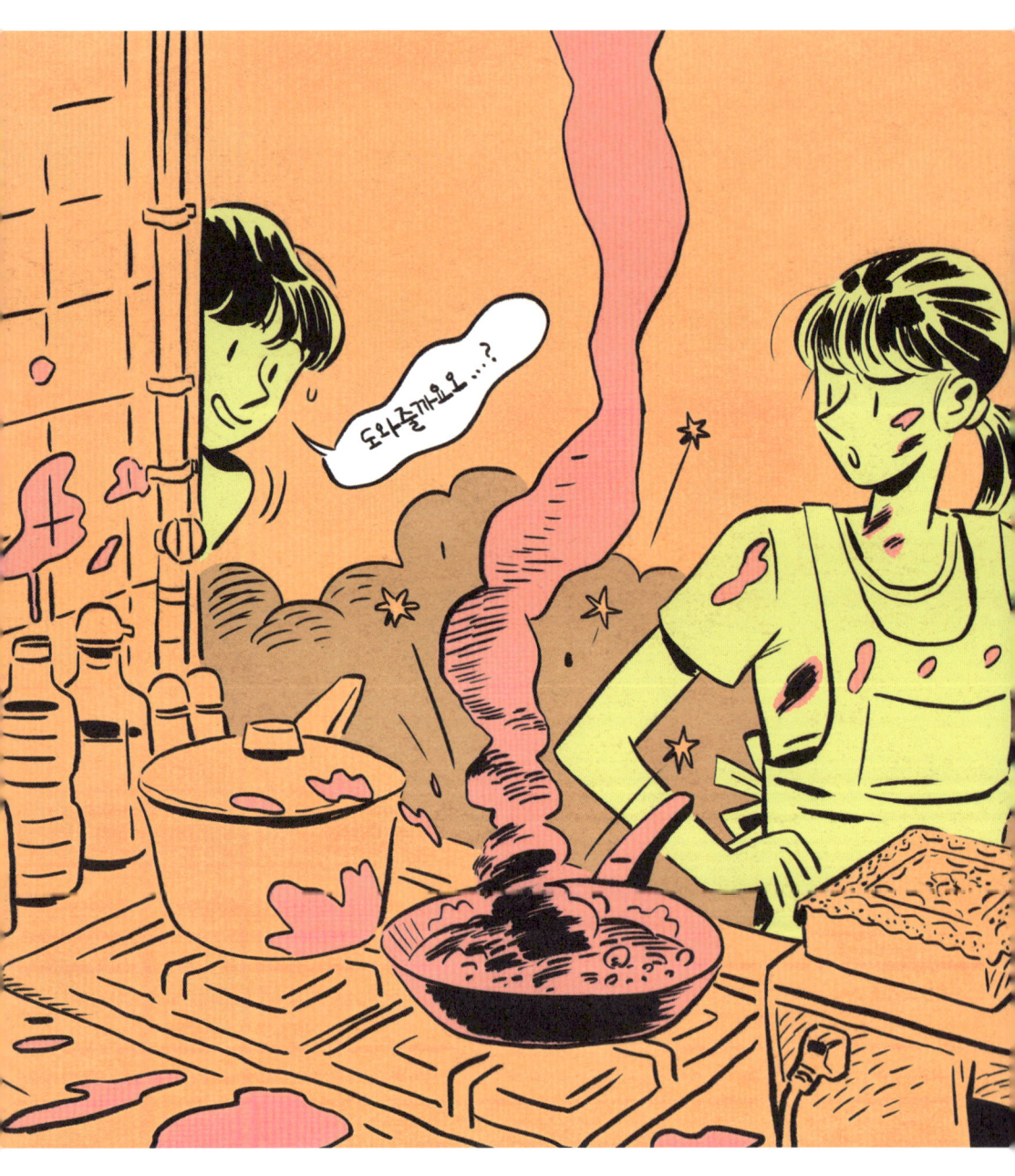

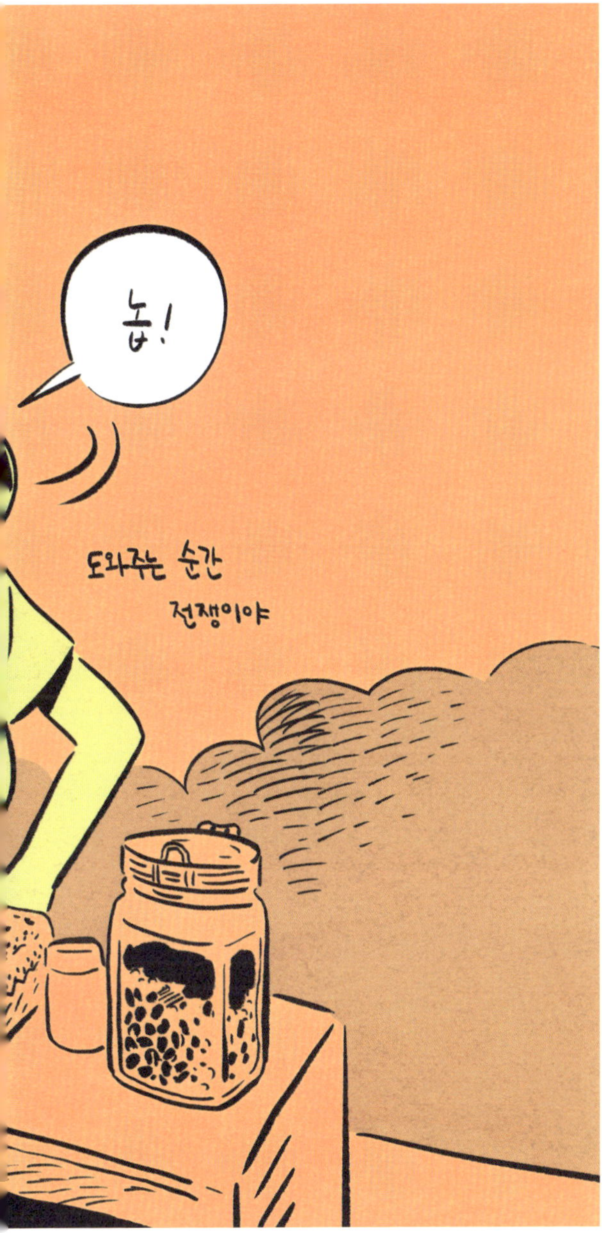

밥 해주는 여자

#양파는냉장고2번째칸에
#파는냉동실에
#마늘은빻아서담아뒀어

넌 그냥 자리에 앉아 있어.

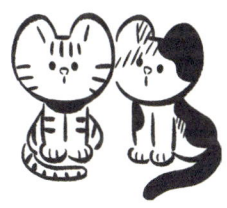

커피를 타 줄 땐 약해지는 사람

#네가 #타주는커피가 #제일맛있어

평일에 일하는 아내는 평일의 왕.

주말에 작업하는 나는 주말의 왕.

음, 조금 불공평해 보이는데…

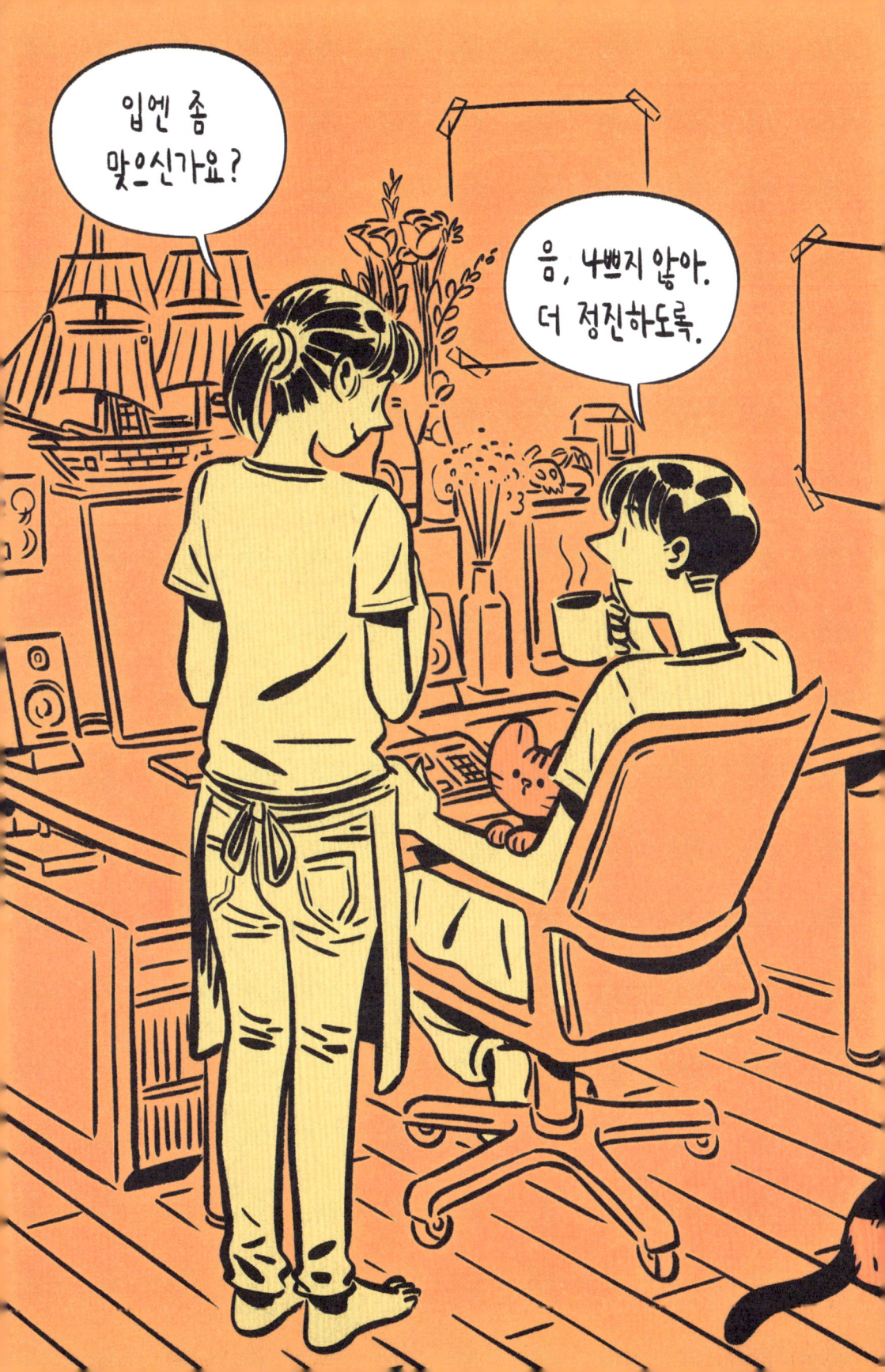

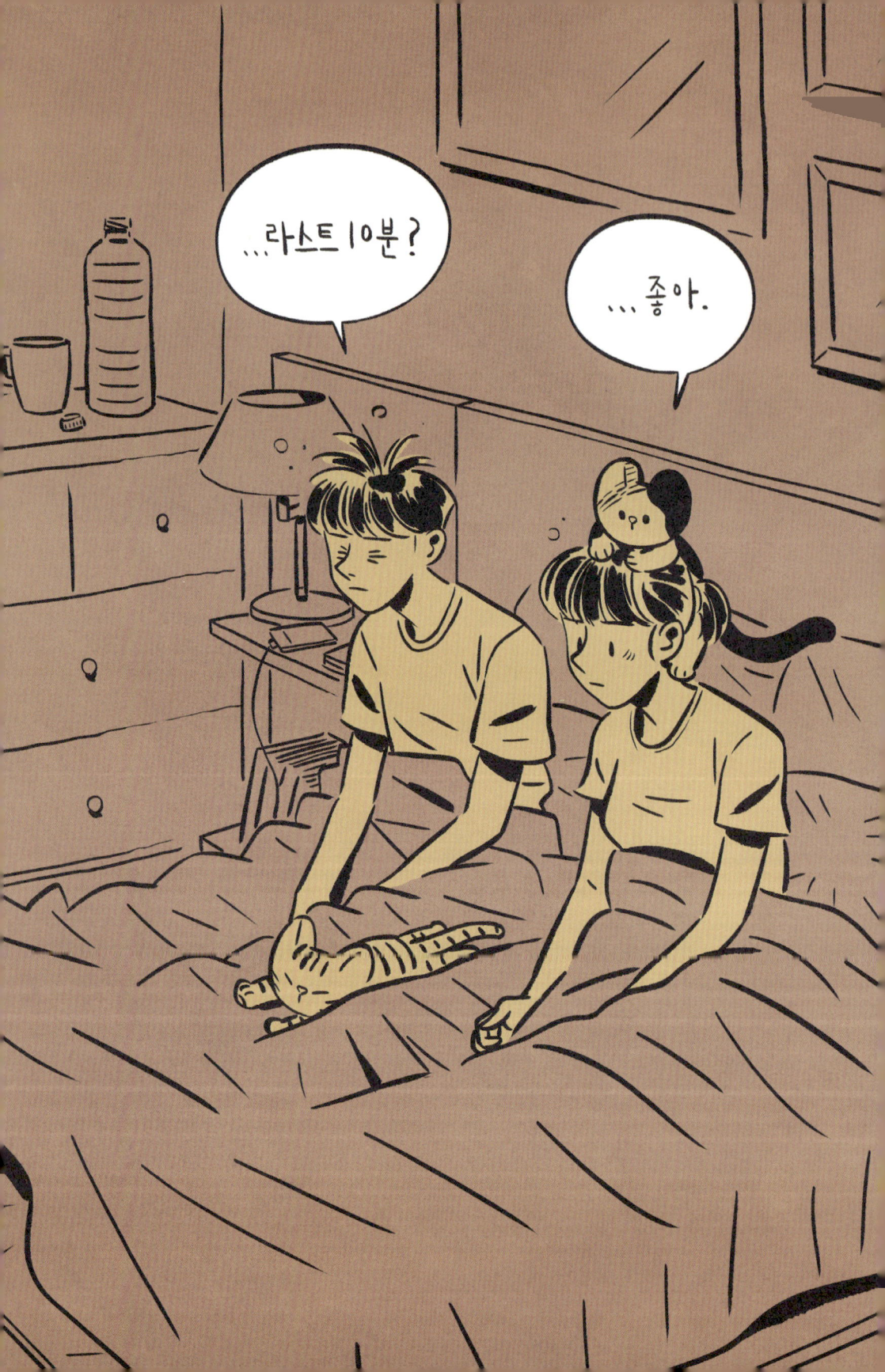

아침 잠이 많은 우리

#타임머신 #깨면저녁

10분만 더 자자.

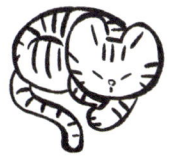

맛있게 먹으면 0칼로리

#뼛속까지스며드는죄책감 #죄책감이무거워살이찌는구나

우리는 죄책감도 공유한다.

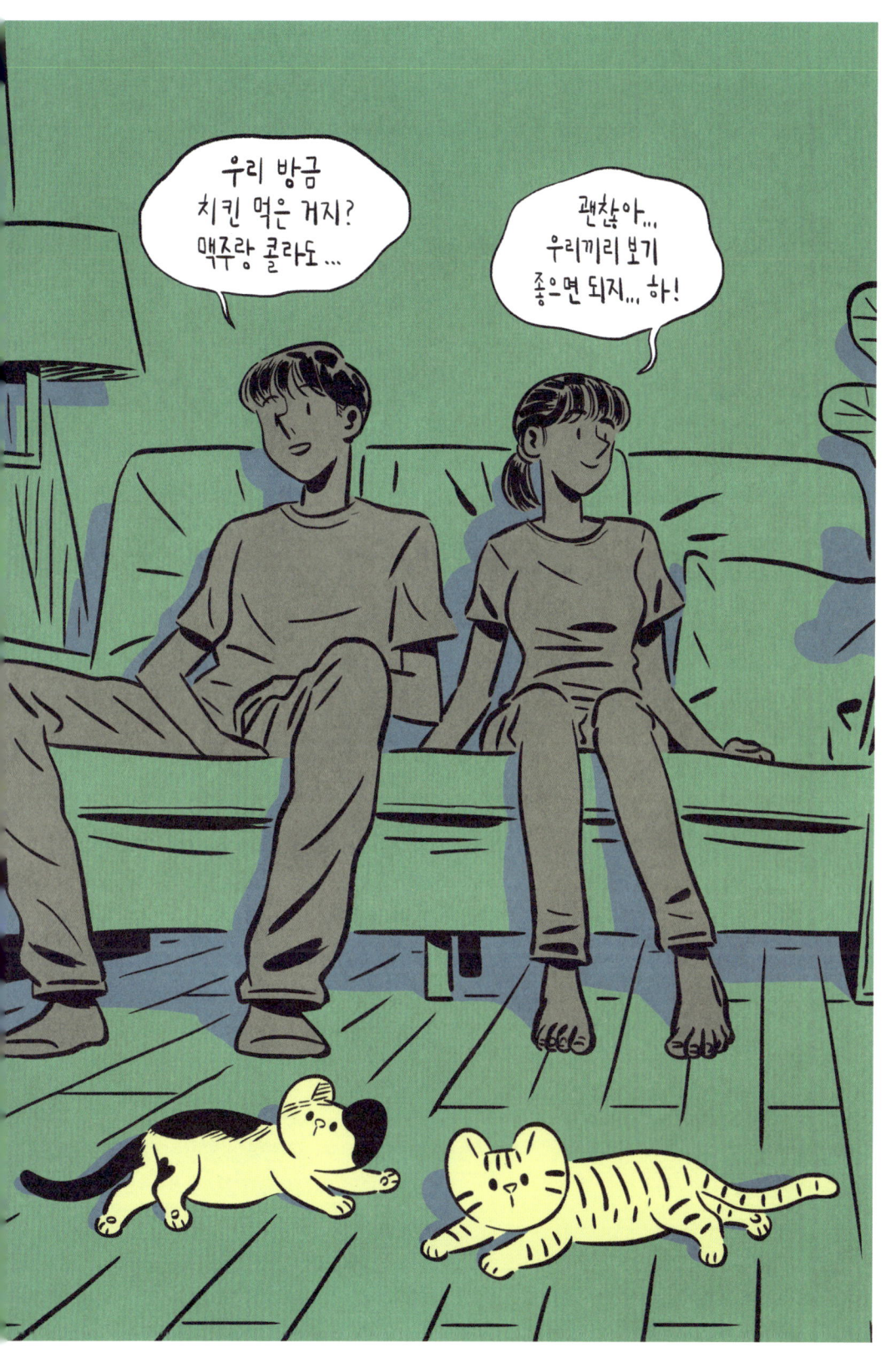

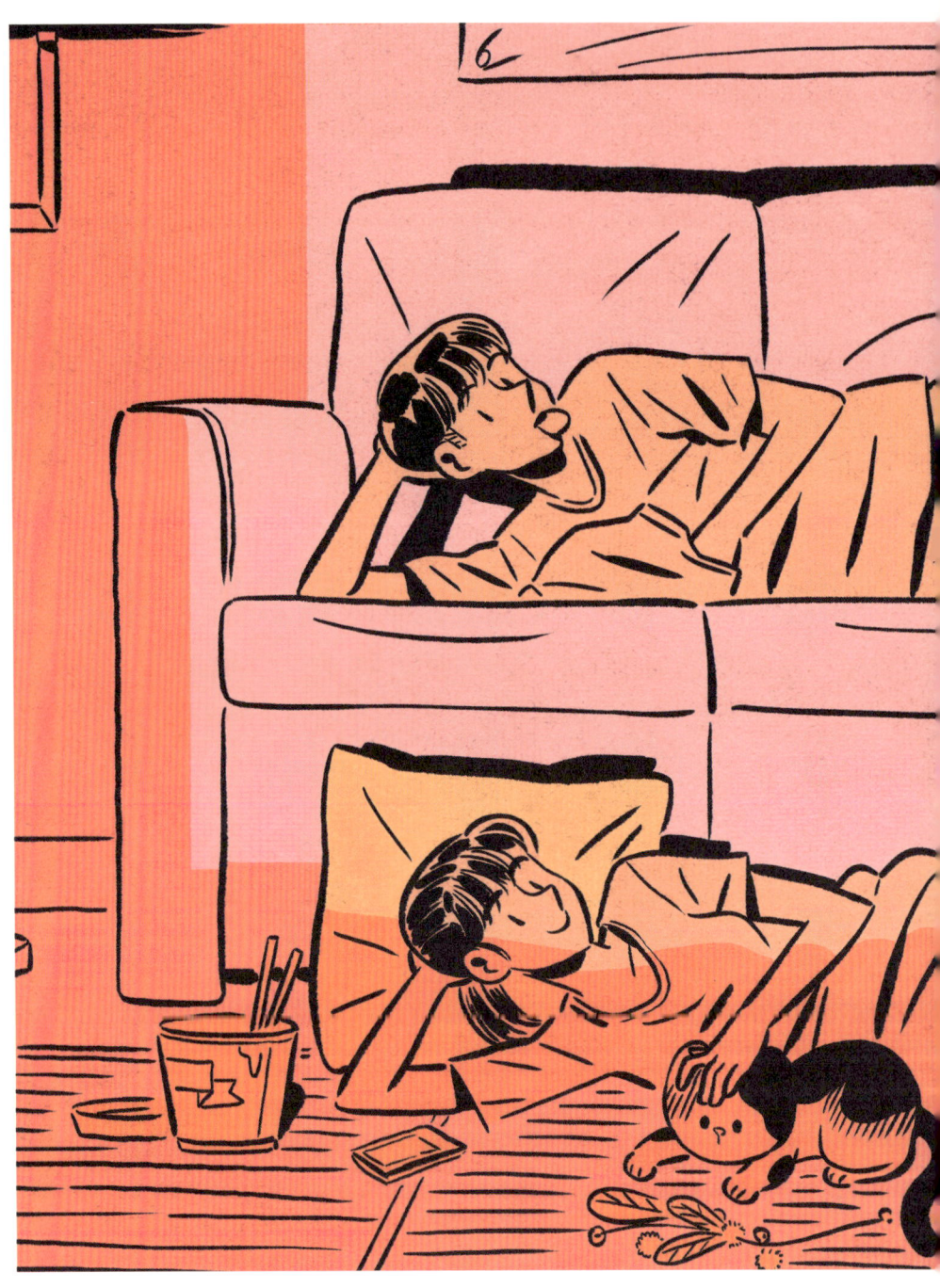

TV 보기 좋은 자세   #여보 #리모컨좀 #오빠엉덩이뒤에봐

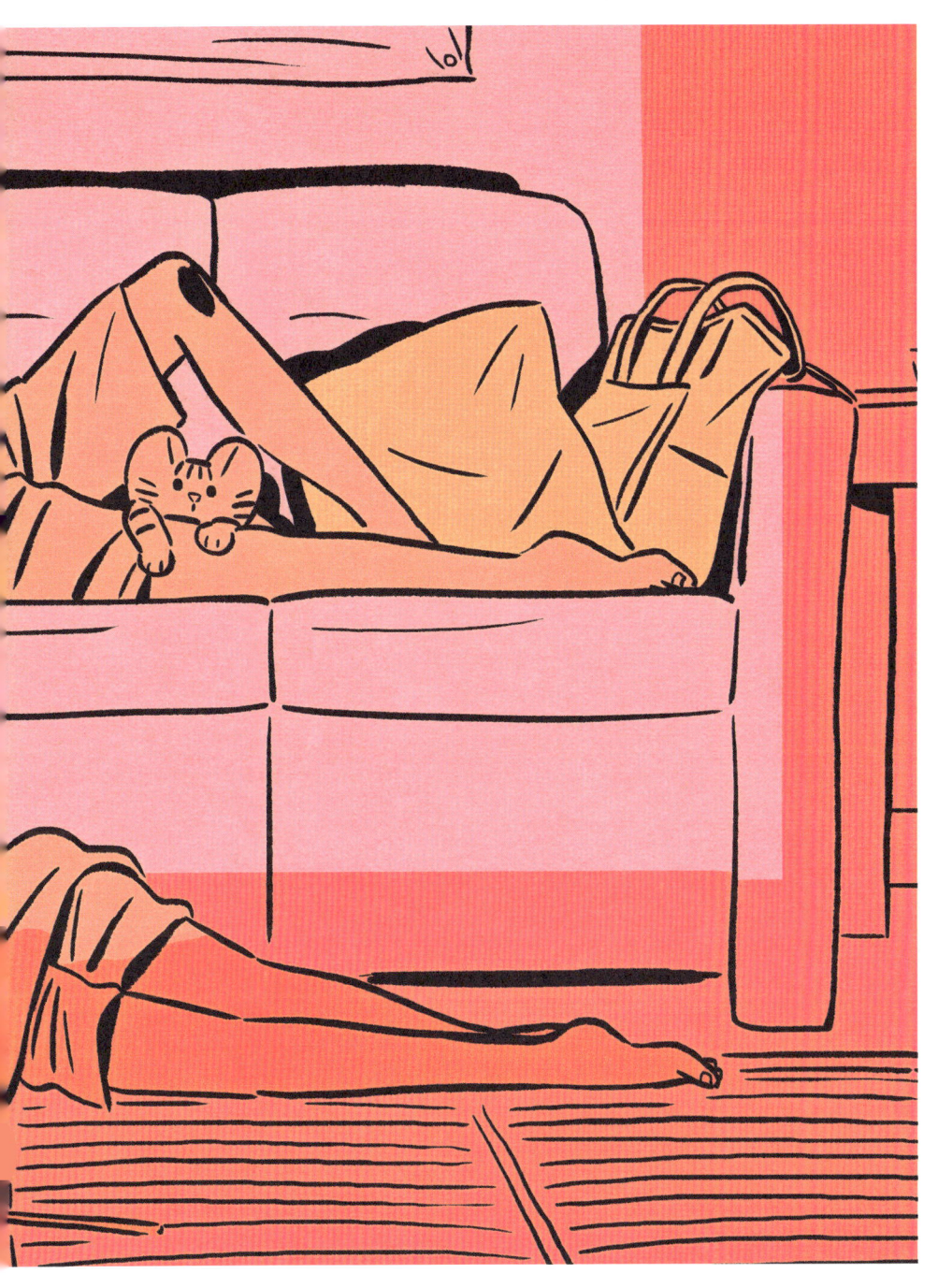

너와 함께 있어 세상 편한 날들.

한 달에 한 번

#오늘은내가쏜다 #돈버는맛 #사람사는맛

월급 날엔 꼭 고기로

우리를 격려해주자.

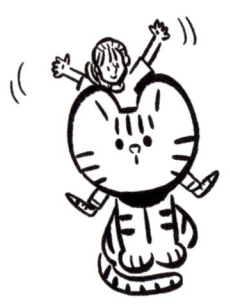

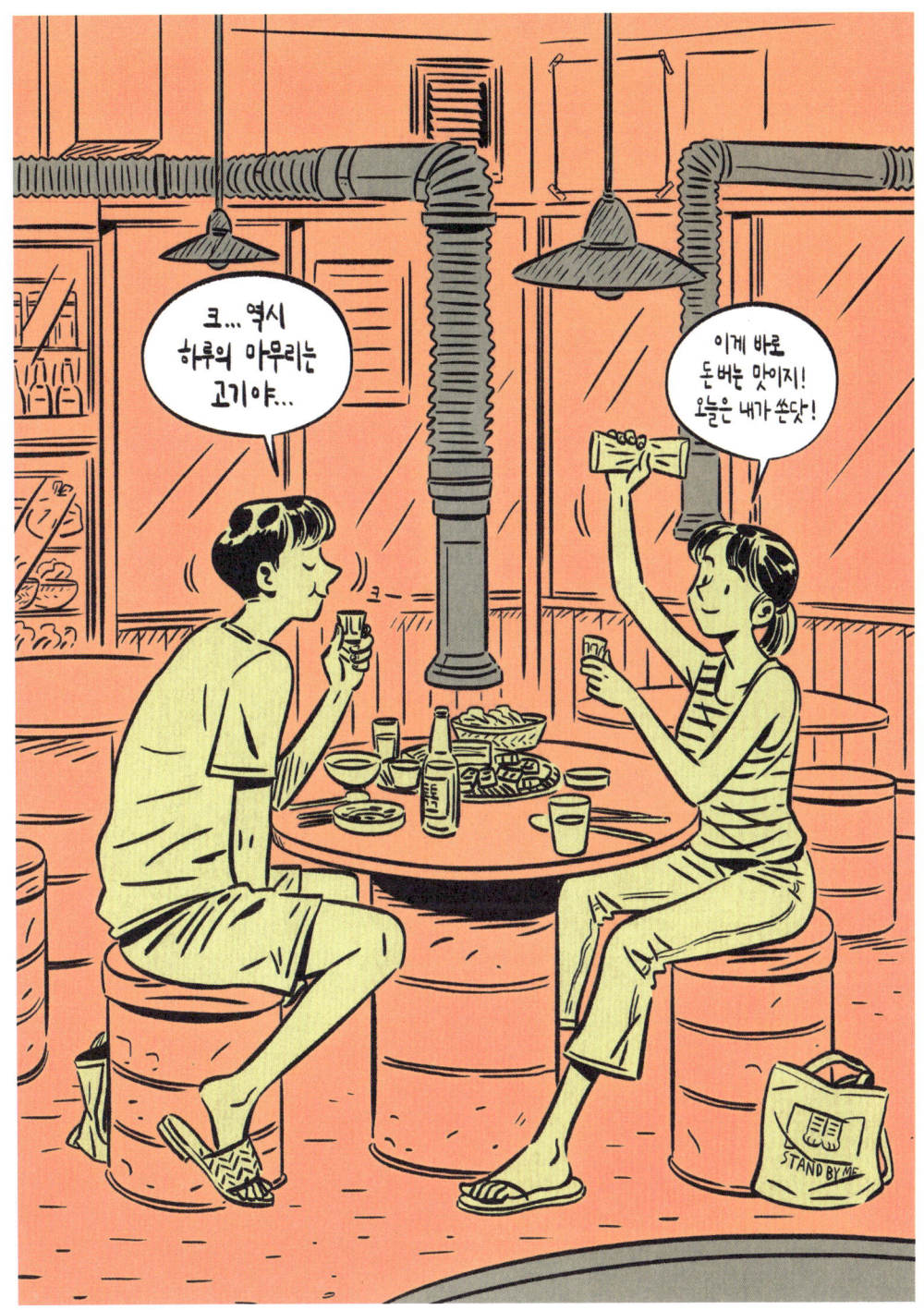

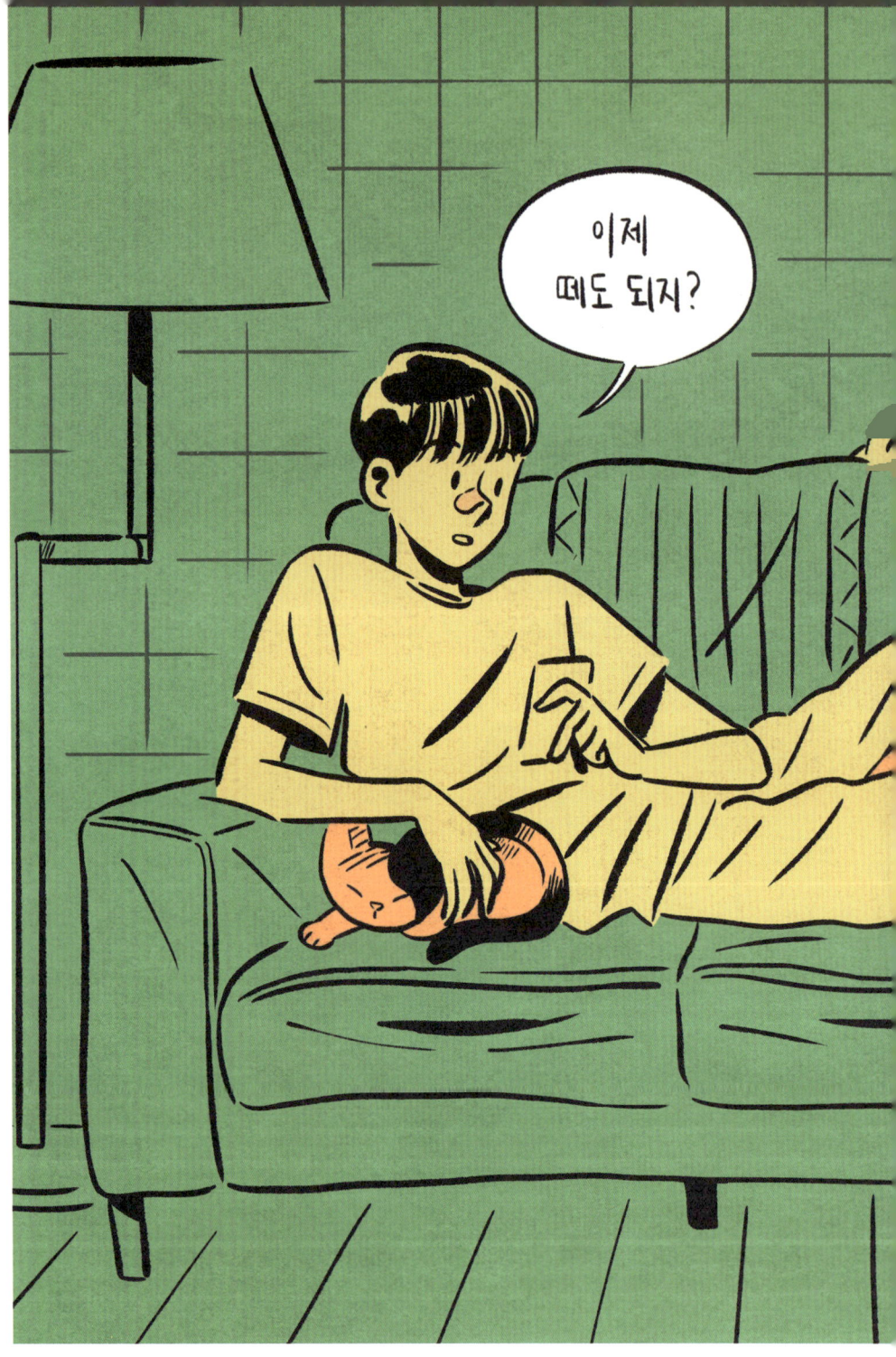

기다림의 미학　　#코팩 #같이예뻐지기

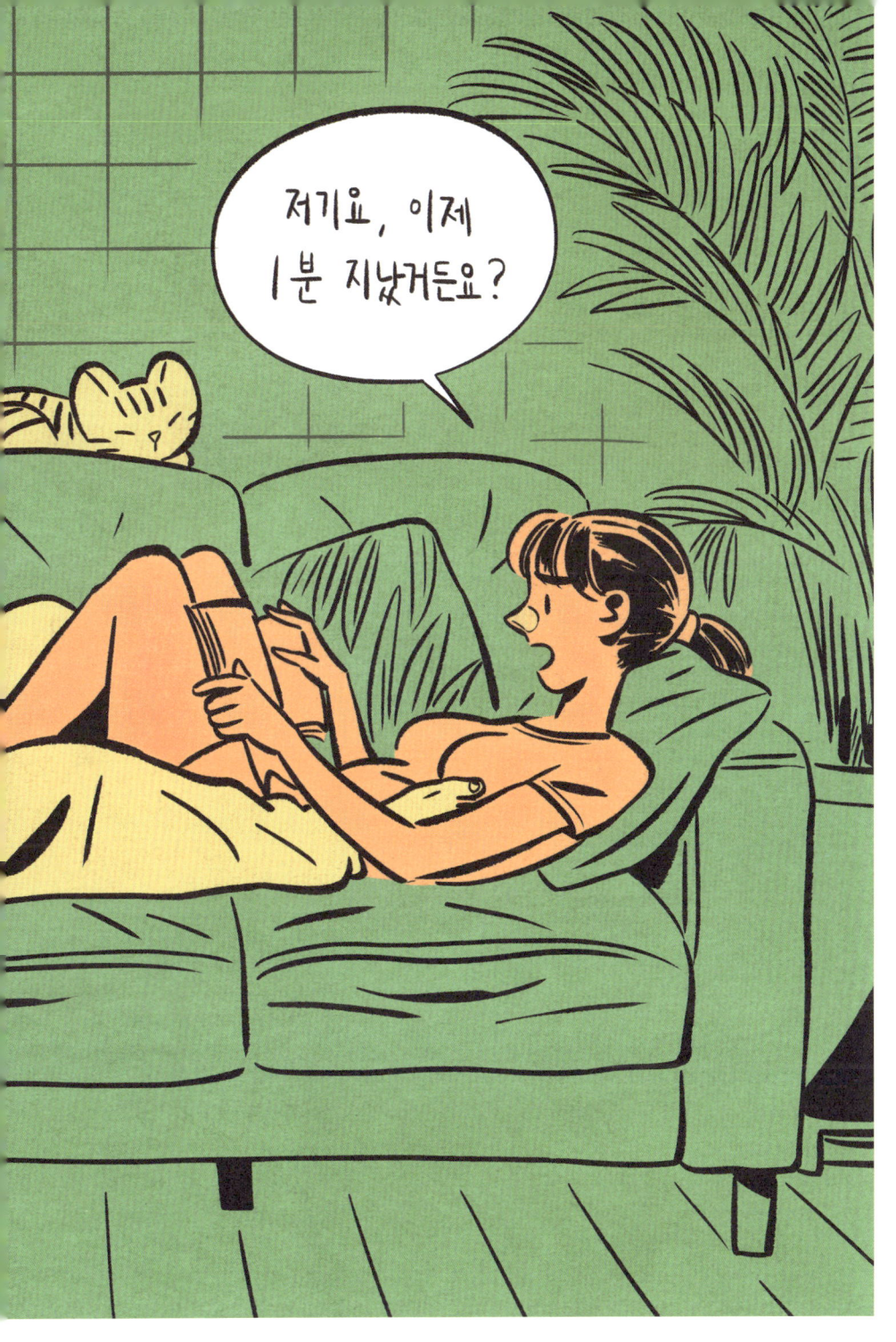

기다려야 하는 걸 알지만

반응이 재밌어서 자꾸 물어보고 싶다.

행복 두 스푼, 가족이 생겼어요

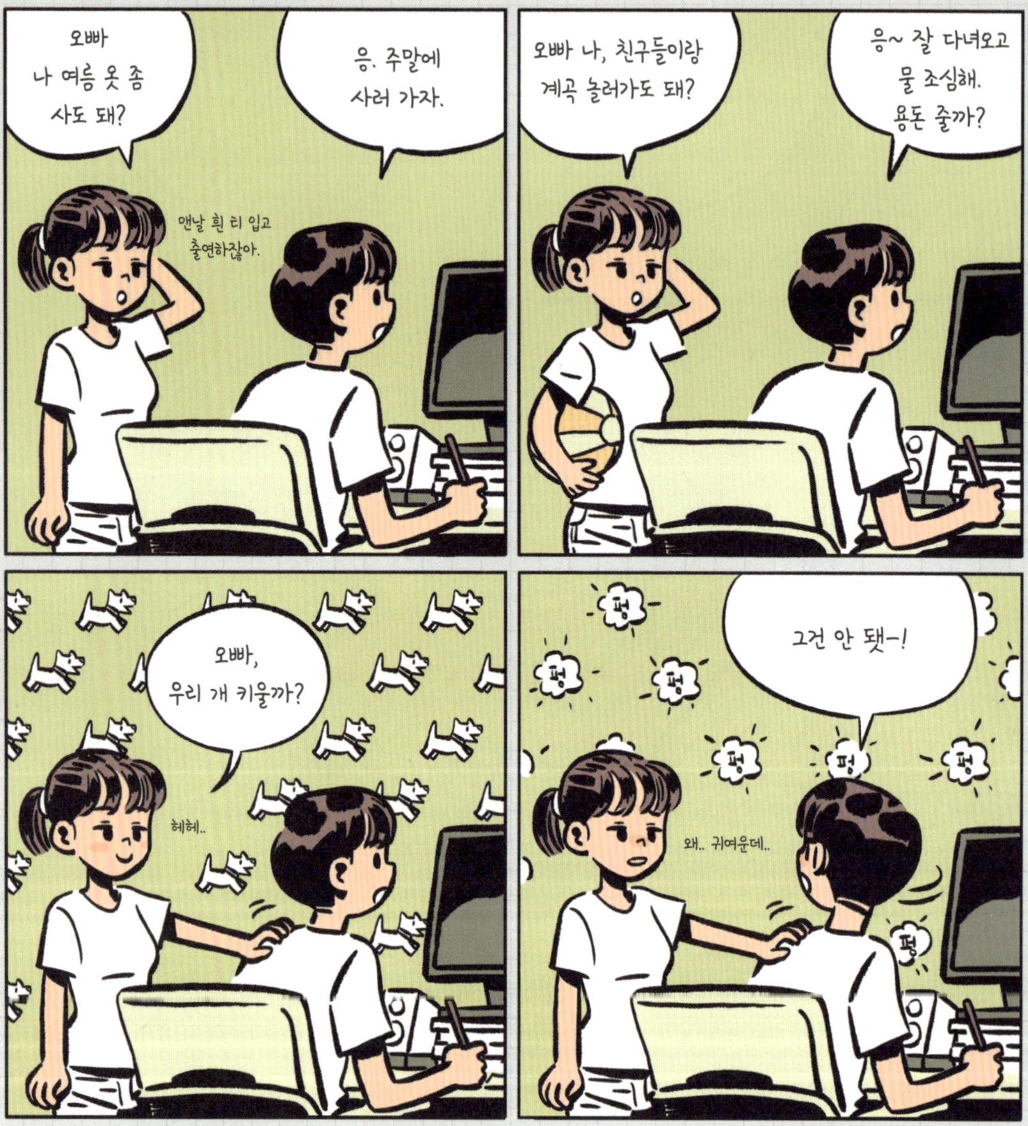

오빠 나 여름 옷 좀 사도 돼?

응. 주말에 사러 가자.

맨날 흰 티 입고 출연하잖아.

오빠 나, 친구들이랑 계곡 놀러가도 돼?

응~ 잘 다녀오고 물 조심해. 용돈 줄까?

오빠, 우리 개 키울까?

헤헤..

그건 안 됏—!

왜.. 귀여운데..

펑

설명해주지! 🐾

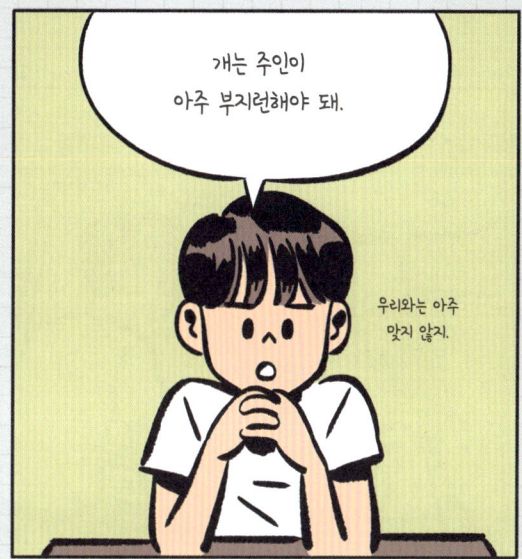

개는 주인이
아주 부지런해야 돼.

우리와는 아주
맞지 않지.

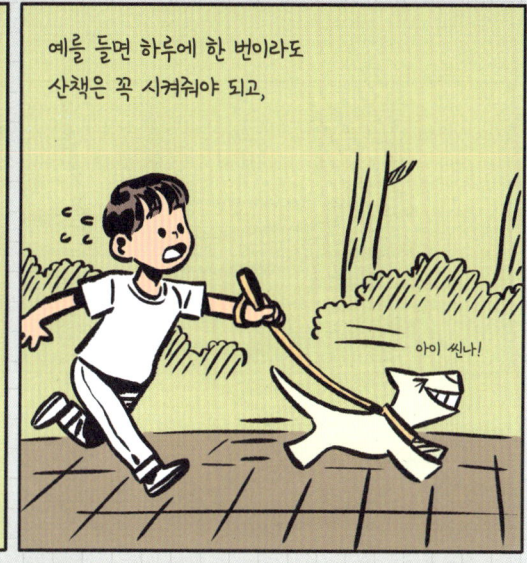

예를 들면 하루에 한 번이라도
산책은 꼭 시켜줘야 되고,

아이 씬나!

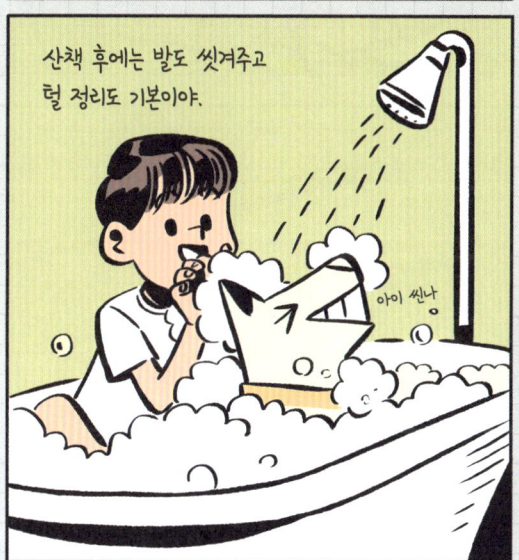

산책 후에는 발도 씻겨주고
털 정리도 기본이야.

아이 씬나

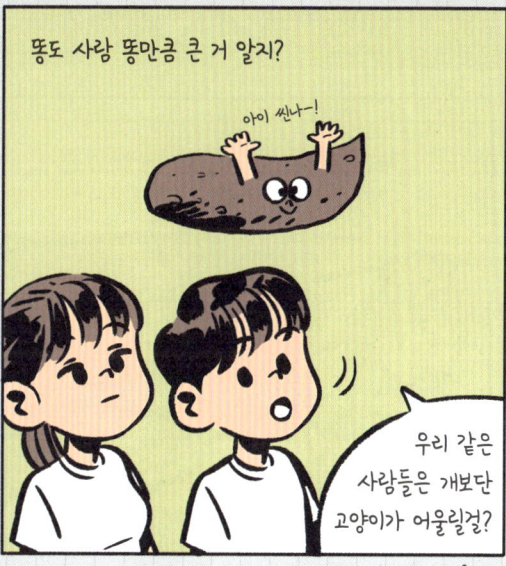

똥도 사람 똥만큼 큰 거 알지?

아이 씬나ー!

우리 같은
사람들은 개보단
고양이가 어울릴걸?

...고양이?

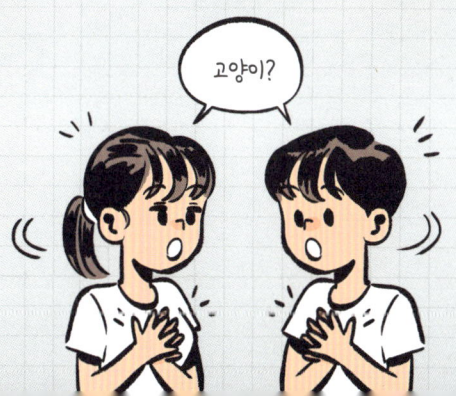

고양이?

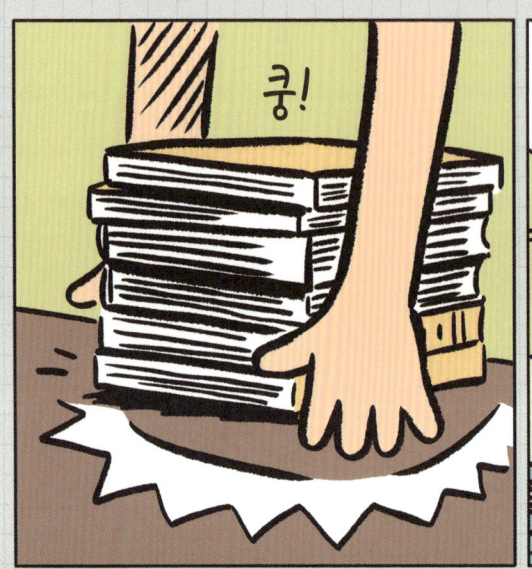

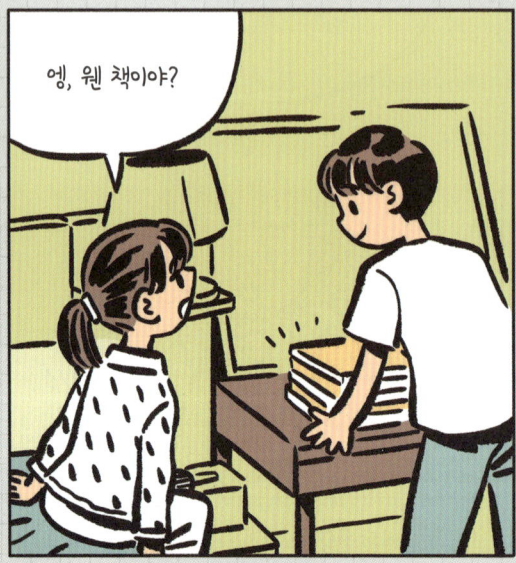

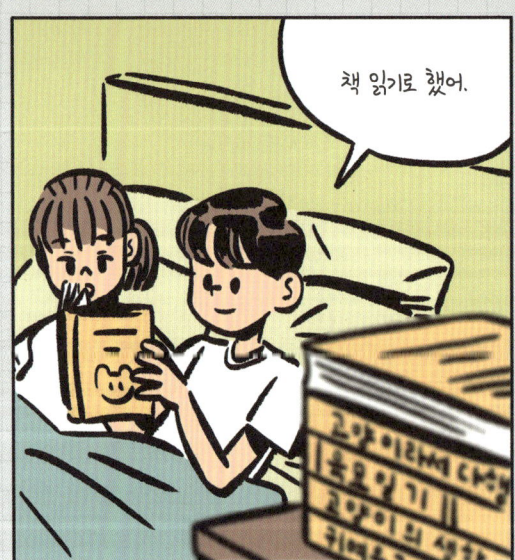

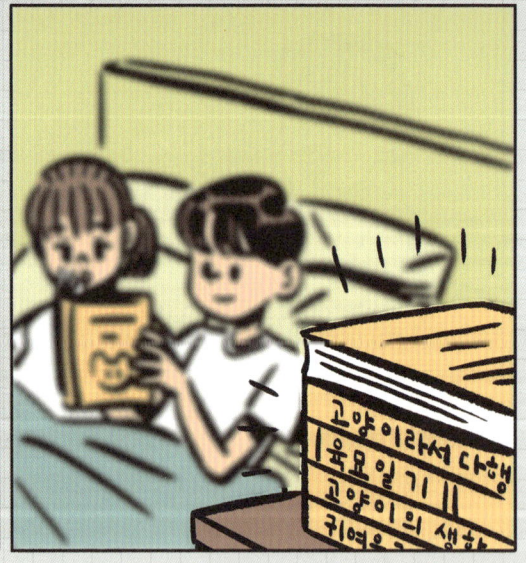

입양 전, 공부는 필수!

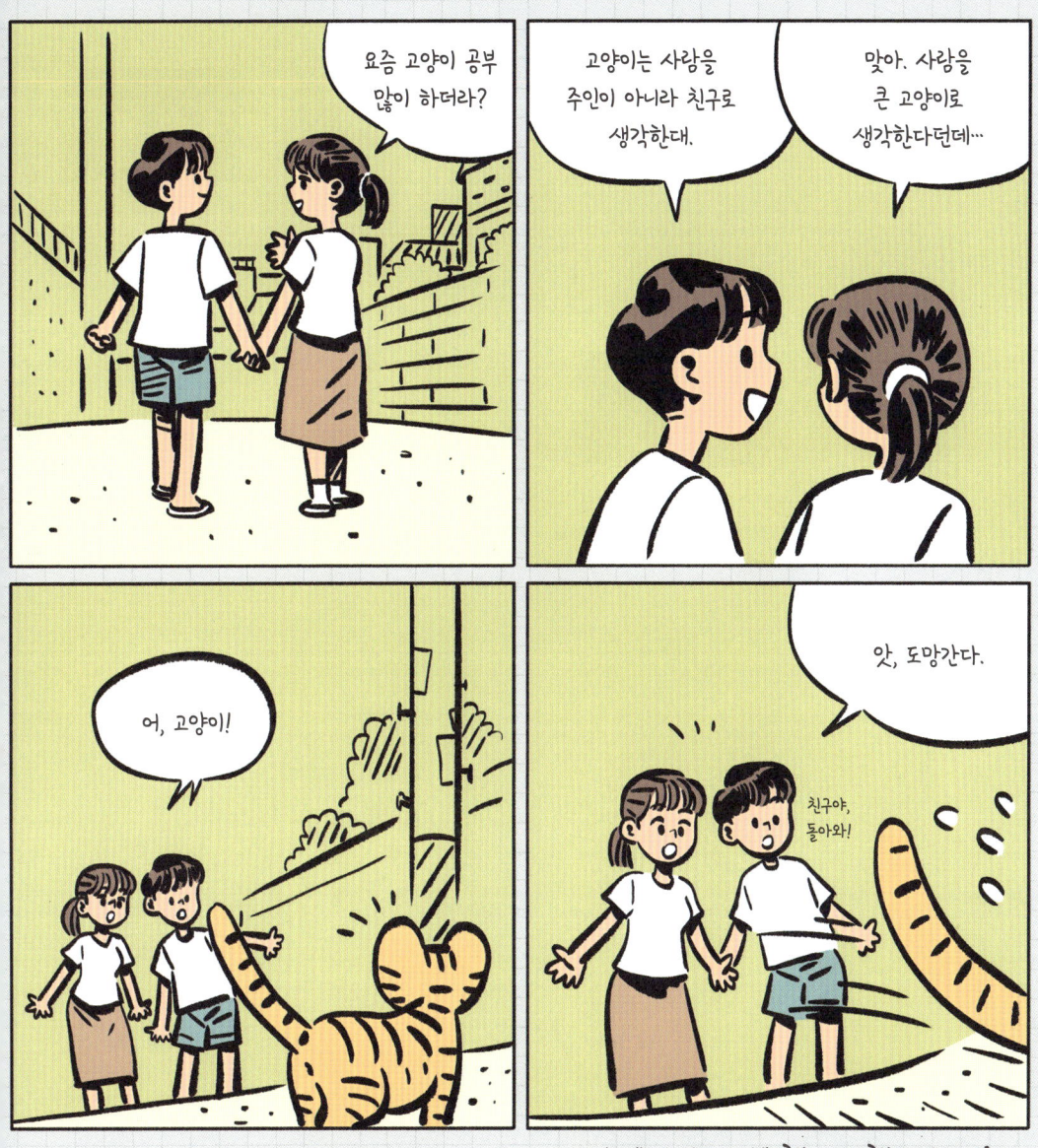

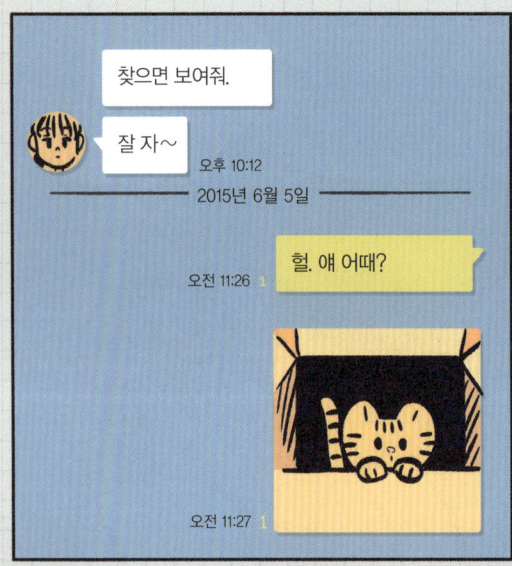

찾으면 보여줘.

잘 자~   오후 10:12

─────── 2015년 6월 5일 ───────

오전 11:26 1 헐. 얘 어때?

오전 11:27 1

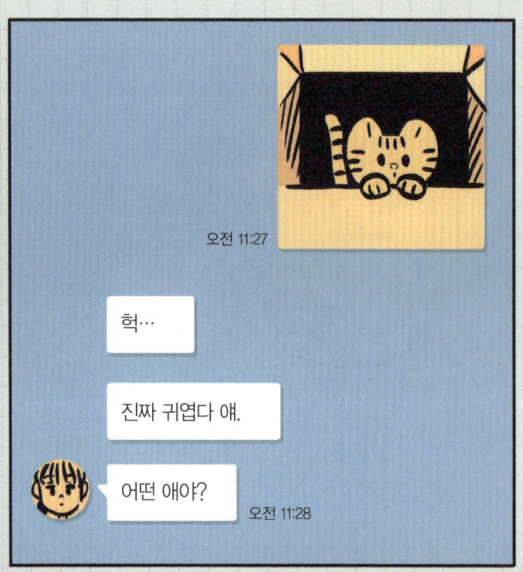

오전 11:27

헉…

진짜 귀엽다 얘.

어떤 애야? 오전 11:28

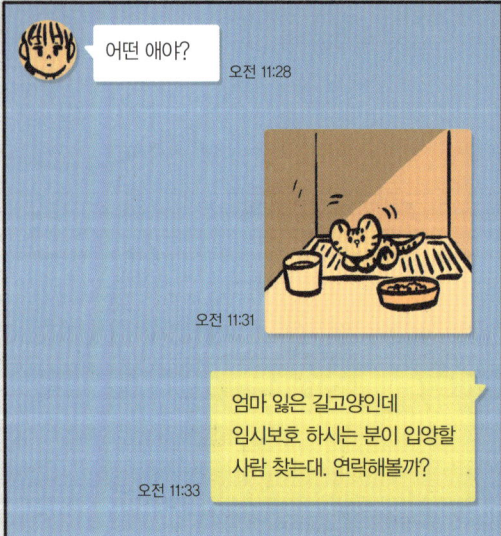

어떤 애야? 오전 11:28

오전 11:31

엄마 잃은 길고양인데
임시보호 하시는 분이 입양할
사람 찾는대. 연락해볼까?
오전 11:33

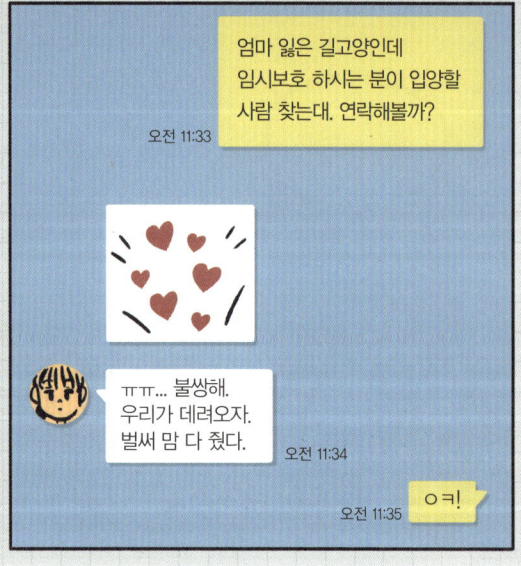

엄마 잃은 길고양인데
임시보호 하시는 분이 입양할
사람 찾는대. 연락해볼까?
오전 11:33

ㅠㅠ… 불쌍해.
우리가 데려오자.
벌써 맘 다 줬다. 오전 11:34

오전 11:35 ㅇㅋ!

우리가 좋은 가족이 될 수 있을까?

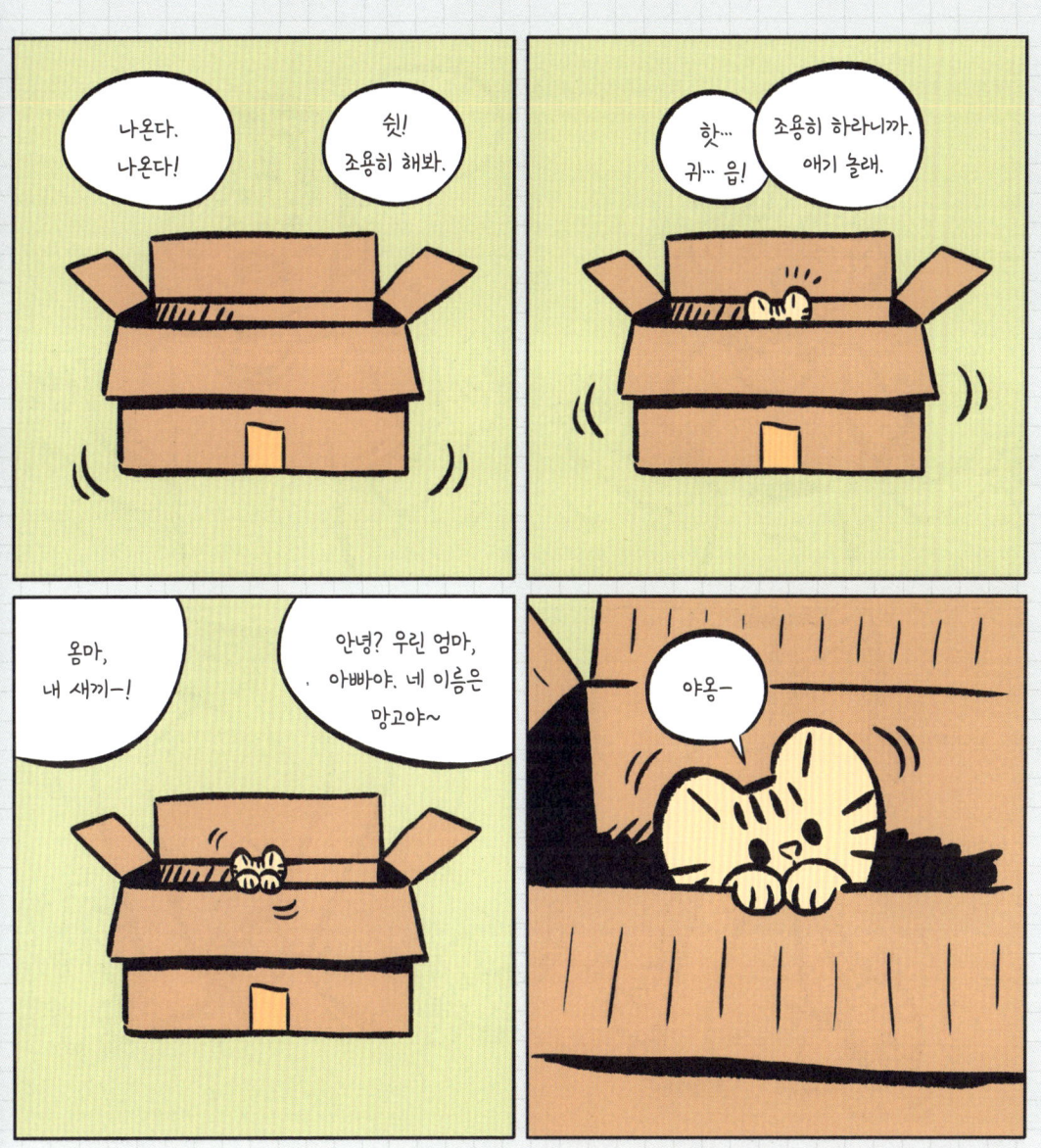

심장이 약하신 분은 고양이를 멀리하는 게 좋습니다.

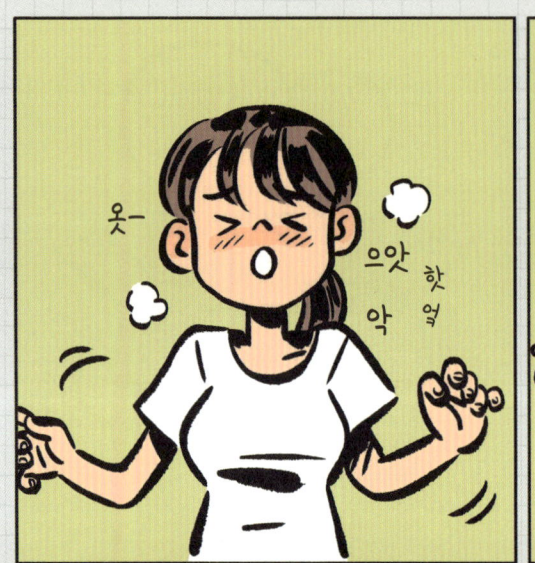
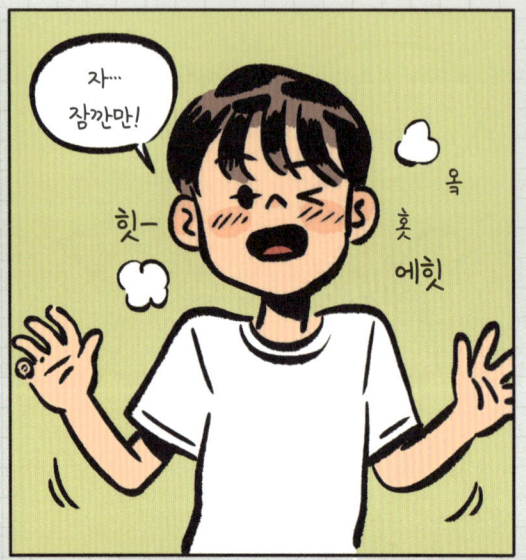
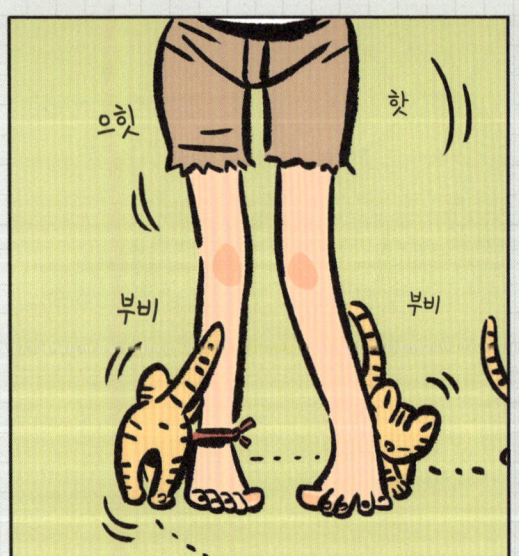
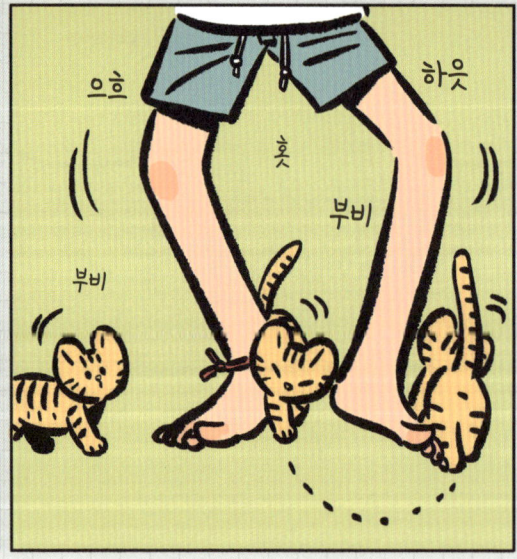

믿을 만한 인간으로 인정받는 중.

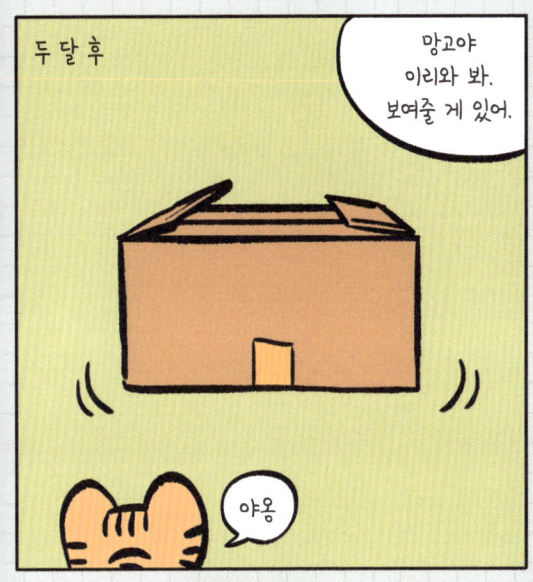

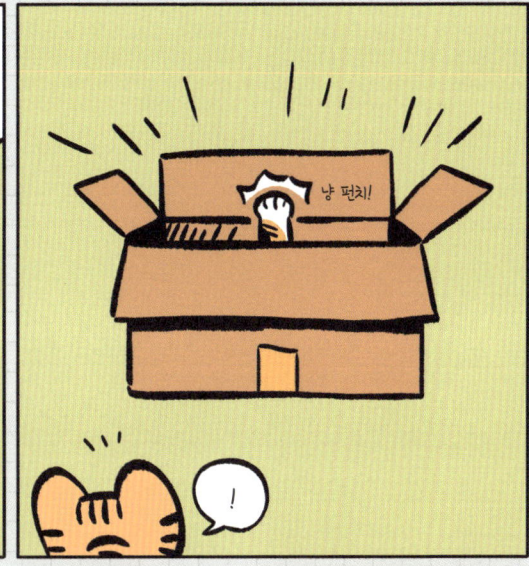

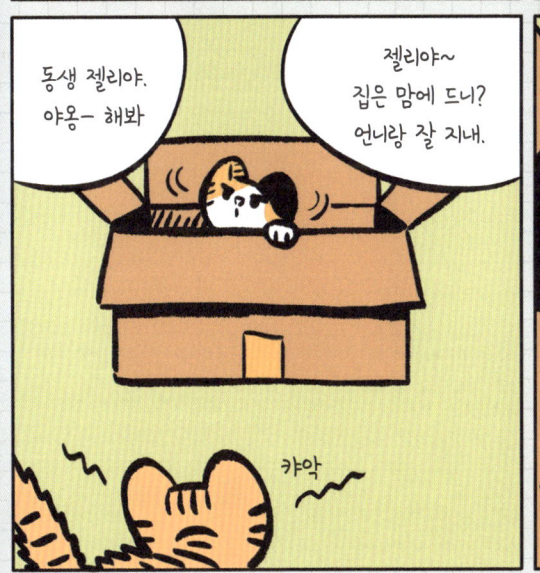

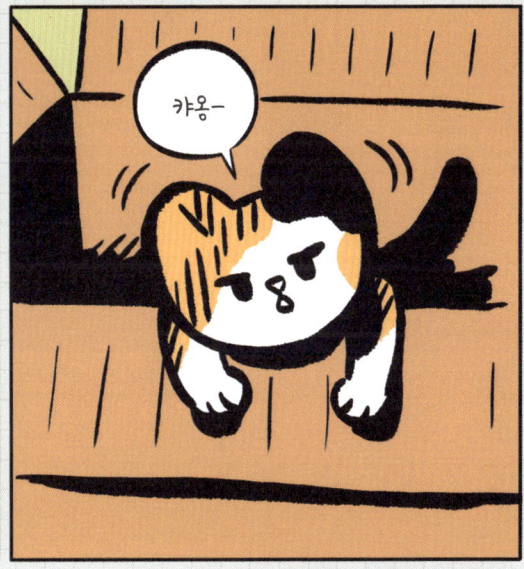

첫날부터 싸웠다고 한다.

Part 3

그래도
사랑해

11

우리 집 고양이
망고, 젤리

낯은 가리지 않지만 오직 나에게만 배를 허락하는 첫째 고양이, 망고.
한번 친해지면 모든 걸 다 주는 우리 집 순둥이 막내, 젤리.
사랑스러운 두 아이들 덕택에 우린 조금 더 가족의 모습에 가까워졌다.
"오래오래 함께 있자. 망고 젤리~"

출근길

#난말도할수있어 #내가나을걸

차라리 날 데려가.

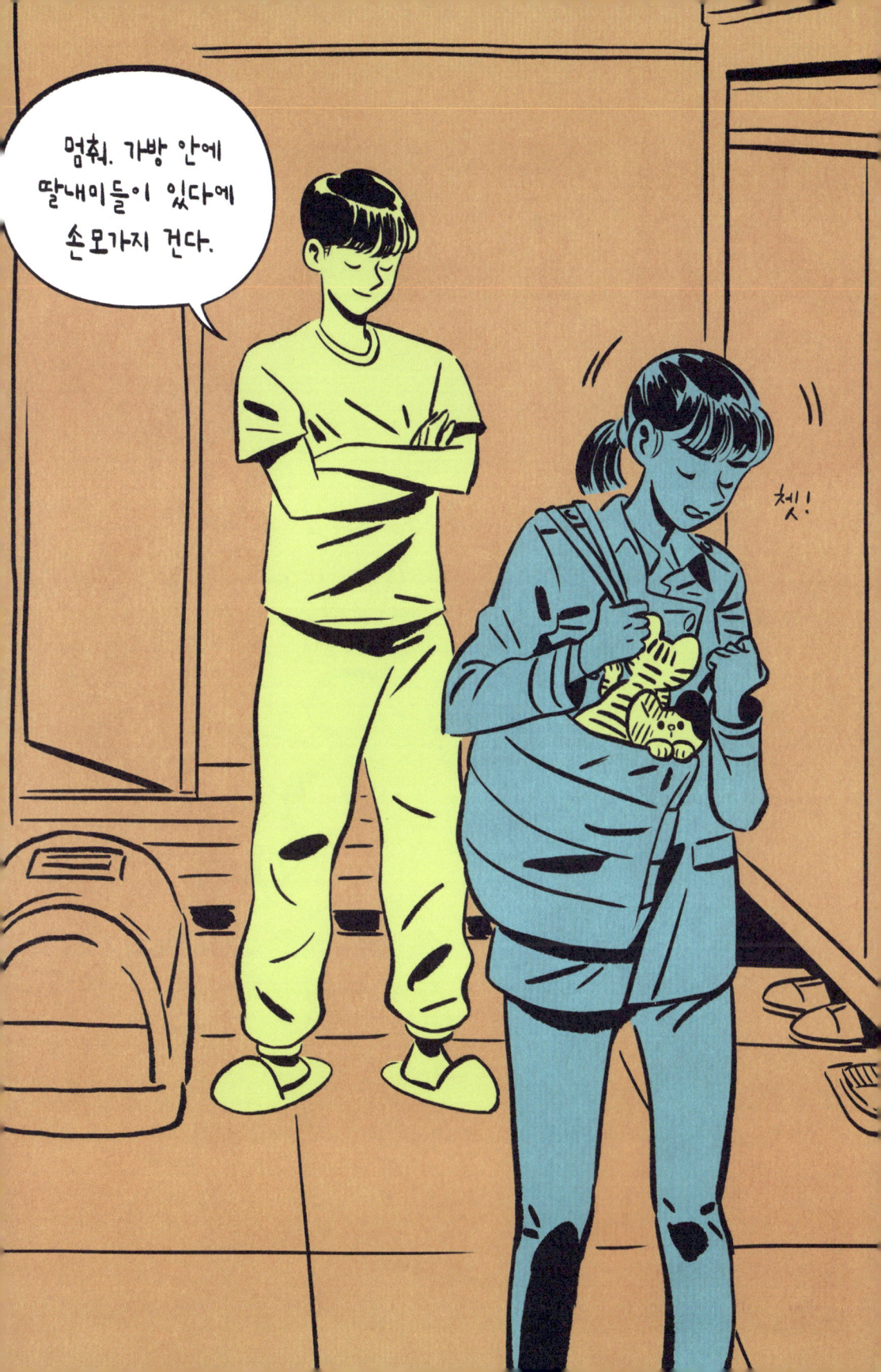

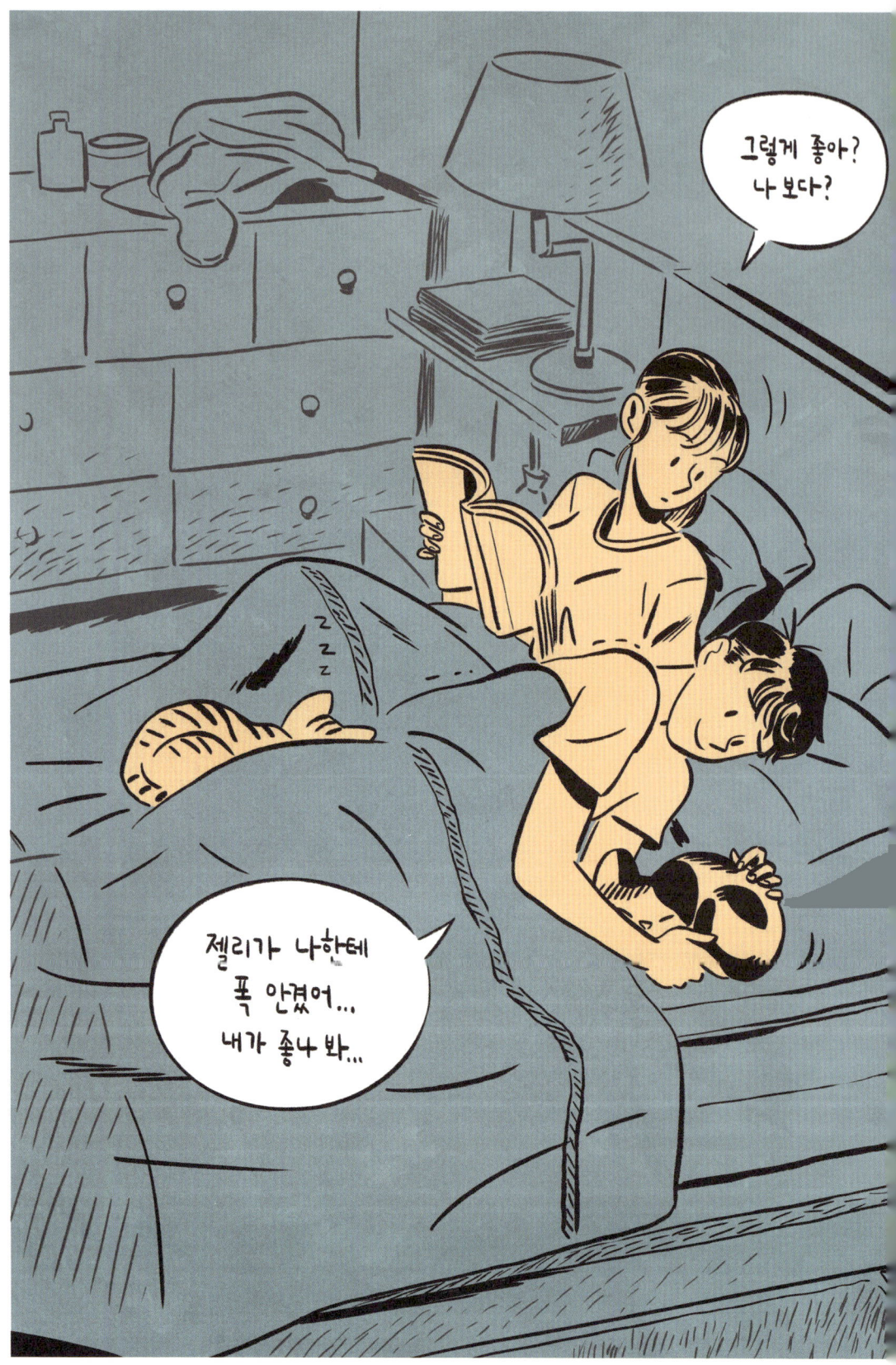

고양이는 따뜻하다

#망고한스푼 #젤리한스푼 #행복함두스푼 #행복이넘치는우리집

다들 흩어져 있다가 '자자' 한마디면

우르르 달려오는 녀석들.

너흰 어떻게 내 말을 알아듣지?

혹시 너네 사람이니?

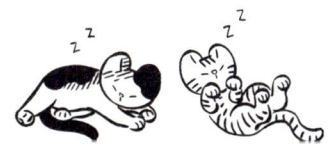

각자의 잠버릇

우리는 꼭 이불 밖에 발을 내놔야 되고,

망고는 꼭 우리 발 위에 올라와서 자고,

젤리는 꼭 이불 안에 쏙 들어가서 잔다.

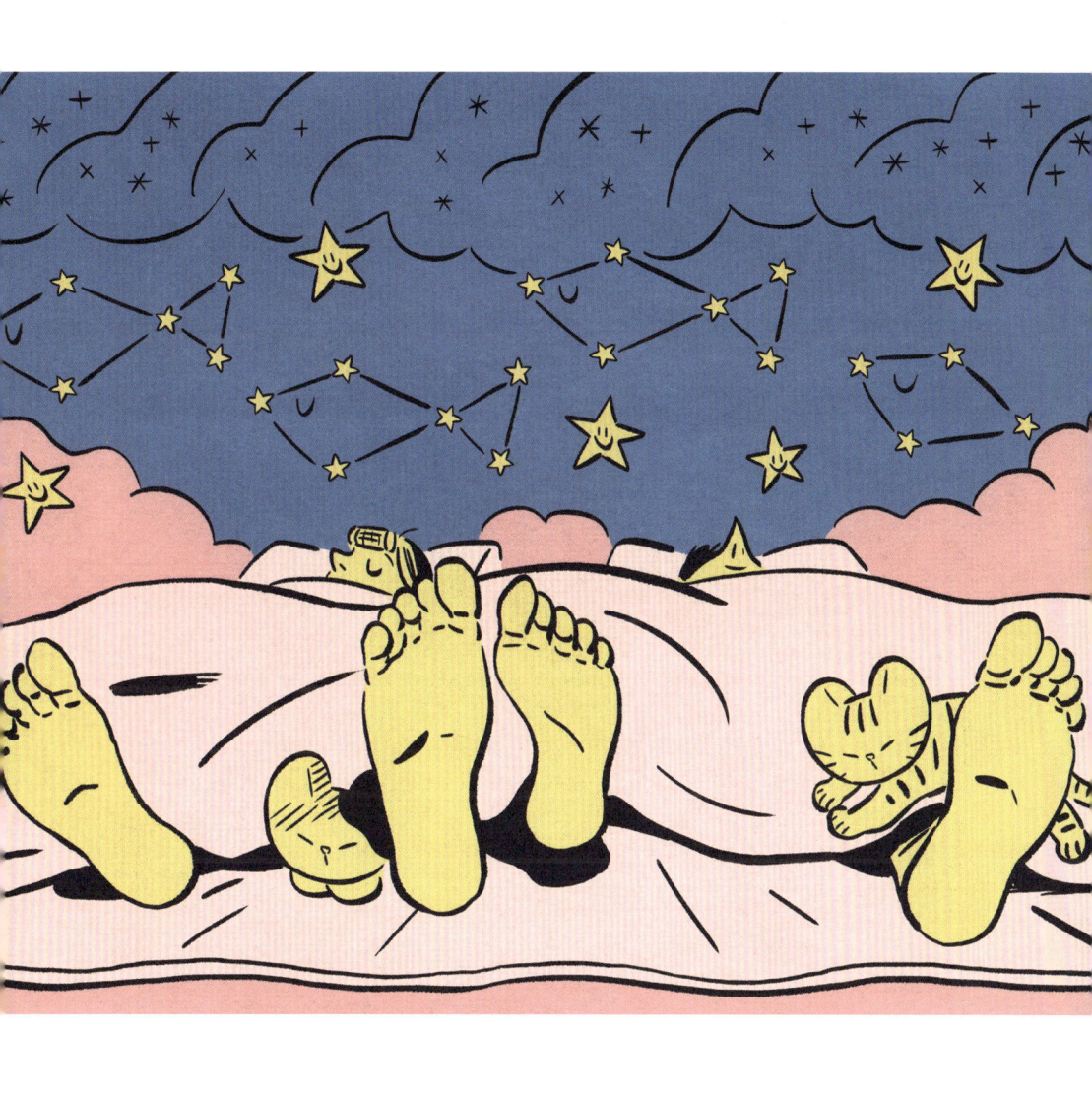

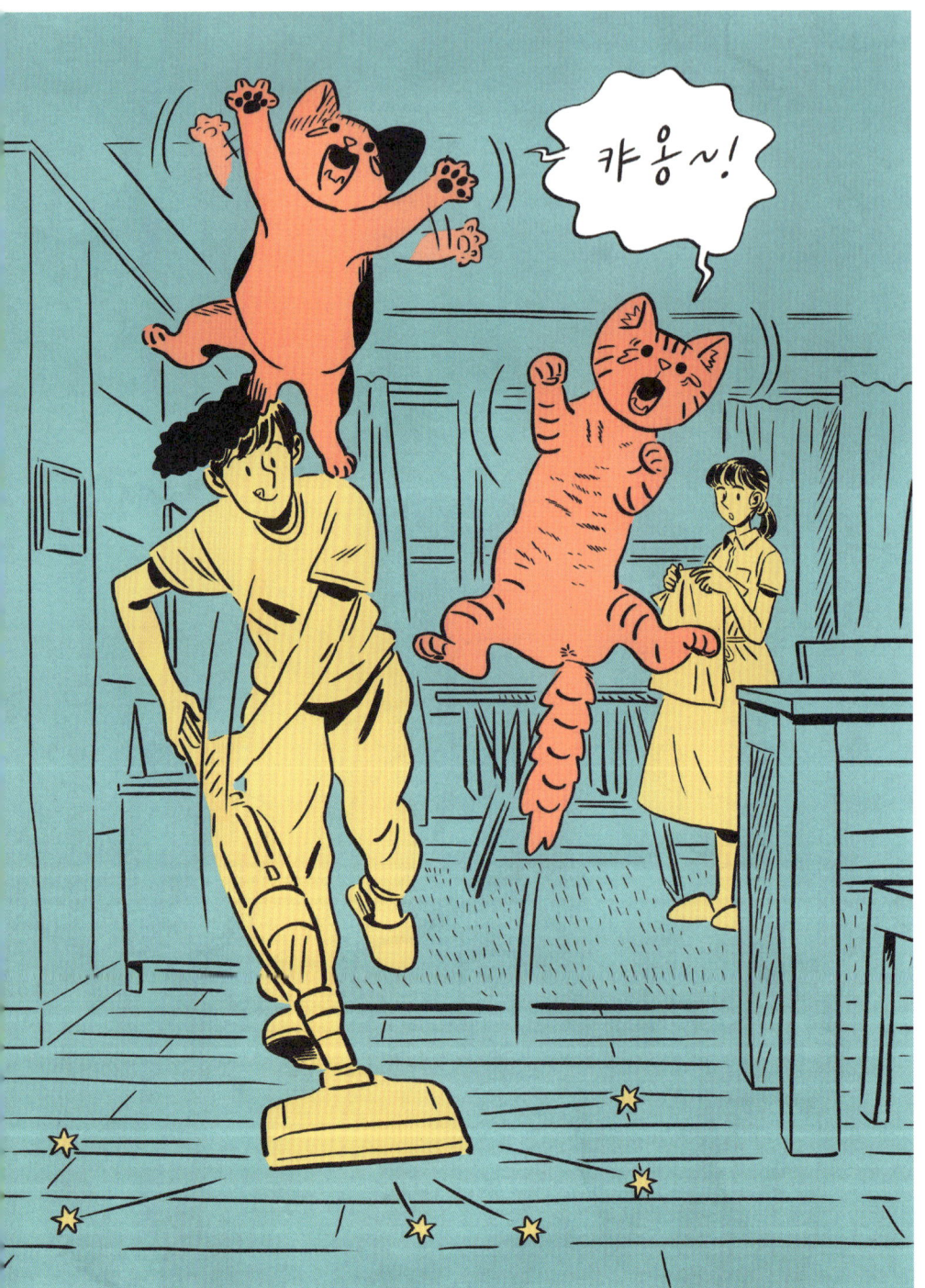

해도 해도 끝이 없는 청소

#놀랐냥 #위잉위잉 #청소기가지나갑니다

익숙해질 때도 되지 않았니?

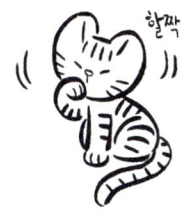

그래도 사랑해 .

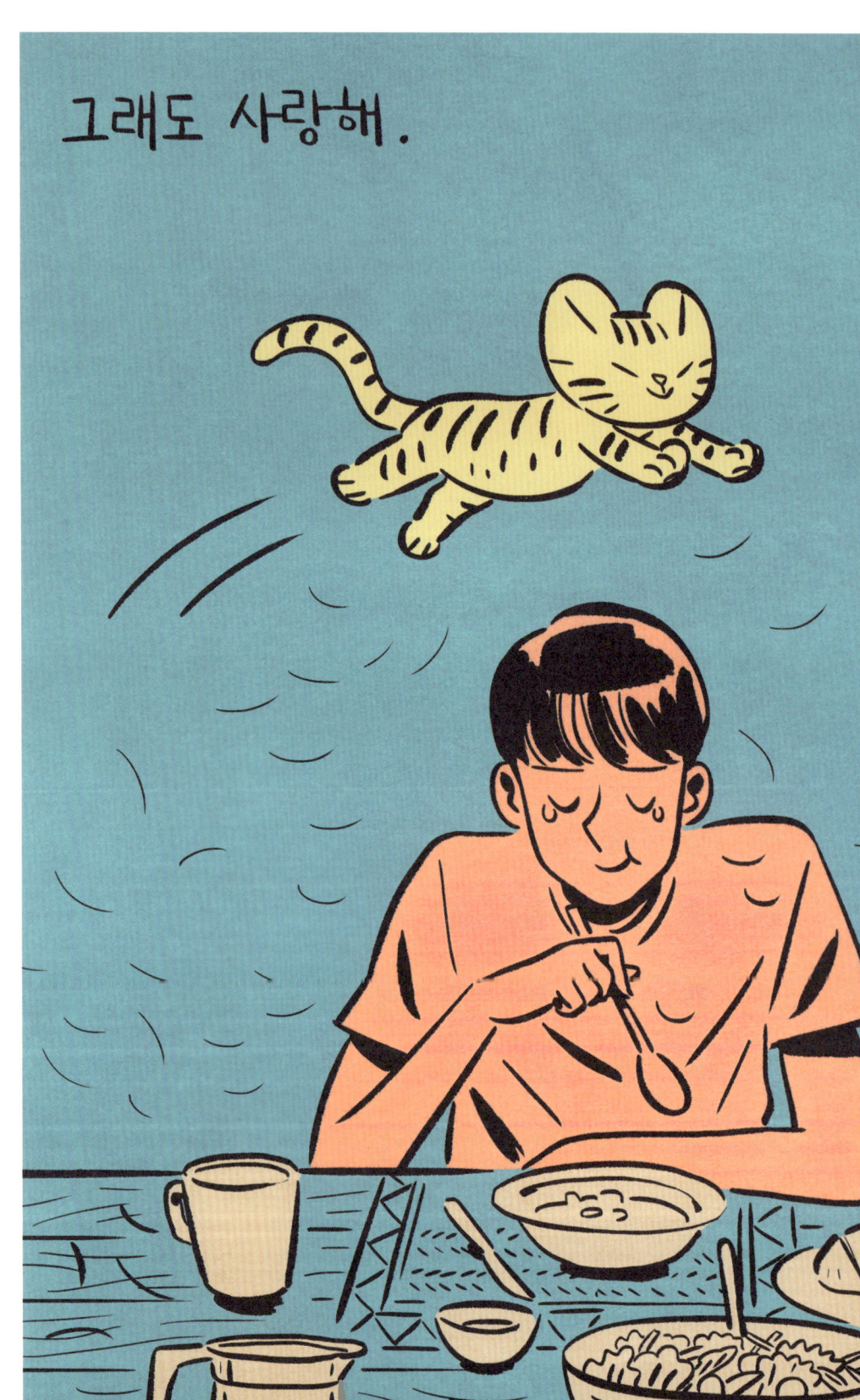

고양이 털밥

#동물을키워보셨나요 #털은상상이상입니다 #그래도사랑해

고양이를 키우면

매끼 밥에 털을 말아 먹을 수 있다.

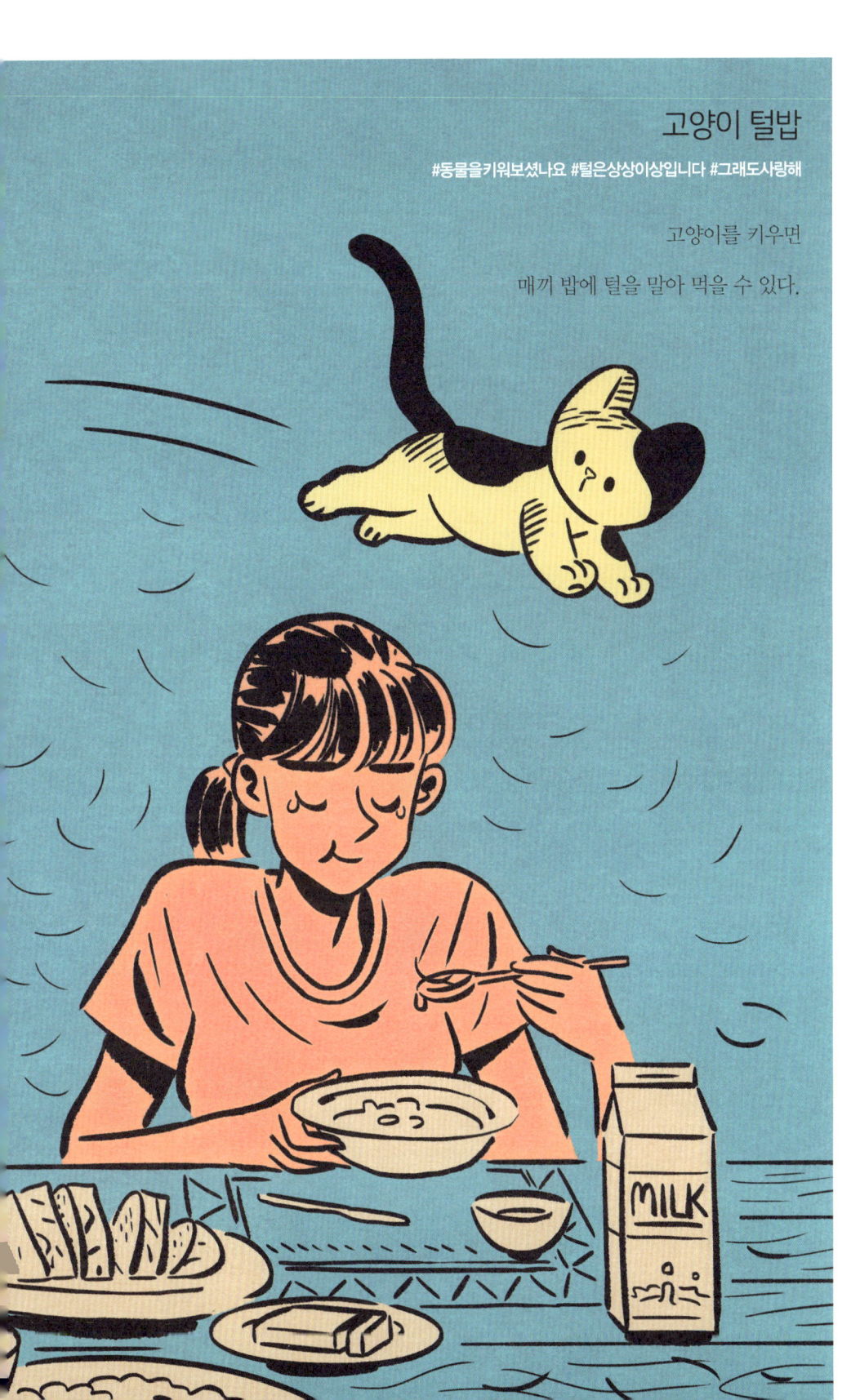

12

때론 토닥토닥

혼자 여행하는 걸 좋아한다.

홀로 떠난 여행은 걷고 싶은 곳, 보고 싶은 곳,

쓰고 싶은 시간을 내 마음대로 할 수 있다.

게다가 여행지에서 혼자 있을 때만 느껴지는 이상야릇한 그 기분이 좋다.

처음 와 보는 외국 땅에 혼자 있으면 하나하나 촉각이 곤두서고

온몸의 감각이 활짝 열리는 기분이다.

길을 걸어가는 사람만 봐도 마음 어딘가가 '뭉클' 한다.

그런데 최근에 혼자서 다녀온 교토에서는 조금 다른 느낌이 들었다.

다른 때와 똑같이 혼자 훌쩍 떠나온 건데 이번엔 혼자라는 생각이

왜 이렇게 뚜렷한지…

생각해 보니 너 때문인 것 같았다.

내 시선이 있는 곳에 언제나 네가 존재했으면 좋겠다.

내 걸음 옆에 타탓 걸어오는 너의 발소리가 들렸으면 좋겠다.

지금 내가 보는 걸 너와 같이 볼 수 있다면 얼마나 좋을까.

마음과 마음이 만나는 그 순간.

뜻밖의 선물

아침을 거르고 출근하는 아내가 안타까워

좋아하는 초콜릿을 가방에 쏙.

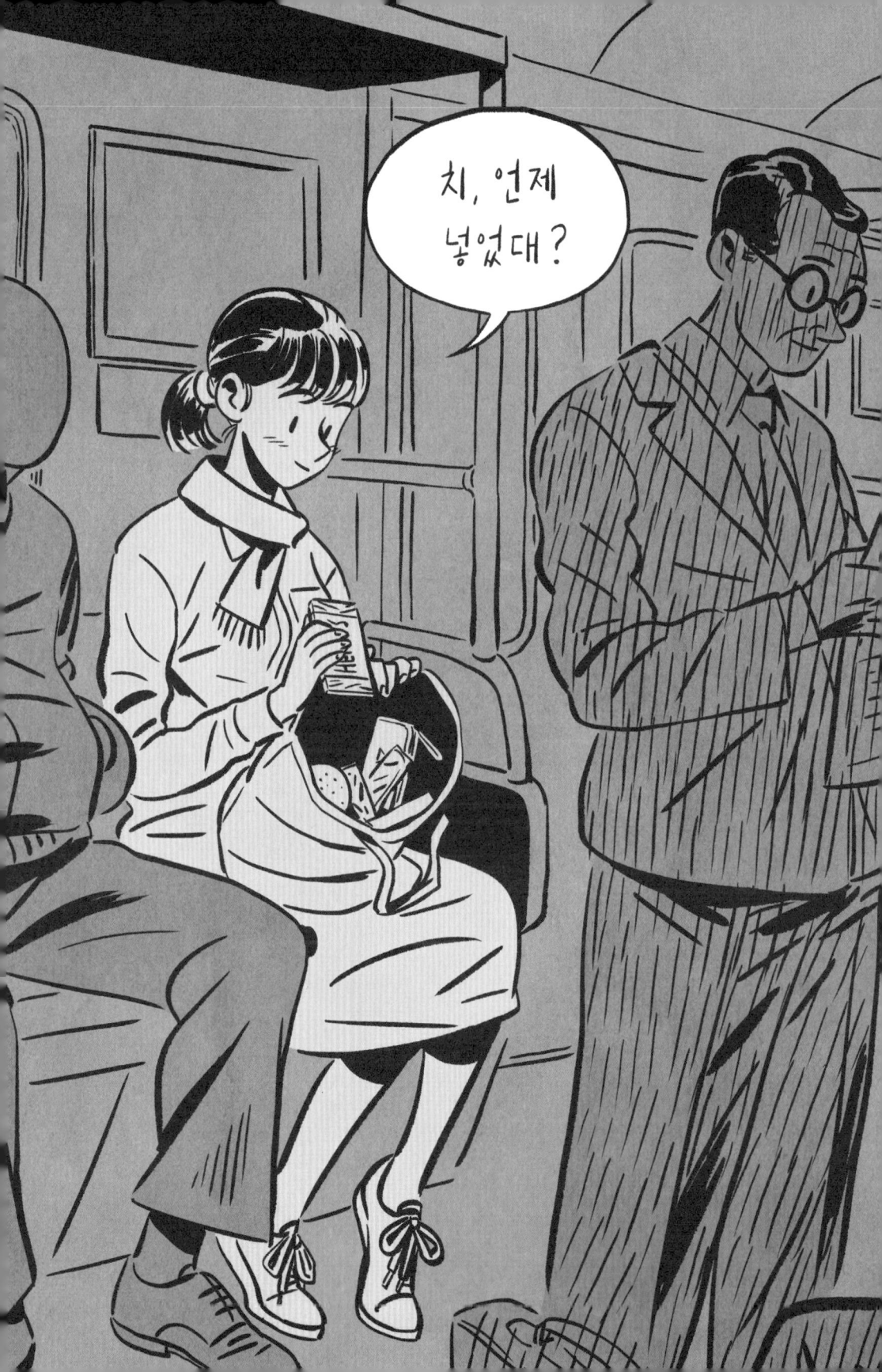

집안의 가장

#그럼너 #내년엔내가할게 #감투

우리 집의 가장은 누구일까?

그냥 많이 버는 쪽이 우리 집 가장 하자.

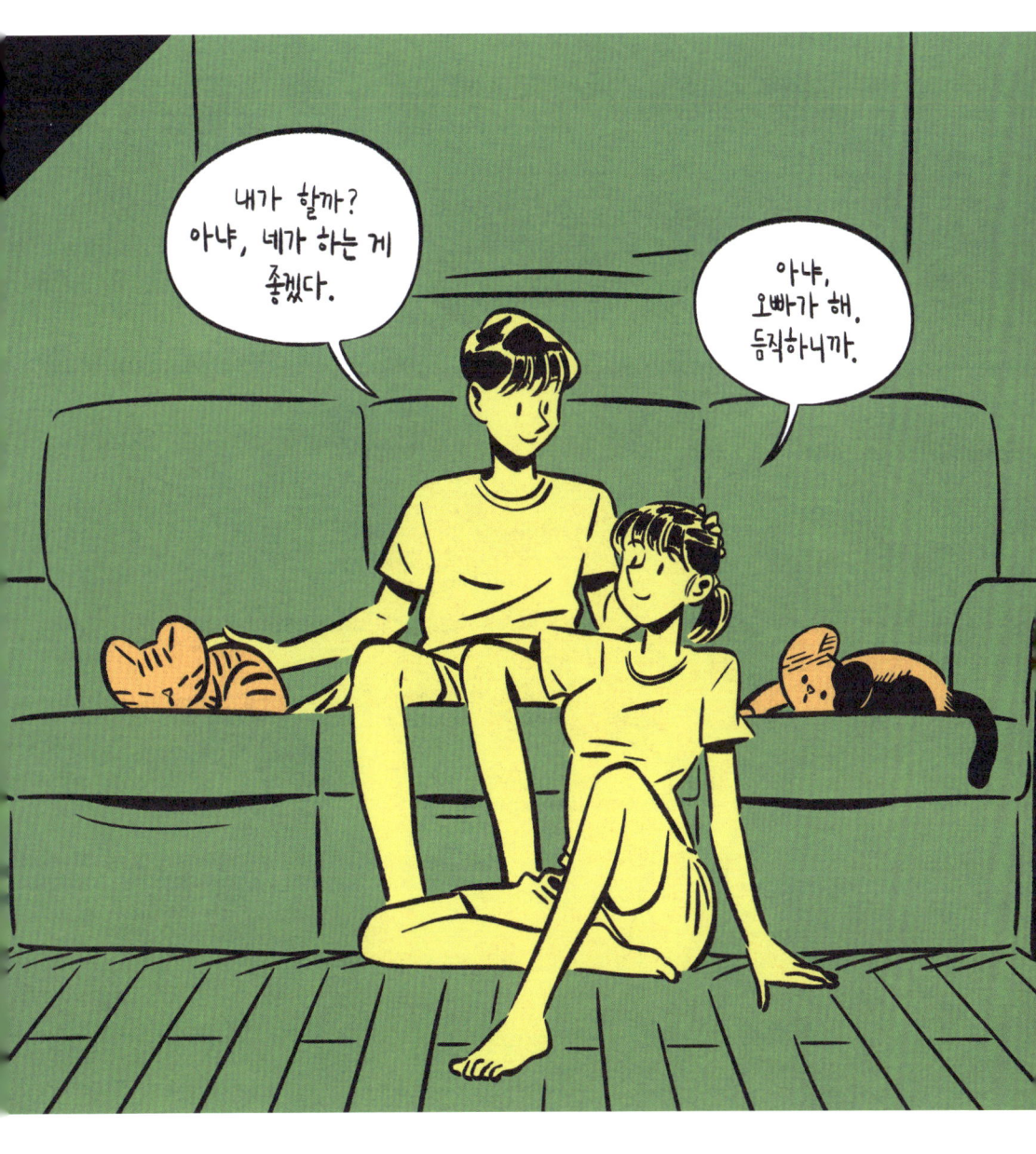

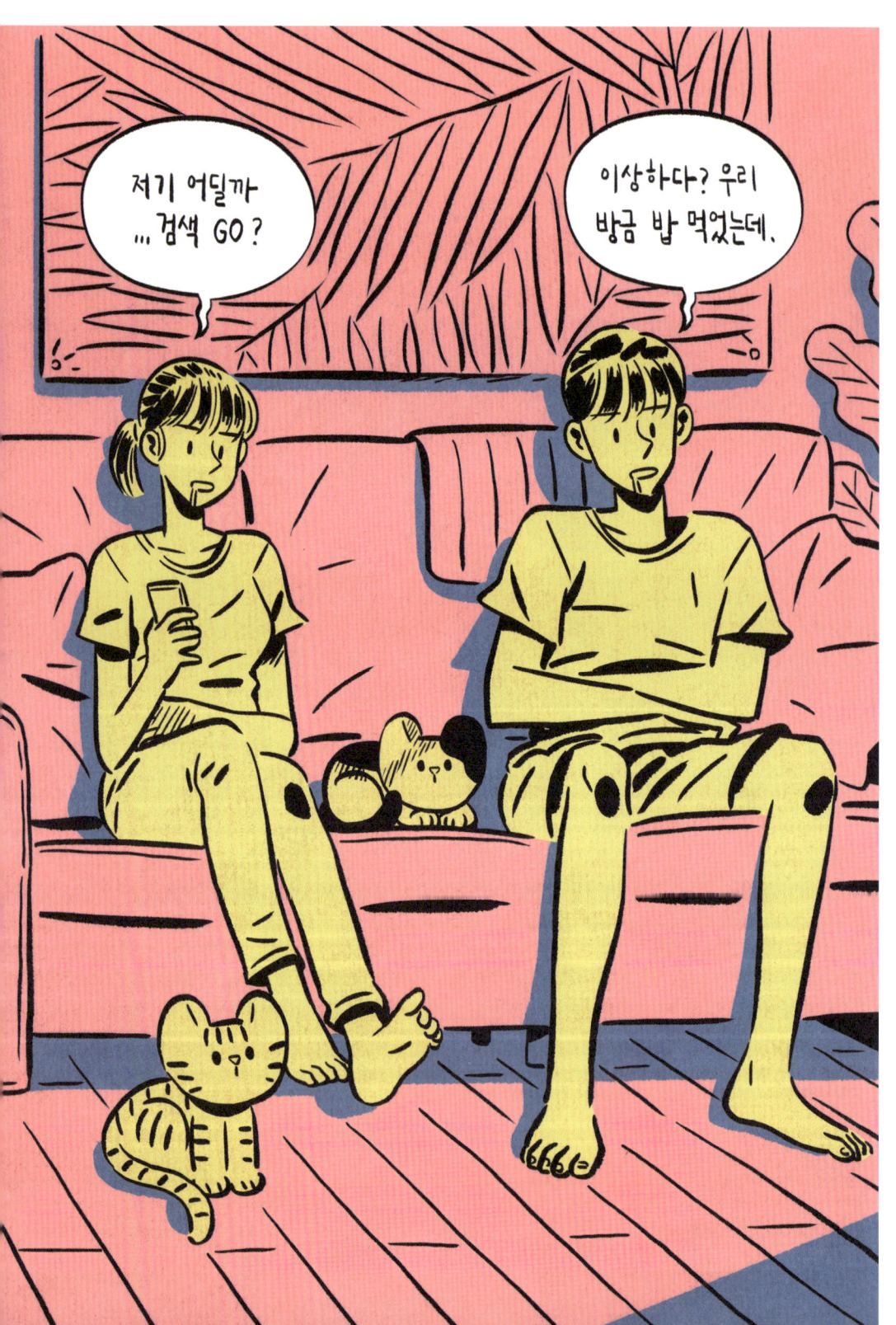

실시간 검색

#티비속엔 #맛있는게 #너무도많아서

서로 토라져 있다가도

맛있는 음식이 나오면 대동단결.

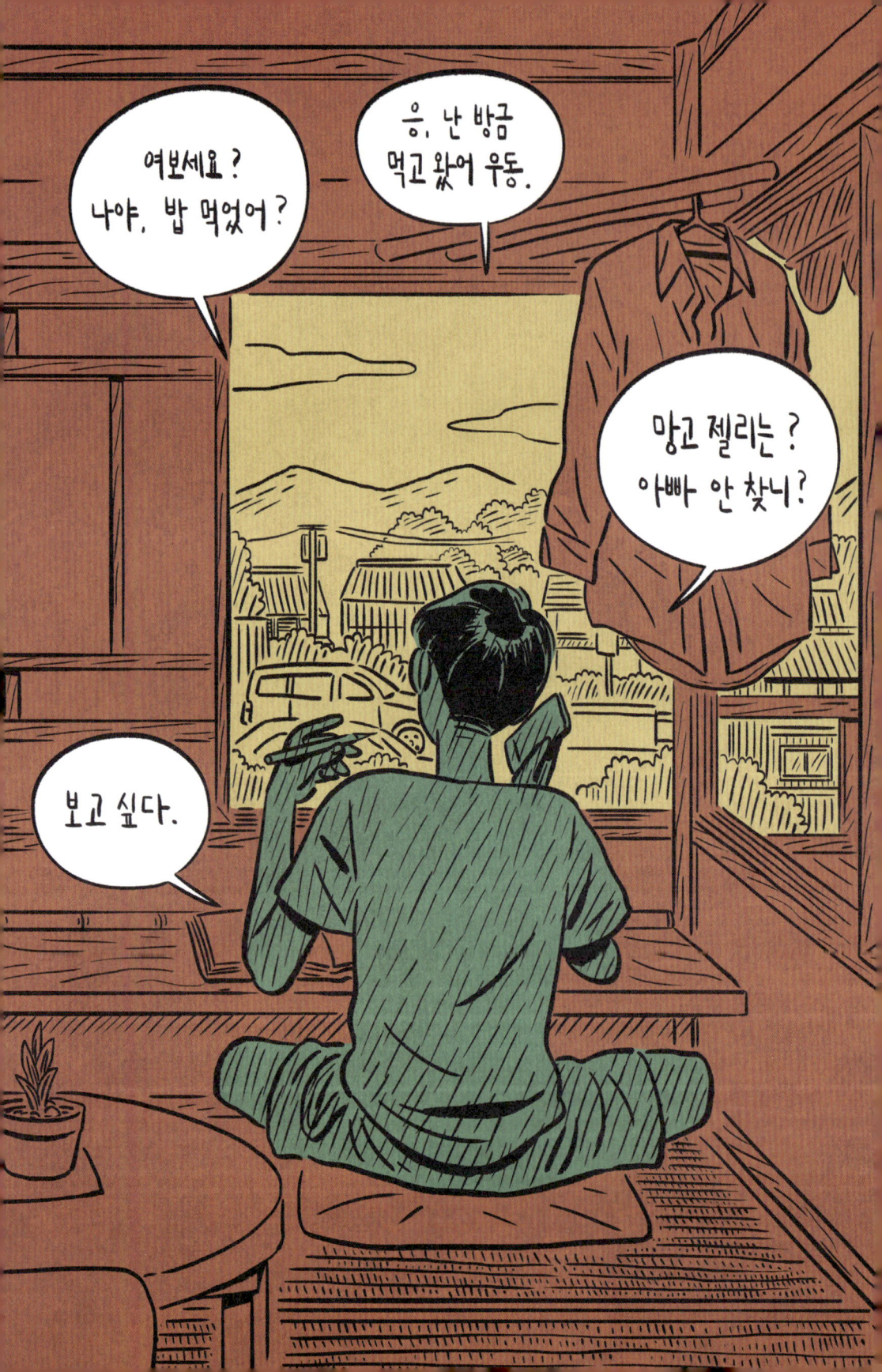

여행의 의미

#뭐해 #너때문에 #여행을할수가없어 #책임져

혼자 여행하는 게 좋았는데

이제는 혼자 있을 사람이 자꾸 생각난다.

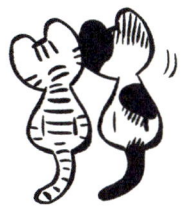

교토의 구름

#망고구름아 #젤리구름아 #한국까지달려가

지구는 둥그니까 흘러가면 너도 볼 수 있겠다.

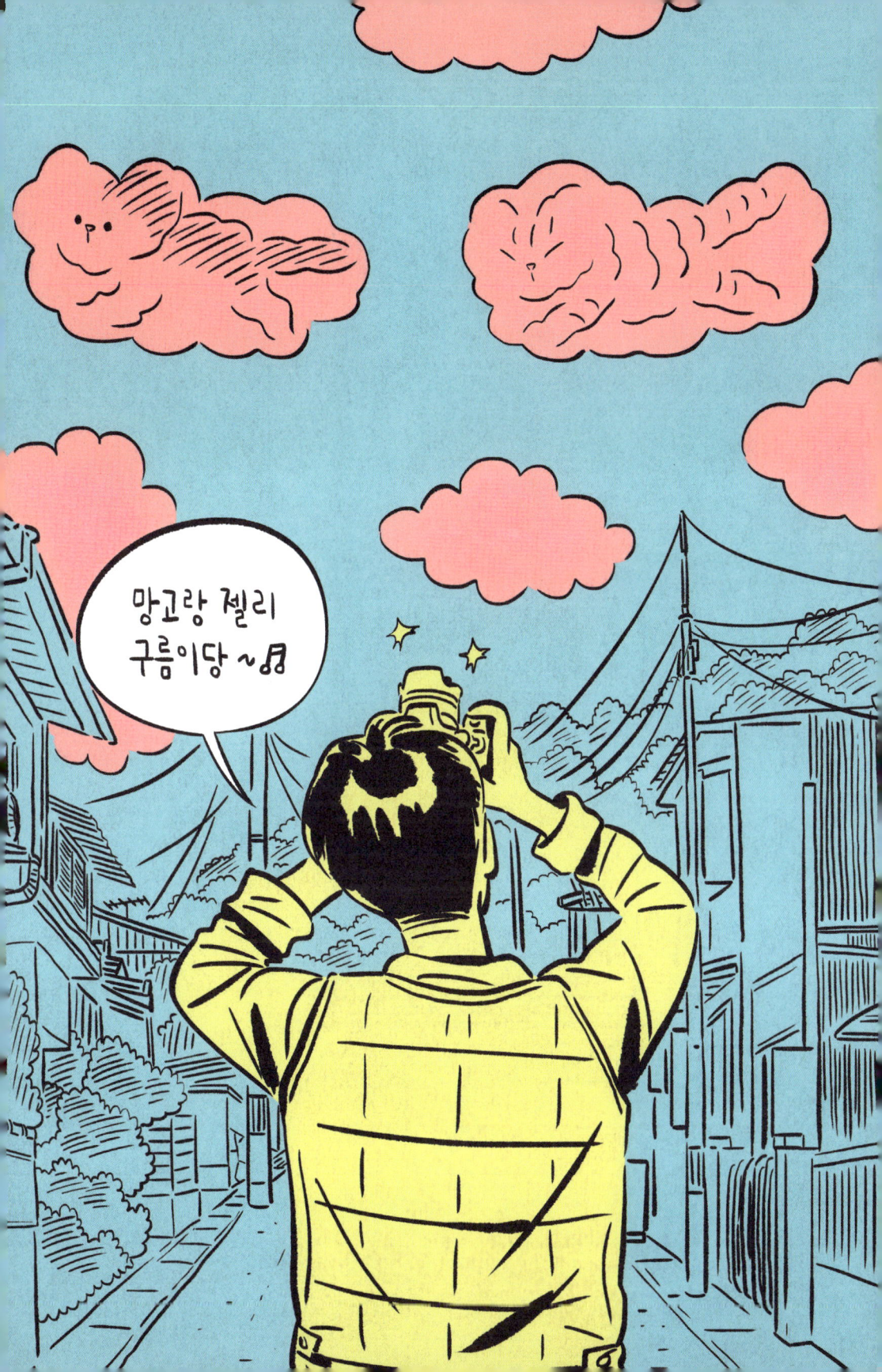

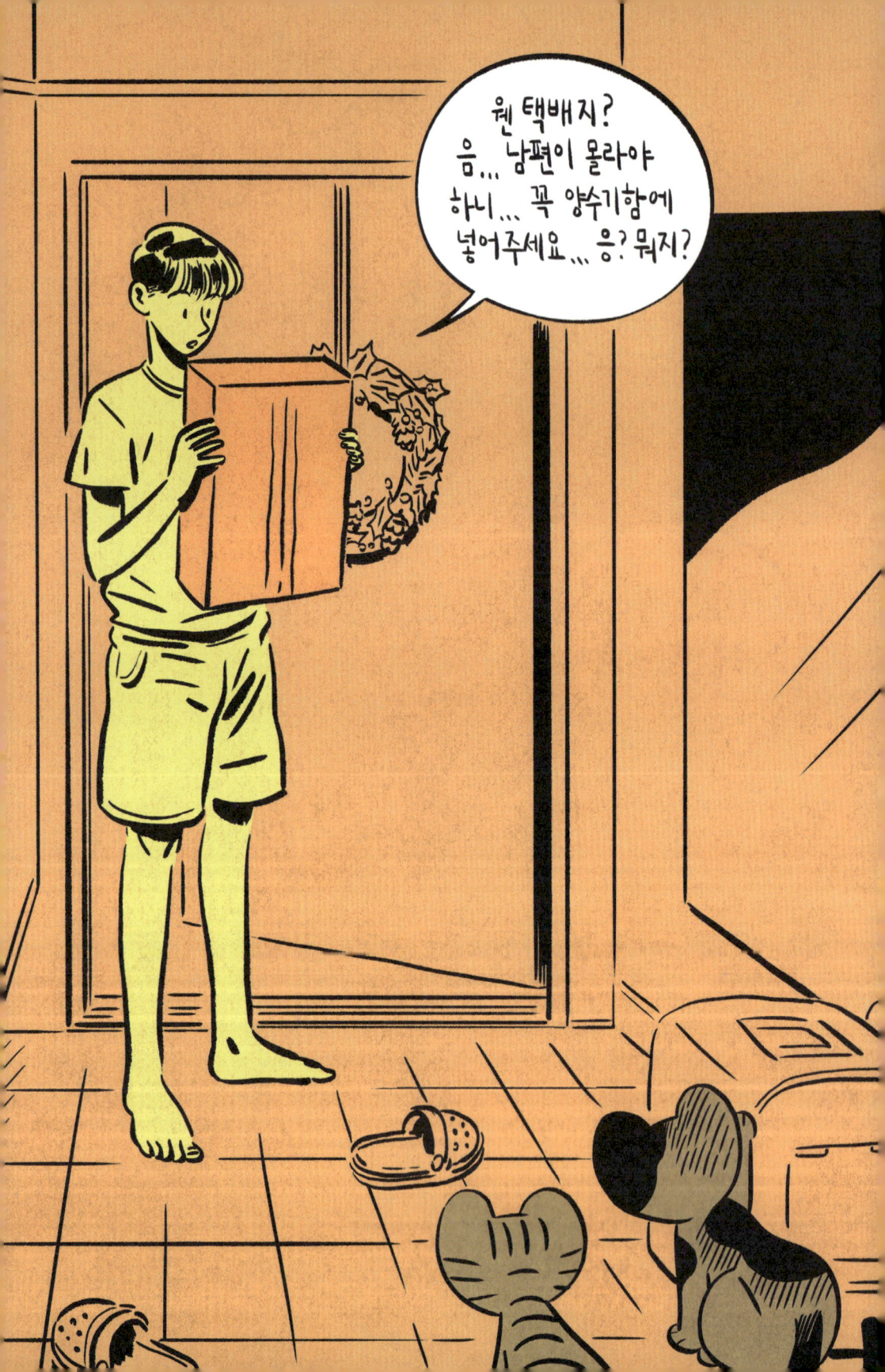

귀여운 서프라이즈

#서프라이즈실패 #이런여자또없습니다

출근한 바깥양반 대신

택배 기사님의 서프라이즈.

수고했어 오늘도

#토닥토닥 #때로는말보다

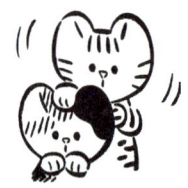

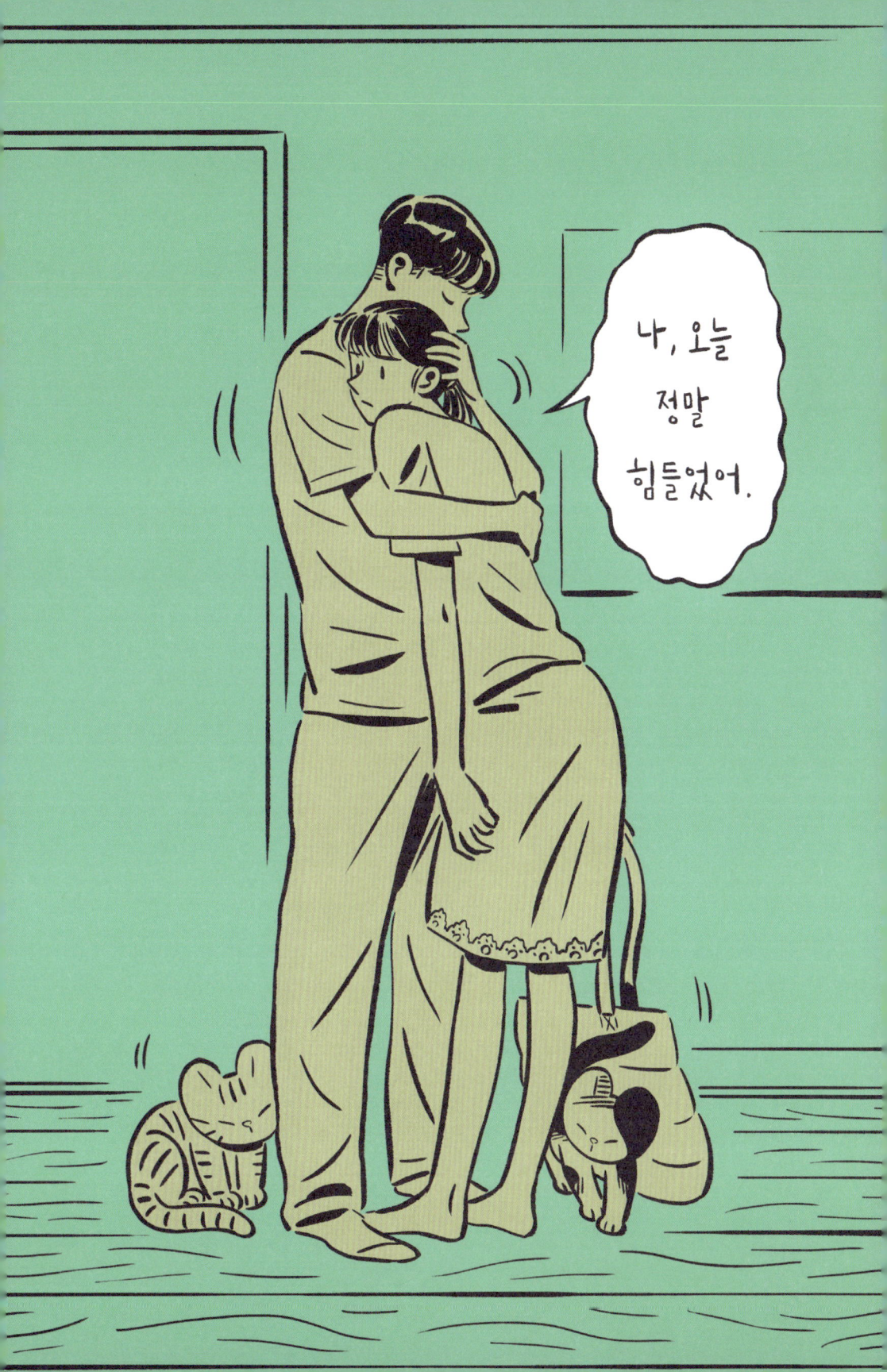

13

때론 투닥투닥

넓은 집 안에 둘밖에 없으면서 망고와 젤리는 시도 때도 없이 싸운다.

좀 전만 해도 둘이 부둥켜안고 서로 구석구석 핥아주더니

어느새 바닥을 뒹굴며 싸우고 있다.

우리도 그렇다. 신혼도 사람 일인지라 감정도 상하고 싸울 때가 있다.

오랜만의 여행으로 설레며 집을 나섰다가도 기차도 타기 전에

벌써 서로 노려보던 때가 한두 번이 아니다.

감정이 격해지는 것은 싸움이 시작된 이유 때문이 아니라 대처 때문일 때가 더 많다.

사람 마음이 다 같지 않을 텐데 무심코 내 위주로 생각한 것이 원인이다.

네 마음은 내가 잘 알지, 하는 순간 오해가 생긴다.

신혼도 똑같다.

개꿈이네

#때리면맞아야지

꿈에서라도 싫어요.

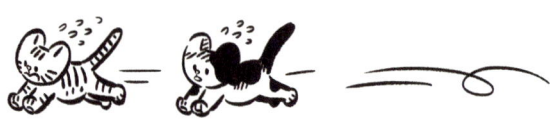

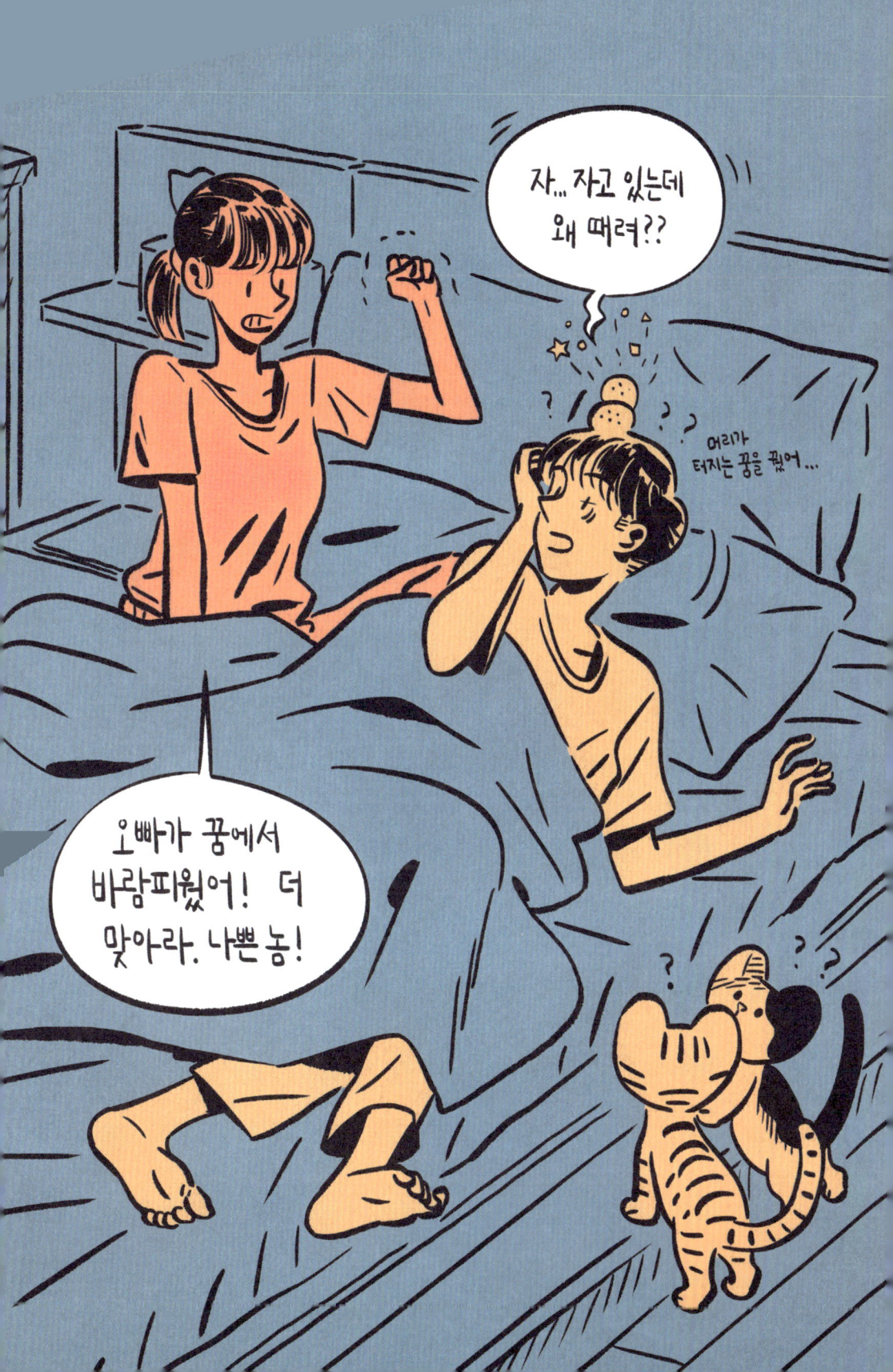

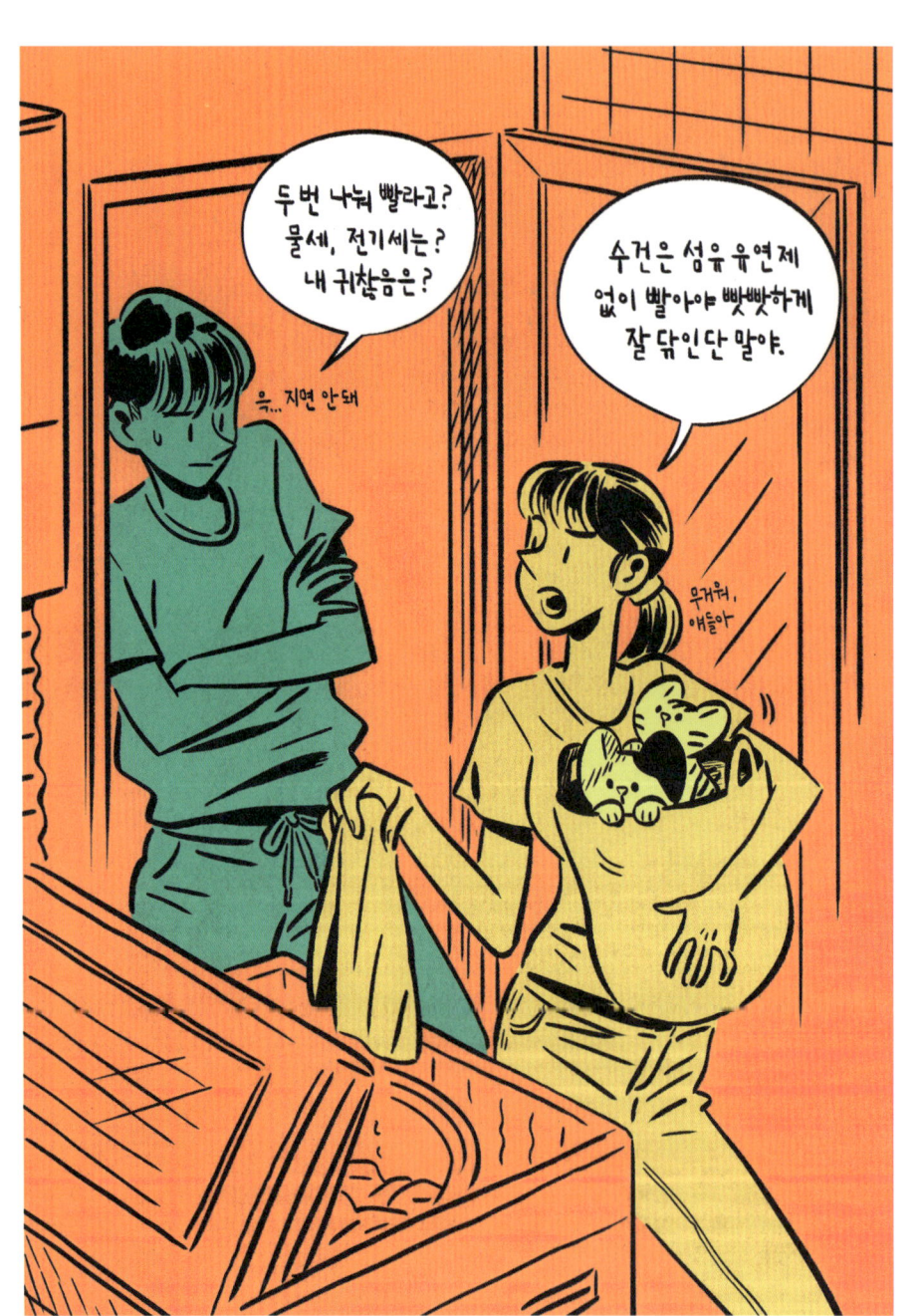

빨래

#주부자리넘보지마 #주부맘에스크래치

수건은 빳빳해야 제맛이라는 바깥양반.

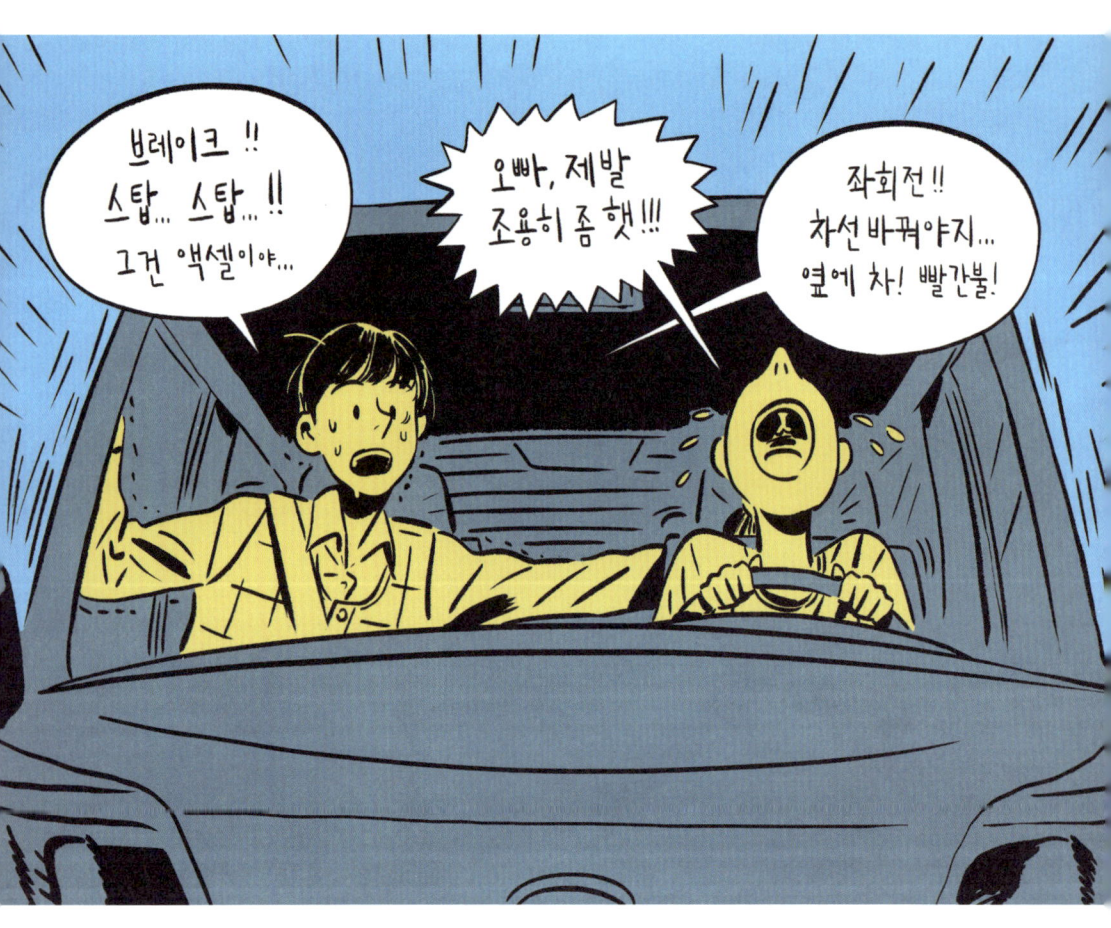

세상에서 가장 어려운 수업

#감나라배나라 #내맘알지

운전 연수 때 매일 싸웠던 우리 부모님과 달리

결혼하면 부드럽게 운전 가르쳐줘야지, 결심했는데 똑같다.

그래도 한 번 싸우고 나중에 네가 안전한 게 낫지.

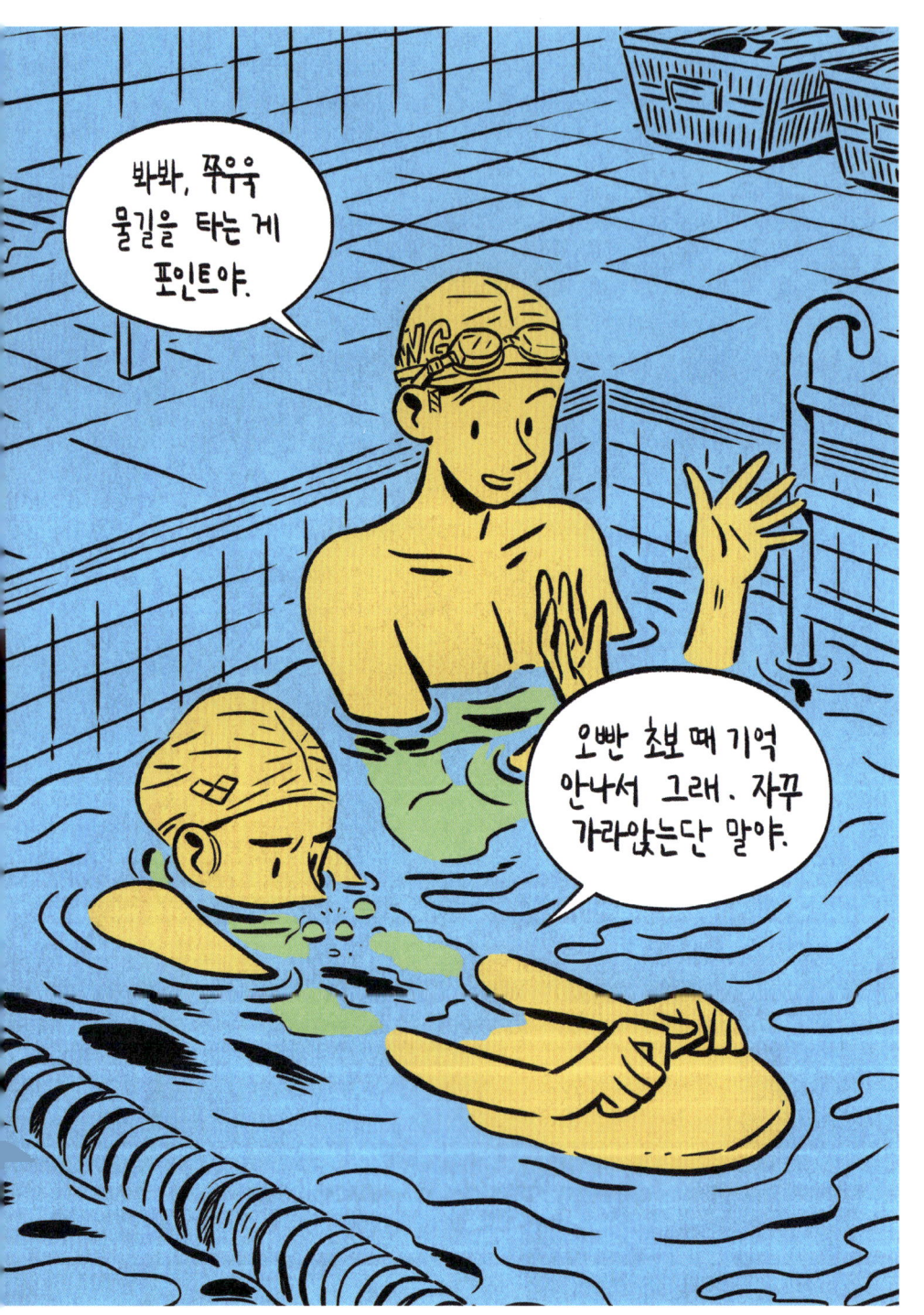

역지사지

'이렇게 쭉, 요렇게 좌악~ 그게 안 돼?'

—라고 했다간 저녁에 국물도 없다.

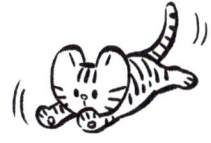

이불 도둑

#미안 #안들려 #이불밖은위험해

혼자 살 땐 이런 버릇 있는지도 몰랐다.

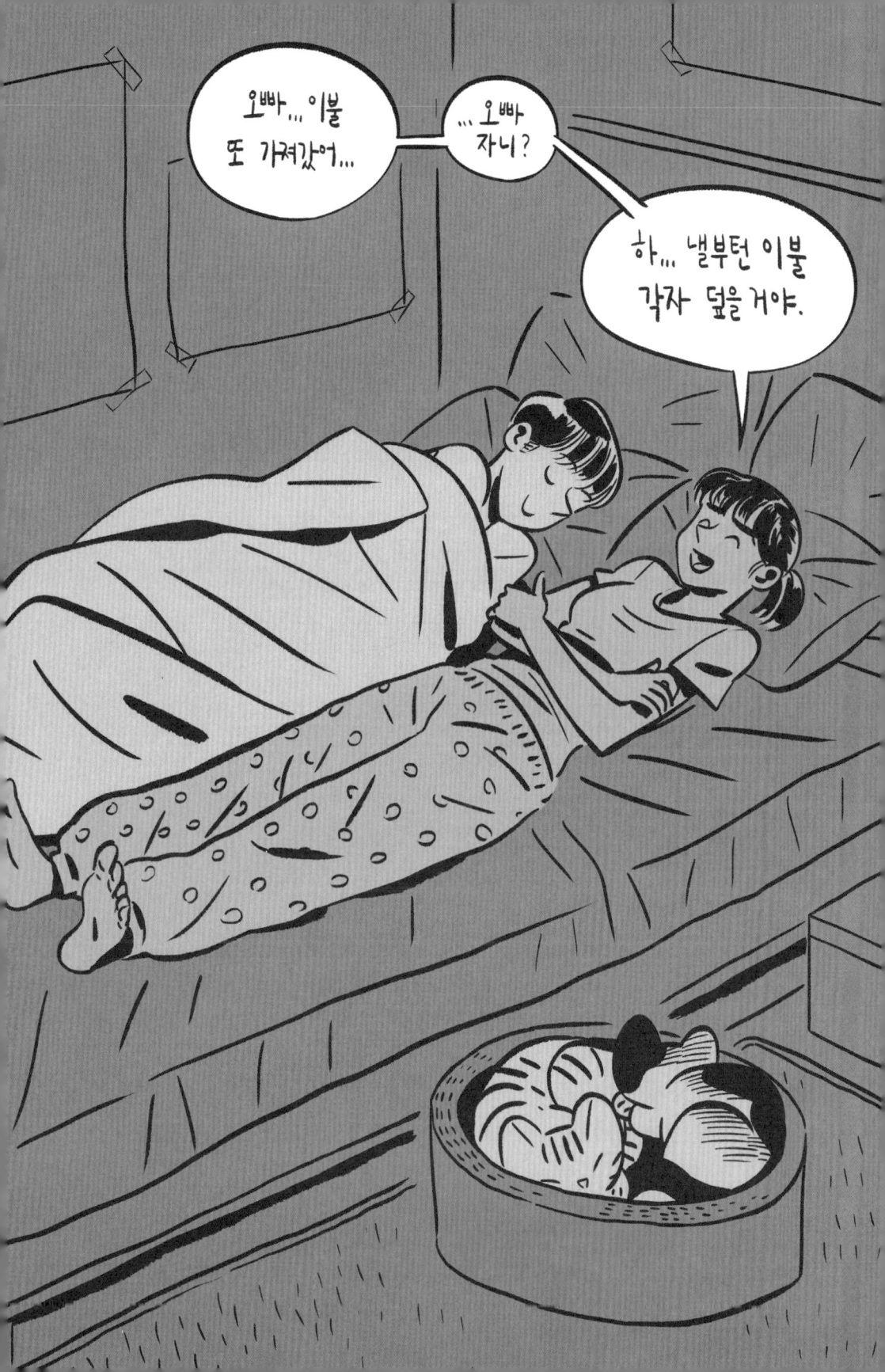

14

사랑을 말해요

우리 집엔 두꺼운 앨범이 하나 있다. 처가에서 가져온 이 앨범은

어린 시절부터 지금까지의 아내 모습이 담긴 소중한 보물이다.

신혼여행을 다녀와 처가댁에 가니 어머님께서 이걸 꺼내오셨다.

바닥에 쿵 하고 놓일 만큼 무거운 앨범은 아내가 가족과 보낸 추억의 무게일 것이다.

어머님은 "이젠 자네가 이어서 붙이게"라고 부탁하시며 선뜻 내주셨다.

왠지 고개를 흥 돌리시는 아버님을 보니 내가 도둑이 된 것 같았다.

앨범 안의 어린 아내를 보고 있으면 어서 딸을 가지고 싶은 마음이 든다.

어릴 적 그녀의 모습을 똑 닮은 아이가 점점 커가는 것을 지켜보는 건

아주 특별하고 소중한 기억일 것이다.

어쩌면 '딸 바보'란 말이 아내를 너무나도 사랑하는 남편들에 의해서

생겨났을지도 모르겠다.

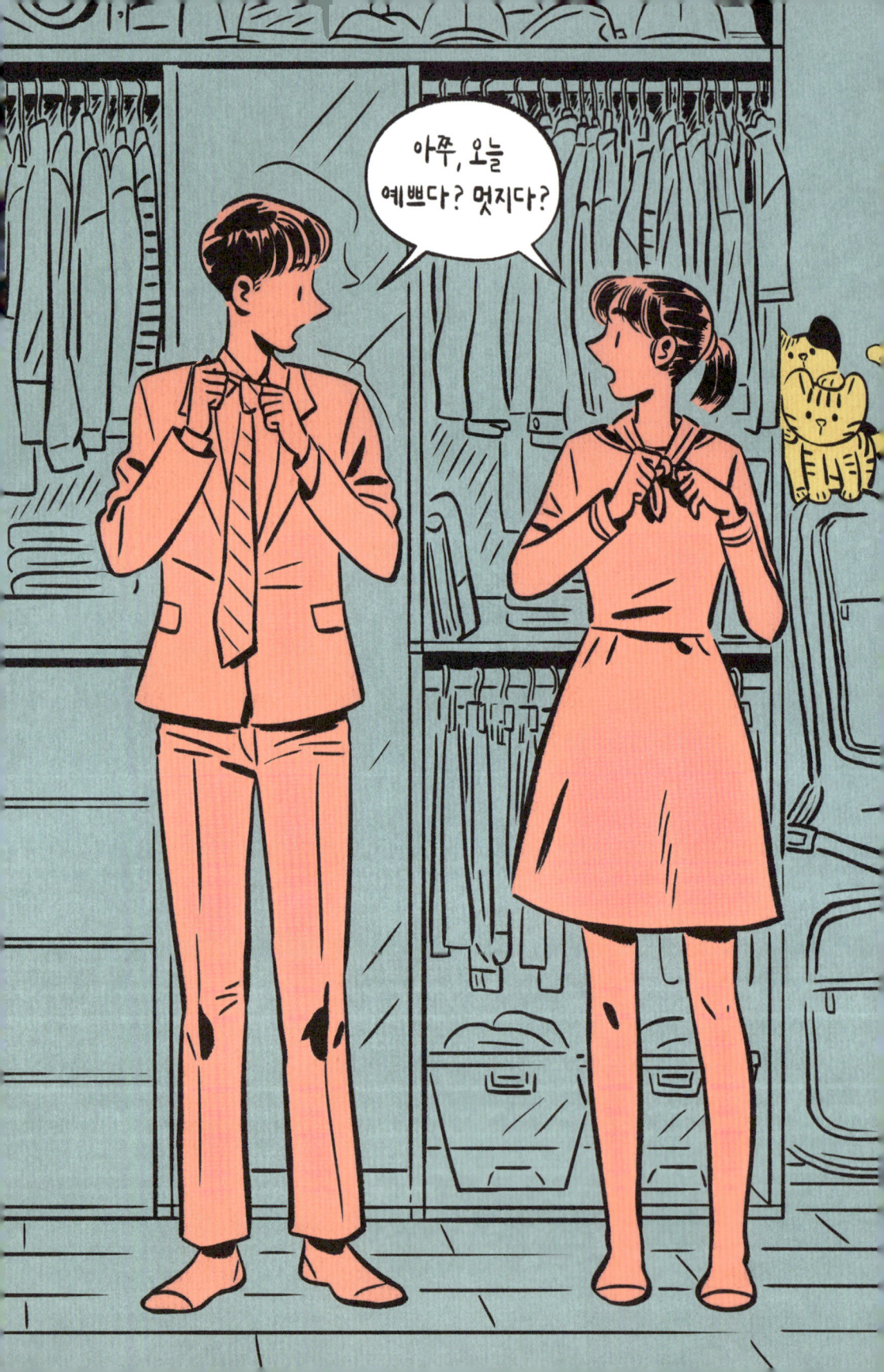

두근두근

#친구결혼식 #이제는봉투한개

아 맞다. 넌 내가 반했던 사람이었지.

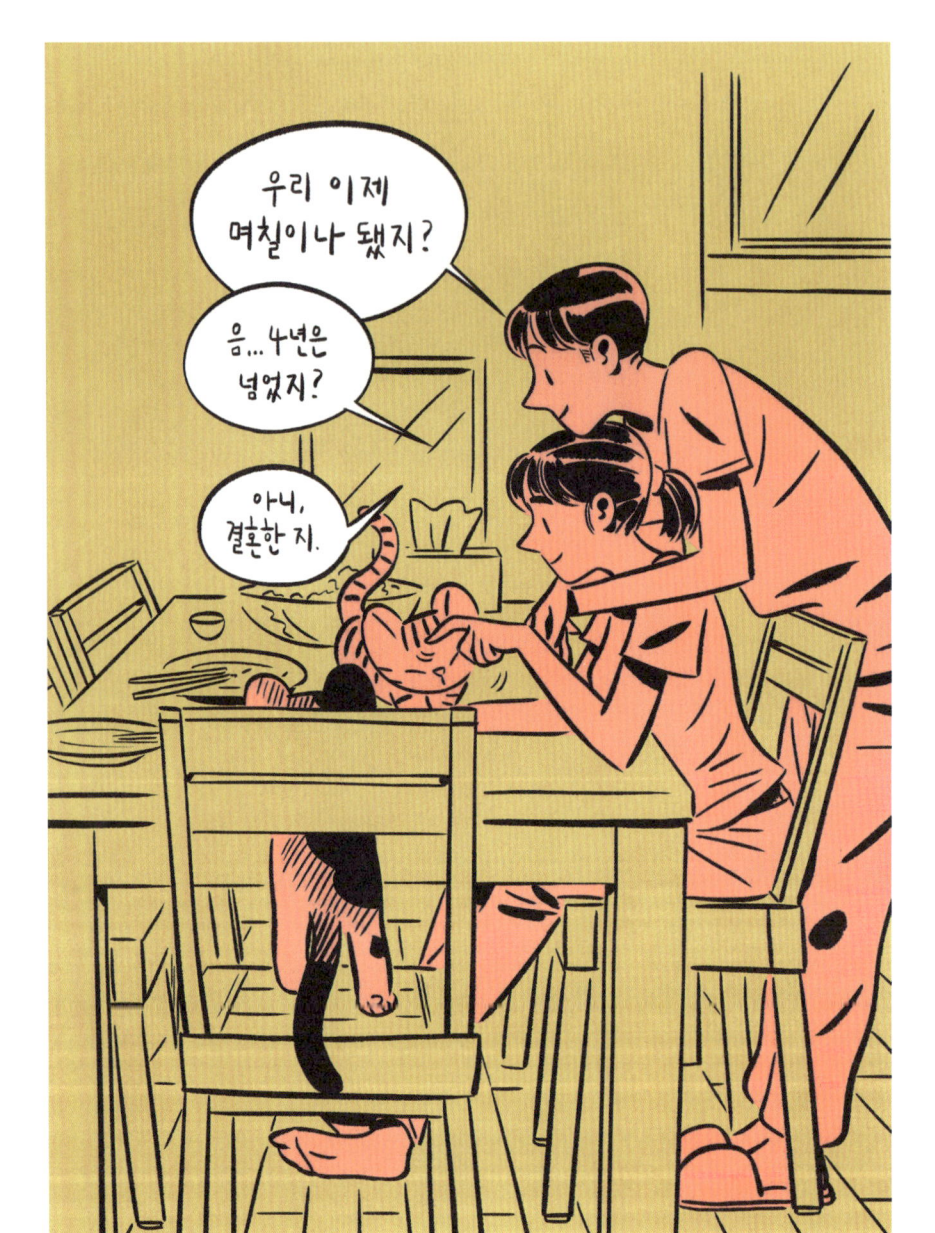

신혼의 일상

#기념일이하나늘었다 #사랑을말해요

따로 살았던 적이 있었나 싶을 정도로

일상이 된 결혼 생활.

우리 집 고양이가 사는 법

#거실에가있어 #어서

애들아 눈치 없니?

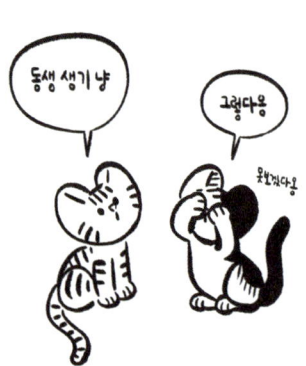

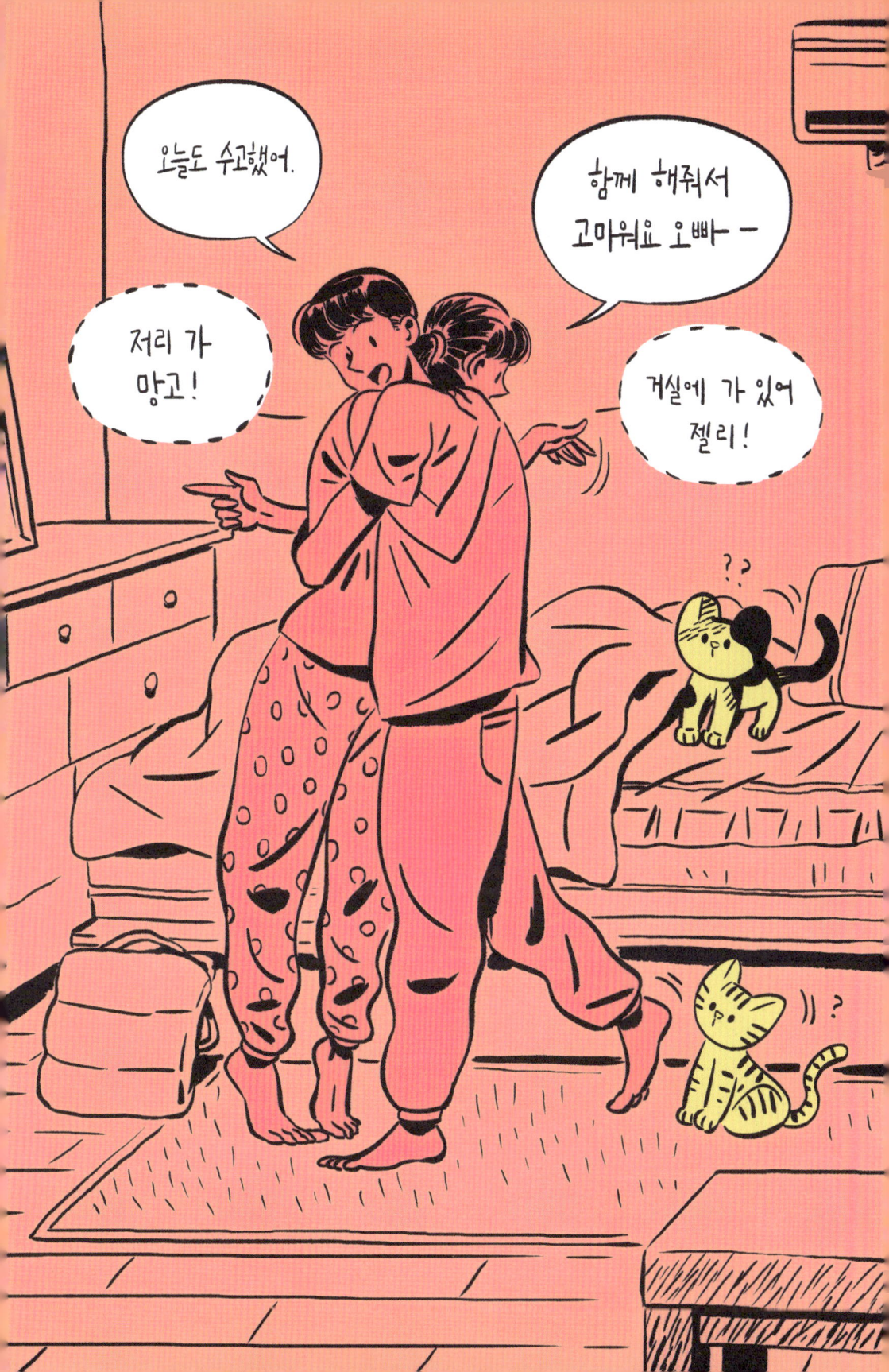

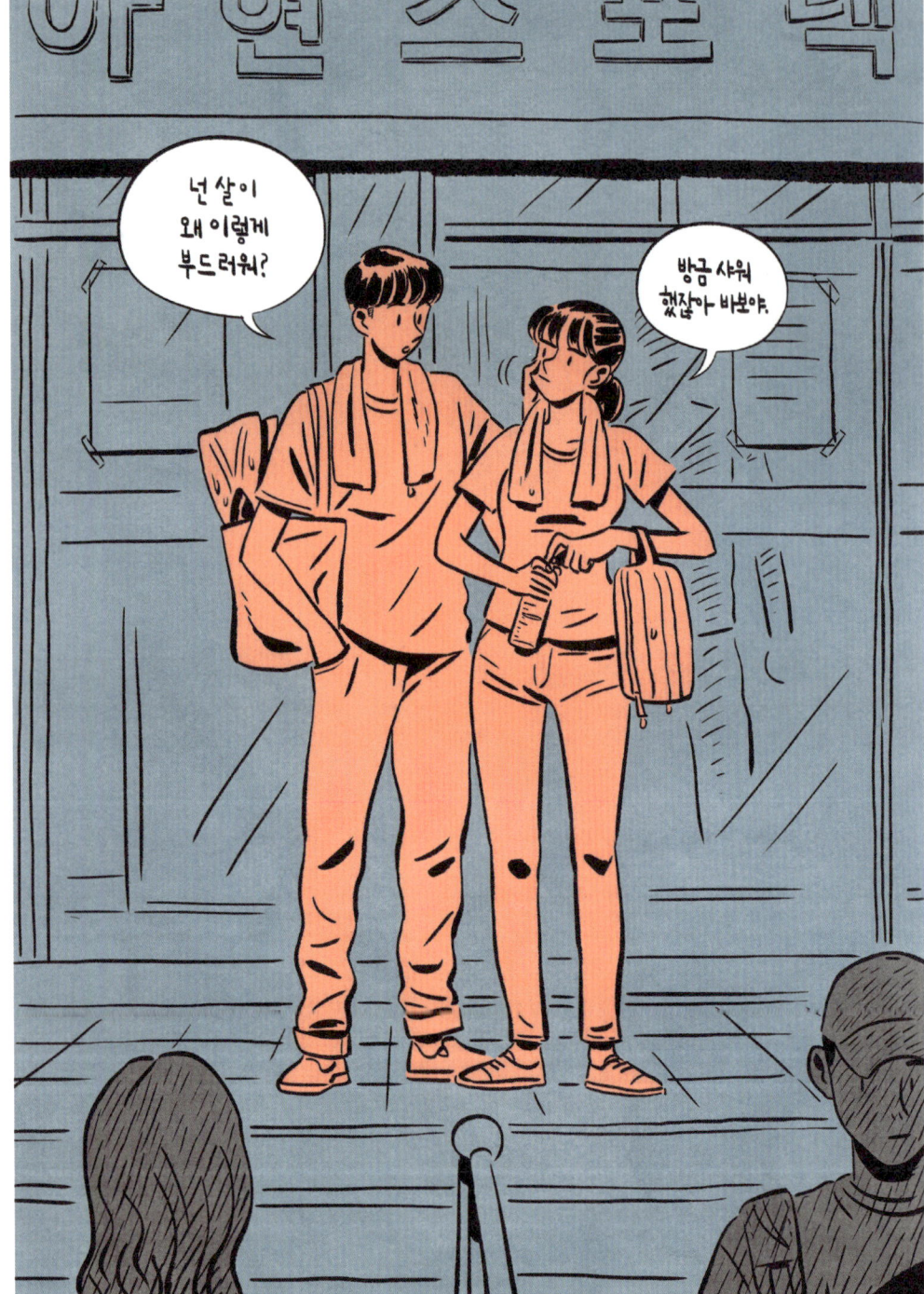

뽀송뽀송

부드러운 네 볼,

마치 아기 고양이 발바닥 같아.

내 편, 네 편

무슨 일을 한대도

무한긍정 해주는 내 편이 생겼습니다.

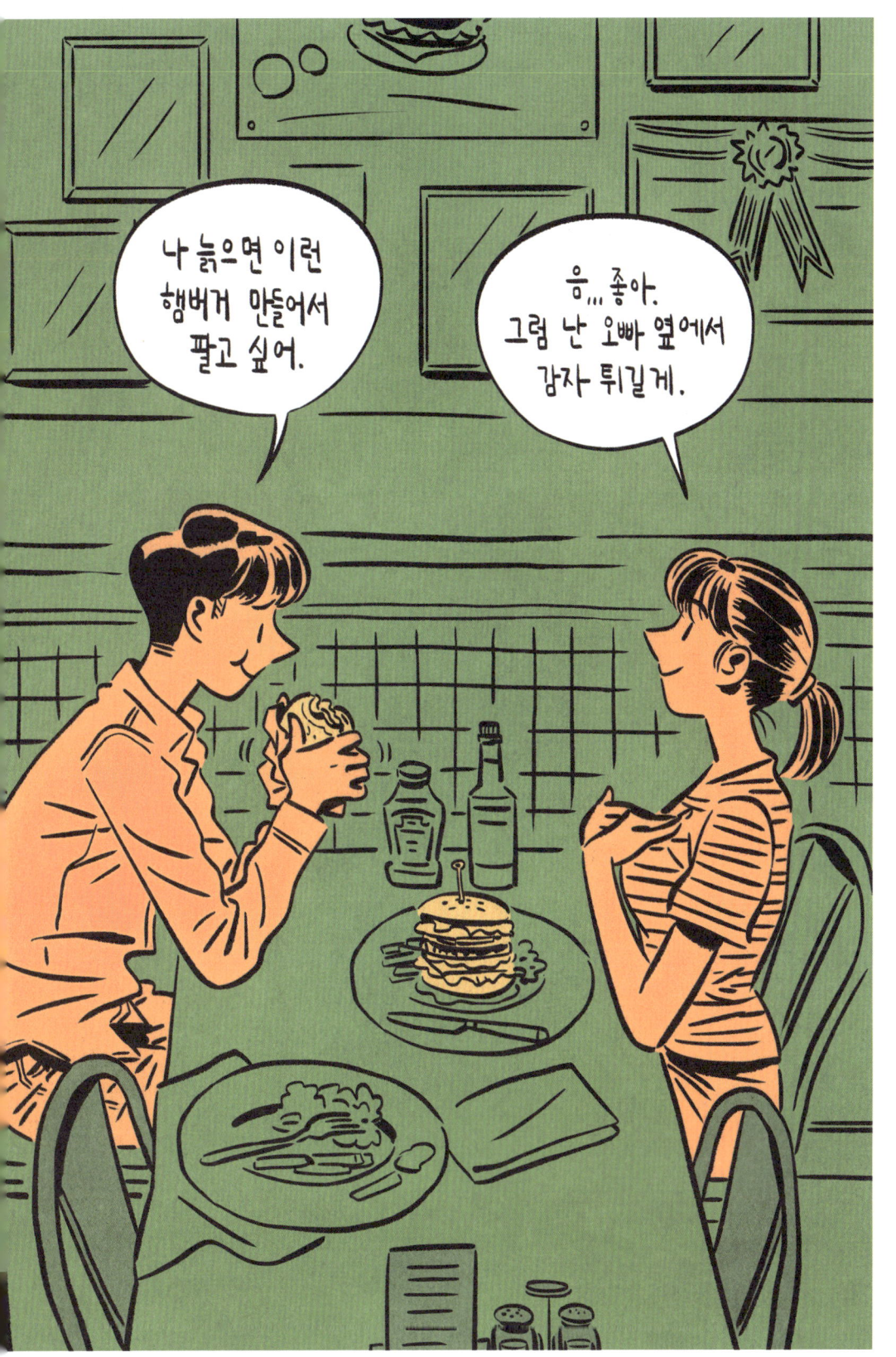

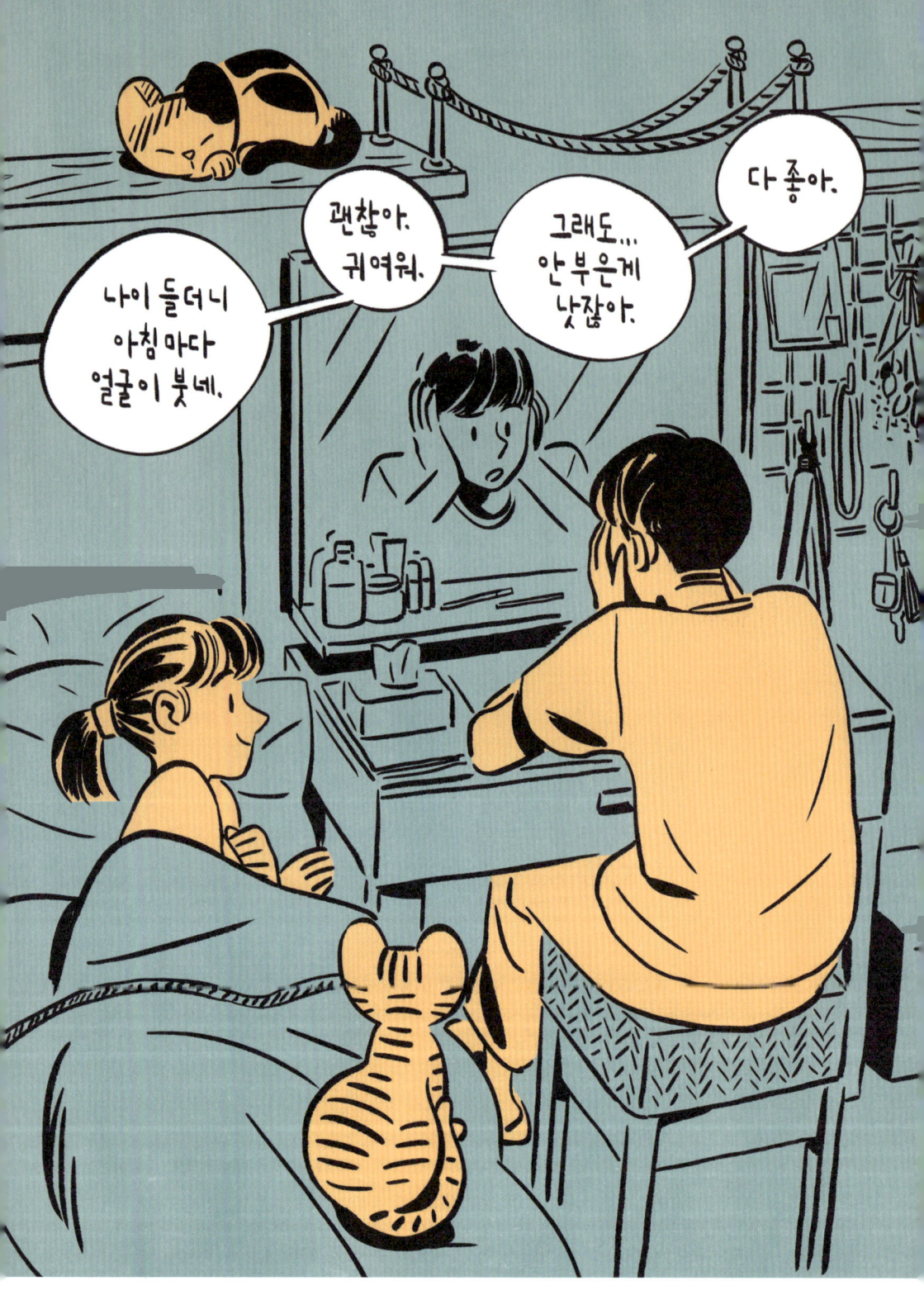

다 좋아

#뜬금없는고백 #봄타니

연애할 때는 안 하던 말을 이제야 하네.

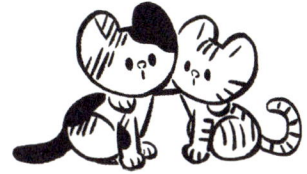

억울해

너의 사람들 중에 나만 너의 어릴 적 모습을

못 본 것이 정말로 너무 억울해.

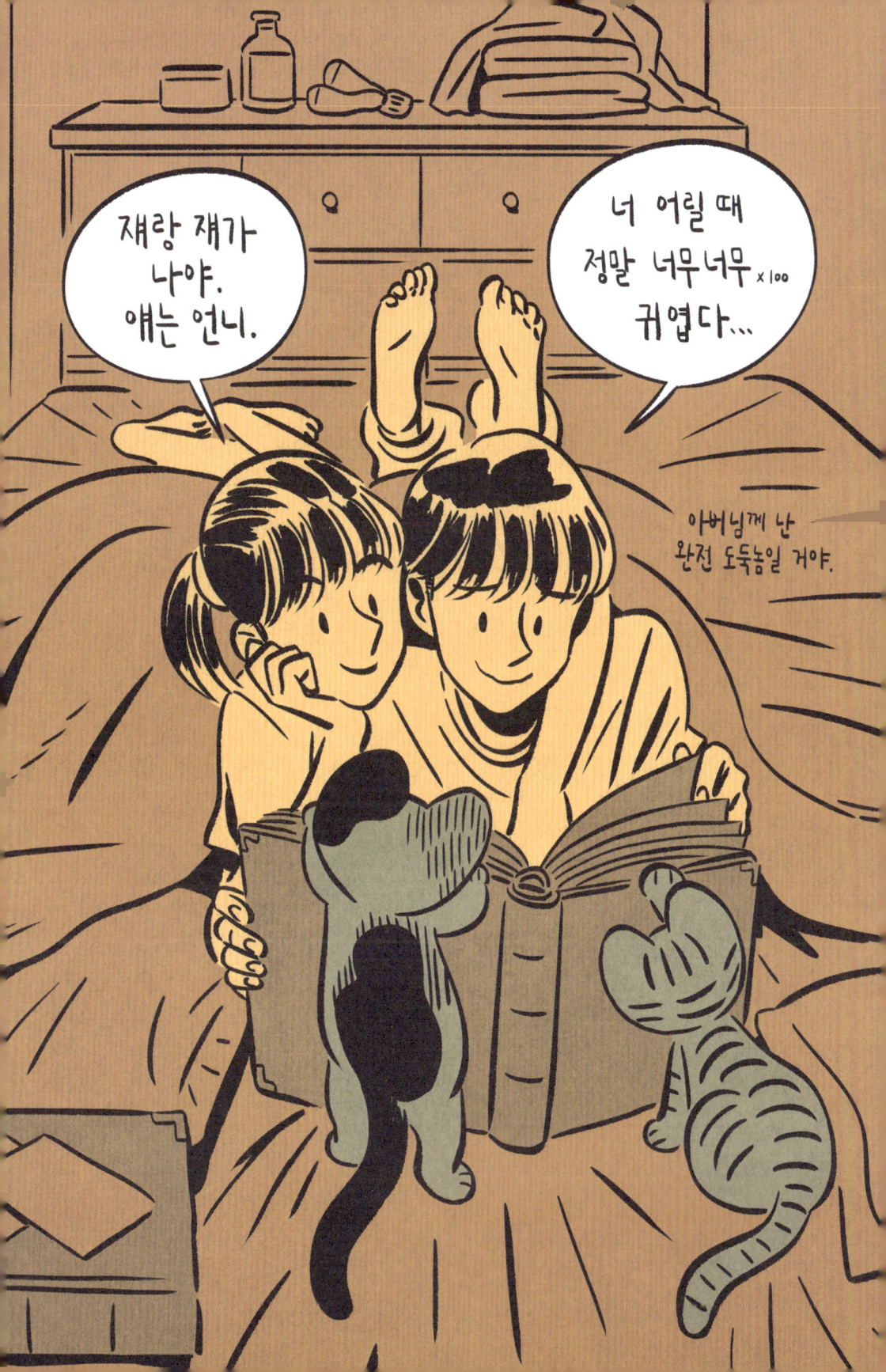

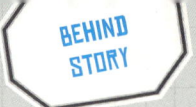

그땐 그랬지

때는 2012년, 유난히 따뜻했던 봄.

소개팅 해볼래?

관심 없어~ 살다 보면 만나지겠지.

사진이라도 봐봐.

얼굴 안 봐.

그래도 궁금하긴 하네.

고향 친군데, 요 근처에서 일해.

에… 음… 날짜는 언제가 좋을까?

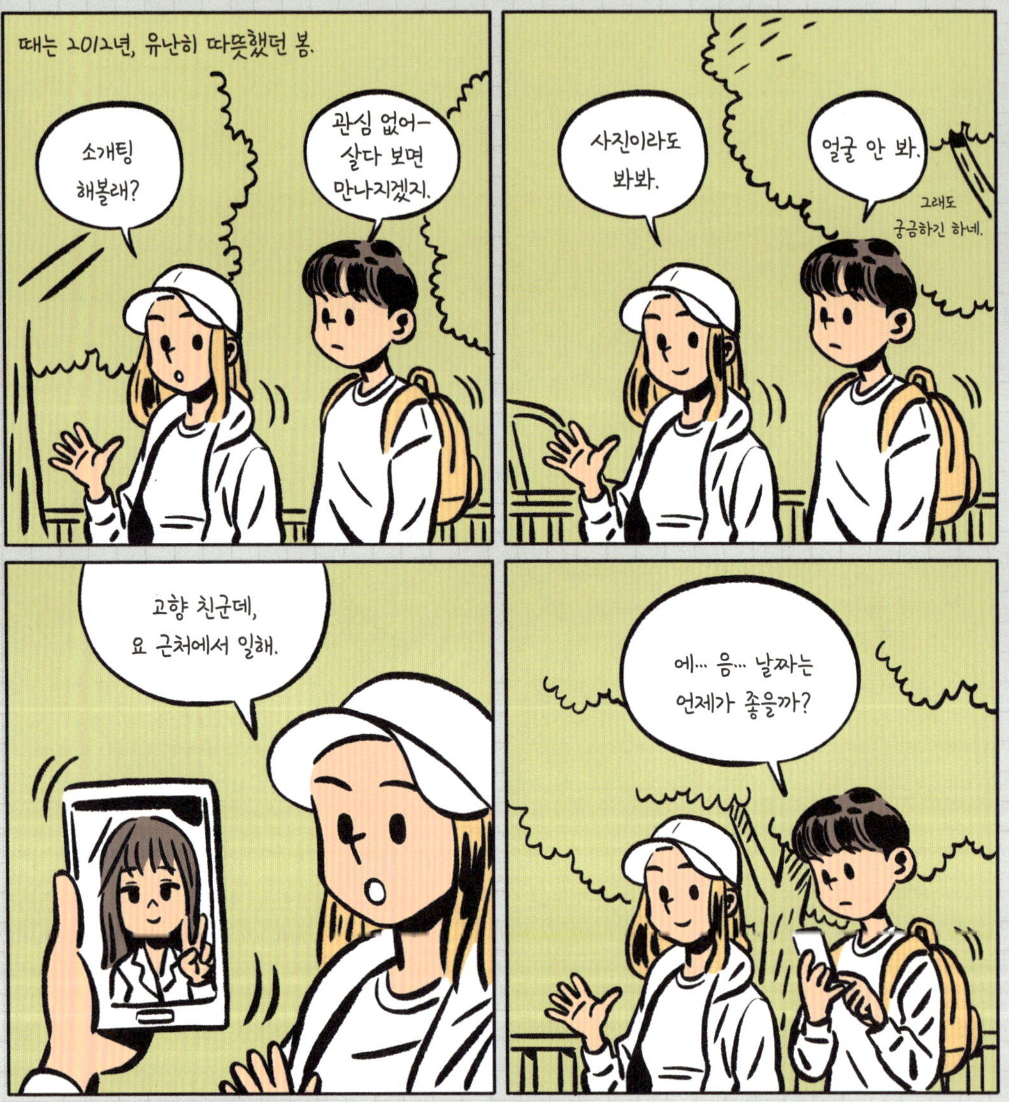

일은 일사천리로…

212

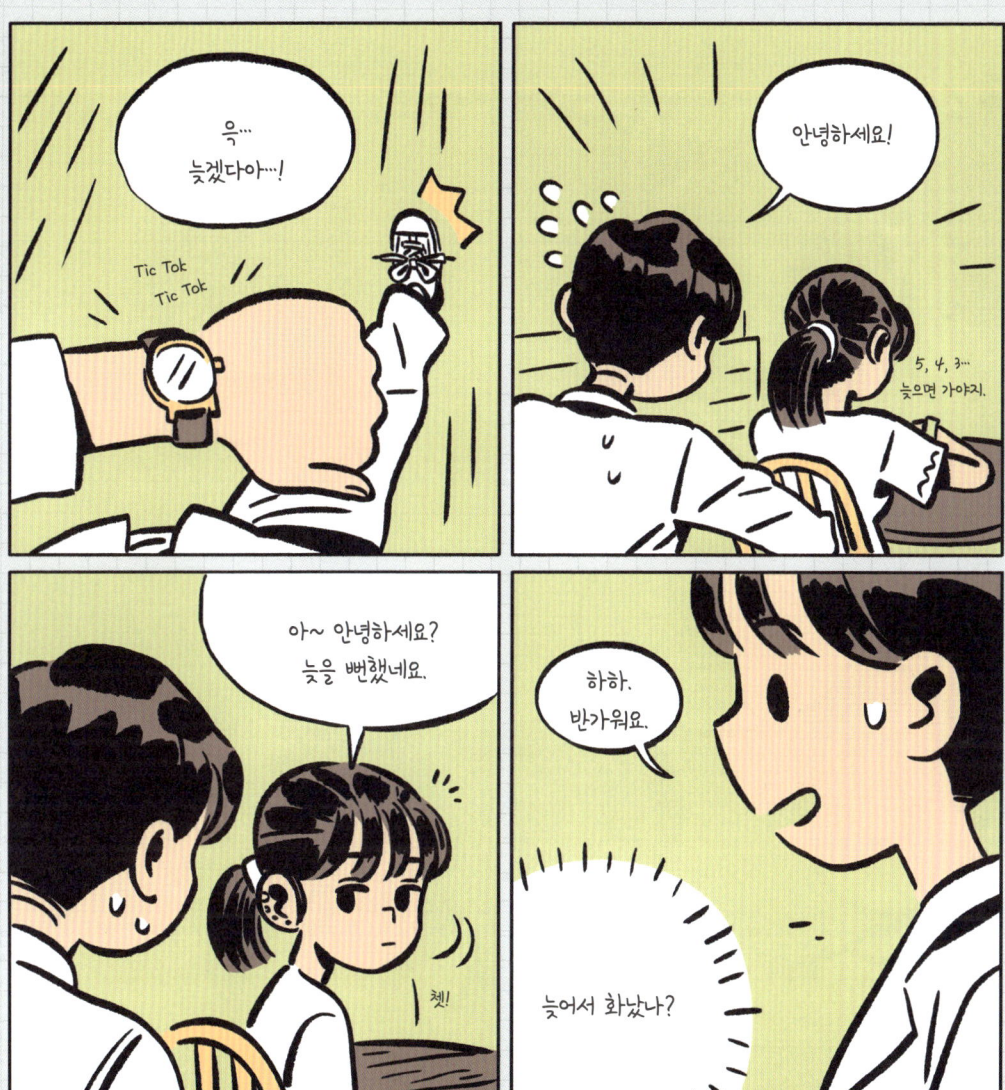

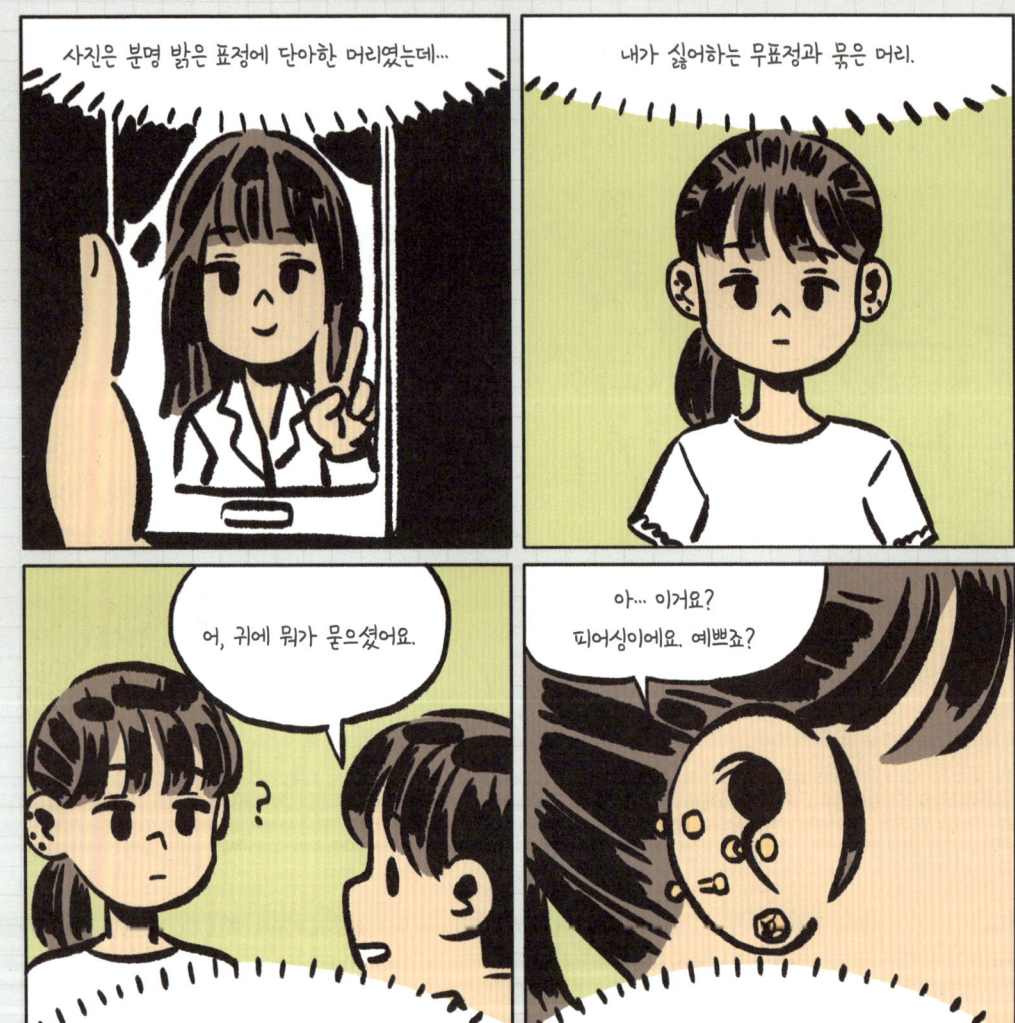

아내의 첫인상은 이랬다.

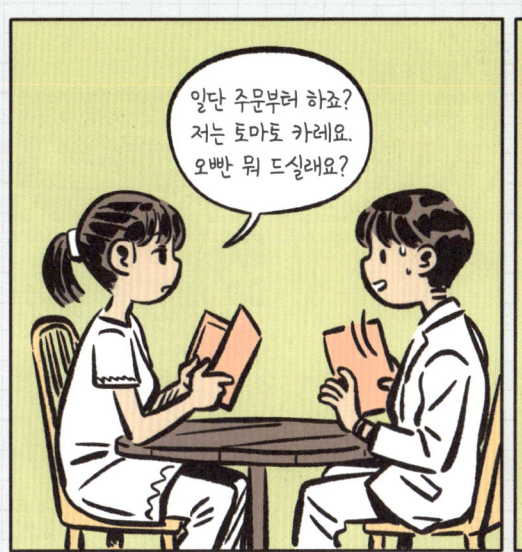

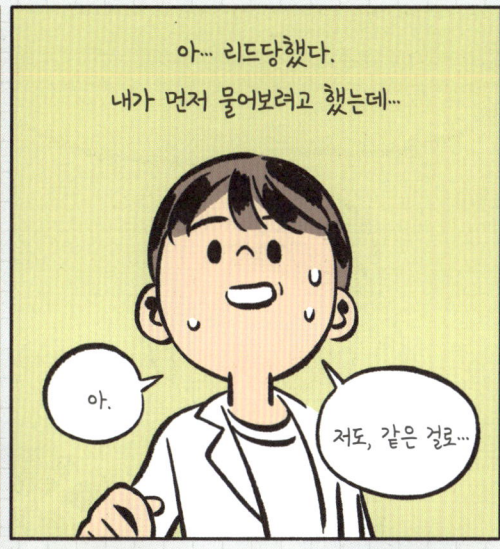

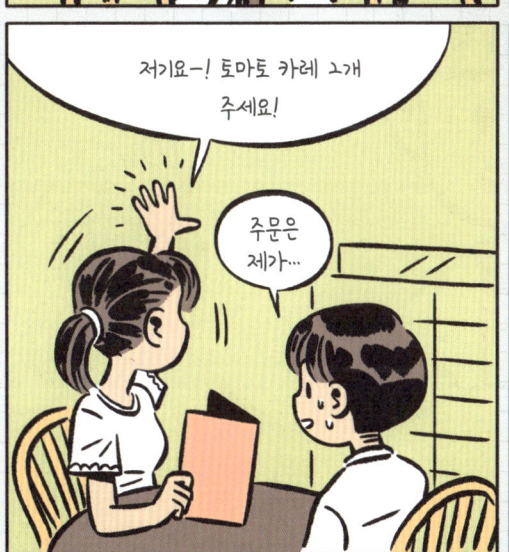

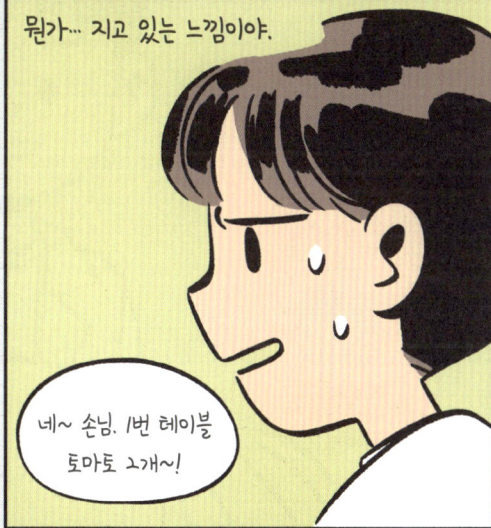

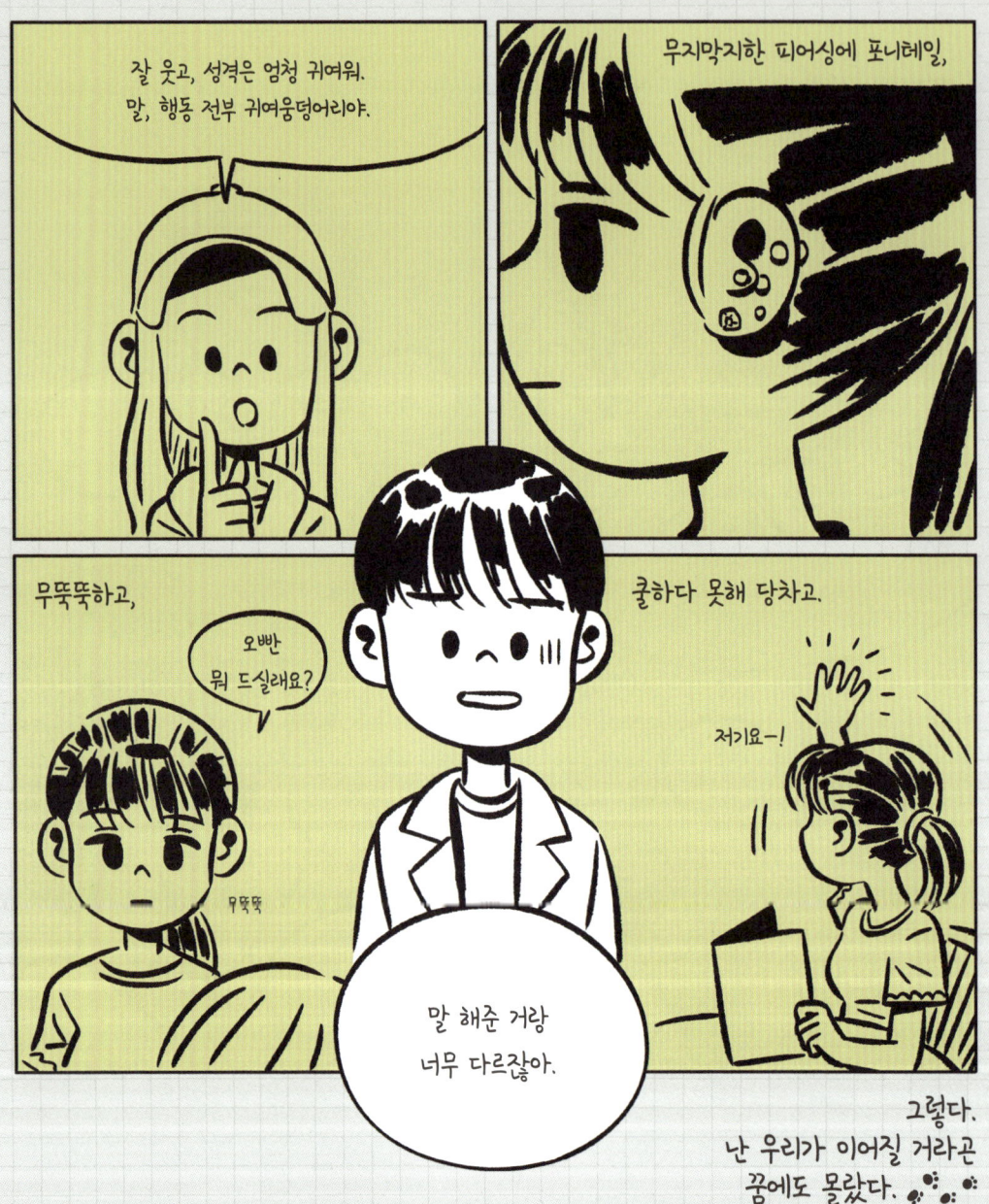

잘 웃고, 성격은 엄청 귀여워.
말, 행동 전부 귀여웅덩어리야.

무지막지한 피어싱에 포니테일,

무뚝뚝하고,

오빠 뭐 드실래요?

무뚝뚝

쿨하다 못해 당차고.

저기요—!

말 해준 거랑
너무 다르잖아.

그렇다.
난 우리가 이어질 거라곤
꿈에도 몰랐다.

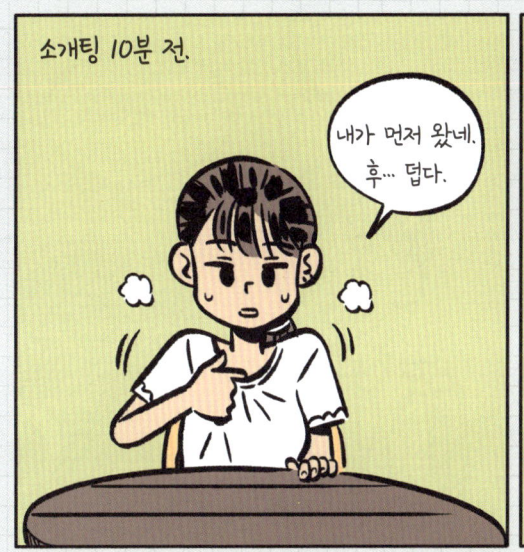

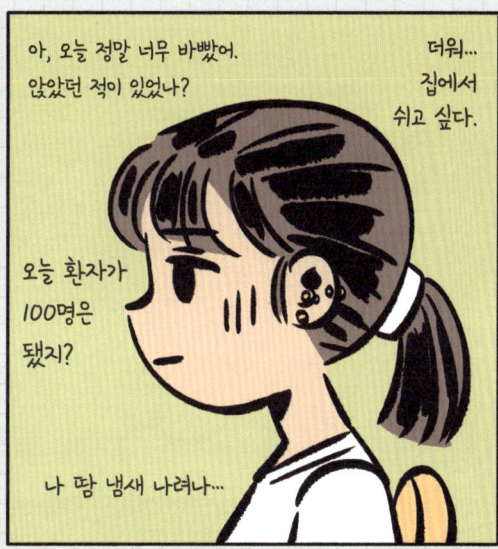

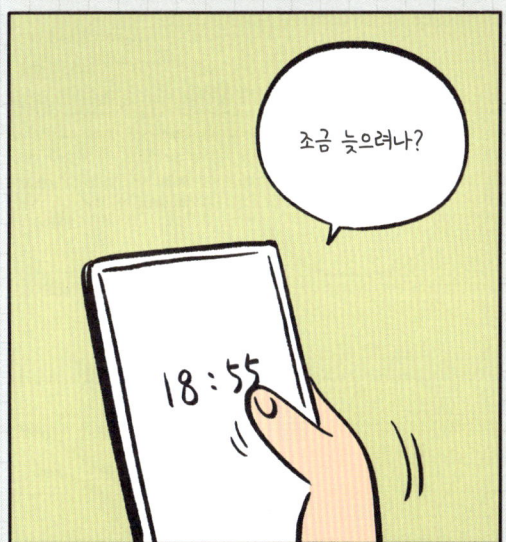

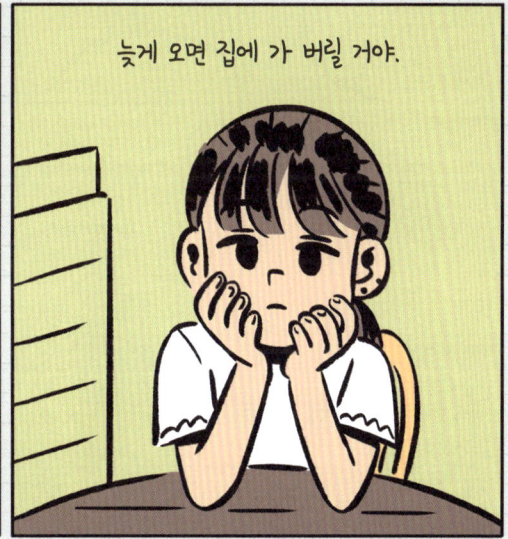

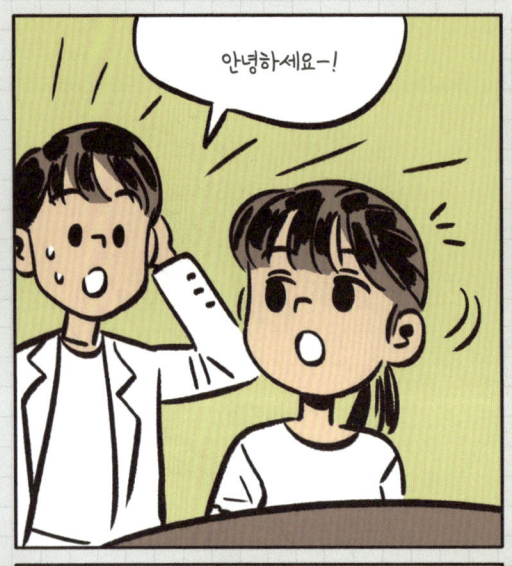

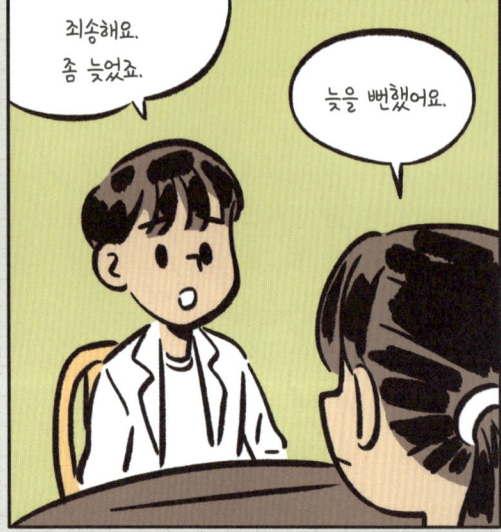

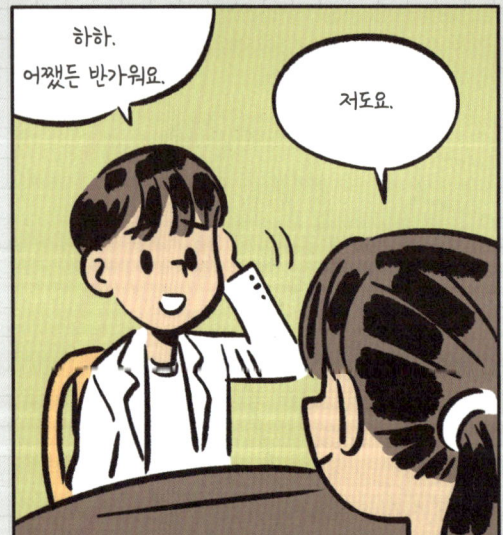

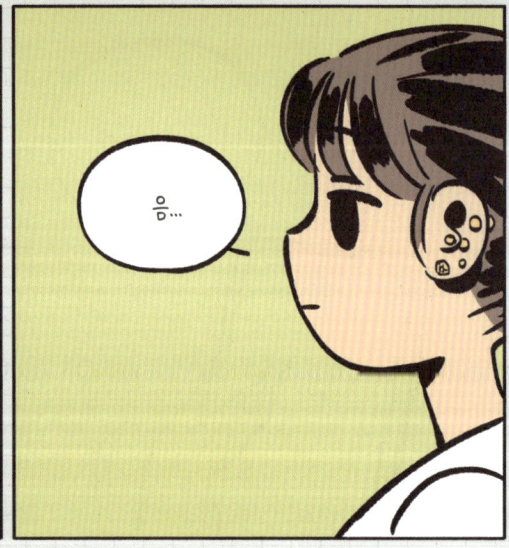

어디 보자.

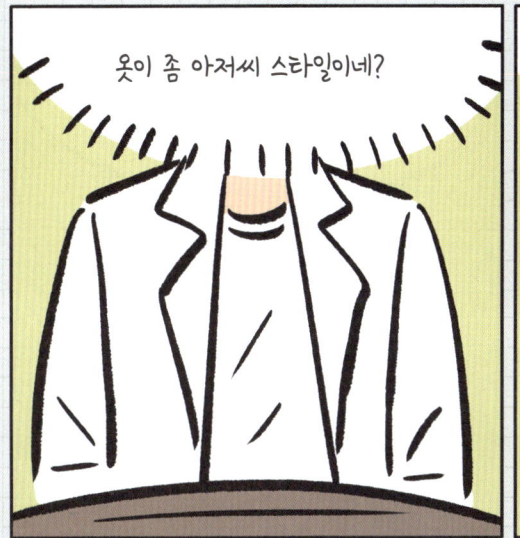

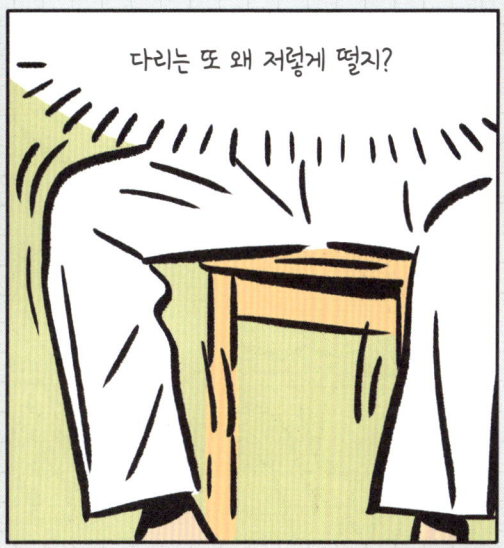

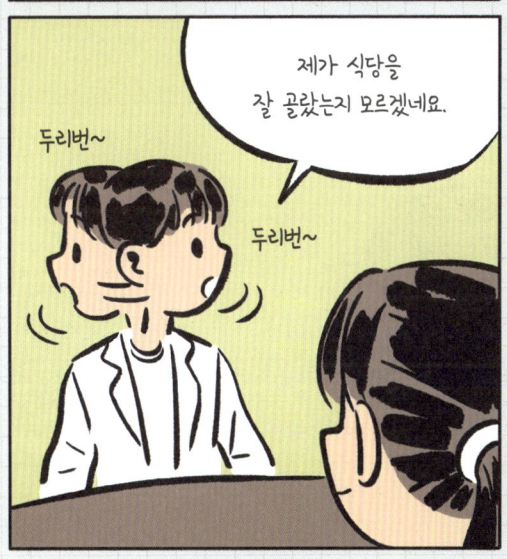

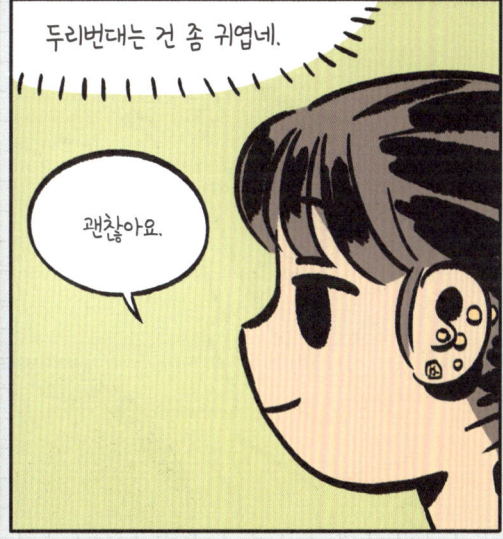

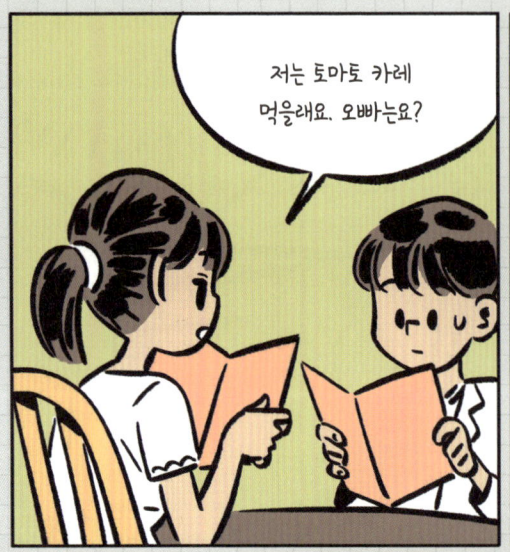

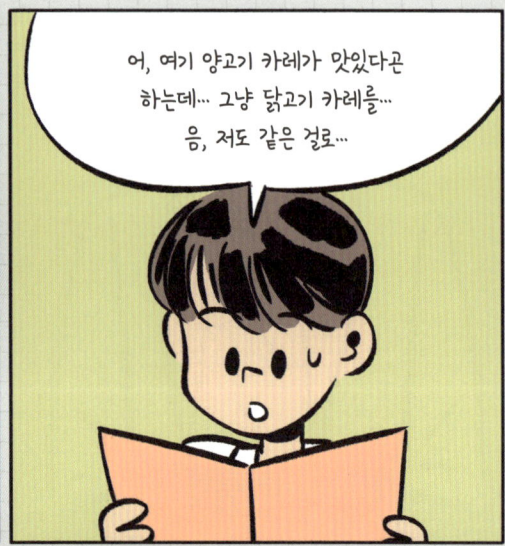

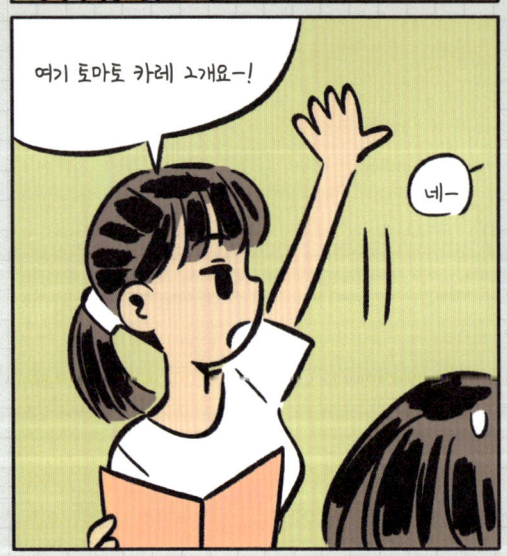

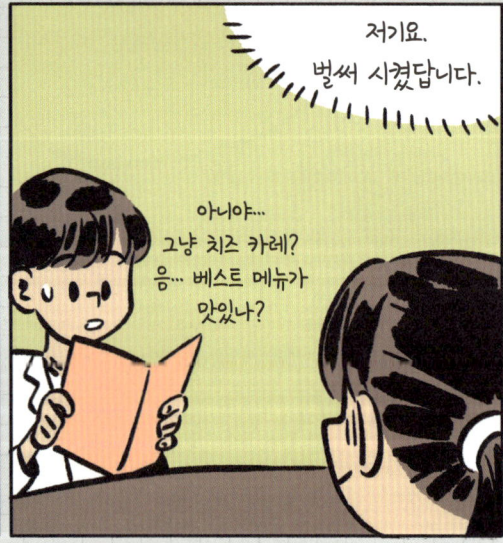

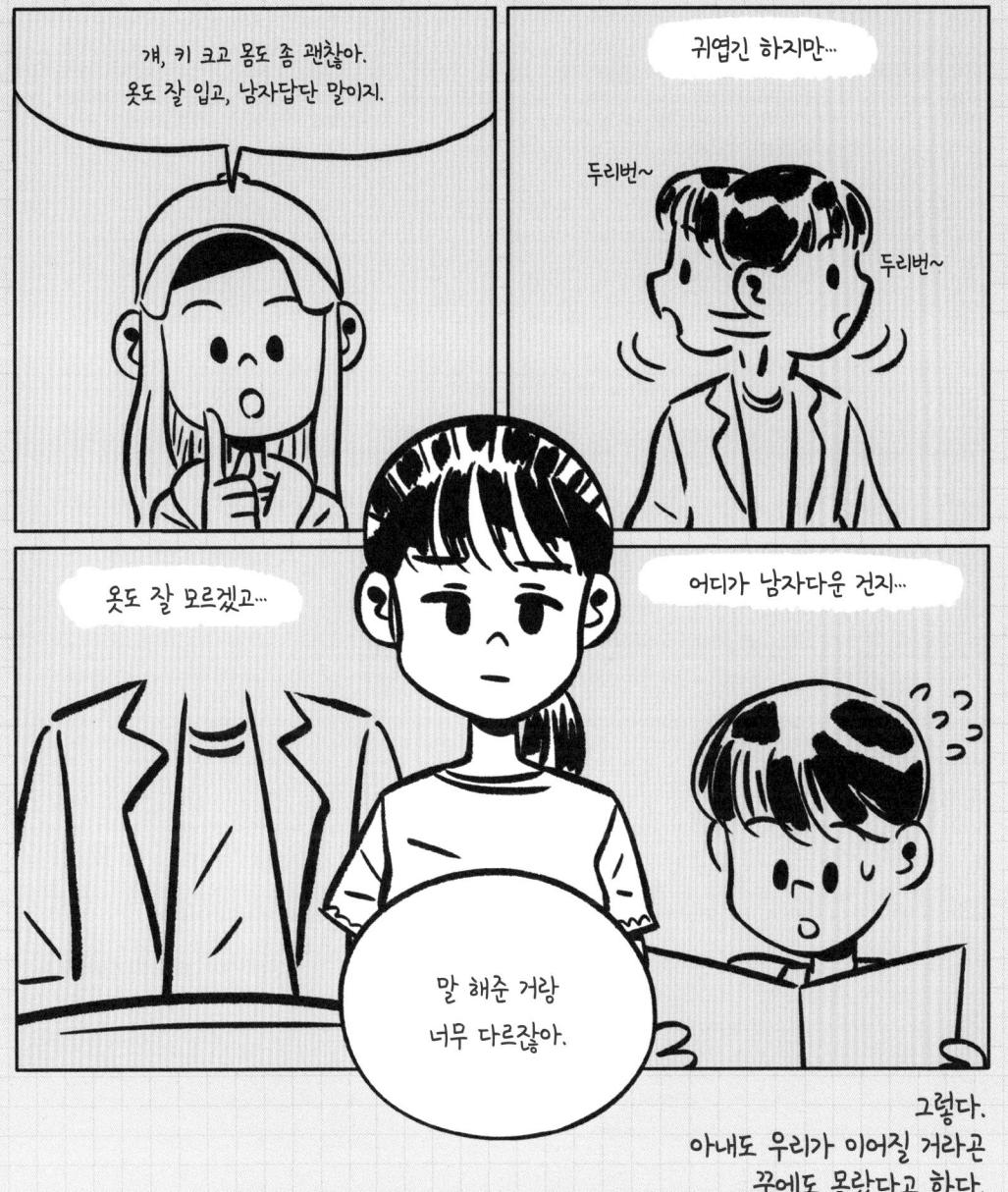

그렇다.
아내도 우리가 이어질 거라곤
꿈에도 몰랐다고 한다.

Part 4

구름 껴도
맑음

15

오늘도, 그리고
내일도 일어날 일들

우리가 함께 웃었던 순간들,

따뜻한 빛이 내리쬐는 소파에 기대서 책을 읽던 지난 주말 등.

그냥 떠나보내기엔 아쉬운 우리 일상을 기록하기 시작했다.

어느 정도 작업물이 쌓이고 그림을 쭉 둘러보니 행복한 순간들밖에 없었다.

아, 삶이 팍팍한 가운데 우리는 잘 이겨내고 있구나.

챱챱챱

#세수가끝나면 #로션을 #이렇게 #챱챱챱

아침의 시작을 알리는

경쾌한 소리.

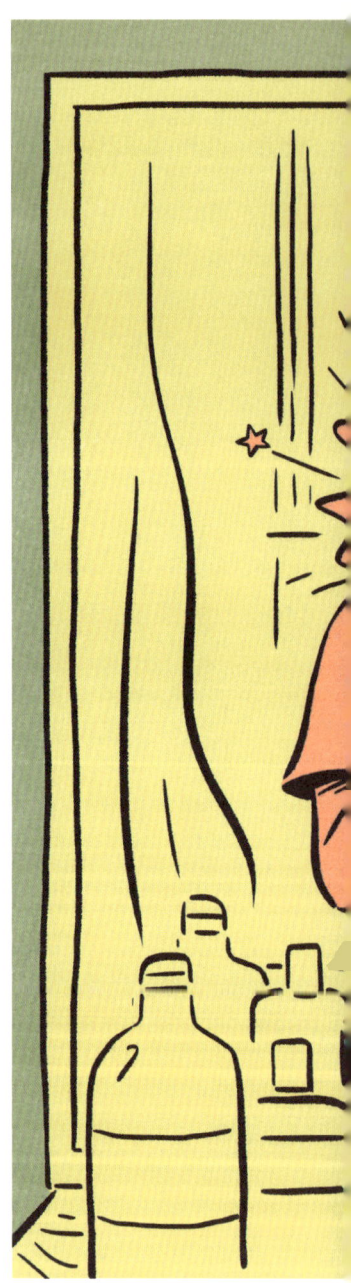

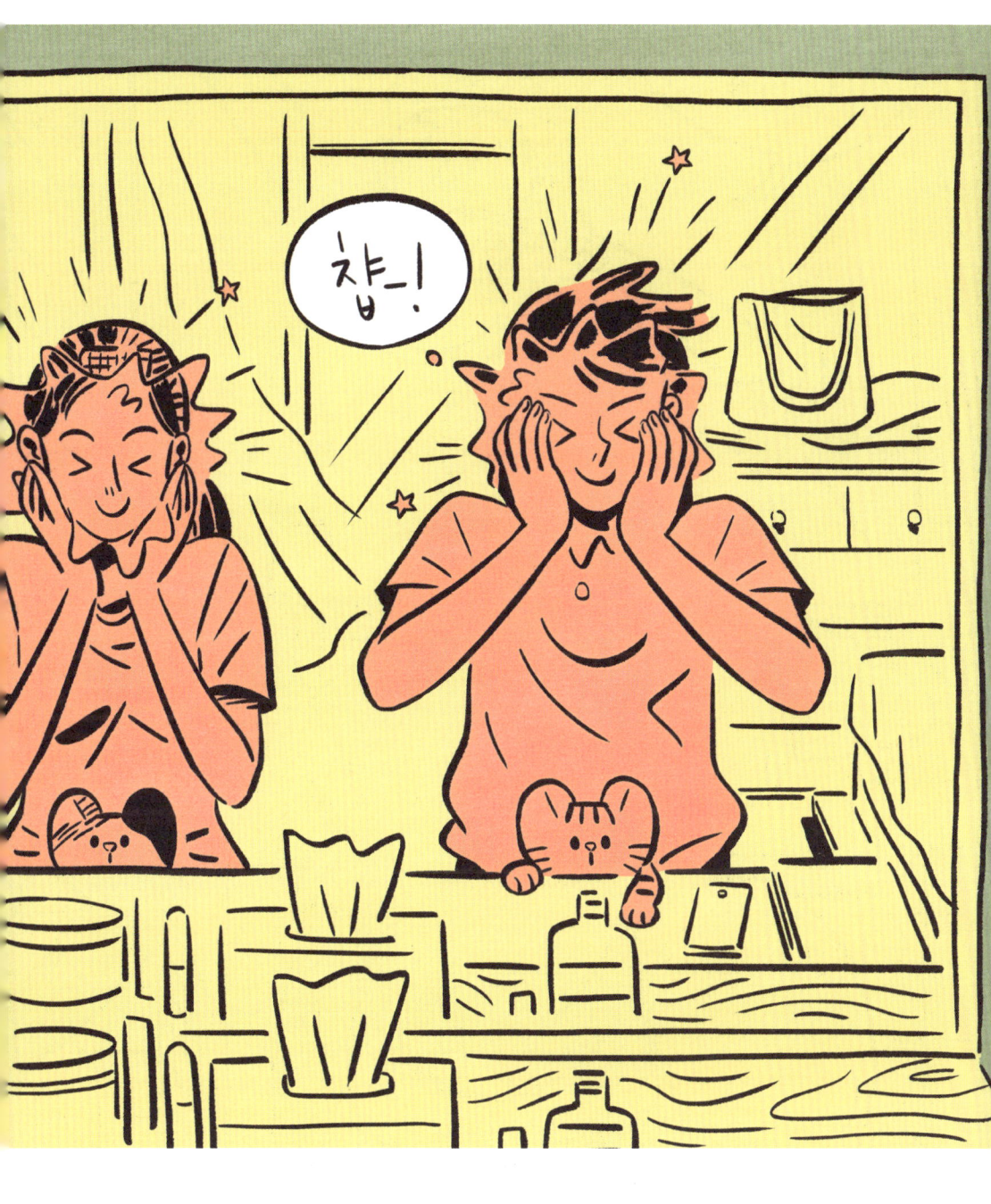

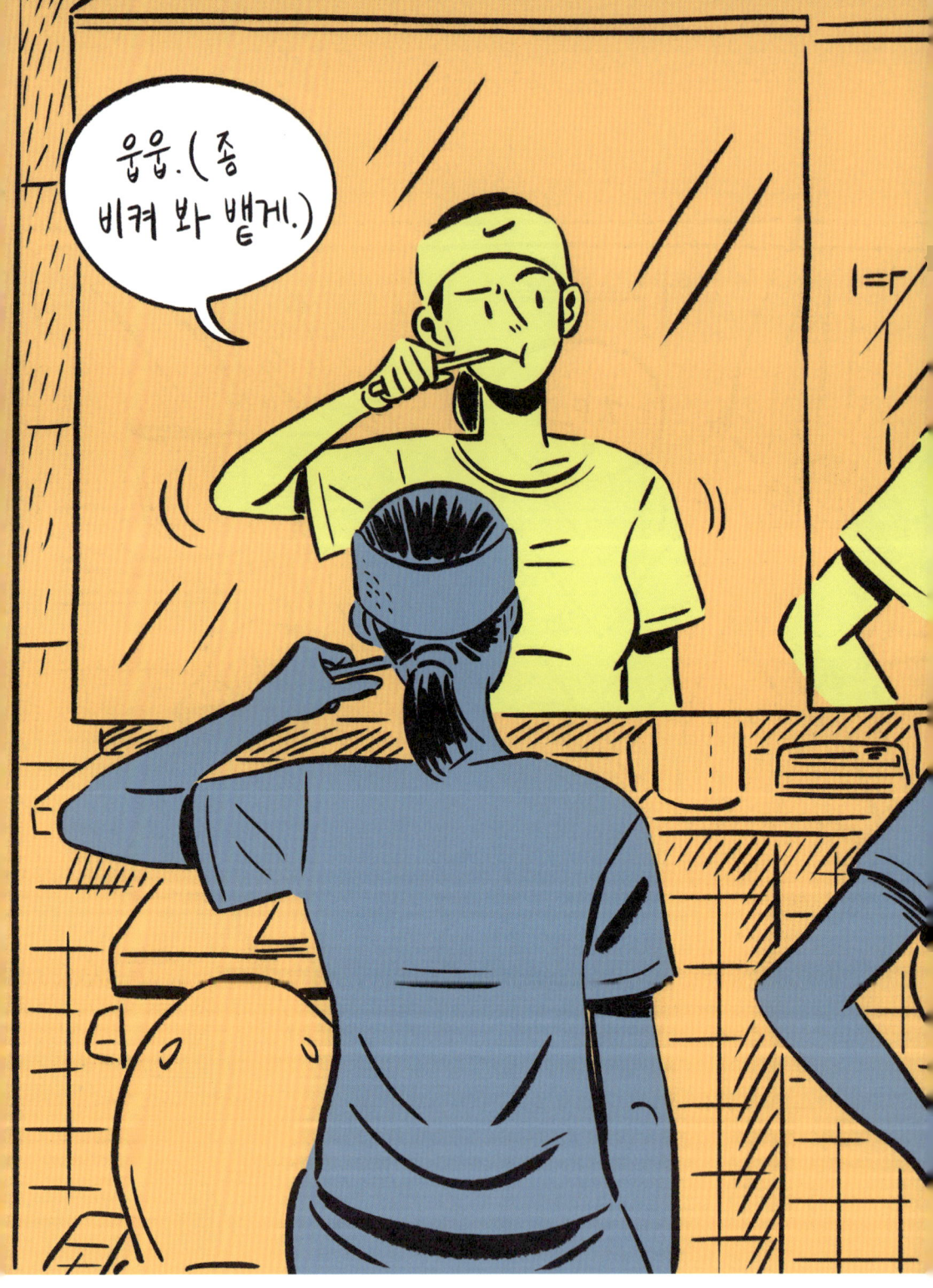

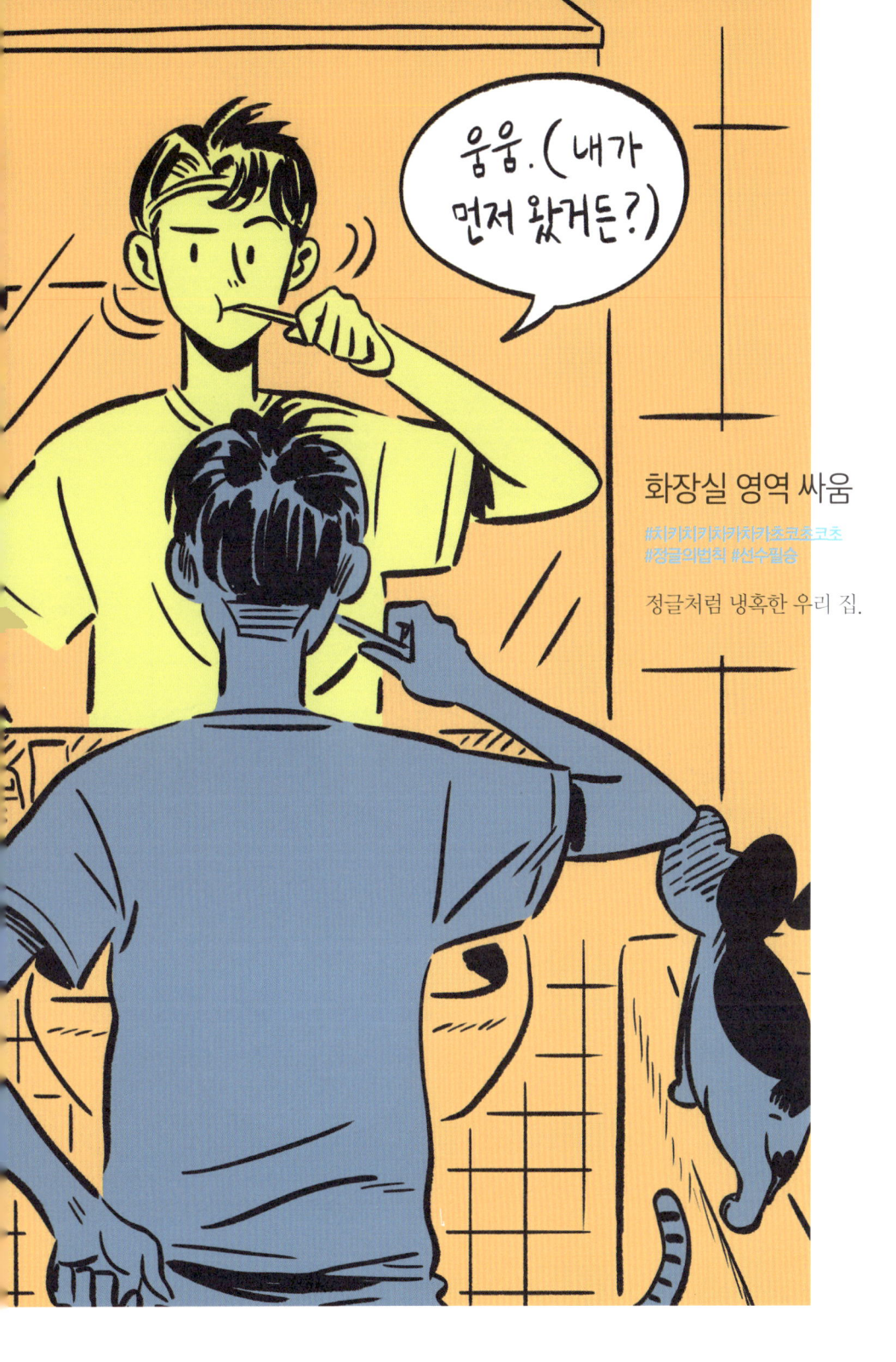

화장실 영역 싸움

정글처럼 냉혹한 우리 집.

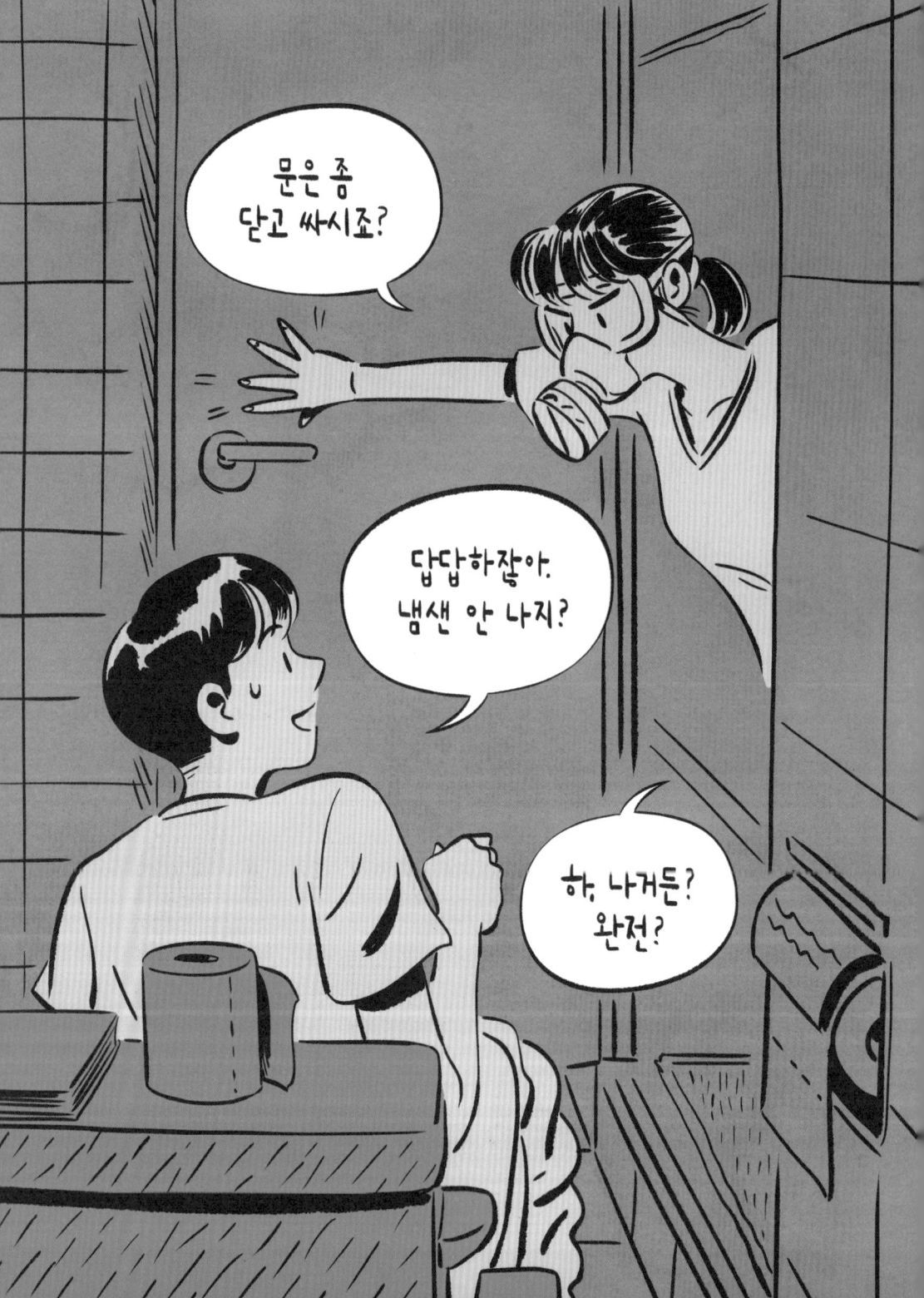

혼자 살던 습관

#냄새안나지? #열어줘숨막혀 #너도열고싸 #쌤쌤

문은 닫고 싸시죠.

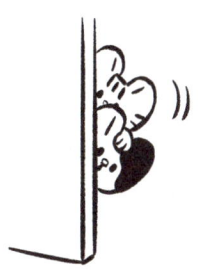

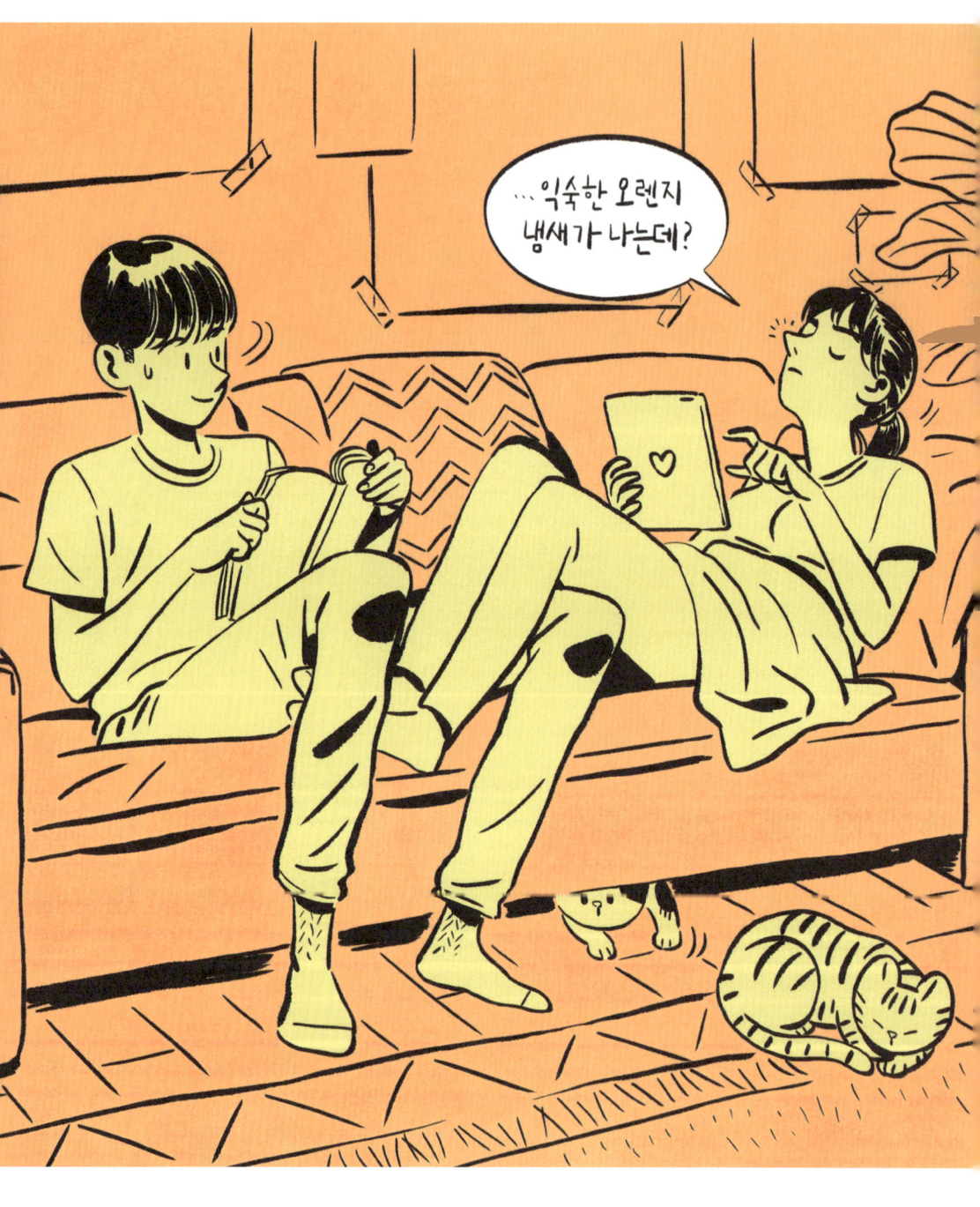

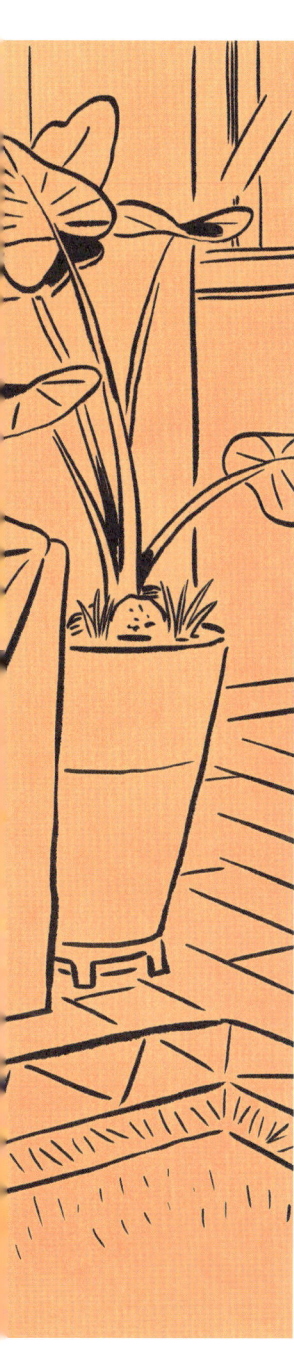

보이지 않는 위험

#오렌지방구는누가뀌었나 #상큼시큼

같이 있다는 느낌을 주는 건

침대보단 소파.

따가운 시선

#내맘같지않네 #그런눈으로보지마 #사주고싶잖아

돈 많이 벌면

말풍선 한 번에 사줄게.

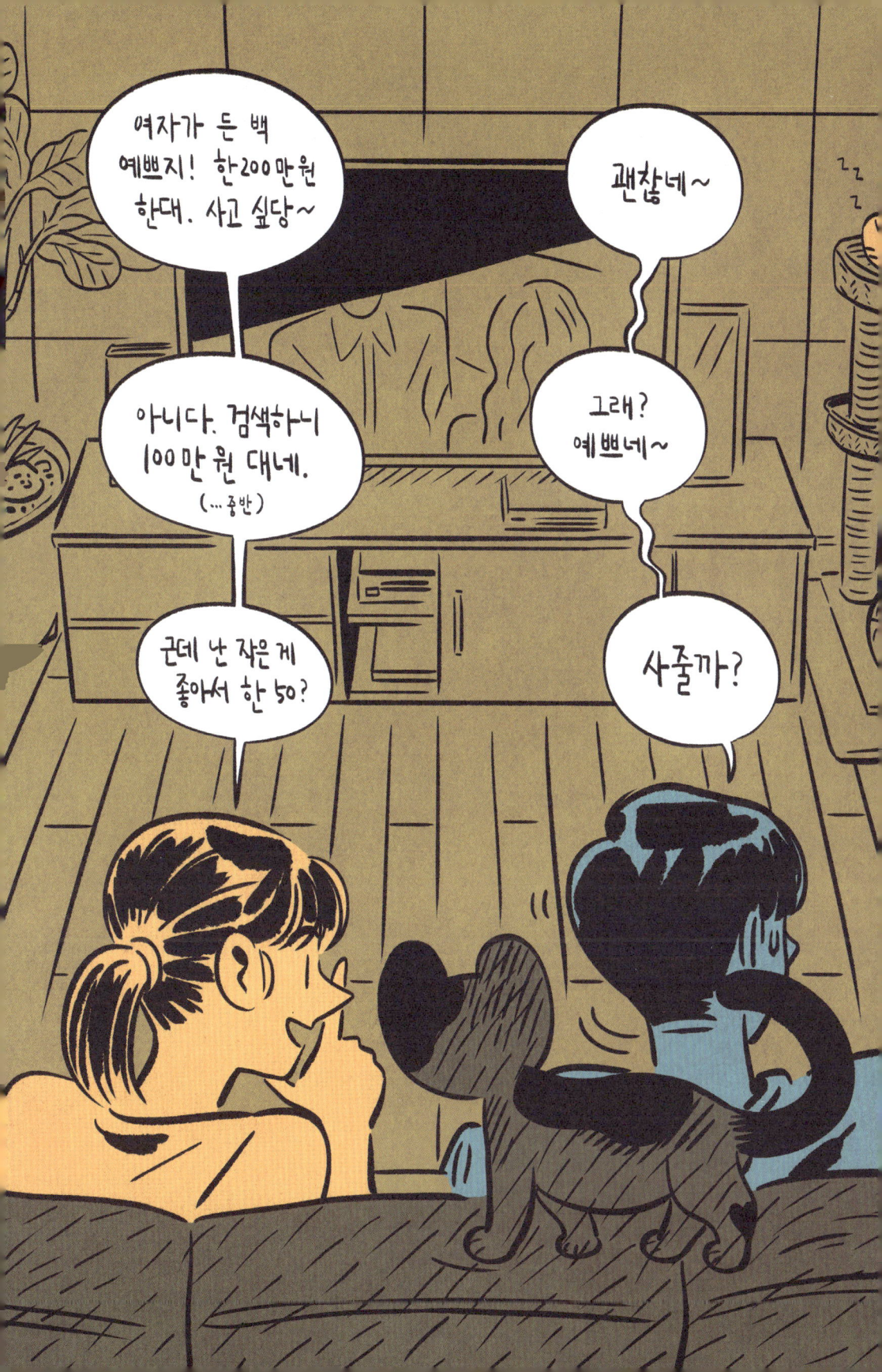

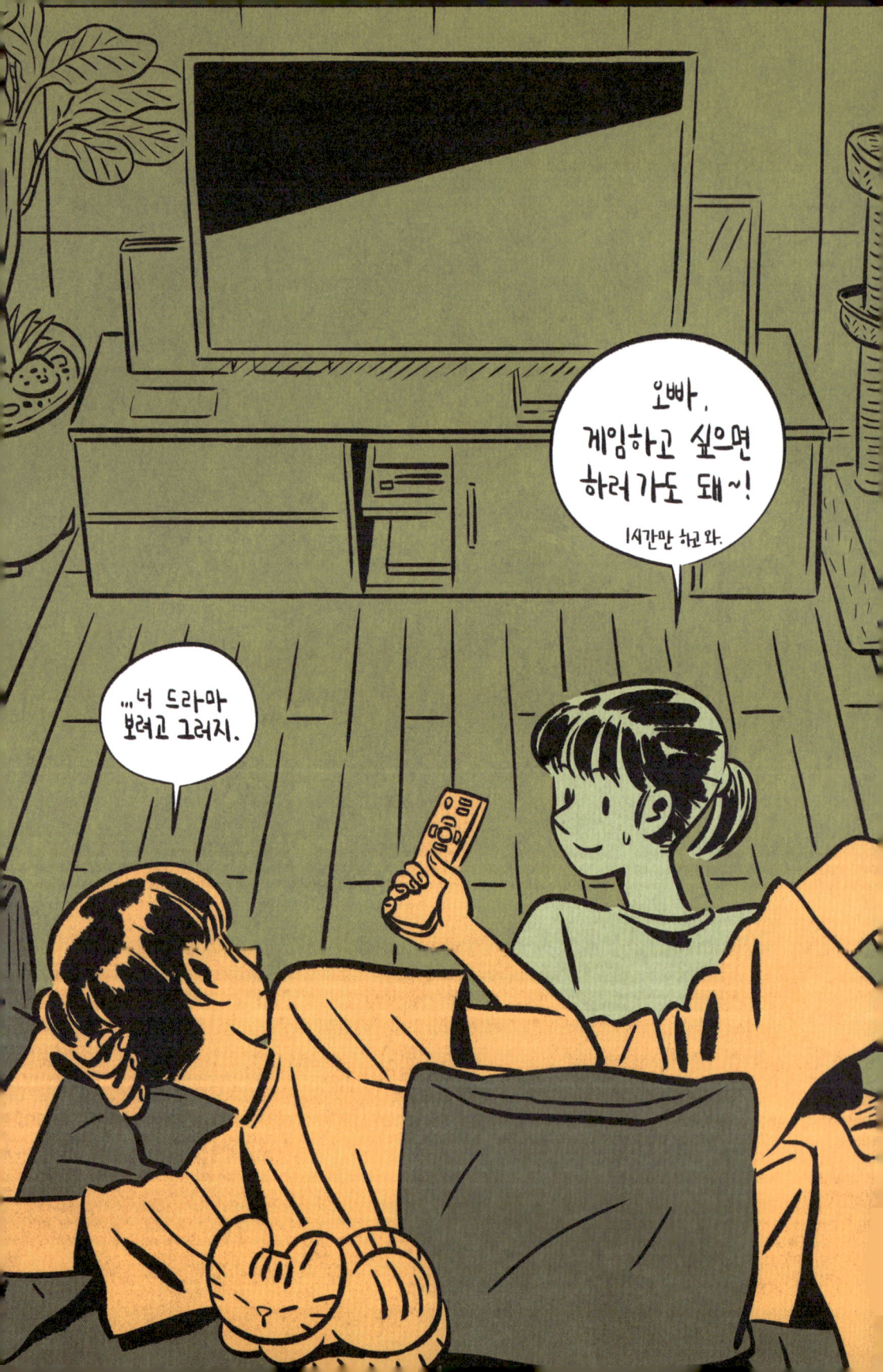

얼떨떨한 자유 시간

#오예 #이게바로 #윈윈

그럼 1시간만 해볼까?

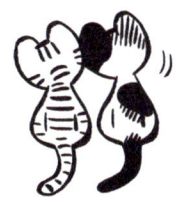

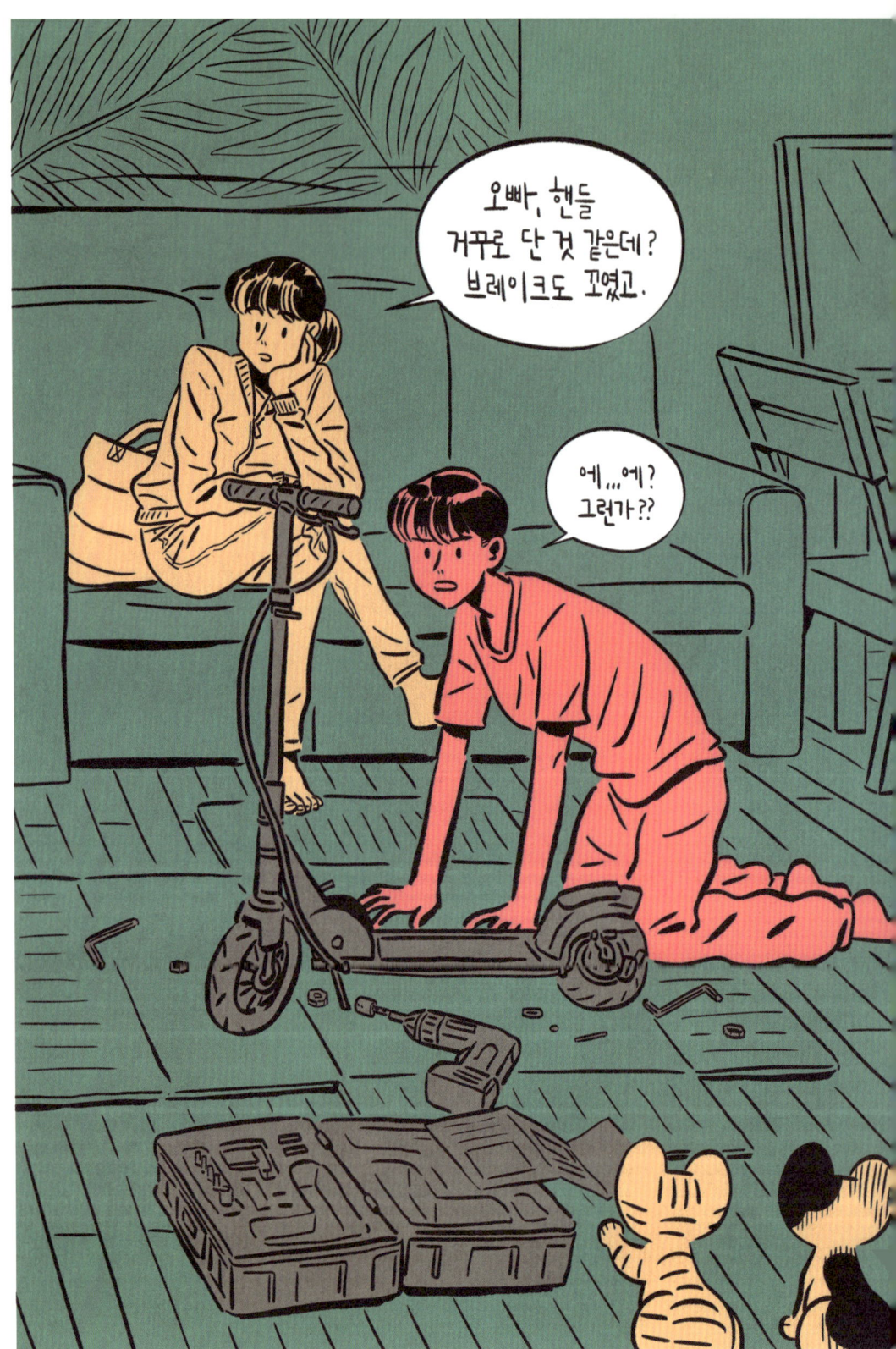

자신감

#스탑그만해 #망고야도와줘 #폼만잡은전동드릴

완벽하게 조립해서

자랑하려고 했더니…

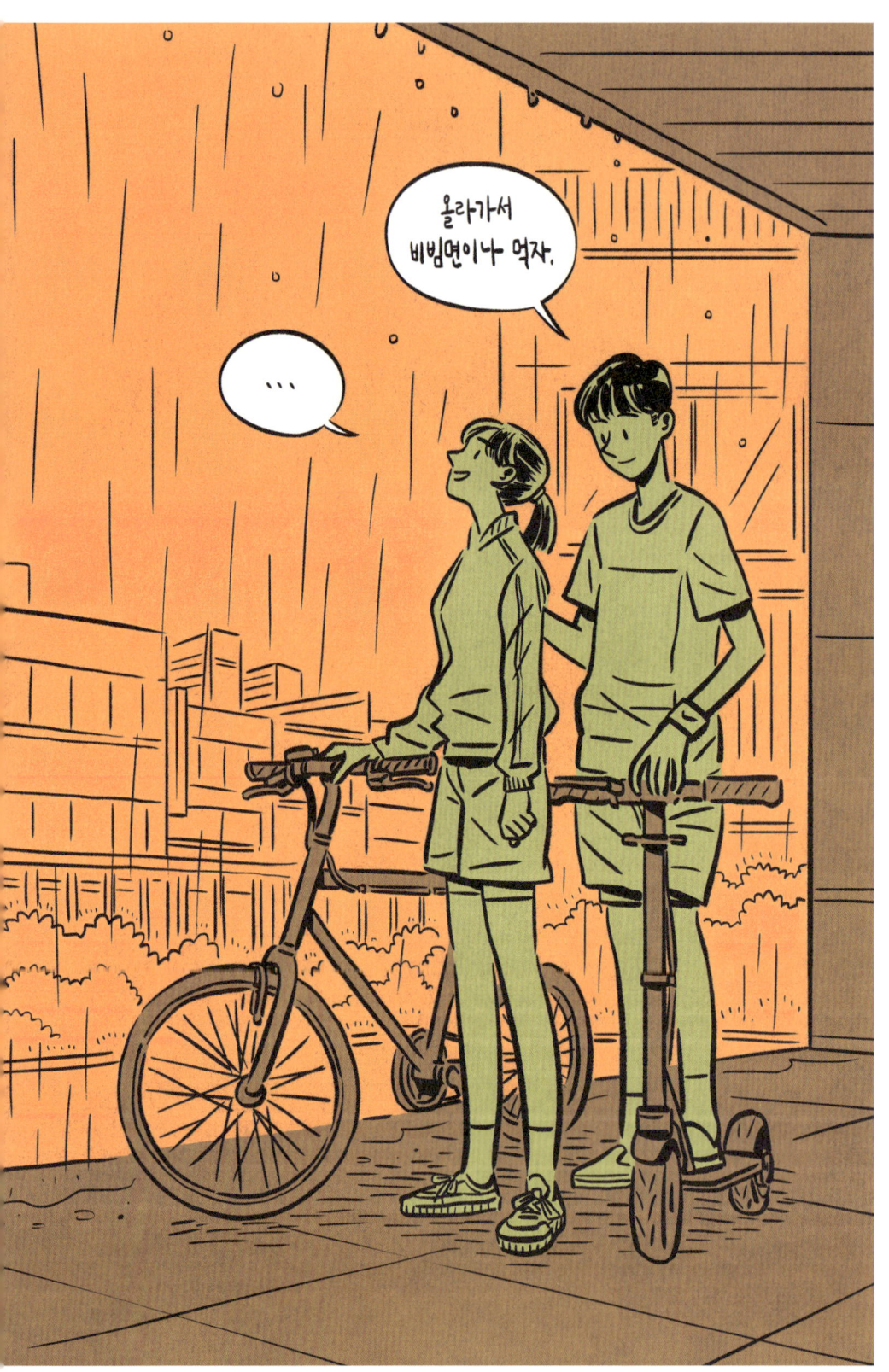

장마 시작

#내일부터라더니 #킥보드첫개시 #중고로팔아버릴까

이런 날이면 어김없이

비가 주룩주룩 내리게 되어 있다.

난··· ㄱ ㅏ끔··· 눈물을 흘린ㄷ ㅏ···

#오늘도실패 #눈물연기

내가 잘 못하는 것 한 가지는 바로 안약 넣기.

아내는 얄미울 정도로 쭉쭉 잘 넣는다.

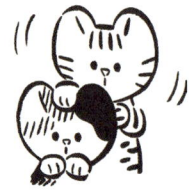

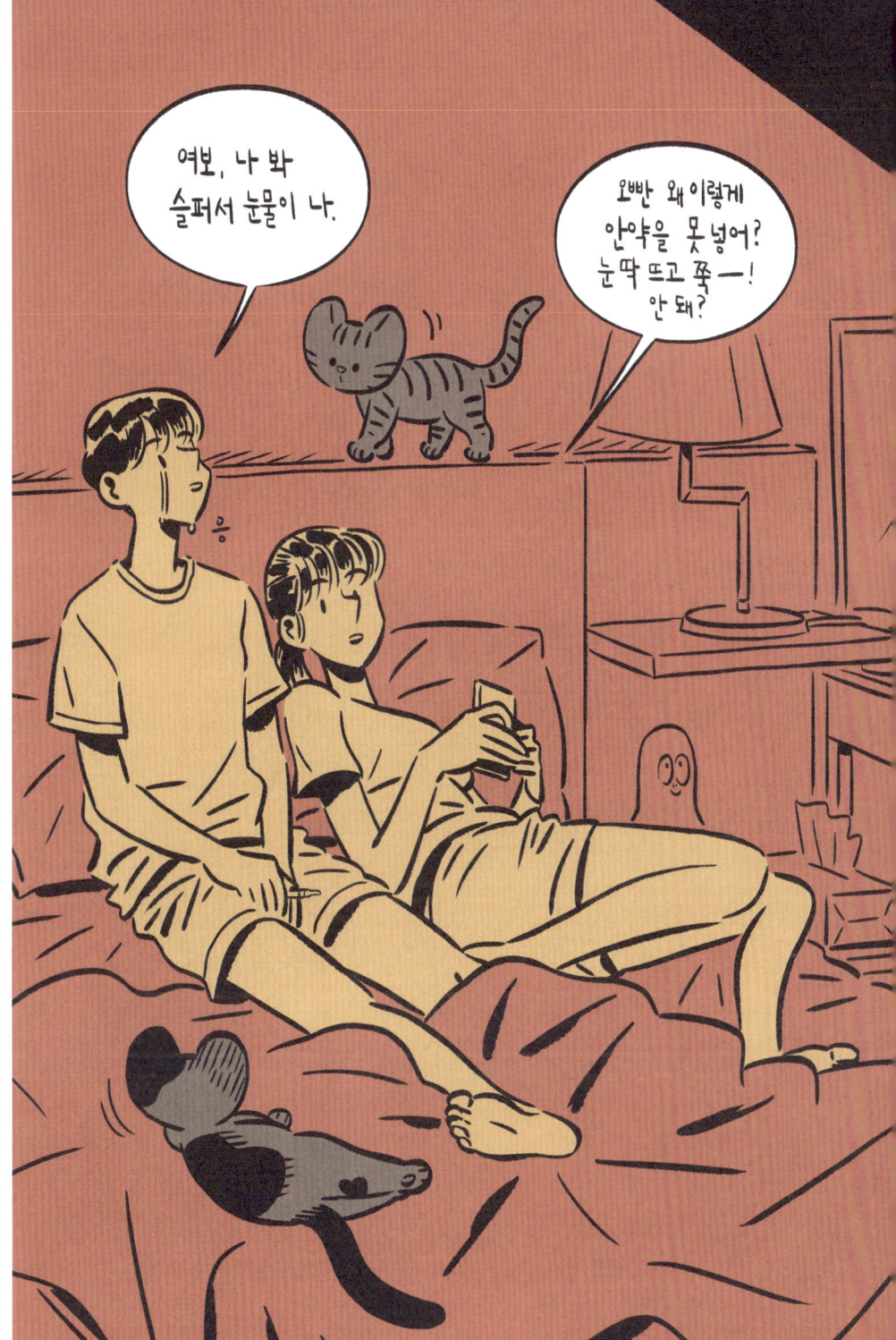

16

데이트하기 좋은 날

한화 이글스가 홈런을 치면 넘어간다는 대전의 보문산이란 곳에서 나는 고백을 했다.

그녀를 데리러 가는 한 시간 내내 고백과 함께 할 말을 연습했다.

그런데 아내 앞에 서니 뻔한 러브스토리의 한 장면처럼,

연습했던 말이 한 글자도 기억이 나지 않았다.

우리는 손을 잡고 걷다가 반짝이는 대전 시내가 내려다보이는 곳에 멈춰 섰다.

시원한 바람이 마주 불어오고 곤충이 바스락거리는 소리가 들렸다.

그곳에서 한참을 내려다보다가 그녀에게 고백을 했다.

멀리 보이는 대전 한밭야구장에서는 경기가 한창이었다.

내가 무슨 말을 했는지 기억나지 않지만 아마도

이글스의 홈런 타자처럼 멋진 홈런 한 방을 날렸던 것 같다.

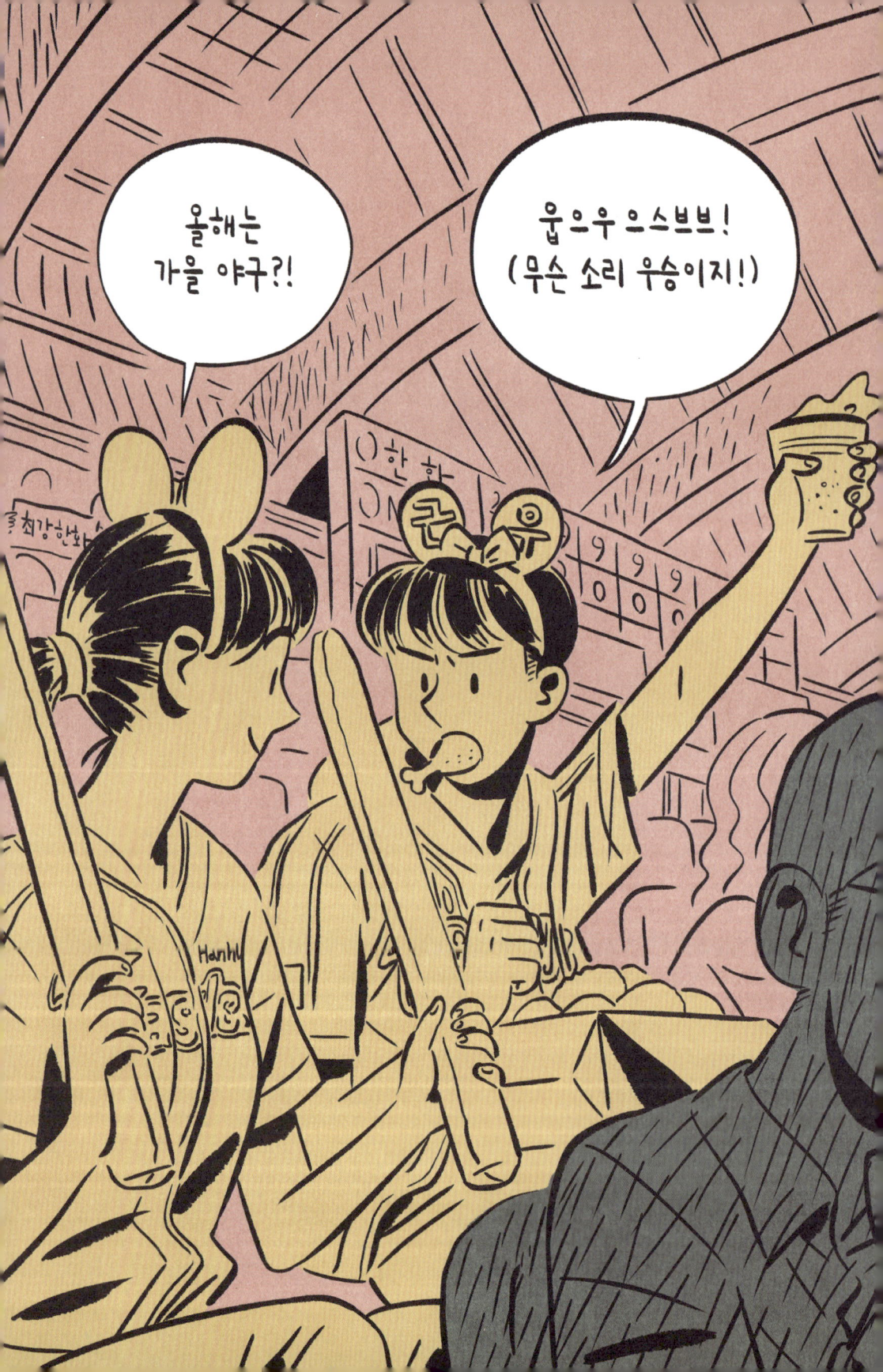

가을 야구

#한화이글스 #빠져나갈수없는늪 #내가왜야구를봐서

사실 야구는 관심도 없었지.

그런데 너를 만나고…

인간 내비게이션

#거의내가찾는데 #마지막은항상내패배

지도 딱 한 번 보고

길 찾아가기.

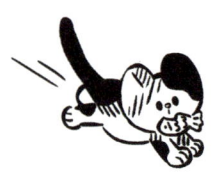

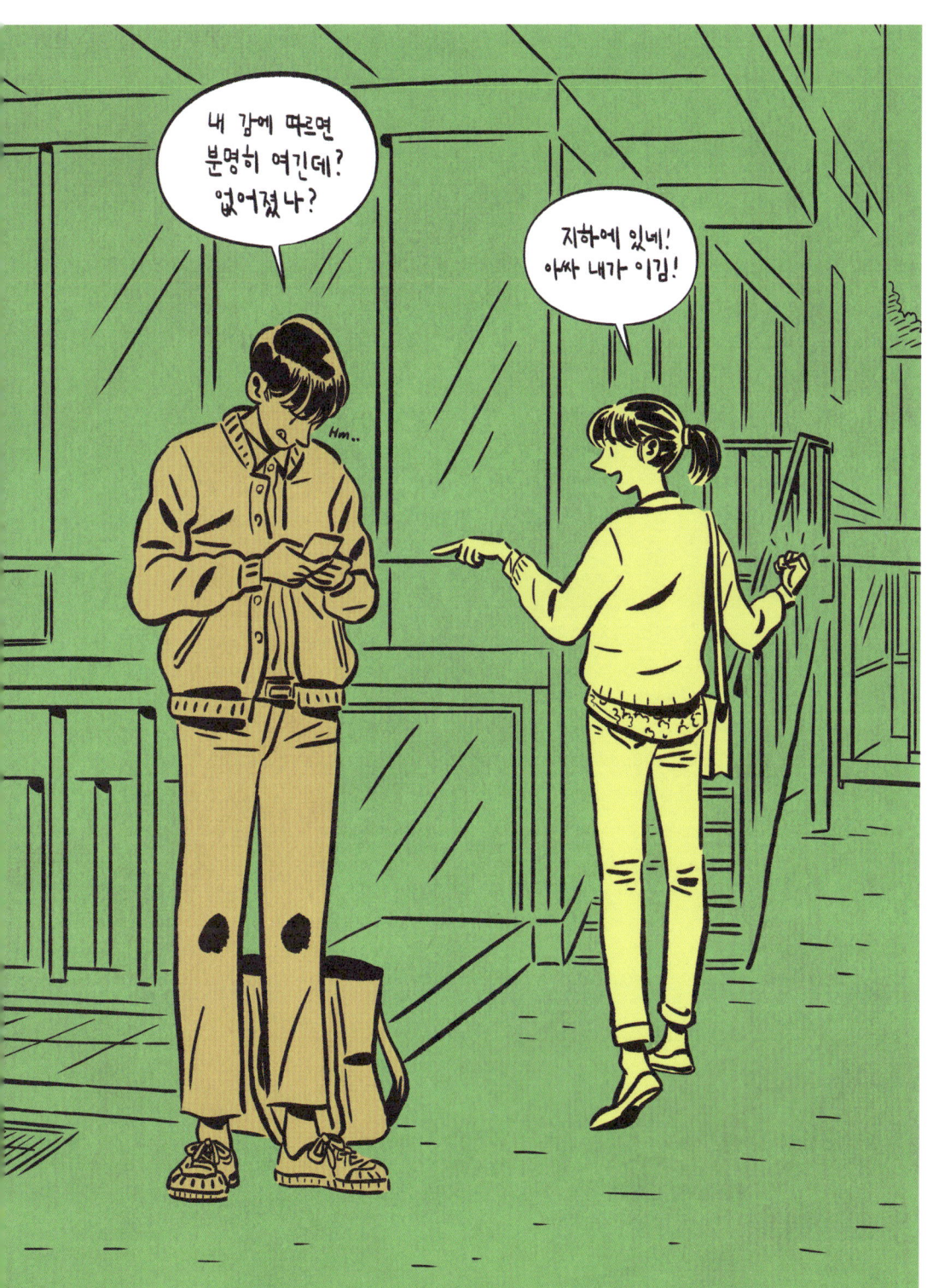

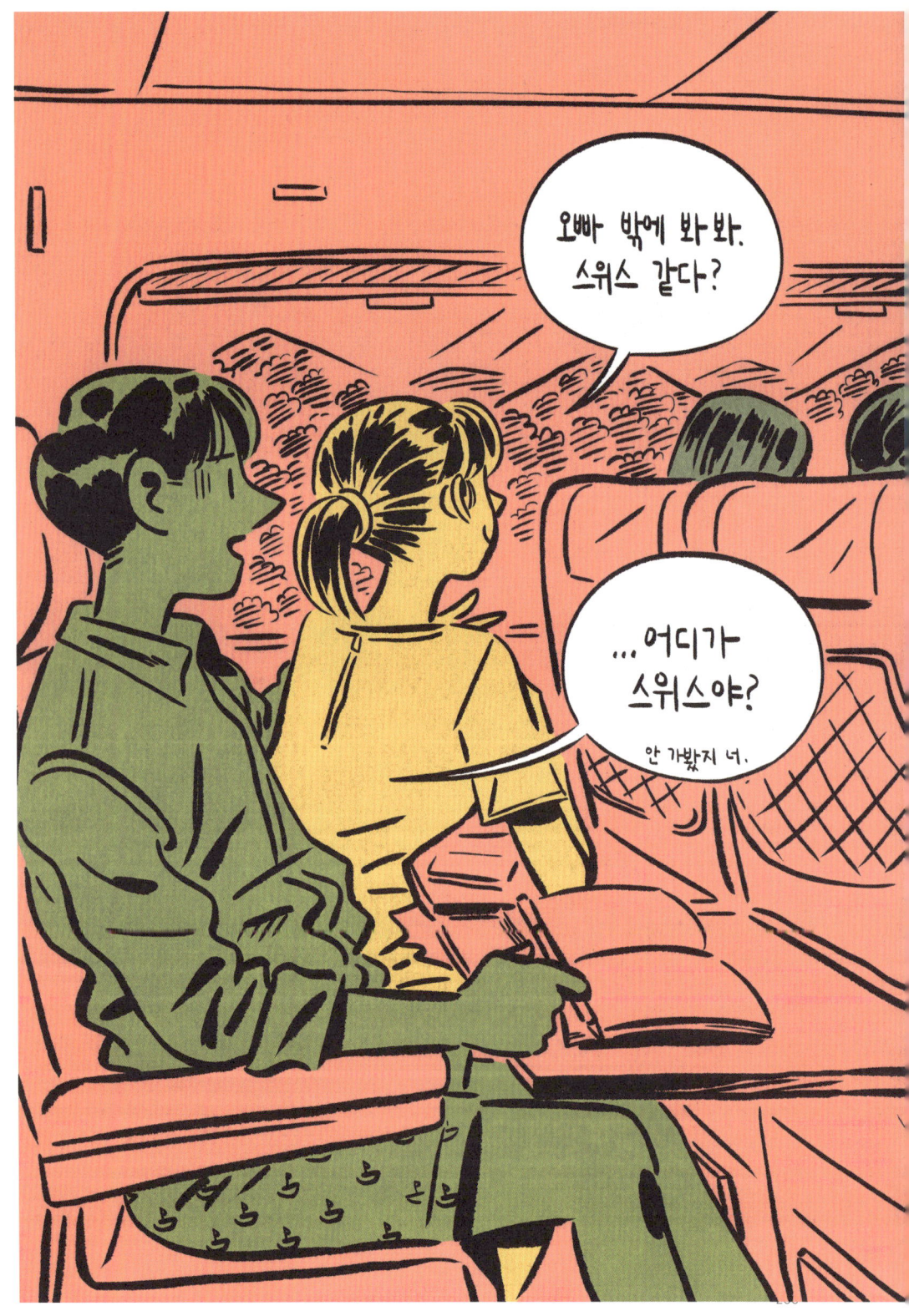

스위스?

#기차를타면 #스위스가보인다 #스위스가별건가

산만 보면 스위스래.

너 스위스 데려가 달란 거지?

집으로 가자

#우리집으로

집 나가면 고생이라더니.

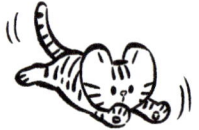

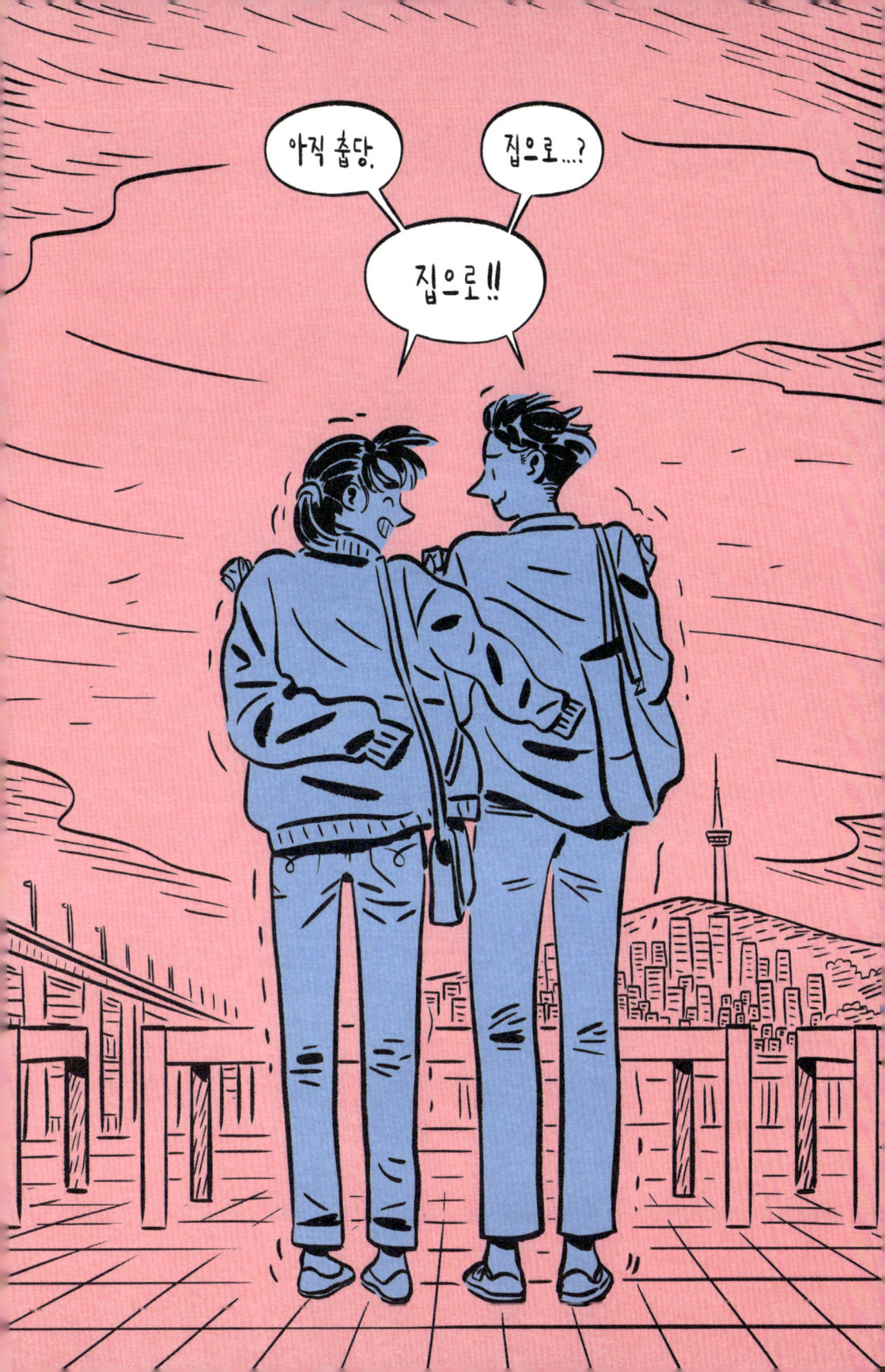

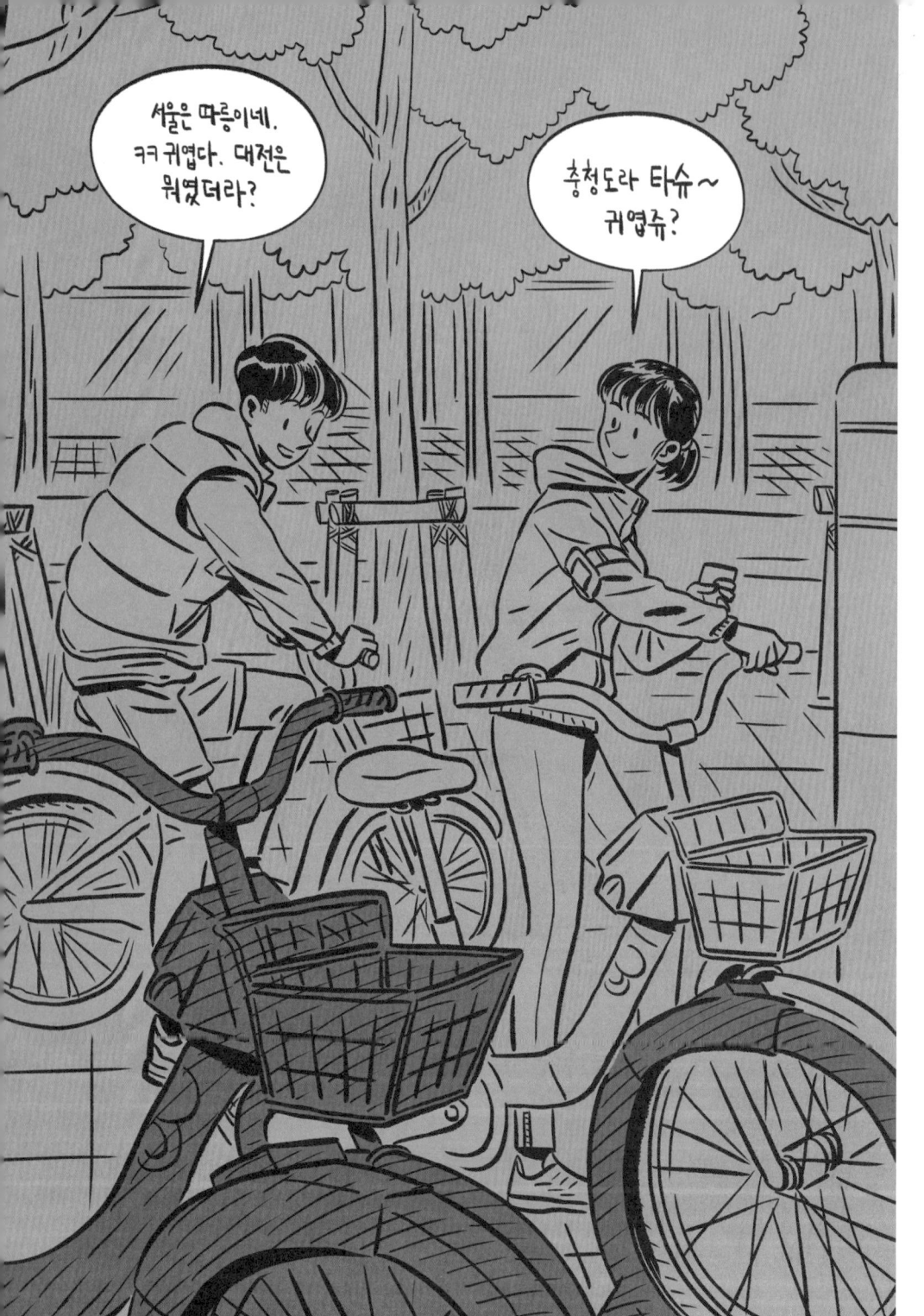

따릉 따릉 비켜나세요

#서울은 #따릉이 #내고향창원은 #누비자

지역마다 다른 자전거 이름.

다 똑같으면 재미없지.

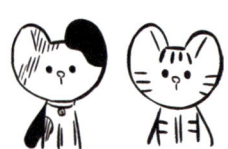

고양이 레이더

#고양이레이더발동 #비올때면항상걱정

먹이를 깜빡하면 출몰하는 냥이들.

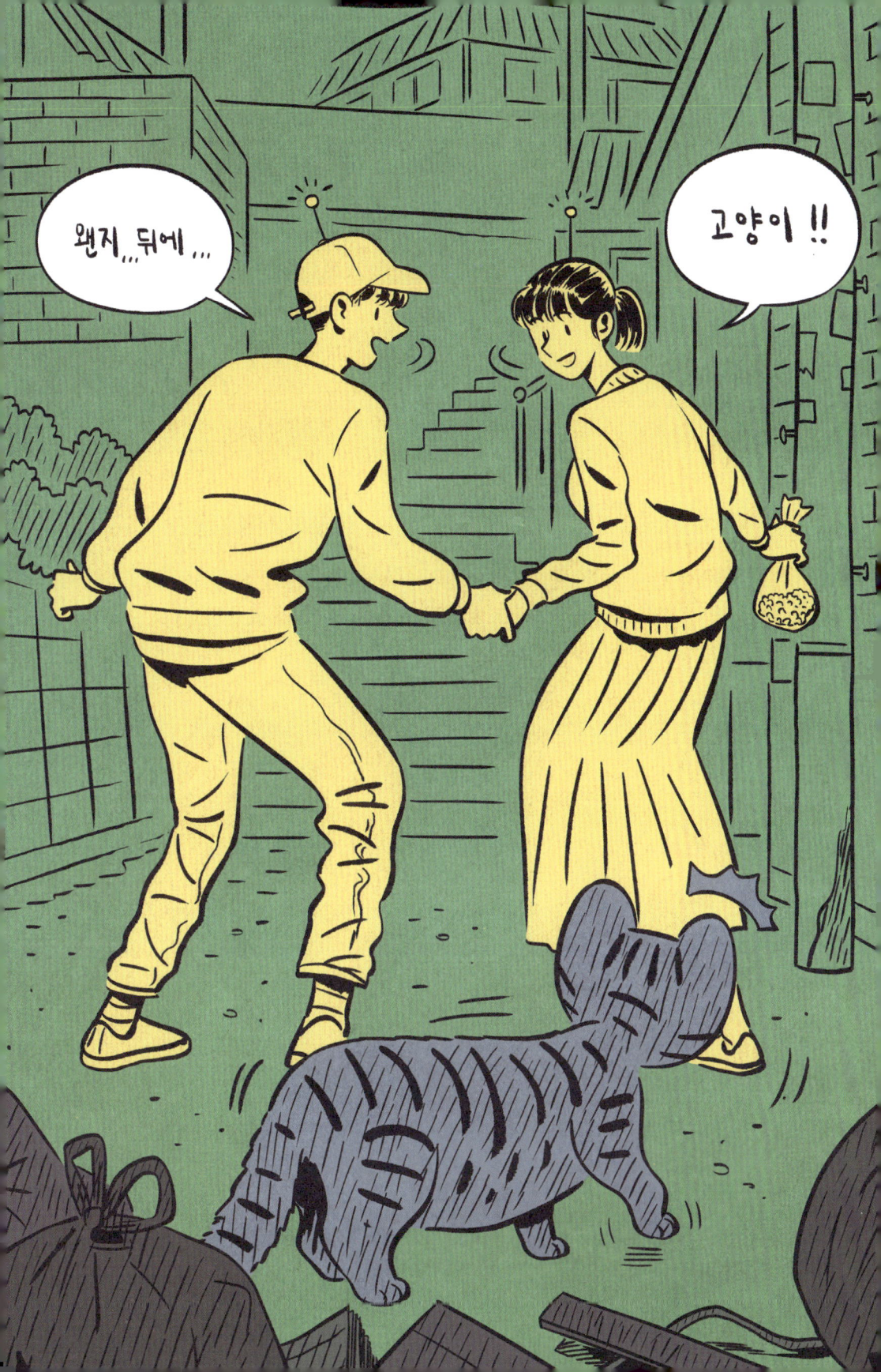

17

네가 좋아하는 것

너는 고단백 식당의 콩국수를 좋아한다.

대전의 한화 이글스를 좋아하고,

자라에서 옷을 사는 걸 좋아하고 자기 전에 치는 화투 한 판을 좋아한다.

여름 늦게 나오는 아삭한 복숭아를 좋아하고, 파란 하늘을 찍는 걸 좋아하고,

와사비와 간장을 푹 찍은 생 연어초밥을 좋아하고,

퇴근하고 편의점에서 사는 프링글스를 좋아한다.

주말에 점심이 다 되도록 자는 걸 좋아하고, 어반자카파의 노래를 듣는 걸 좋아하고,

자면서 손가락으로 머리카락을 돌돌 마는 걸 좋아하고,

이불을 덮고 에어컨을 빵빵하게 트는 걸 좋아한다.

출근할 때 길고양이들에게 밥을 주는 걸 좋아하고,

복잡한 레고를 맞추는 걸 좋아하고, 망고 젤리의 빠진 수염을 찾는 걸 좋아하고,

얼음을 와그작 씹어 먹는 걸 좋아하고,

가장 좋아하는 것은 우리 집을 어지럽히는 것이다.

뚝딱뚝딱

#나는거들뿐 #참쉽죠

의외로 여자가 거친 일을 잘할지도…

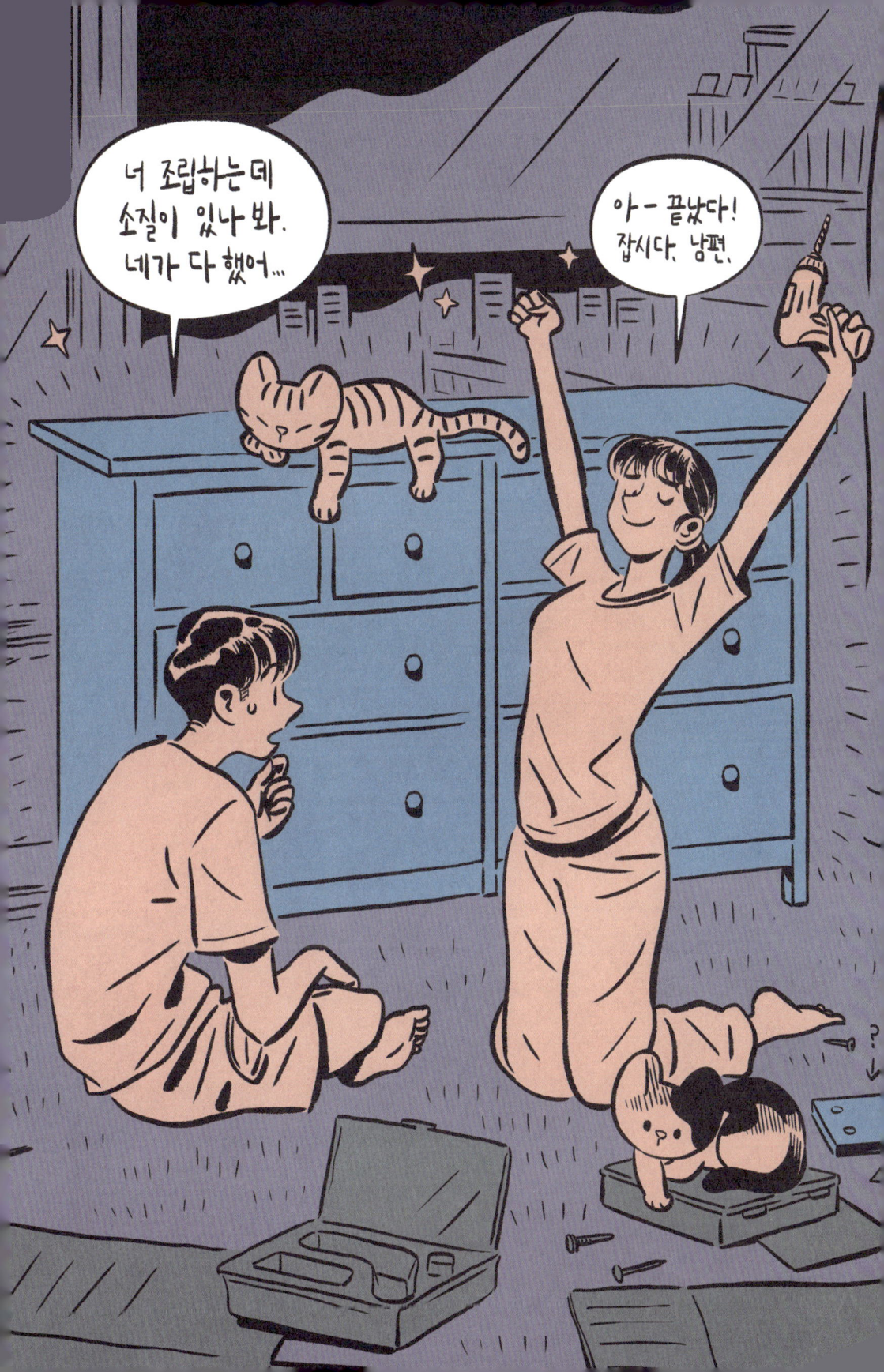

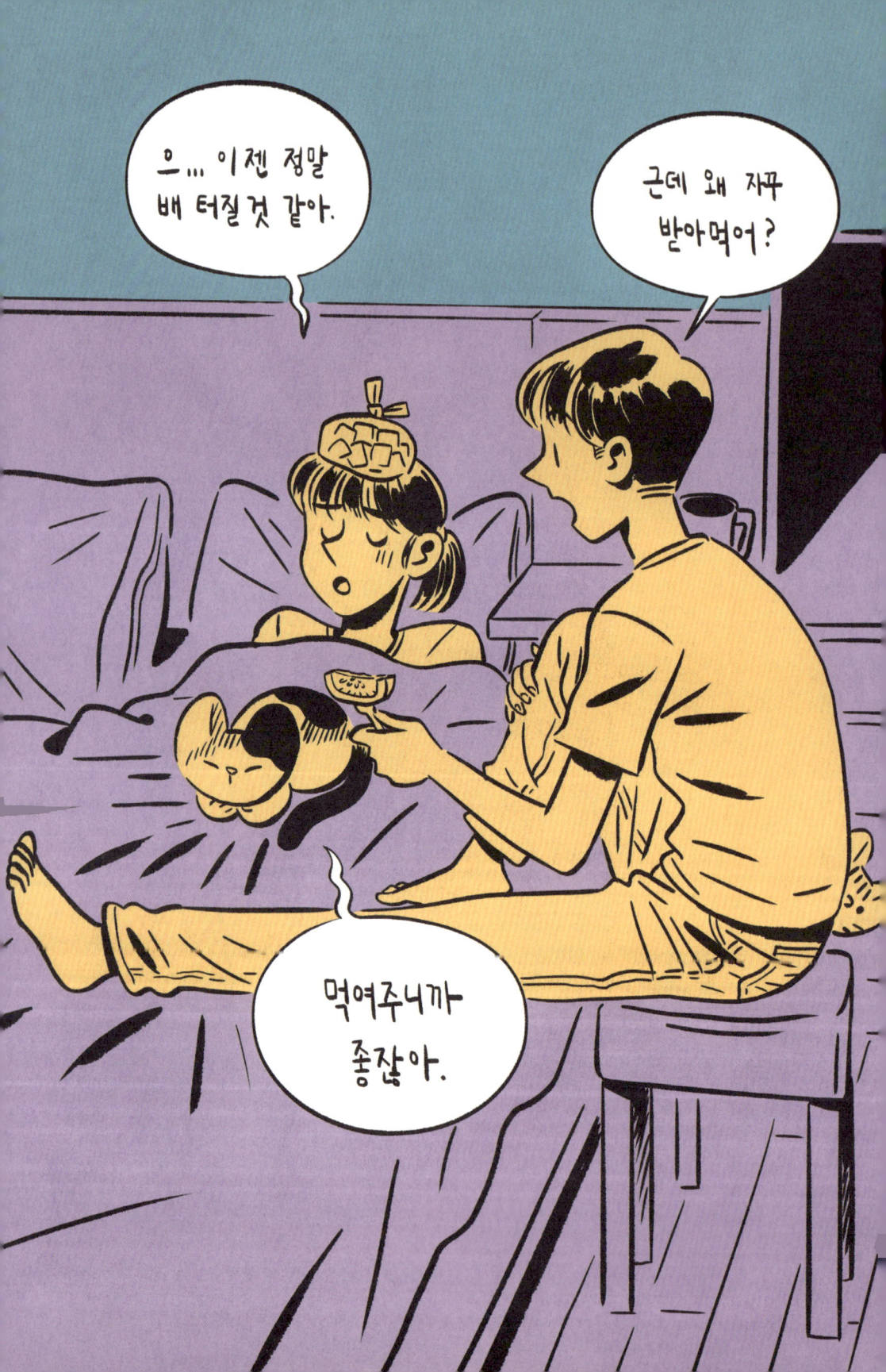

네가 아플 때

#아프지마요 #망고를찾아라

그럼 자꾸 주게 되잖아.

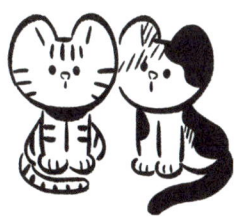

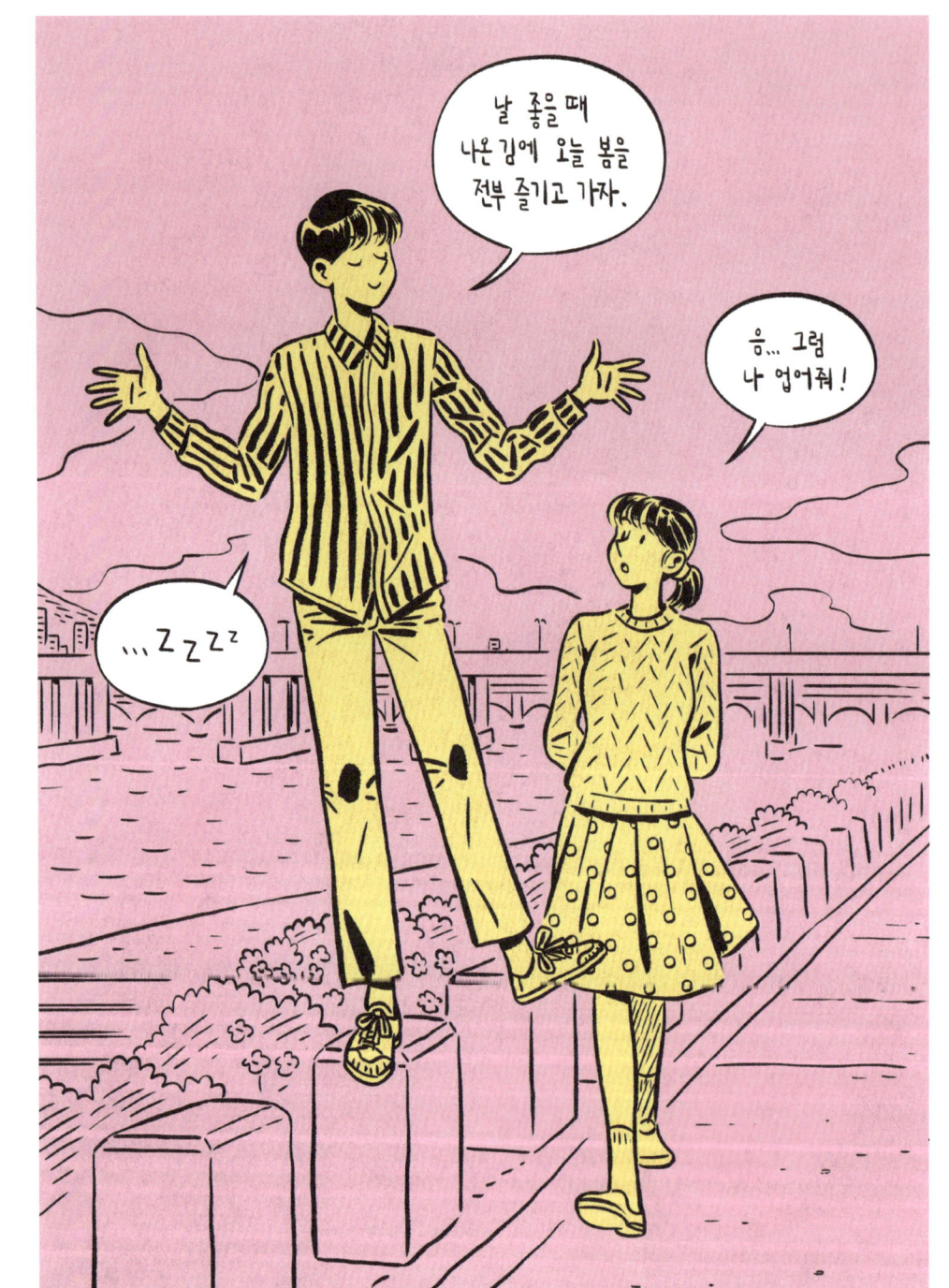

봄 산책

#춘곤증에대해서 #네가좋아하는것 #집에서해줄게

미안 졸았어. 다시 말해줄래?

우리는 복숭아 킬러

#아삭한게좋아 #물렁한것도좋아 #복숭아는다좋아 #너같아

매년 여름이 되면

함께 복숭아를 아삭아삭.

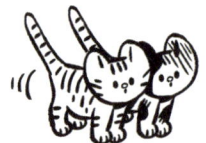

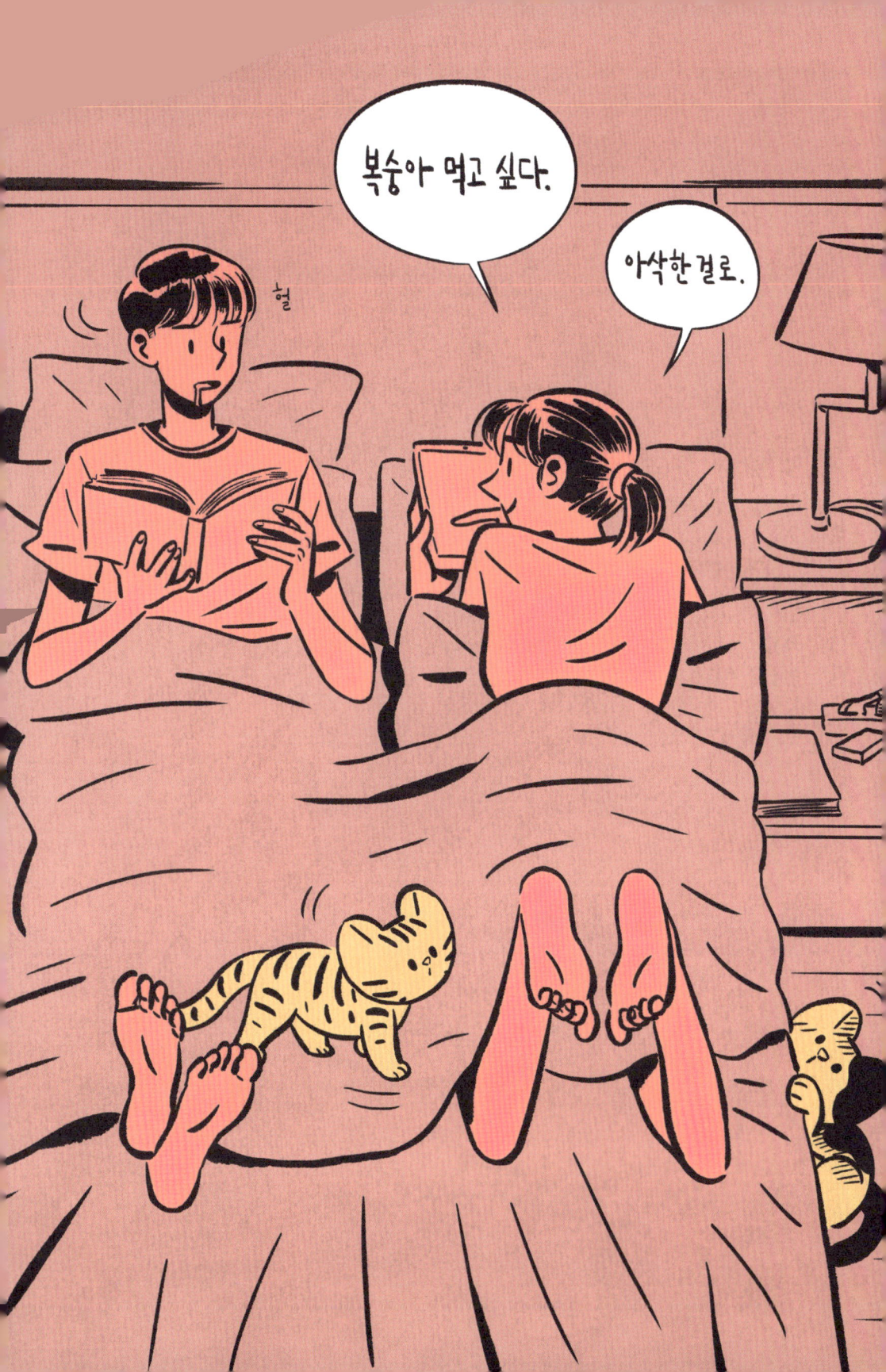

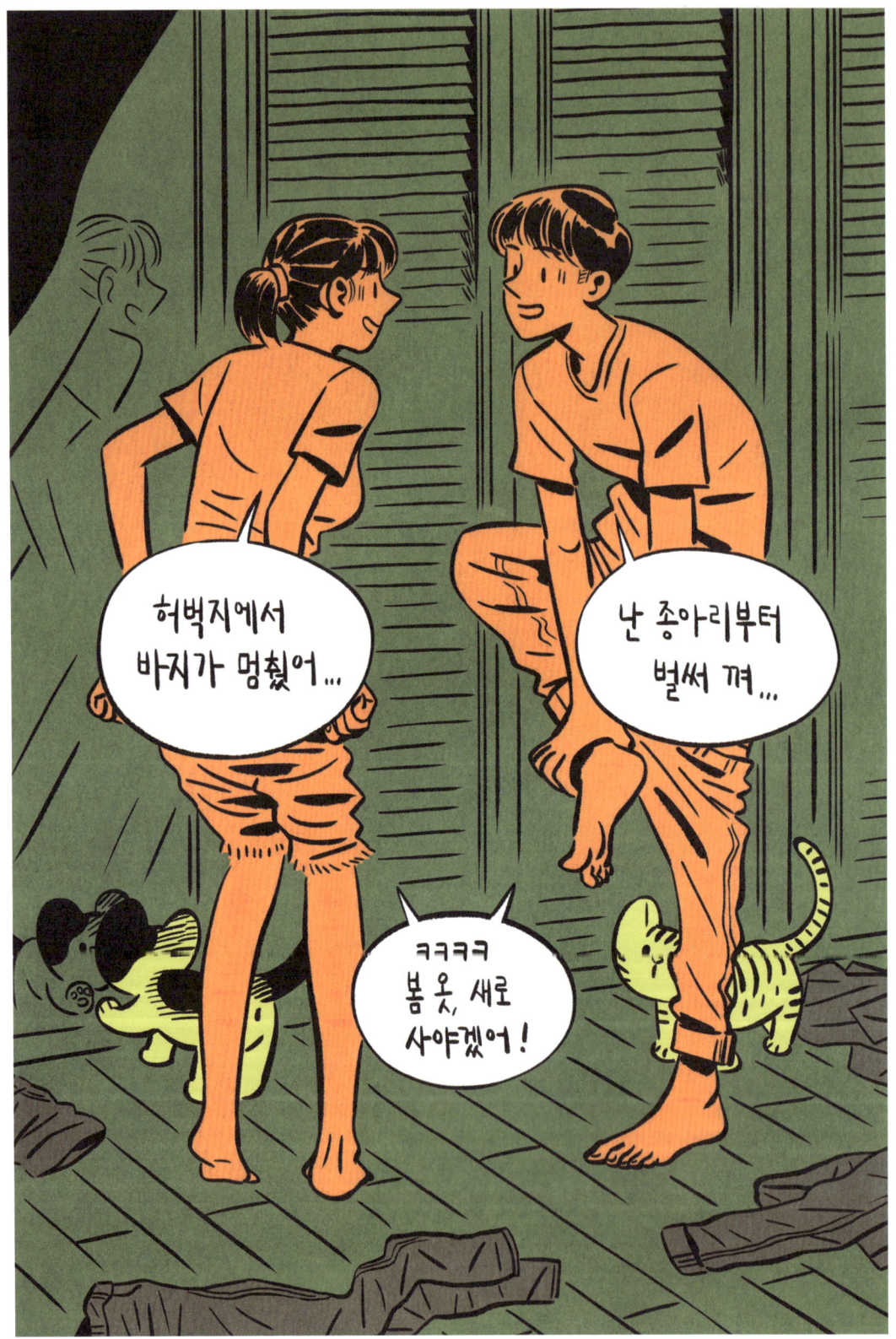

결혼하니 살찌네

#개이득 #저녁은채끝등심

살찌면,

옷 살 수 있으니 이득.

---- **18** ----

제주를 담다

결혼식을 준비해 보니 스튜디오 촬영부터 비용이 상당했다.

저렴한 패키지들도 물론 있지만, 마음에 들지 않았다.

우리는 고민 끝에 그 돈으로 제주도에 가서 셀프 웨딩 촬영을 하기로 했다.

삼각대, 카메라, 간단한 웨딩 소품들을 가지고

제주도의 아름답기로 유명한 곳들을 돌아다니며 우리 둘만의 사진을 찍었다.

만약, 스튜디오 촬영을 했다면, 이처럼 우리다운 모습을 찍을 수 있었을까.

사진 한 장 한 장마다 녹아 있는 그때의 기억,

무엇과도 바꿀 수 없는 소중한 순간이다.

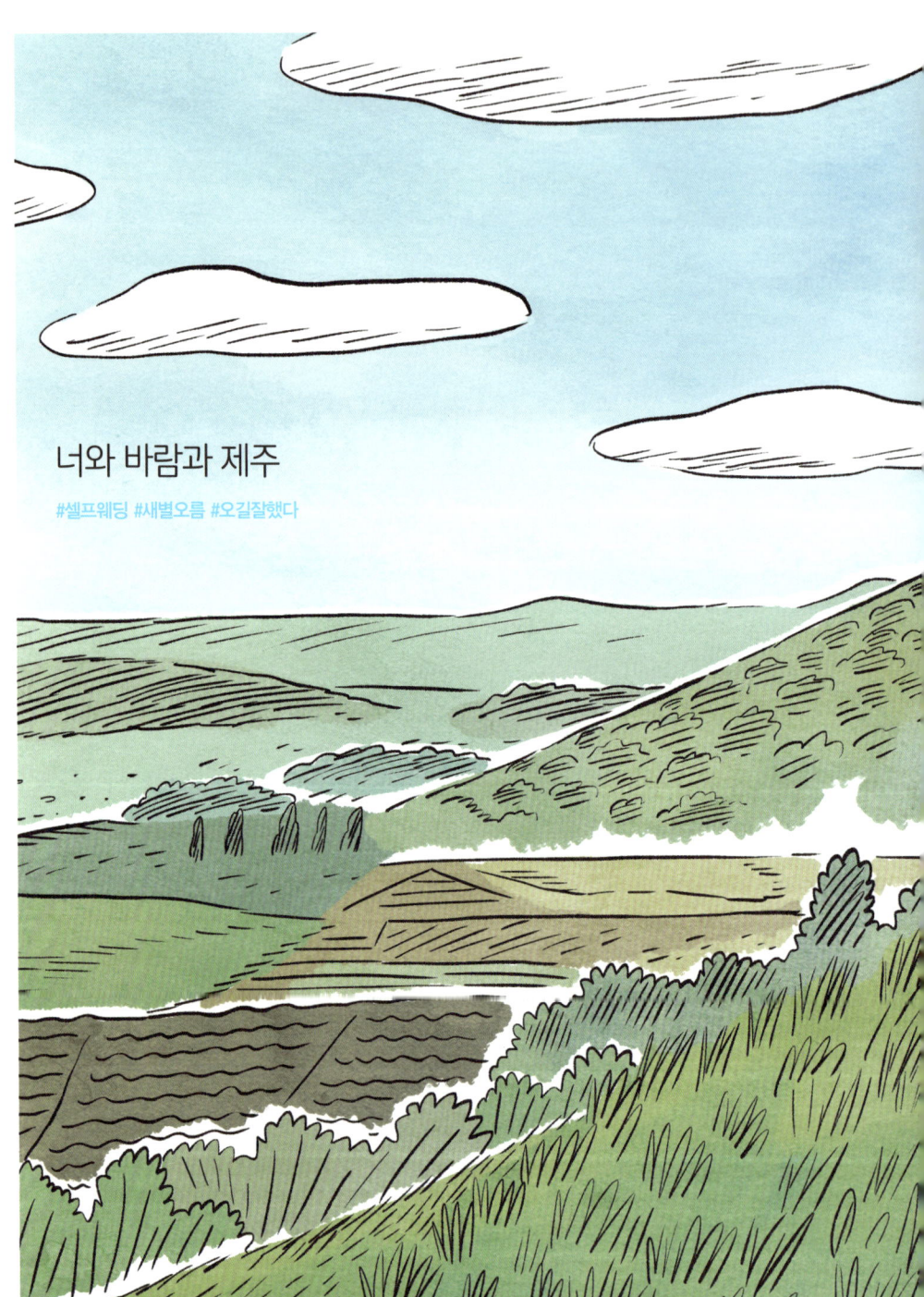

너와 바람과 제주

#셀프웨딩 #새별오름 #오길잘했다

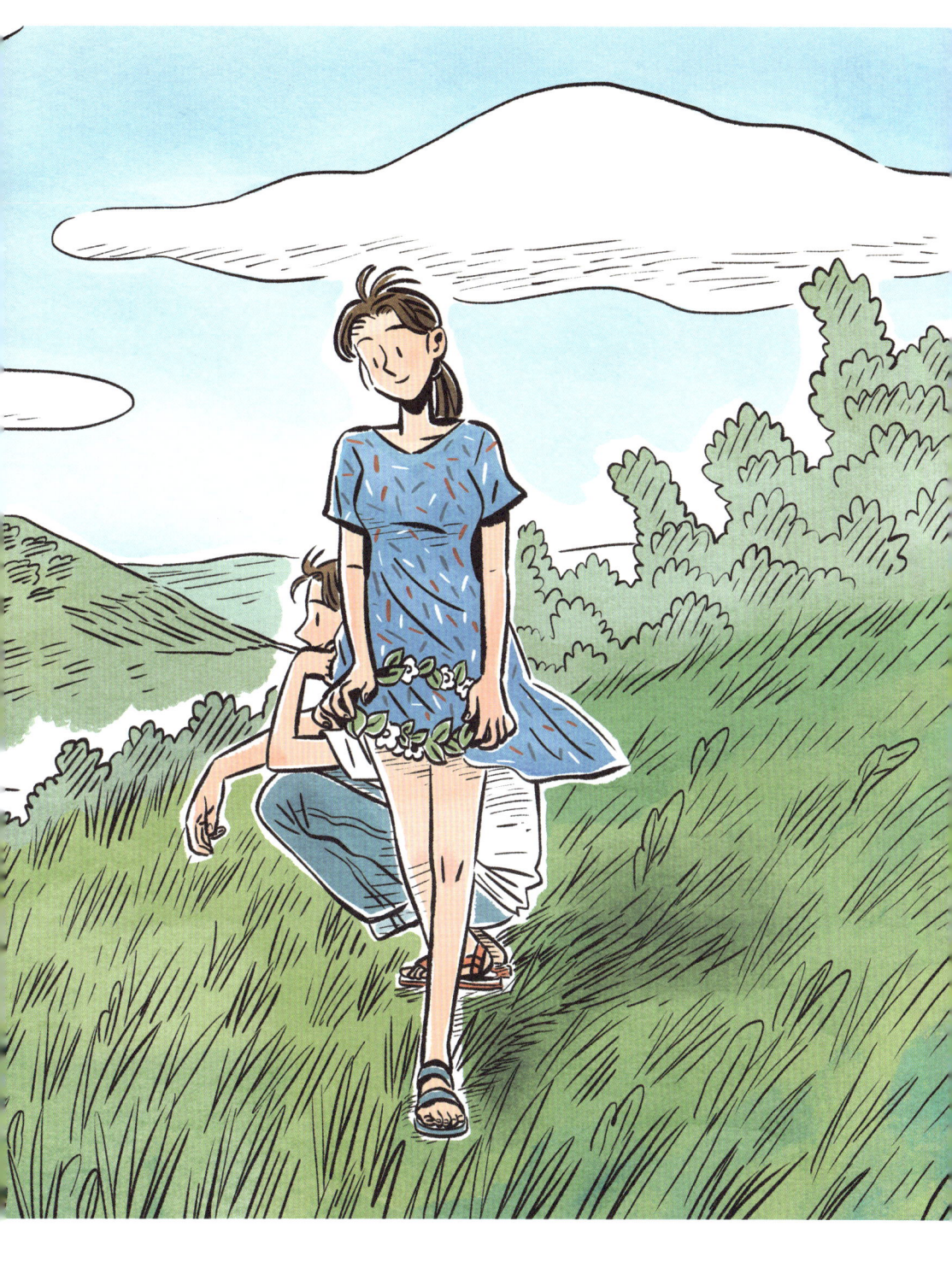

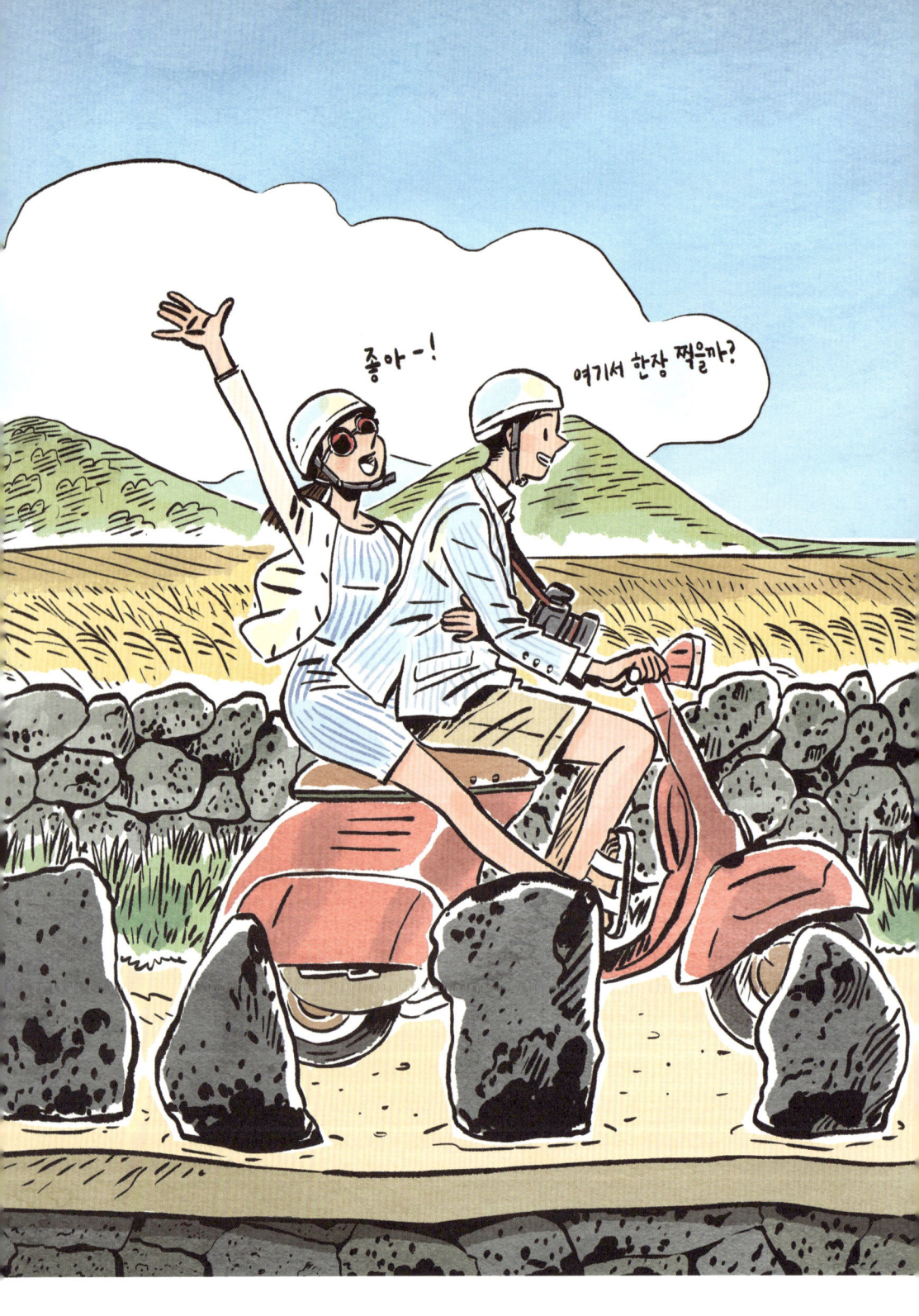

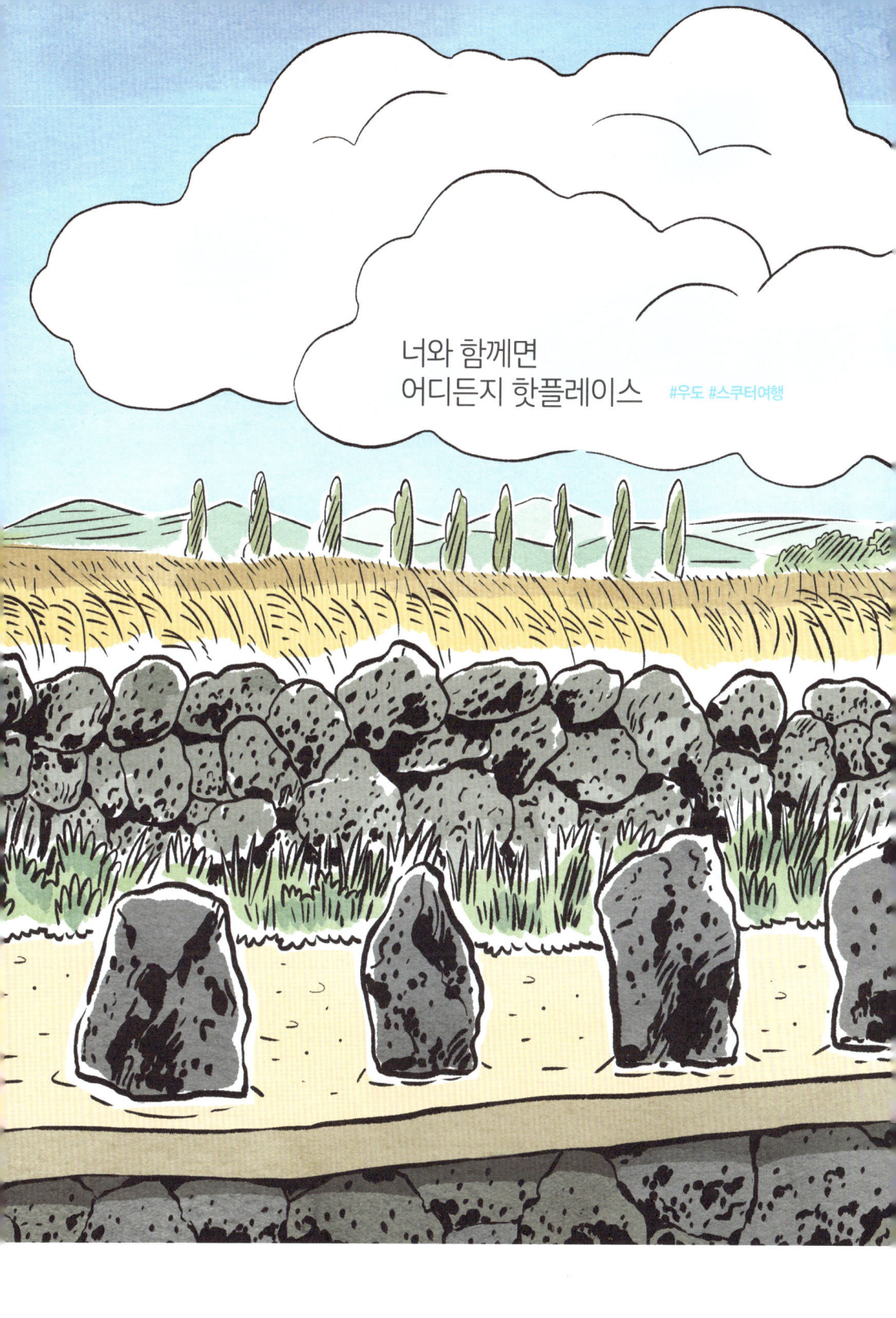

너와 함께면
어디든지 핫플레이스 #우도 #스쿠터여행

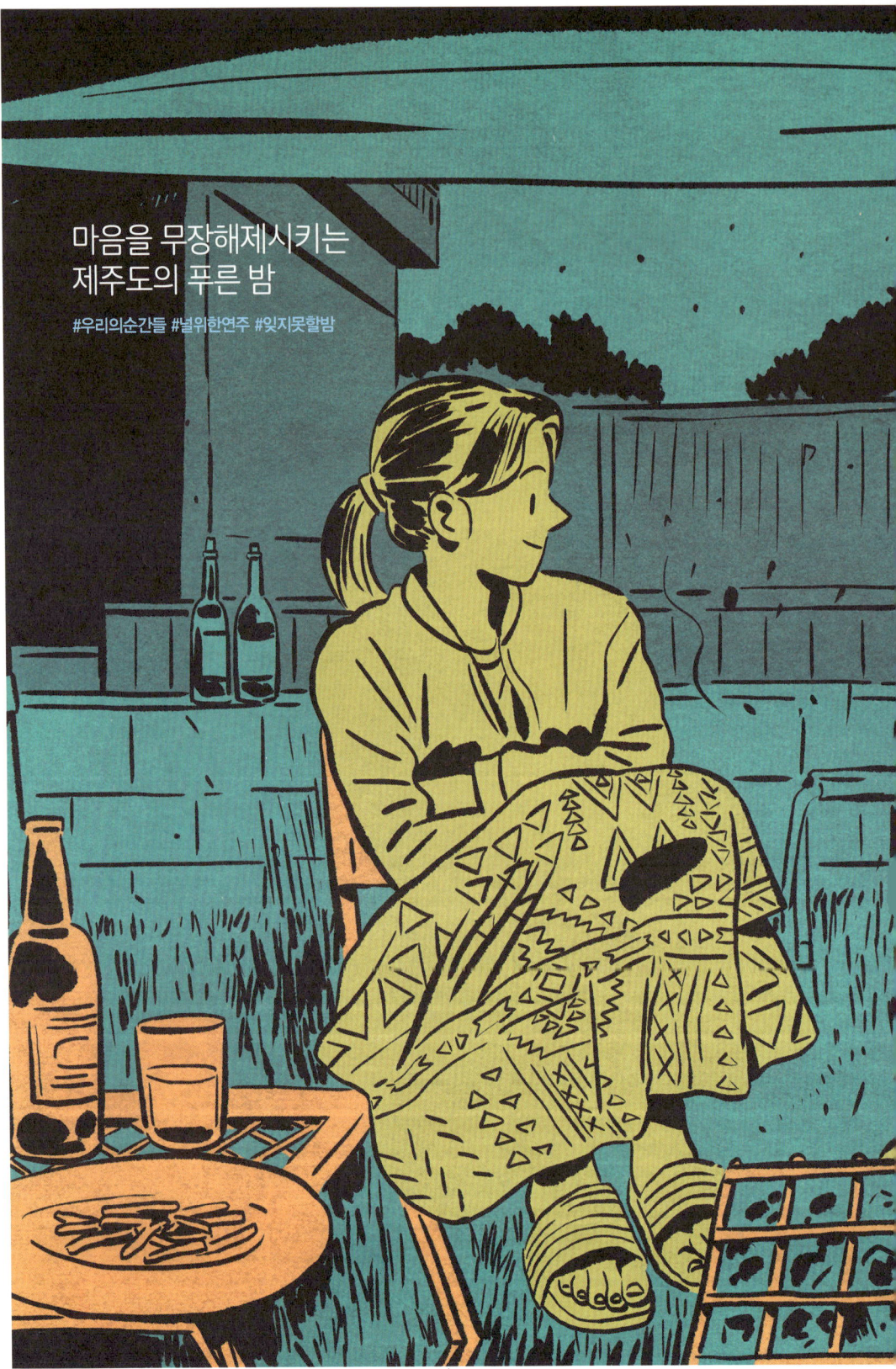

마음을 무장해제시키는
제주도의 푸른 밤

#우리의순간들 #널위한연주 #잊지못할밤

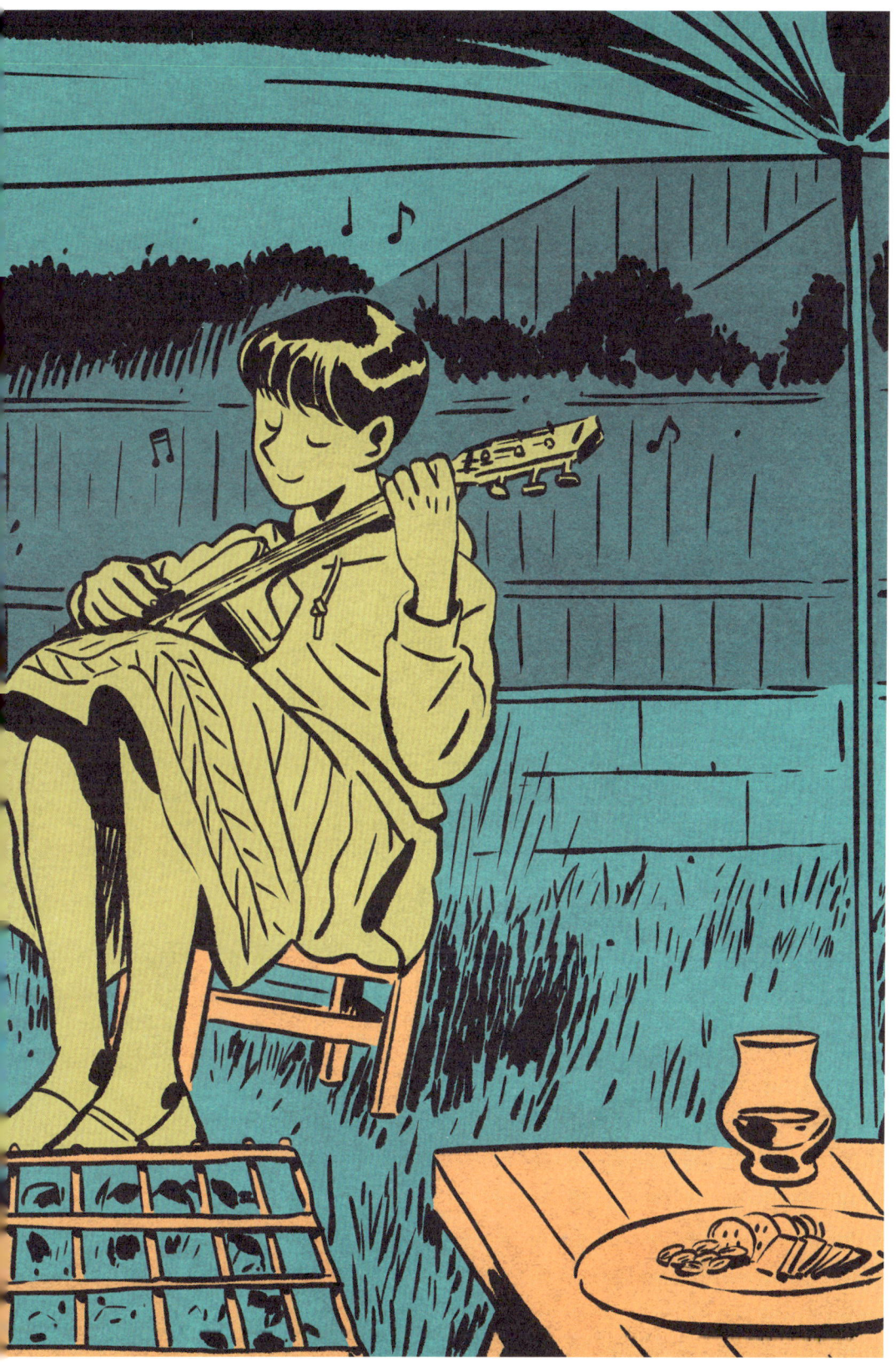

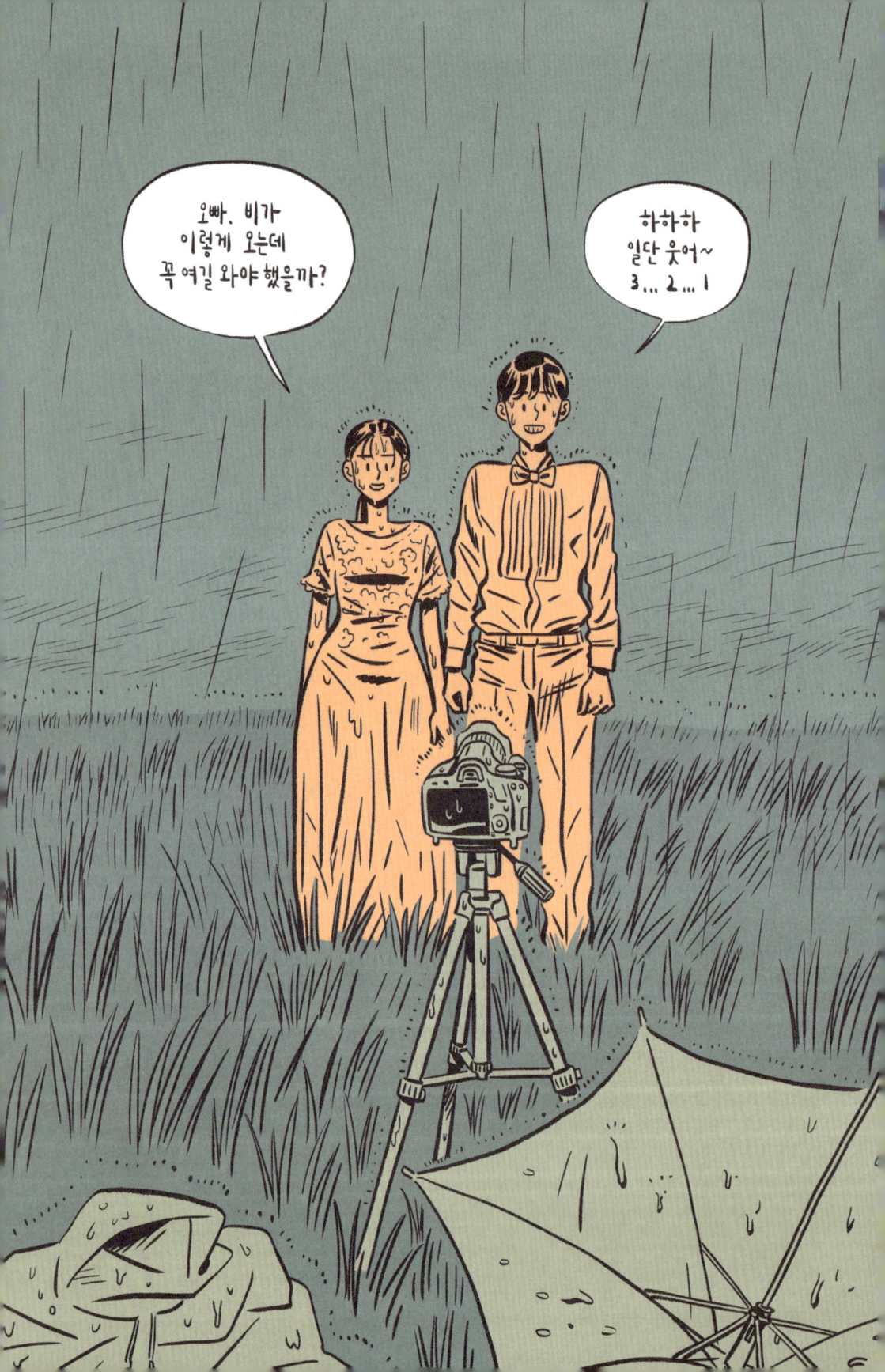

빗속의 웨딩 촬영

#용눈이오름 #시련속에서도행복하길 #구름껴도맑음

머리는 물론 드레스까지 홀딱 젖었지만

이상하게도 우리는 행복했다.

제주의 마지막 밤

#언제또입지 #황혼결혼식 #그때도함께해주오

같이 고생한 카메라와 옷들.

왠지 모르게 정이 들어버렸다.

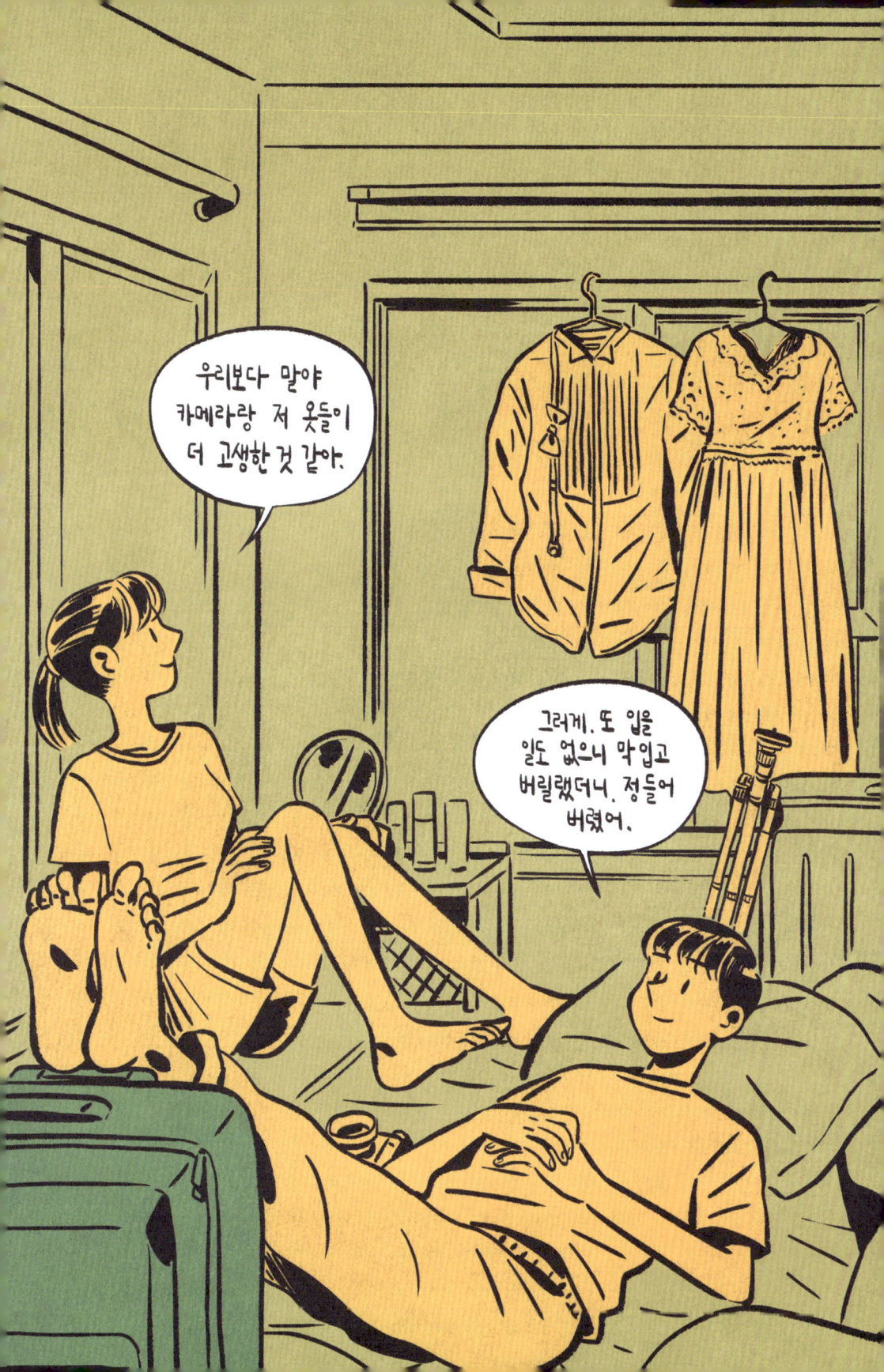

프러포즈 프로젝트

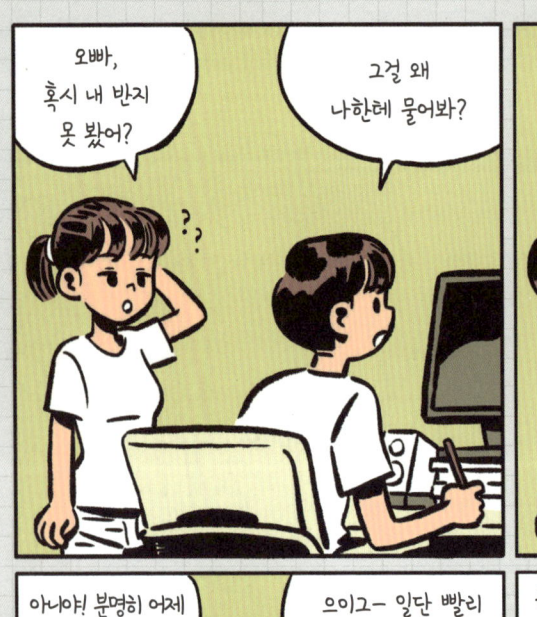

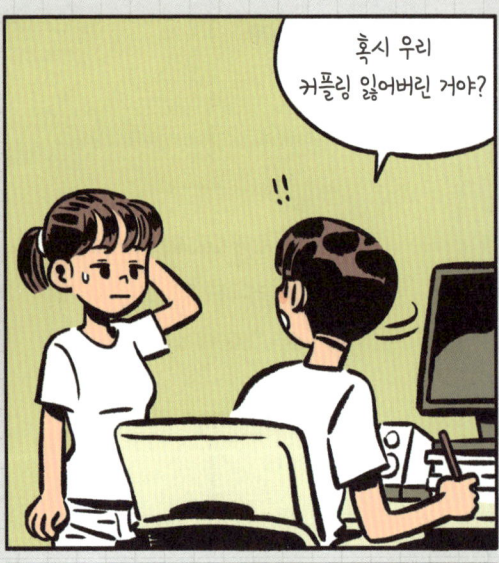

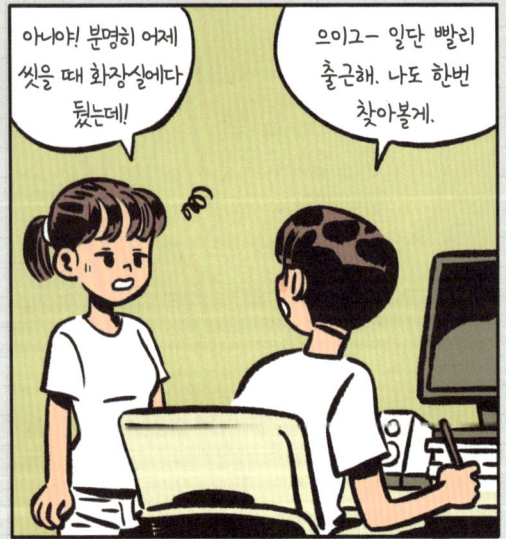

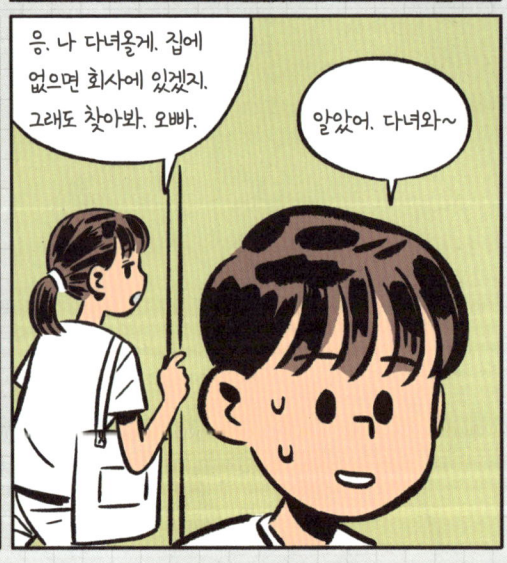

프러포즈 1단계. 반지 호수 알아내기.

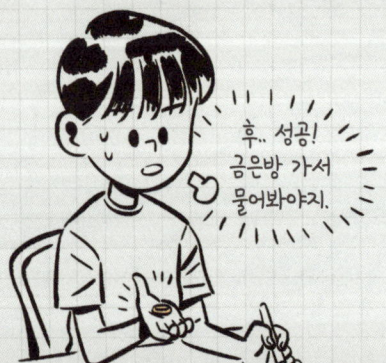

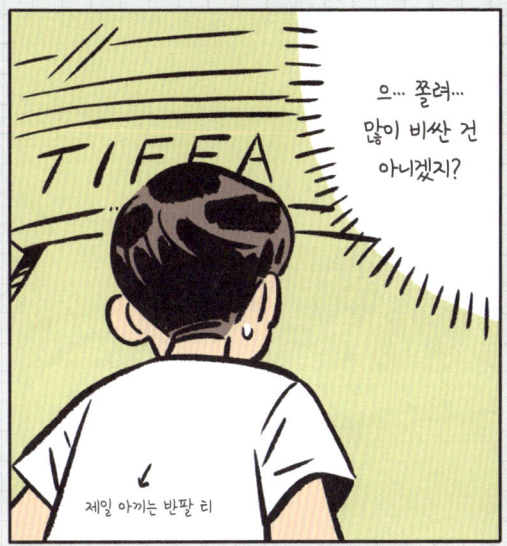

으... 쫄려...
많이 비싼 건
아니겠지?

TIFEA

제일 아끼는 반팔 티

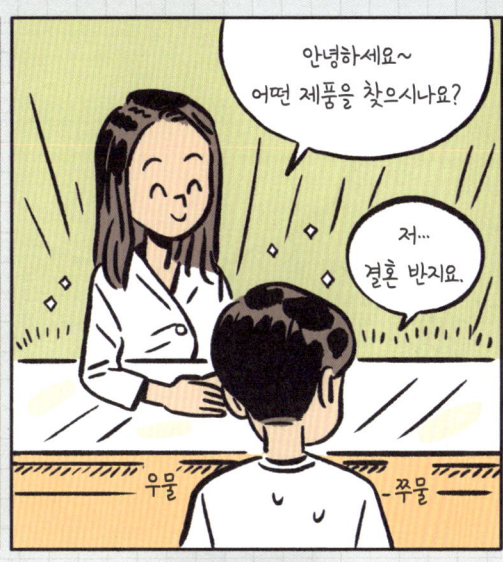

안녕하세요~
어떤 제품을 찾으시나요?

저...
결혼 반지요.

우물-

-쭈물

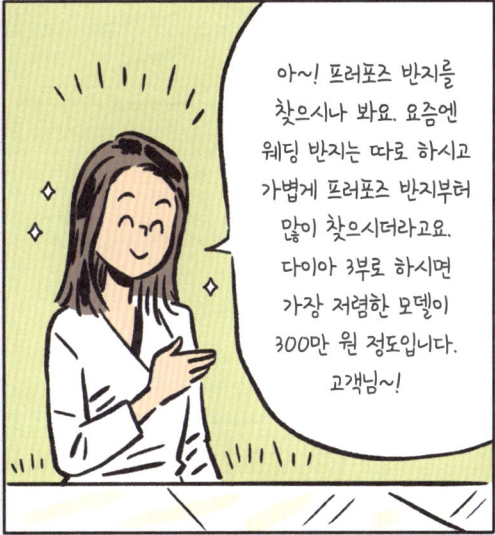

아~! 프러포즈 반지를
찾으시나 봐요. 요즘엔
웨딩 반지는 따로 하시고
가볍게 프러포즈 반지부터
많이 찾으시더라고요.
다이아 3부로 하시면
가장 저렴한 모델이
300만 원 정도입니다.
고객님~!

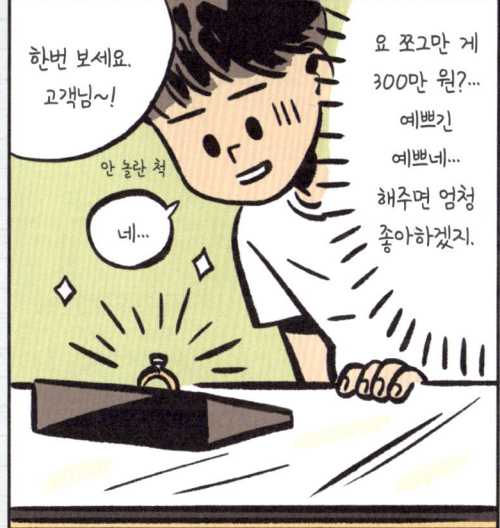

한번 보세요,
고객님~!

안 놀란 척

네...

요 쪼그만 게
300만 원?...
예쁘긴
예쁘네...
해주면 엄청
좋아하겠지.

네 손에 끼면 얼마나 예쁠까.

안녕히 가세요,
고객님—

결혼하고
돈 많이 벌면
티파니 사줄게.

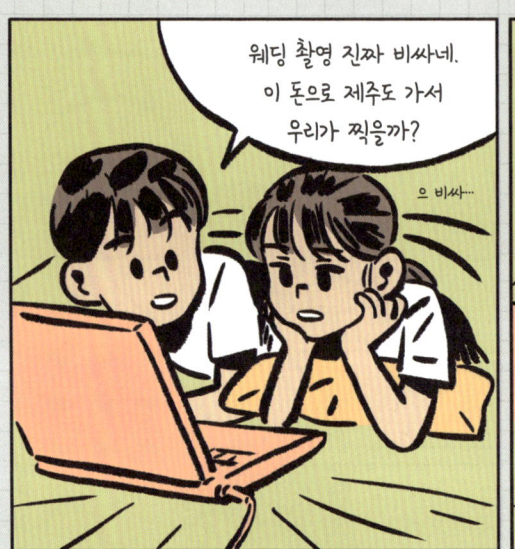

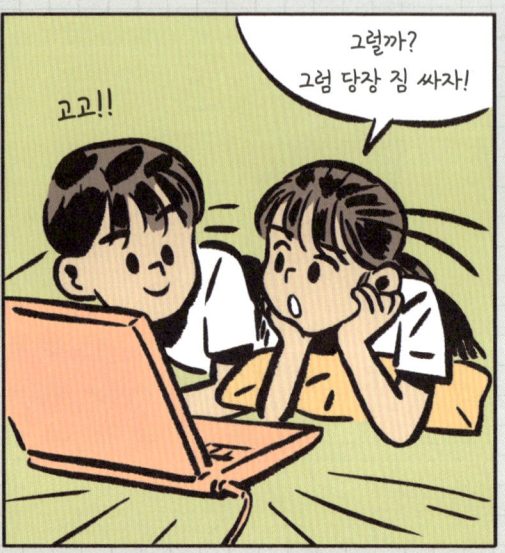

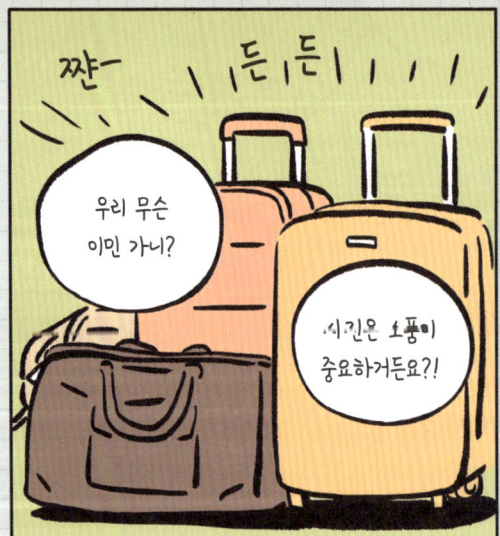

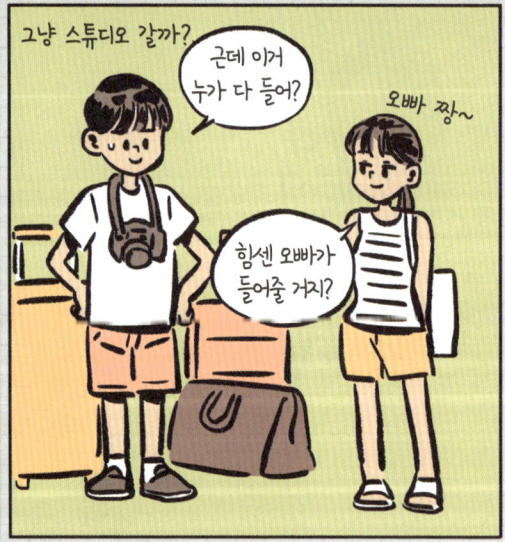

셀프 웨딩을 가장한 프러포즈 여행.

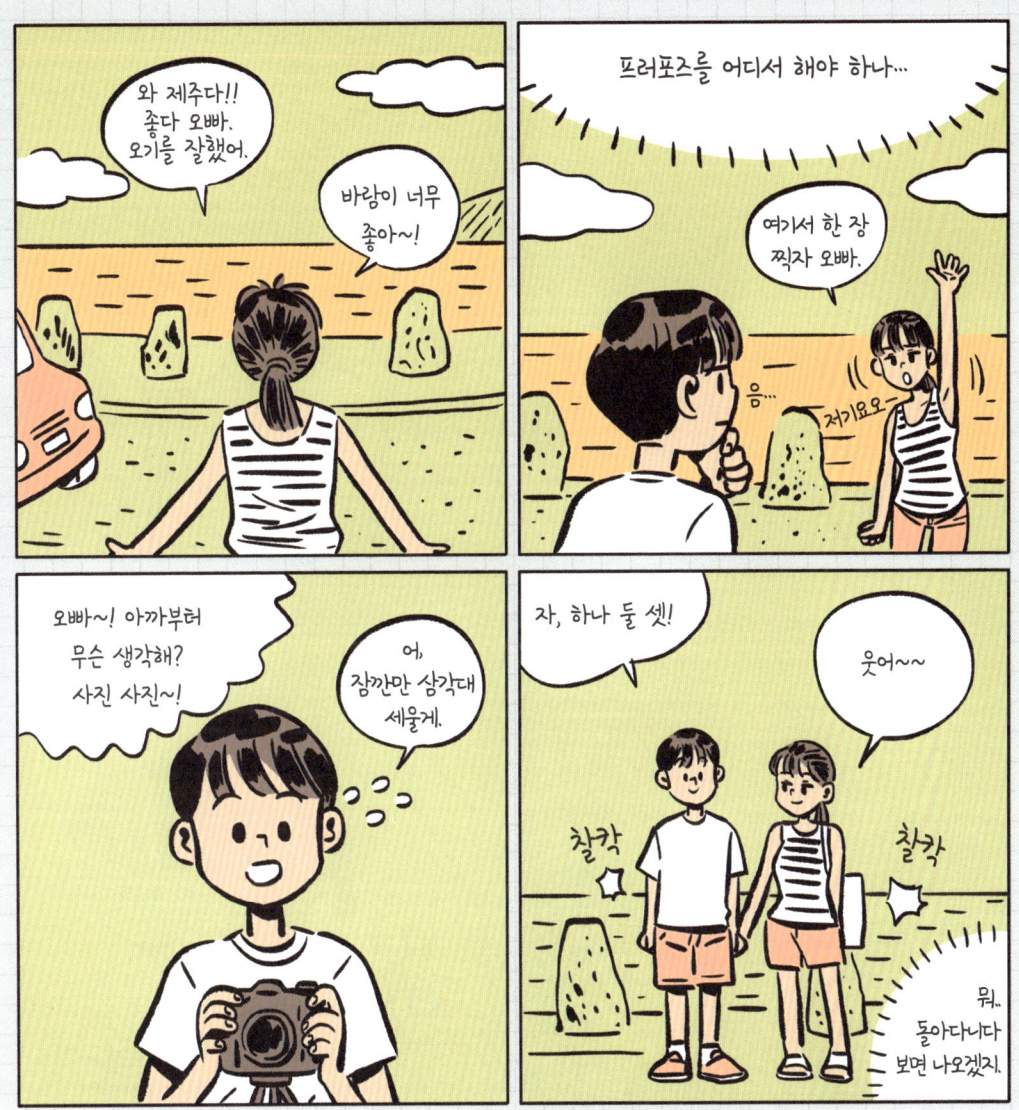

삼각대를 놓고 찍는 건 치밀한 계산.

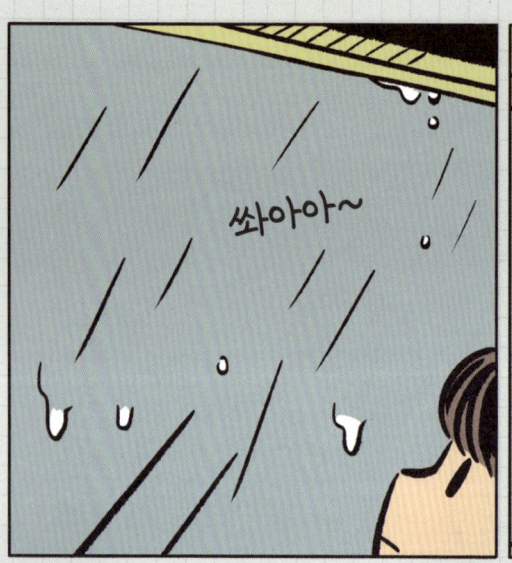

쏴아아~

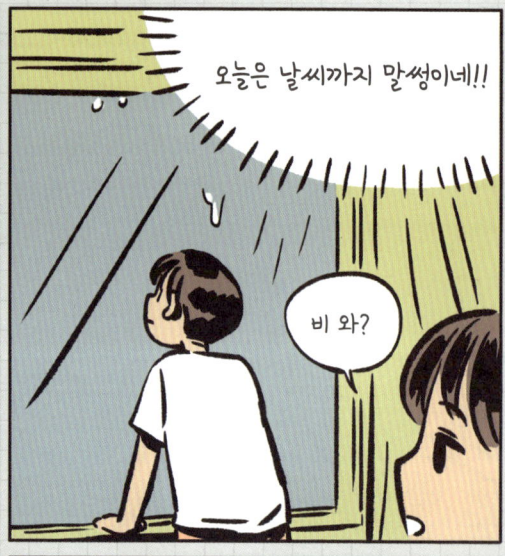

오늘은 날씨까지 말썽이네!!

비 와?

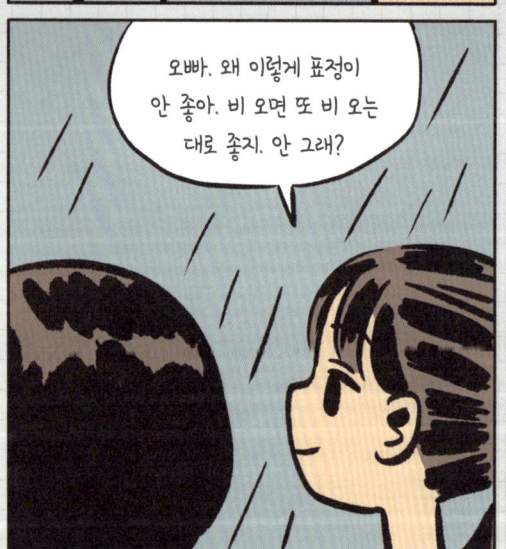

오빠. 왜 이렇게 표정이
안 좋아. 비 오면 또 비 오는
대로 좋지. 안 그래?

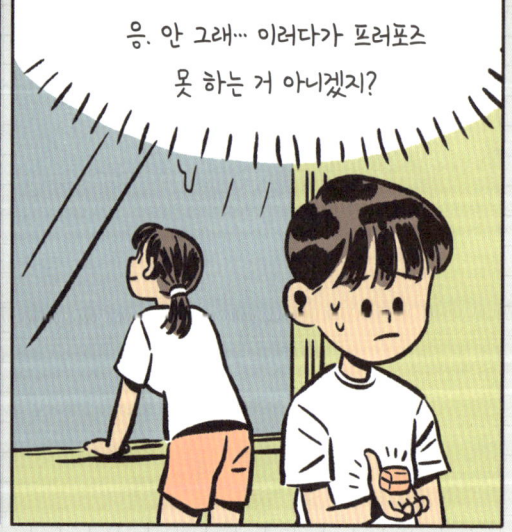

응. 안 그래… 이러다가 프러포즈
못 하는 거 아니겠지?

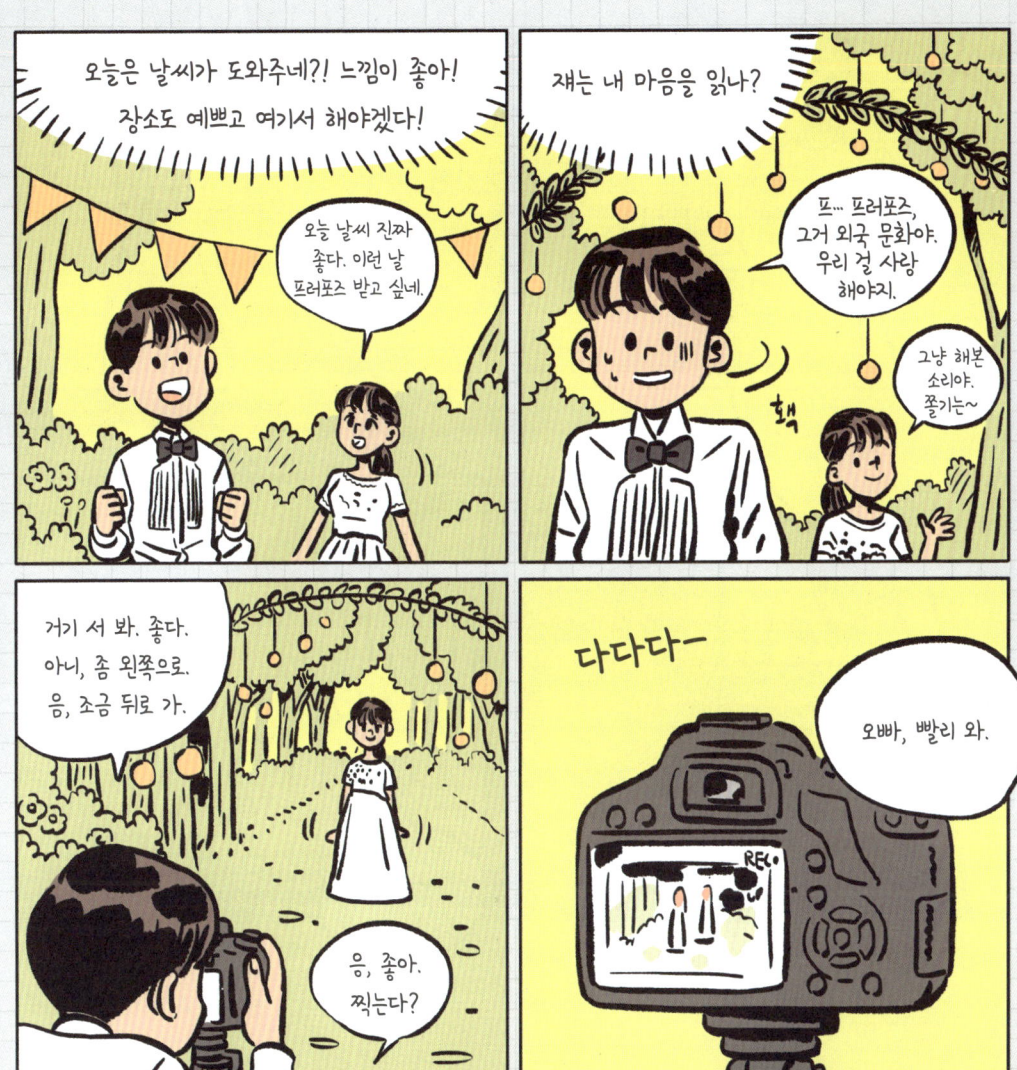

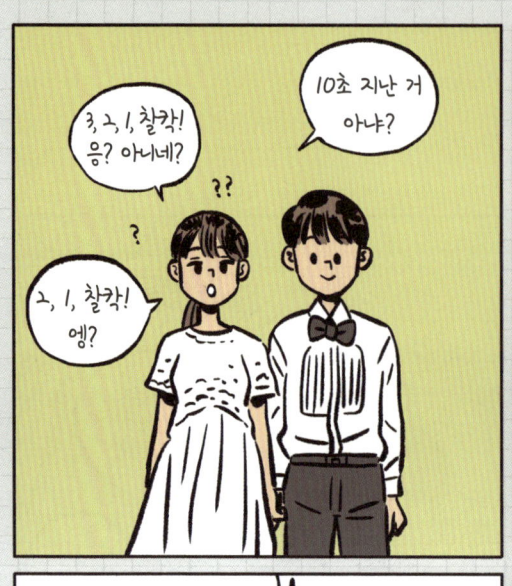

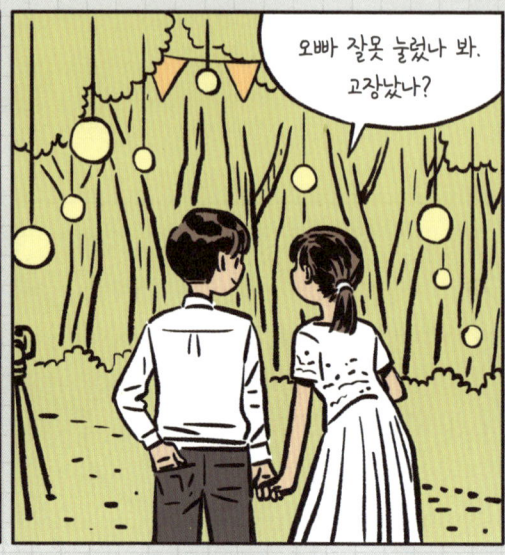

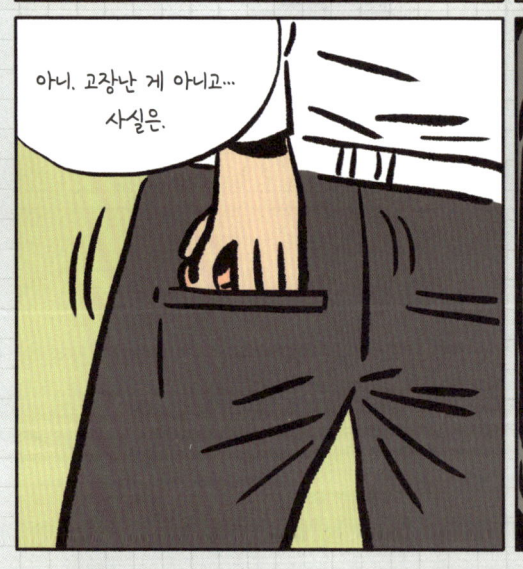

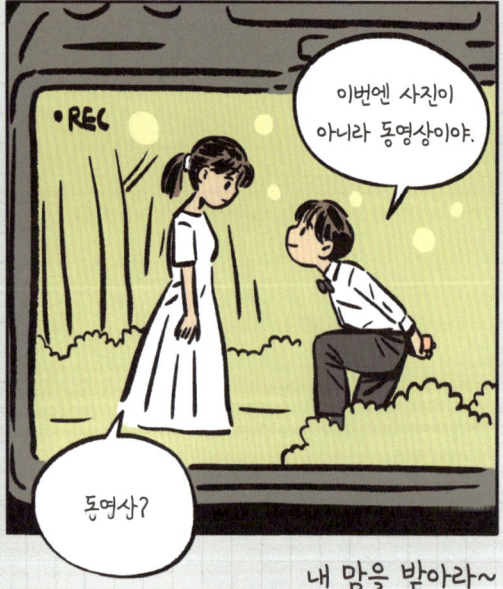

내 맘을 받아라~
놓치지 마라 ♪

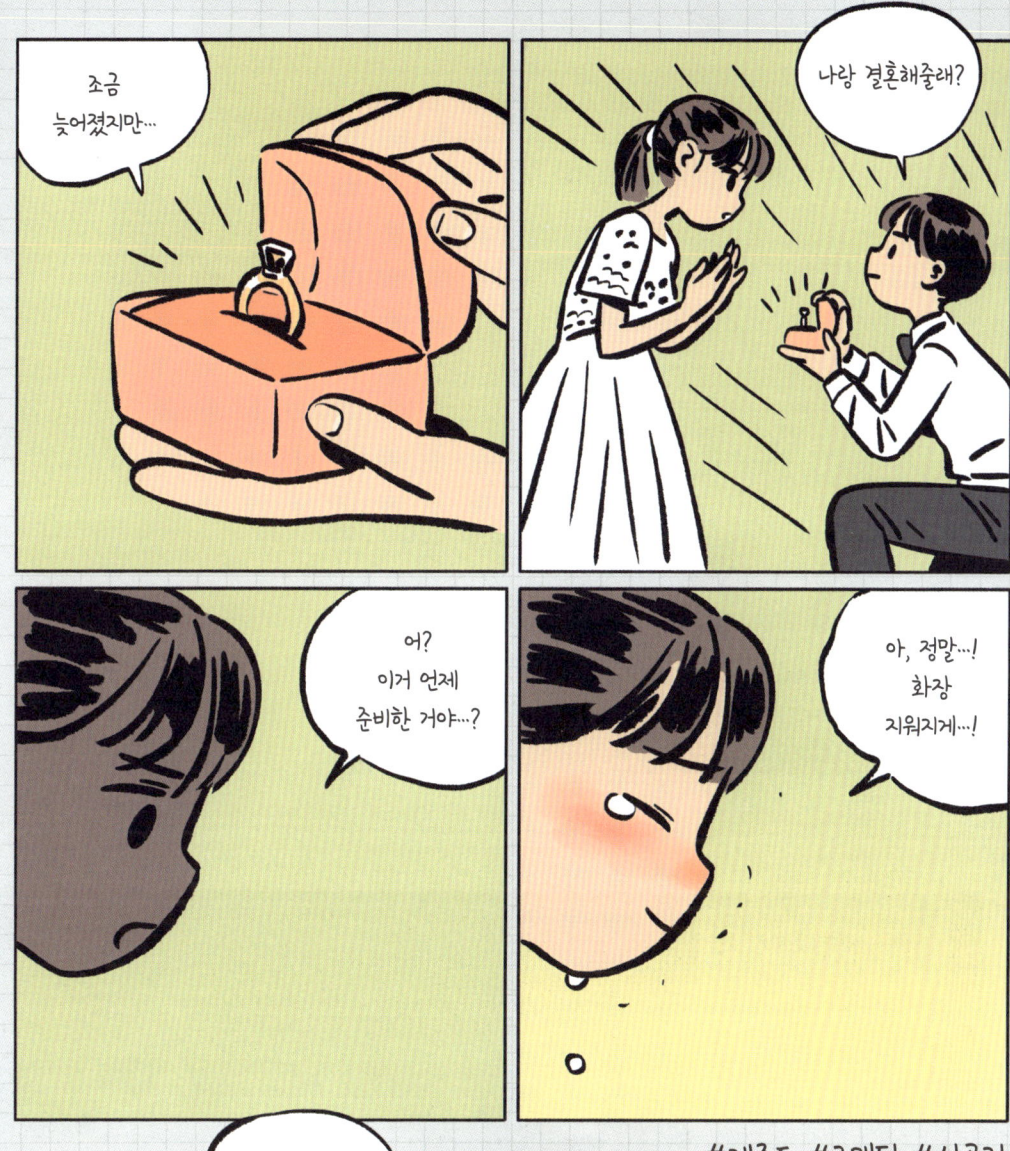

SPECIAL CUT 1

그림이 된 순간들

이번 단행본 작업을 하면서 오랜만에 제주에서의
사진들을 들여다보았습니다. 그때의 우리 모습은 저절로
미소가 번질 만큼 행복해보였습니다.
이 미소가 여러분에게도 전해지길 바랍니다.

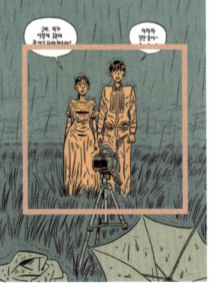

p278
빗속의 웨딩 촬영.

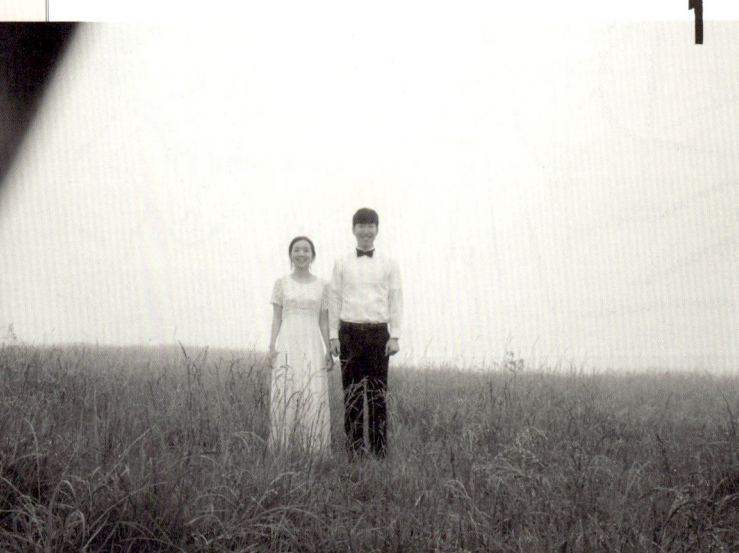

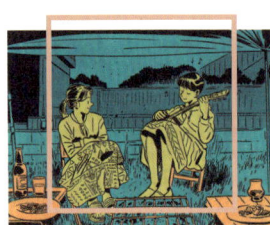

p276
제주도의 푸른 밤.

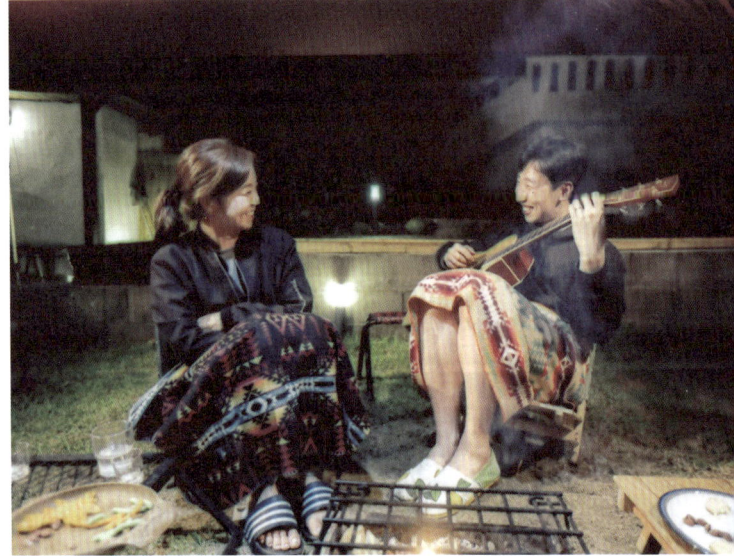

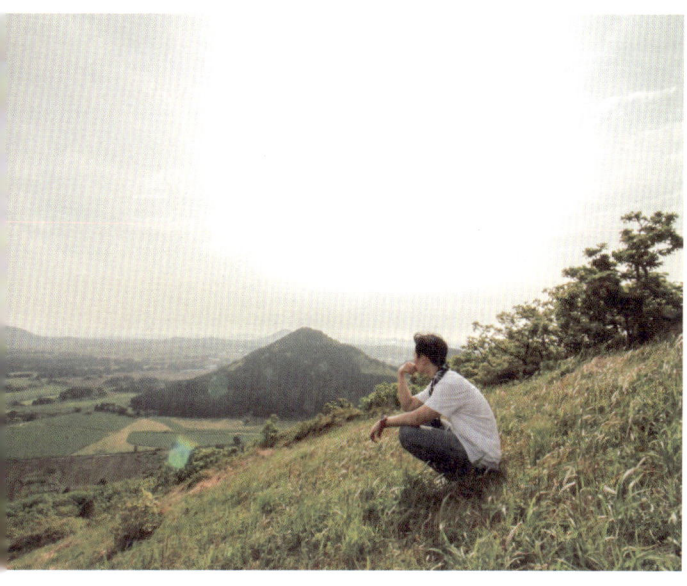

3

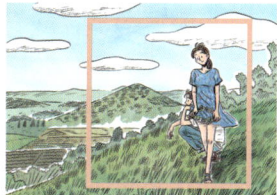

p272
바람과 제주.

4

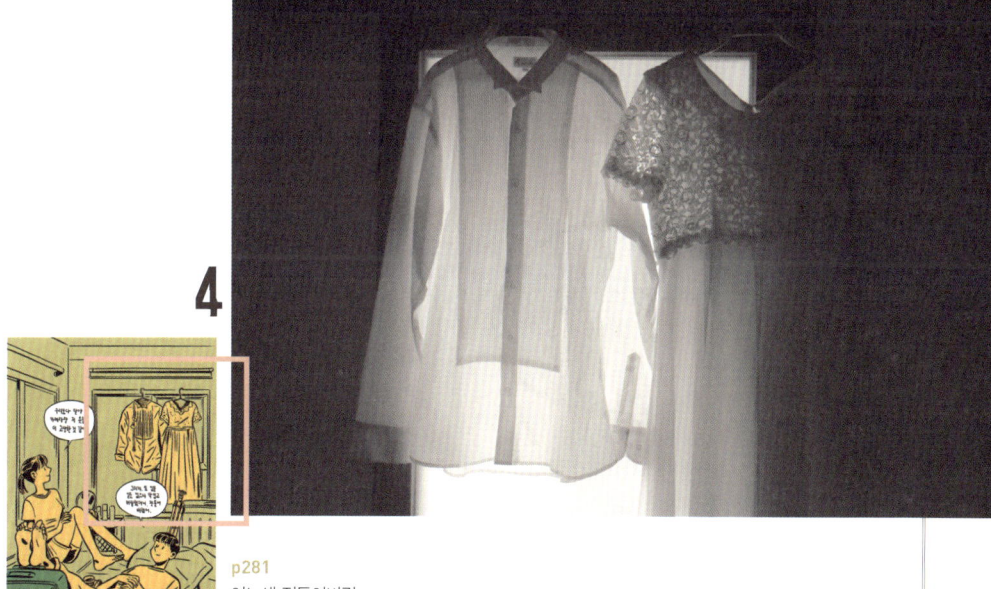

p281
어느새 정들어버린
웨딩드레스와 턱시도.

망고, 젤리 이야기

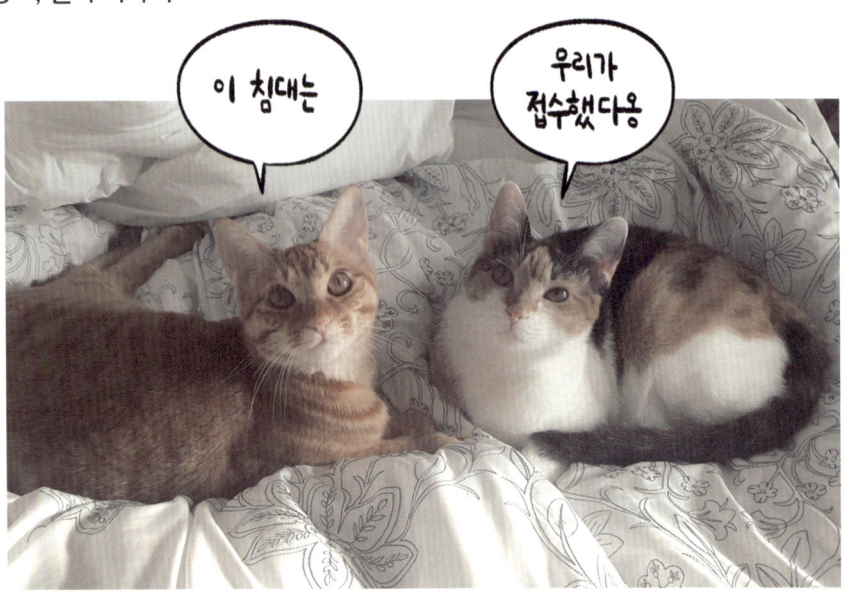

깡충깡충 손바닥보다 작았던 아이가
지금은 맹수가 되어서 어슬렁어슬렁~

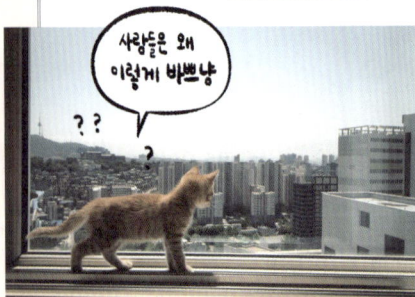

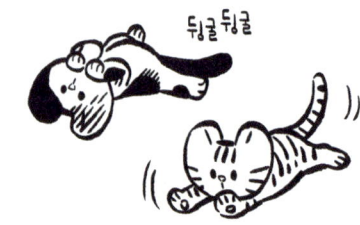

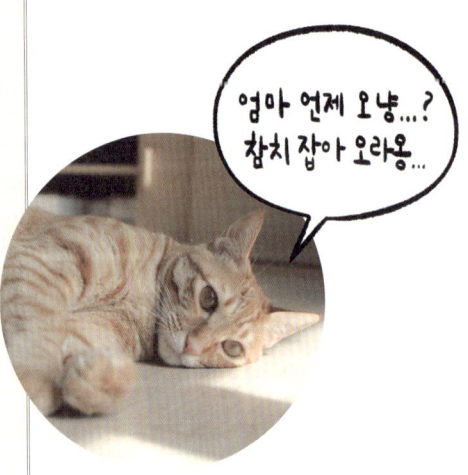

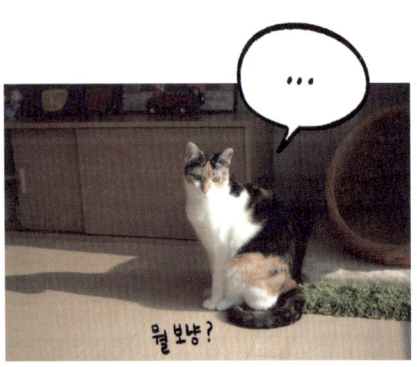

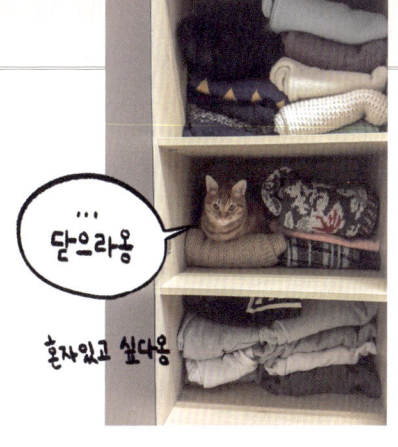

…닫으라옹

혼자있고 싶다옹

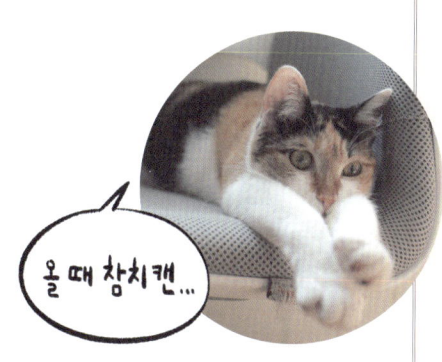

올 때 참치캔…

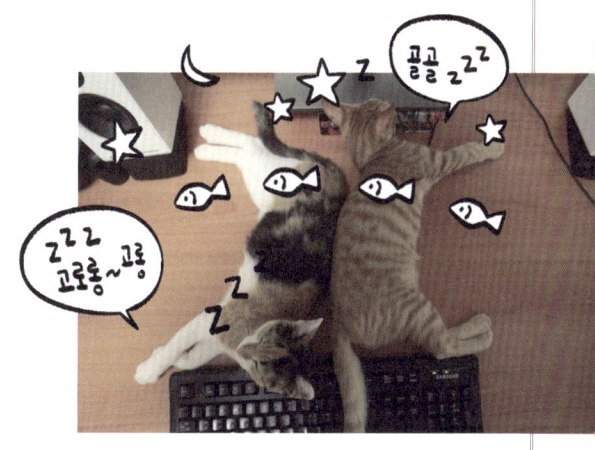

ㄹㄹㄹ
고로롱~고롱

ㅋㅋㄹㄹㄹ

골골ㄹㄹㄹ

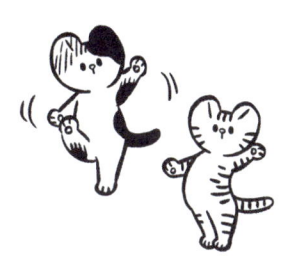

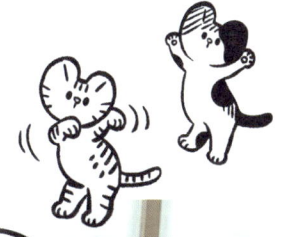

내 시선이 침대로 닿으면,
망고와 젤리는 후다닥 먼저 달려가서
침대에서 '야옹' 하고,
컴퓨터 앞에 앉으면 누가 먼저랄 것도 없이
내 시선에 있으려고 쟁탈전이 벌어진다.
두 딸 사이에서 아빠는 행복합니다.

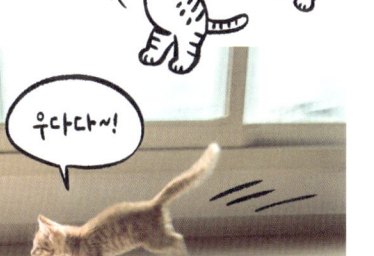

우다다~!

TUNA

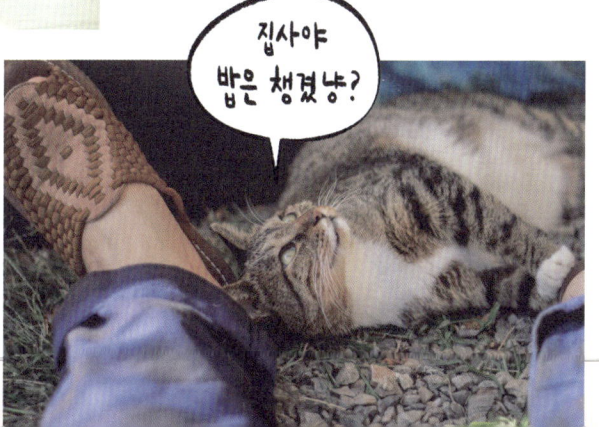

집사야
밥은 챙겼냥?

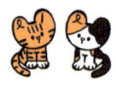 **둘이 함께 한다면**

신혼에 기준이 있을까요. 어떤 사람은 신혼 기간을 한 달이라 하고,
누구는 일 년이라고 합니다. 또 어떤 사람은 집들이 때 받은 휴지가 다
떨어지면이라고 하고, 또 요즘엔 반찬통을 통째로 꺼내는지 덜어서 그릇에 내는지가
신혼의 척도라고도 합니다.

우리 부부는 갓 신혼여행을 다녀왔는데도 고추장을 한껏 퍼서 양푼에 밥과 반찬에
모두 비벼 숟가락만 두 개 꽂아 먹었고, 집들이 때 받은 휴지는 언제 다 썼는지
기억도 나지 않아요. 건조대에 걸린 속옷을 서로 정리해주기도 하고요. 화장실
휴지를 가져다줄 때도 벌컥벌컥 문을 열어젖힙니다. 사람은 아니지만 벌써 두 딸도
있고요. 시간은 무심하게 흘러 믿기지 않는 결혼 일주년이 다가왔습니다.

일 년도 채 안 되어 세상이 말하는 신혼의 기준을 벗어났지만, 저희는 나름의 신혼
생활을 만끽하고 있습니다.

가끔 길을 가다 보면 여든 살이 넘은 어르신들도 신혼처럼 손을 꼭 잡고 다니시는 걸
볼 수 있어요. 그렇게 서로를 궁금해하고, 서로에게 애쓰며, 마음을 주거니 받거니
행복하게 살아가고 싶습니다.

'구름 껴도 맑음'이라는 말처럼 중요한 것은 모두 마음먹기 나름이겠지요.
다른 사람들의 기준을 따르는 게 아니라 자신이 기준을 만들어가는 것이니까요.
몰아치는 바람을 맞아도, 주룩주룩 내리는 비에 흠뻑 젖어도
둘이 함께 한다면 괜찮지 않을까요?

오늘도 사랑하는 하루 되세요.

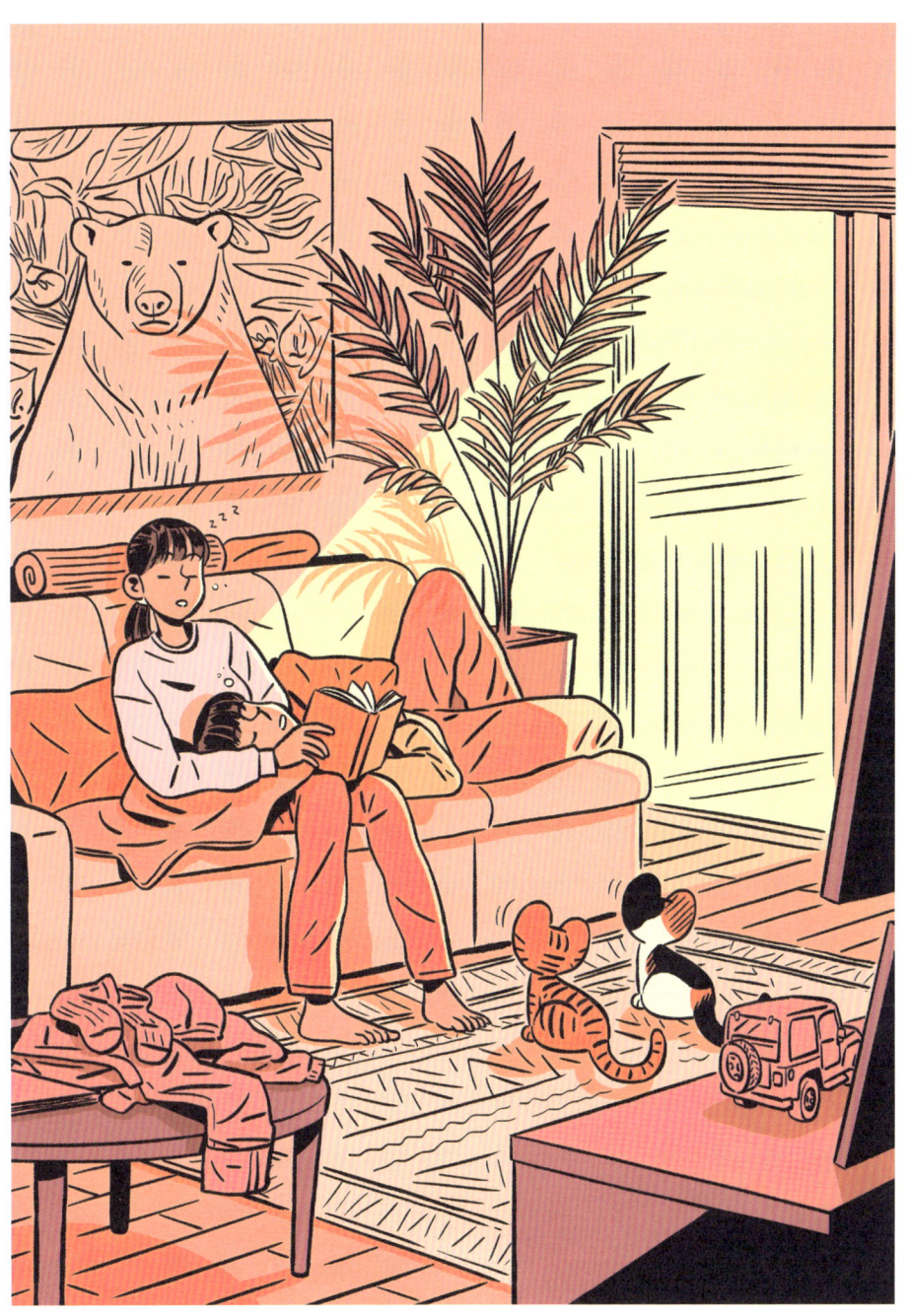

출판사에서 10주년 기념판을 내보자는 이야기를 들었을 때,

마음이 뭉클했습니다.

처음 이 책을 세상에 내놓던 순간이 아직도 생생한데,

벌써 10년이라는 시간이 흘렀다니 믿기지가 않네요.

그 사이 제 삶에도 많은 변화가 있었고,

그림을 그리는 방식과 마음가짐에도 크고 작은 흔적들이 남았습니다.

돌아보면 그저 하루하루를 살아낸 것 같았지만,

그 모든 시간이 이어져 지금의 제가 되었음을 느낍니다.

무엇보다도, 제 그림을 지켜봐 주시고 즐겨 주셨던 분들이 계셨기에

이 자리까지 올 수 있었습니다.

지금 이 책을 다시 펼치며 독자 여러분을 다시 만난다는 생각을 하니,

설레고 감사한 마음이 큽니다.

이번 10주년판은 단순히 지난 시간을 기념하는 책이 아니라,

그동안 제가 겪었던 사소한 이야기와 제 그림으로 함께 해주신

여러분께 드리는 작은 인사 같은 책이 되었으면 합니다.

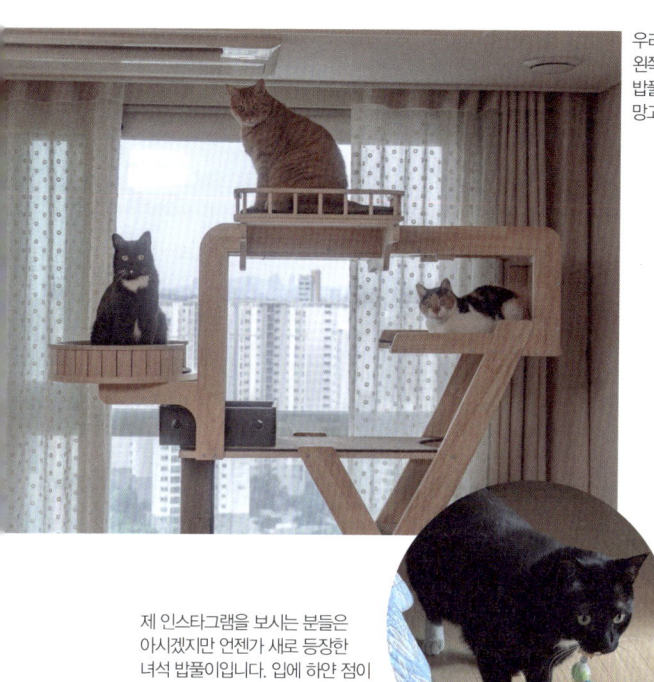

우리 집의 고양이들.
왼쪽부터
밥풀이,
망고, 젤리예요.

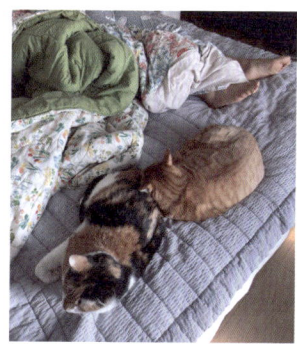

치즈냥 망고와 삼색냥 젤리는
행복하게 잘 살다가
2023년 젤리는 무지개 다리를
건너게 되었습니다.

제 인스타그램을 보시는 분들은
아시겠지만 언젠가 새로 등장한
녀석 밥풀이입니다. 입에 하얀 점이
있는데 밥알이 묻은 거 같아서
그렇게 이름 붙였어요. 길에서 만난
아이인데 벌써 7살이 되었습니다.

저를 맨날 졸졸 따라다니는
큰누나 망고는
건강히 잘 지낸답니다.

숨을 곳만 보이면
후다닥 들어가는 망고

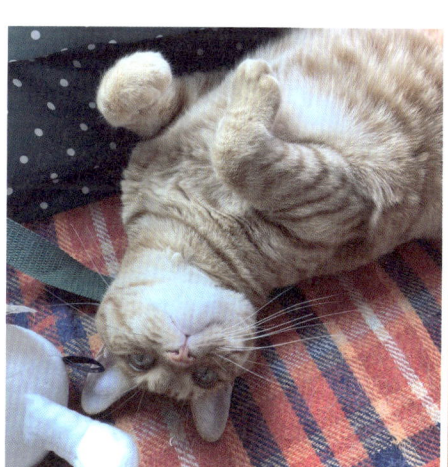

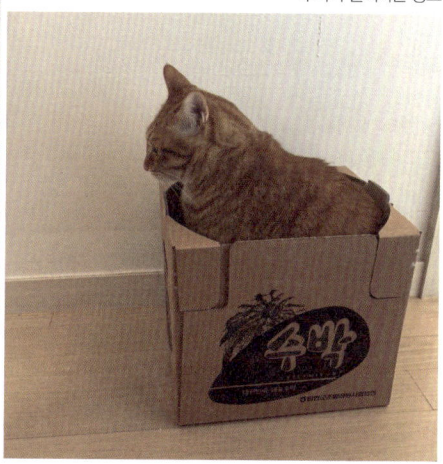

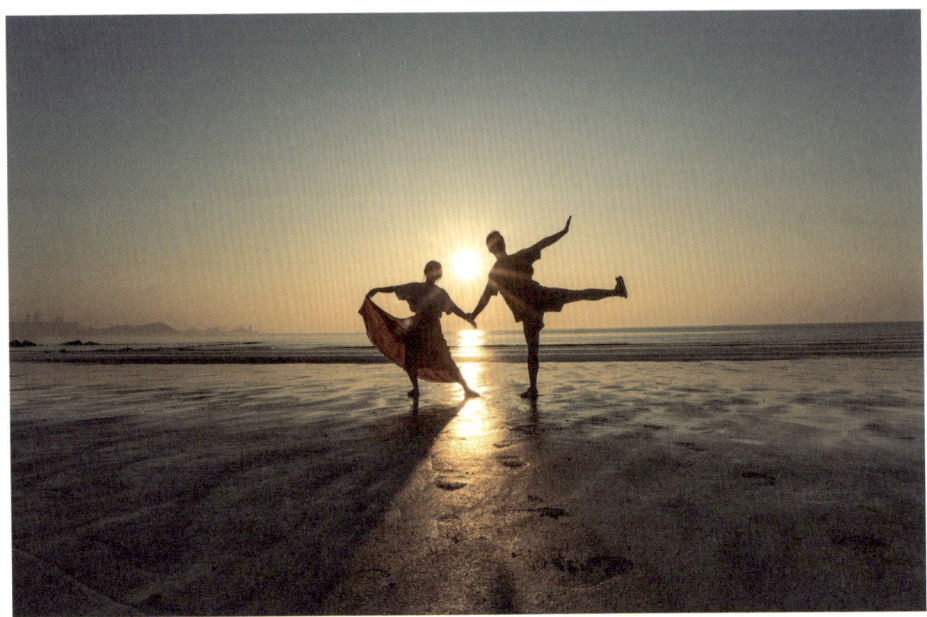

여튼 우리 가족은
잘 살고 있어요.
곳곳에 놓여진
작은 행복들을 열심히
찾아내고 있어요.

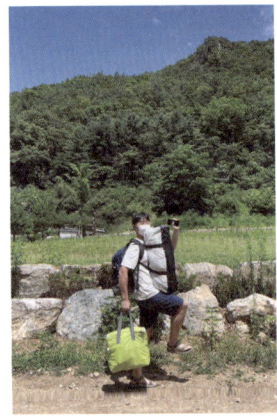

몸이 가볍다 싶으면
한 번씩 캠핑도 다니고요

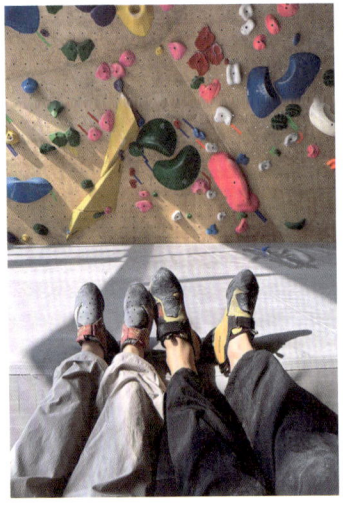

저는 집 밖을 잘 나가지 않았는데
2019년부터 클라이밍의 재미에 눈을 떠버렸어요.
아내와 클라이밍을 하기 위해
해외도 가고 전국 곳곳의 바위들도 찾아가며
지금도 즐겁게 하고 있어요.
근데 매달리는 운동 특성상 손가락이 너무 아파요 흑..
대표적인 유전자빨 운동!!!

클라이밍을 시작한 같은 해부터
창작자 친구들과 축구 클럽도 하고 있어요.
2024년에는 무려 득점왕을 했답니다.
제가 나가고 있는 축구 클럽이 궁금하다면
인스타그램 @creators_football_club
으로 들어오세요!

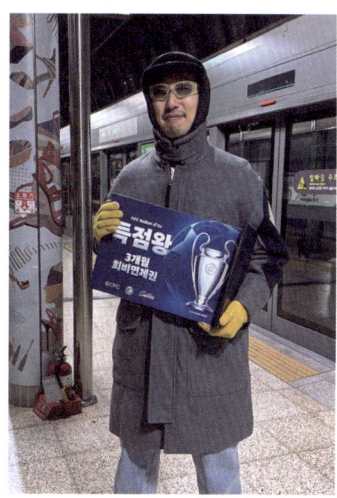

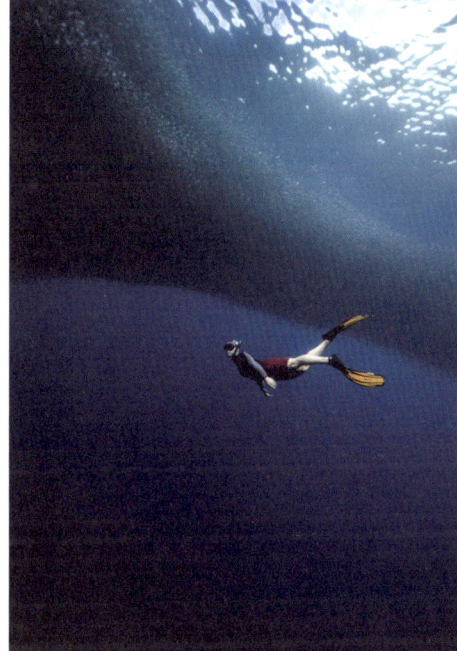

필리핀 여행을 준비하다가 프리다이빙을 시작했어요.
스노클링으로 시작해 더 깊은 곳을
가보고 싶어서 시작하게 되었죠.
저는 AIDA 레벨2, 아내는 AIDA 레벨3예요(아내가 더 잘함).
국내에선 쉽게 하기 힘들다 보니 요즘은 잘 못했어요.
그래도 한 번씩 바다를 나가면 물 만난 물고기죠!

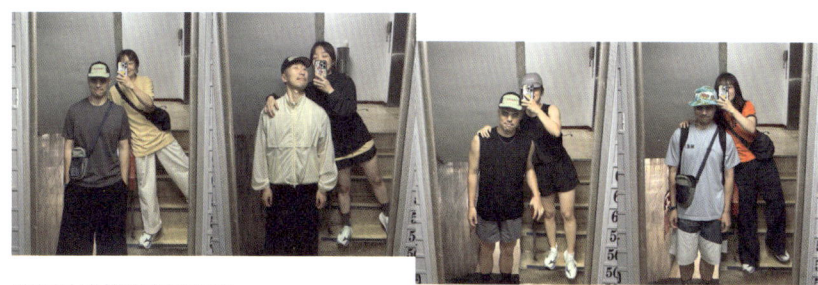

작년부터 러닝이 유행하더라고요.
처음엔 유행을 따라가기 싫었는데 점차 마음의 문이 열려버렸습니다.
그래서 유행이라 하나 봐요.
축구처럼 목적 없이 뛰는 걸 싫어했는데 신발을 사고 옷을 사니 뛰는 게
재미있어졌어요. 러닝이 재미없다? 그러면 예쁜 러닝 소품 하나 질러보세요. :)

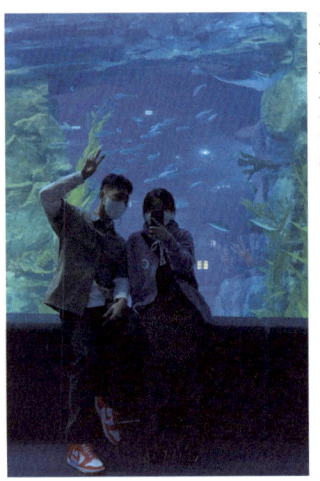

저희는 둘 다 집 밖을 나가는 걸
좋아하진 않는데 여행은 또 좋아해서
자주 떠납니다.
고양이들이 집에 있다 보니
같이 집을 오래 비우진 못해요.
한 번씩 번갈아서 길게 다녀오거나,
짧게 같이 여행을 다니고 있어요.

중국 비자가 풀려서
최근 운남성을 다녀왔는데 정말 좋았어요.
자연과 걷는 걸 좋아하는 저희에게
정말 딱 맞는 여행지였어요. 중국 향신료도
좋아해서 음식 먹는 재미도 있었답니다.
중국어도 간단히 공부해서 갔는데 저희 말을
현지인들이 알아들을 때 정말 감동이었어요.

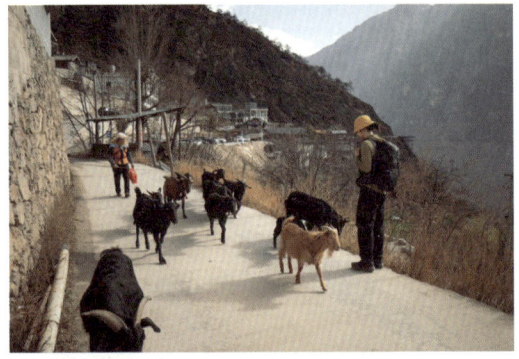

엄청 더웠지만 푸르렀던 여름의
대만도 좋았고요.

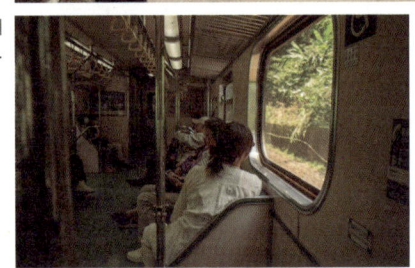

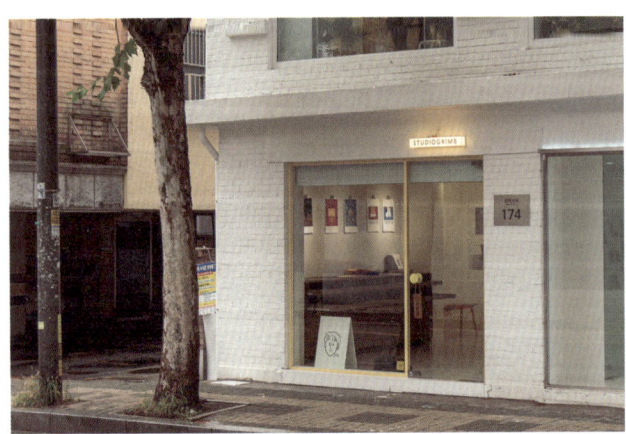

아 참, 2019년에는 연남동에
〈스튜디오그림비〉라는 오프라인숍 겸
작업실을 만들었어요.
당시 코로나가 터져서
매출은 좋지 않았지만, 가끔 놀러와서
응원해주시는 팬분들 덕에 즐거웠어요.
저는 작업실 안에서 작업을 하고
아내는 밖에서 엽서와 포스터 등을
판매했었어요. 3년 동안 아내와 같이
버스를 타고 출퇴근하며 이야기도
정도 많이 쌓였던 공간이었어요.
3년째 되던 해 홍대로 이사를 했어요.

홍대 근처 복층 작업실을 구해서
2년 동안 썼어요. 이번에는 오픈
작업실이 아니라 온라인으로
굿즈를 판매하며 작업실에서는
작업만 했어요. 좋아하는 노래들을
하루 종일 틀었죠. 어떤 작가들은
작업실에서 작업하며 밤도 새우고
잠도 자고 그러던데 저는 완전
출퇴근 시스템이었습니다.
그게 저랑 맞나 봐요. 제가 10시만
넘어가면 잠이 솔솔 오고,
아침 해만 뜨면 눈이 떠져서
올빼미 생활은 안 맞더라고요.

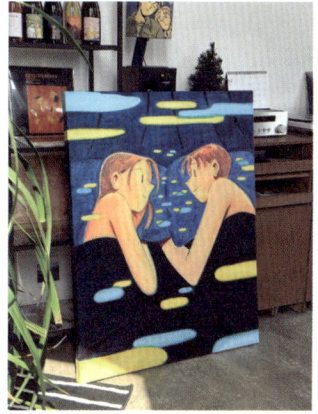

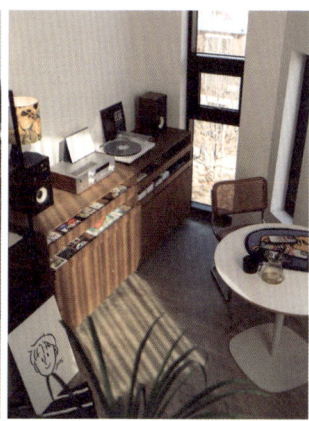

작업실에선 작업보다도
친구들을 불러 아지트처럼
즐겁게 놀았던 기억이
잔뜩입니다.

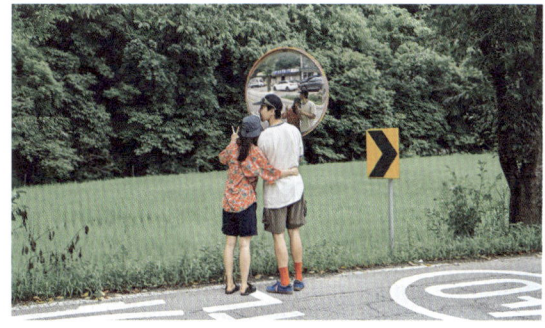

요즘엔 집에서 작업을 하고 있고요. 걸어서 출근이 가능한 집 근처
작업실을 찾고 있는데 한 번 집에 돌아오니 나가기가 싫어지네요.
나가면 도시락도 싸야 하고 이동 시간도 있고,
5년 동안 어떻게 밖에서 작업했나 모르겠어요.

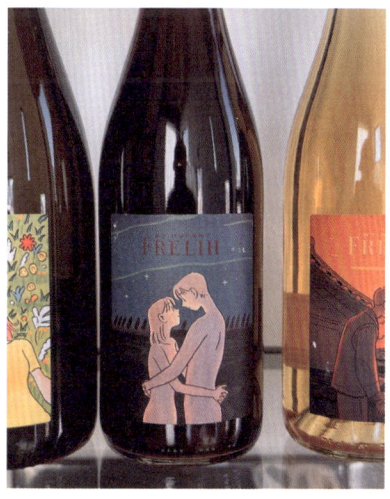

2020년엔 제 그림으로 라벨링이 된
와인도 나왔는데 드셔보신 분 계시나요?
진짜 맛있는데, 지금도 어딘가에 남아있을 텐데..
그건 바로 우리 집 냉장고입니다. 후후..
아껴 먹는 중이에요.
아 TMI 하나 말씀드리면 저는 소주는 안 좋아하고
와인, 사케, 맥주, 막걸리는 아주 좋아합니다.

백주도 좋아하는데
술이 세진 않습니다.
좋아할 뿐!

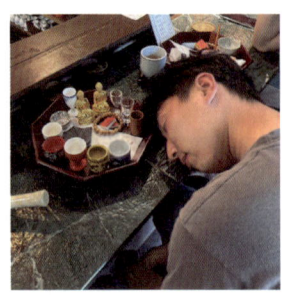

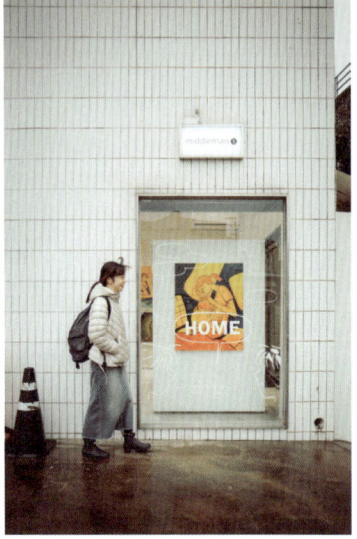

2024년부터는 디지털 작업을
넘어서 페인팅도 시작했어요.
디지털 작업을 실제로 어떻게
구현해야 할지는 요즘도 고민인 부분!
사진은 부산에서 했었던 첫 번째
(페인팅으로) 개인전입니다.
얼마나 떨렸는지 몰라요.
부산인데도 많은 분들이 찾아주셔서
감사했던 기억이에요.

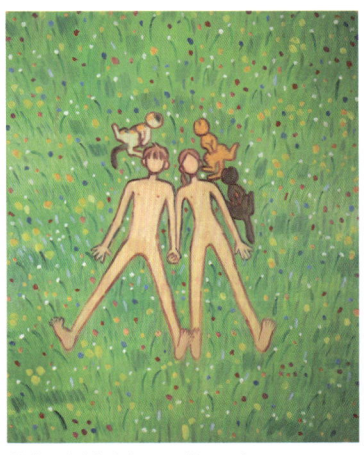

원화는 디지털 일러스트보다는 좀 더
상상을 담아서 그려내고 있어요.
먼저 떠난 젤리와 우리 가족 모두가 다시 만날 날을
그린 〈좋은 날〉이라는 그림처럼요.
젤리를 보낸 지 2년이나 되었는데 아직도 종종
잠을 못 자게 떠올라요. 자기를 잊지 말아달라는 것
처럼요. ㅎㅎ (잊은 적 없는데)

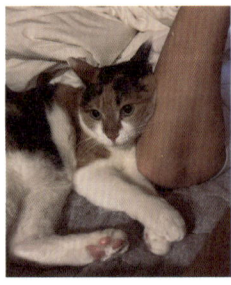

젤리는 제 껌딱지였어서
더 그런 거 같아요.
젤리가 떠나고 나니
남은 둘의 애교가 더
늘어났어요. 빈자리를 둘이
채워줘서 많이 위로가
되었죠.

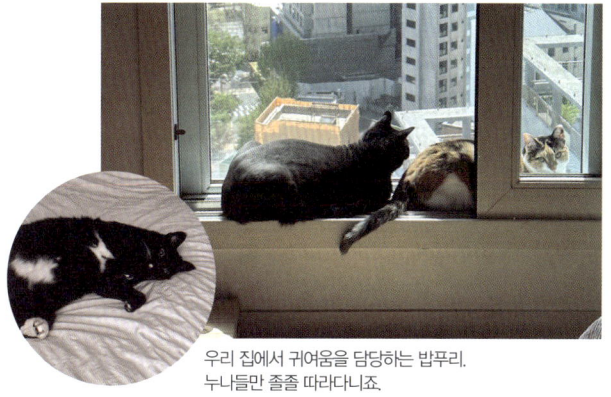

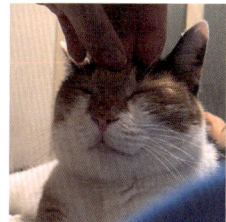

우리 집에서 귀여움을 담당하는 밥푸리.
누나들만 졸졸 따라다니죠.

사랑하는 존재들 모두
아프지 않고 행복하기를

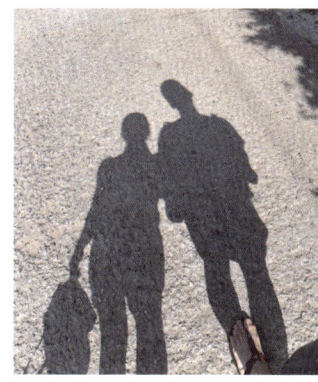

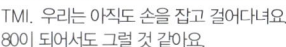

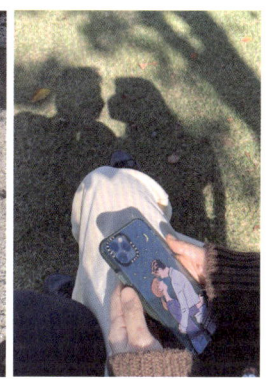

TMI. 우리는 아직도 손을 잡고 걸어다녀요.
80이 되어서도 그럴 것 같아요.

아 참. 아이는 없어요.
둘이 친구처럼 즐겁게
살아가보려고요.

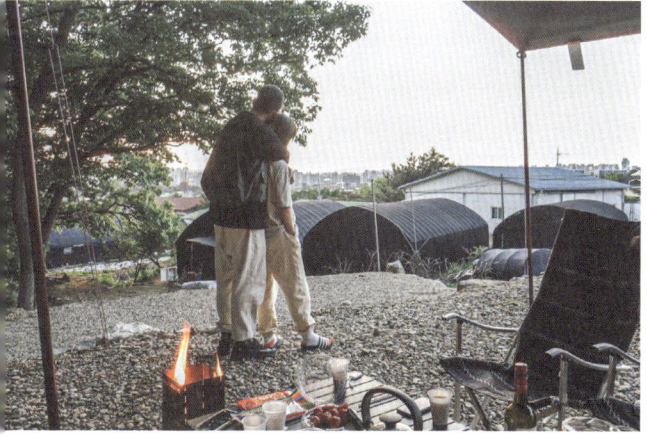

우리 부부는 연인처럼 서로 사랑하고,
친구처럼 놀고, 부모처럼 망고와 밥풀이를 돌보며
바쁨 속에서도 여유를 찾으며 살고 있답니다.
뭔가 간질간질하네요.
또 좋은 기회로 소식 전할 날이 오면 좋겠어요.
항상 마무리할 때 하는 말이 있어요.
잘 보이진 않지만 찾으면 보이는, 여러분 앞에
놓여있는 행복들을 찾을 수 있길. 그럼 안녕!

달콤한 신혼의 모든 순간

구름 껴도 맑음

초판 1쇄 2016년 11월 6일
개정판 1쇄 2025년 9월 23일

지은이 ǀ 배성태(grim_b)

발행인 ǀ 박장희
대표이사 겸 제작총괄 ǀ 신용호
본부장 ǀ 이정아
책임편집 ǀ 조한별
기획위원 ǀ 박정호
마케팅 ǀ 김주희 이현지 한륜아

개정판 표지 디자인 ǀ 변바희
내지 디자인 ǀ 렐리시

발행처 ǀ 중앙일보에스(주)
주소 ǀ (03909) 서운시 마푸구 살알사루 48-6
등록 ǀ 2008년 1월 25일 제2014-000178호
문의 ǀ jbooks@joongang.co.kr
홈페이지 ǀ jbooks.joins.com
인스타그램 ǀ @j__books

ⓒ 배성태, 2025
ISBN 978-89-278-8112-4(03810)

중앙북스는 중앙일보에스(주)의 단행본 출판 브랜드입니다.